성미산마을살이 ●1

우린
마을에서
논다

유창복 지음

도서출판 또하나의문화

책
머
리
에

'책이 드디어 나오긴 나오나 보다…!'

2007년 말 추운 겨울이다. 마포두레생협에서 활동가들을 대상으로 강의를 해 달라는 요청을 받았다. 마을의 고참 주민으로서 최근 마을살이에 합류한 새내기 주민들에게 성미산마을의 역사와 마을살이의 의미, 뭐 이런 걸 이야기해 보란 거였다. 약 1시간 반 동안 했나 보다. 처음엔 잘될까 싶었는데 하고 나니 기분이 썩 괜찮았다. 혹시 강의를 녹취했는지 물으니 안 했단다. 집에 돌아와 부지런을 피웠다. 나름 기억하고 싶은 첫 강의 내용을 홀랑 까먹을까 봐였다. 그때부터 뭔가에 홀린 듯 강의를 글로 옮기기 시작했다. 그렇게 한 사나흘 밤을 지새웠나? A4 30여 쪽의 글이 나왔다. 뿌듯했다.

마침 그해 초 입학한 성공회대학교 NGO대학원의 수업 과제로 그 글을 제출했다. 이듬해 가을에 졸업 논문을 써야 했다. 지도 교수인 조희연 선생께서 우리 마을 이야기를 써 보란다. 학술 논문의 틀을 과감히 벗어던지고 에세이 쓴다는 마음으로 글을 써 보라 격려해 주었다. 과제로 제출한 30여 쪽의 글을 밑천 삼아, 늘리고 보충하며 끙끙대길 두어 달, 어설프게나마 석사 학위 논문이 되었다.

말 타면 경마 잡히고 싶다던가? 논문을 약간만 보완하면 책이 되겠다는 몇몇 지인들의 빈말에 솔깃해 그만 과욕을 부리게 된다.

'책을 한번 내 봐?'

글을 쓰기 시작한 지 얼마 지나지 않아 이게 과욕이란 걸 알았다. 논문의 주된 내용이 마을의 분석과 의미에 한참 몰려 있어 마을살이의 이모저모를 상세히 알고픈 일반 독자들에겐 한참 부족하단다. 마을살이 내용을 좀 더 살살이 구체적으로 써 보란다. 출판을 맡기로 한 또하나의문화(이하 또문) 쪽 의견이 그랬다. 그래, 그러자. 일단 마음을 내긴 했다. 그런데 〈한땀두레〉를 쓰고 보니 〈비누두레〉가 아른거리고 비누두레를 쓰고 나니 〈되살림가게〉가 눈에 밟힌다. 〈멋진지렁이〉가 떠오르면 〈카셰어링〉이, 그러면 자전거길 내기가… 하나를 뺄 수도 없고 몽땅 넣을 수도 없고… 이렇게 쓰다 보니 한도 끝도 없었다. 에라, 아예 출근을 포기하고 근 3개월을 글에만 매달렸다. 얼추 내용을 망라했다 싶어 안도의 숨을 내쉬고 보니 200자 원고지로 2,000매가 훌쩍 넘었다, 세상에! 이 정도 분량이면 단행본으로 낼 때 400쪽도 모자란다. 그렇다고 두 권은 무리, 도저히 쉽게 읽을 수 있는 분량이 아니어서 원고량을 대폭 줄여야 된단다. 그런데 난 정말이지 절대 하나라도 줄일 수 없었다. 아니, 도대체 뭘 줄여야 될지 몰랐다. 열 손가락 깨물어 어느 것 하나 아픈 게 없단 말, 절감하는 순간이었다. 이러면서 또 6개월이 경과해 시름시름 출판을 거의 포기할 즈음. 2010년 초 겨울, 마을에 볼일이 있어 들른 시원을 우연히 만난다.

"책 잘 써지세요?"

성미산마을의 오랜 친구이며 하자작업장학교에서 한동안 일한 적이 있는 시원은 이미 출판사 측으로부터 내 원고에 대한 모니터링을 의뢰받아 장문의 빽빽한 모니터링 의견을 내준 바 있었다, 그것도 아주 매정하고 세차게.

"…포기했어요!"

난 맥없이 답했다. 시원은 깜짝 놀라며 과격했던 모니터링 탓인지 괜스레 열없어한다.

"네에? 안돼요. 그 책 꼭 내셔야 해요."

"……"

"제가 지금 하는 바쁜 일 끝나면 도와줄 테니 포기하지 마세요."

올 4월부터 책 편집 작업이 재개되었다. 시원이 책임 편집을 맡아 준 것이다. 그는 방만하고 방대한 원고를 단출하게 다듬고 짜임새 있게 엮고 순서를 함께 고민하며 빠른 속도감으로 편집을 해 주었다. 모니터링도 얼추 마치고 곧 책이 나오나 싶어 마음이 들떠 있었다. 나, 유이, 시원 모두 그때는. 그러나 '스피디'하게 진행되던 출간 작업은 다시 한 번 큰 위기에 처한다. 올 6월 또문 출판사로부터 추천사를 부탁받은 연세대학교 조한혜정 교수(이하 조한)가 책의 성격과 구성에 대하여 문제를 제기한 것!

조한은 성미산학교가 위기에 처했을 때 흔쾌히 마음을 내준 분이다. 오늘날 학교의 안정된 모습에 누구보다 단단한 초석이 되어 준 분인 것이다. 조한의 문제 제기를 결코 소홀히 할 수 없었다. 편집 작업을 일단 중단하고 마을의 시니어들에게 의견을 물어 출판 여부를 결정하기로 하고 다시 2차, 3차 모니터링 모임을 가졌다. 결론은 책 한 권에 모든 것을 다 담기도 어렵고 이미 작업이 많이 진행되어 돌이키기도 힘드니 부분적인 보완을 해서 마무리를 하자, 였다. 거기엔 홍익대 측에 의해 성미산이 다시 큰 위기에 처한 상황도 고려되었다. 이어 출판사에서는 덧붙여 2권을 연이어 낼 것을 제안했다. 곧 마을살이의 여러 다양한 주역들이 함께 쓰는 책을 내자는 것이다. 조한뿐 아니라 모니터링에 참여한 마을 사람들 모두 흔쾌히 동의하였다. 더구나 그 기획 작업은 마을에서 거의 나고 자라다시피 한 강산이가 맡았다. 꽤 의미 있는 일이 될 터였다. 이렇게 조한의 문제 제기는 책 한 권을 더 만드는 것으로 마무리된다. '위기'가 '기회'가 된 셈이다.

사실 조한의 문제 제기와 관련한 고민이 본디 내게도 없었던 것은 아니다. 처음 글쓰기를 하면서 내가 마을의 역사책을 쓰는 것인가, 나의 마을살이를 쓰는 것인가, 헷갈렸다. 초고를 맨 처음 보고 의견을 준 〈줌마네〉 대표 오소리가 우선 그 답을 주었다.

"맞아, 이 책은 짱가 개인의 이야기로 썼으면 좋겠다. 그것도 386 남자의 시선과 경험임을 분명히 밝히고, 그 개인의 마을살이로 세상에 드러났으면 좋겠다."

"맞다, 그럼 별 오해도 불필요한 뒷말이나 해석도 없을 거 같다."

편집자인 시원도 오소리 의견에 강력히 동의했다. 하지만 아무리 개인의 시선으로 쓴다 해도 나는 이미 마을 역사를 두루 거친 초창기 멤버이고, 그것도 비교적 중심에서 지금껏 활동했으니 그 한계(?)는 분명할 터였다. 그저 한 사람의 마을 주민 이야기로 읽히기는 어려울 것이었다. 그렇다고 무슨 마을 역사책 같은 책이 나와서는 안 될 것 같았다. 그러다 보니 결국 경계에서 어쩔 수 없이 조금 휘청거리는 책이 나온 것 같다. 하지만 다행이다. 우여곡절 끝에 첫 책은 이렇게 나오지만 이를 든든히 보완해 줄 두 번째 책이 잇달아 나올 예정이다. 더 다양한 목소리, 심층적인 시선… 지지고 볶고의 결정판이 말이다. 성미산마을 역사 16년, 그 마을 주민들이 직접 자신의 목소리로 한 타래 두 타래 풀어내는 역사가 드디어 세상에 온전한 모습으로 나오는 것이다. 이제 난 그것을 설레는 마음으로 기대한다.

끝으로 부족한 원고를 애써 검토하고 마음 내어 읽어 준 이들이 선연히 떠오른다. 성미산마을의 황윤옥·이담엄마·해기·알라딘·별사탕·바다·열이오빠·엄지·강산엄마·수진아빠·달님·느리, 시원의 부탁으로 전체를 읽어 보고 세심하게 조언해 준 봉천동 생협 활동가이자 북디자이너 채선미

씨, 일산 동녘교회 마을살이 준비 팀 조이, 원고 읽어 보고 바로 성미산마을 둘러보러 달려온 도연엄마 혜경 씨, 스스로 책을 편집하는 이면서 응원과 함께 열심히 모니터링 해 준 한겨레출판 김윤희 씨, 그리고 유이가 부탁한 여러 고마운 사람들. 특히 콩냥·제이·강산 등 로드스쿨러 고글리와 또문 사무국 묘운의 젊고 날카로운 시선과 의견들에 감사한다. 방대한 분량의 원고 읽기, 번거로운 모니터링 작업을 아무 사례 없이, 수고를 수고라 여기지 않고 즐겁게 읽은 후 솔직하고도 귀한 의견을 내준 그들에게 진심으로 감사하다. 사진을 고르고 제공해 준 가림토를 비롯해 마법사·삐삐롱스타킹·토마토·소나기 등 〈동네사진관〉 여러분께도 감사를 전한다.

마을살이 십 수 년 동안 한마디로 나의 삶은 충만하고 즐거웠다. 내 나이이제 쉰, 인생 후반전을 그리게 된다. 지금껏 성미산에서 나의 인생, 진정 행복하다고 감히 말할 수 있다. 이런 행복한 마을살이를 하도록 나를 여기까지 데려와 준 내 아들 재현이, 짝꿍 짱아에게 정말 고맙다. 그리고 마을 사람 모두, 하나하나에게도 감사의 마음을 바친다. 끝으로 공동육아 프로그램을 제안해 준 〈또하나의문화〉 동인이며 〈우리어린이집〉 초대 원장을 맡아 성미산마을의 씨를 뿌려 주신 한양대학교 인류학과 정병호 교수님, '괜찮아'께 감사드린다.

"재현아 너 한번 잘 키워 보겠다고 성미산마을로 이사 왔는데,
  실은 엄마 아빠가 훌쩍 커 버렸다. 고맙다, 재현아.
  너도 지금 잘 크고 있지?"

차례

프롤로그

볕 좋은 봄날, 마을극장에서 아침 나절 회의를 마치고 〈작은나무〉로 발길을 옮기는 중이다. 작은나무는 마을에서 운영하는 카페다. 거기서 마을 소식지를 만드는 갈숲*과 점심 식사 전까지 약속이 있다. 극장 회의가 그리 가벼운 내용이 아니었는지라 조금 발길이 무거웠는데 누군가 불쑥 말을 건넨다.

"안녕하세요? 말씀 좀…"

눈앞에는 잘생긴 청년 하나가 보라색 후드 티를 입고 멋지게 생긴 노란 자전거를 한 손으로 잡고 생글거리고 있다.

"네, 말씀하세요."

나는 금세 무엇을 도와드릴까요? 포즈를 잡는다. 마을을 걷다 보면 흔하게 맞는 일이다. 지난해 KBS TV 「다큐 3일」에 우리 마을이 소개된 이후 방문객의 발길이 부쩍 잦아졌다.

"여기 성미산마을이 어디 있나요?"

---

* 성미산마을 사람들은 호적에 기입된 씨족 중심의 이름 말고도 중요한 이름이 하나씩은 있다. 스스로 짓기도 하고, 잘 아는 이들끼리 서로 선물처럼 지어 주기도 한다. 부르기 좋고 듣기 좋은 걸로 쉽게 짓기도 하고, 평생 갖고 싶은 자신의 이미지나 가치 등을 담기도 한다. 이름 지어 부르기는 세대 간, 가족 간, 성별 간 차이와 권위를 극복하고 해소하는 의미와 효과가 있다. 이 책에서도 주요 등장인물들의 본래 이름과 별명들을 혼용하며 편하게 사용할 것이다.

"네…?"

마을 한가운데 떡하니 마주 서서 그런 질문을 받으니 도리어 잠시 말문이 막힌다.

"6호선 망원역 1번 출구, 직진 220미터… 마포우체국 사거리에서 우회전… 두 번째 신호등을 건너면… 오긴 왔는데 당최 마을이란 델 찾을 수가 없네요."

나는 빙긋이 웃는다.

"학생이세요?"

"아뇨, 삽화가입니다. 출판사에서 '방방곡곡 마을 이야기'라는 주제로 어린이책 일을 맡았는데 자문위원들께서 마을, 하면 뭐니 뭐니 해도 요즘엔 성미산마을을 넣어야지, 하셨어요."

"아, 그러시군요!"

"오늘 저녁에 편집 회의가 있는데 그동안 다른 데는 다 다니면서 찍고 조사하고 했거든요. 성미산마을은 서울이라 마음 놓고 있었는데 이거 큰일이네요."

핸드폰을 열어 시간을 보니 약속 시간까지 40분 정도가 남았다. 청년의 표정은 뭔가 급하고 어려운 숙제를 맡은 아이처럼 힘들고 복잡해 보였다. 그 앞에서 애초 접근 방법이 잘못되었으니 정식으로 마을 투어를 신청하라거나, 마을 소식지를 읽어 보라거나 다큐 프로그램이며 온라인 카페들을 검색해 보라거나 하는 말은 나오지 않았다.

"그럼, 절 좀 따라오실래요?"

해변으로 튕겨져 나온 물고기에게 가장 필요한 도움은 곧바로 그를 바다에 돌려보내는 것 아니겠는가. 나는 일단 그를 작은나무로 데려갔다.

"마을, 하면 작고 포근한 이미지, 한눈에 그림이 그려지는 데로 생각하셨죠?"

"그렇죠. 어딘가 이정표도 분명히 있고, 마을 입구엔 최소한 커다란 마을 지도며 걸개그림이나 안내 게시판이라도 있는 줄 알았어요."

"도시형 마을이란 건 아셨나요?"

"아무리 도시형이라 해도 여기부터 저기까지 주로 우리가 산다. 뭐뭐뭐가 어디어디 있다, 정도는 한눈에 보여야 하지 않을까요?"

그럴까? 이젠 우리도 그럴 때가 된 것일까, 잠시 생각하는 사이 청년이 다시 묻는다.

"참, 성미산은 어디 있나요?"

"저리로 올라가면 되요. 저쪽 마을 뒤편에 있는데…"

"아, 그래요…?"

그는 실망한 기색이 역력했다.

"왜요?"

"저는 성미산만 찾으면 되는 줄 알았어요."

"아, 그리고 바로 성미산 자락에 사람들이 죄다 옹기종기 자리 잡은 줄 알았겠네요."

그가 고개를 끄덕인다. 아, 물론 처음부터 우리가 그렇게 계획할 수 있었다면야… 나는 살짝 억울한 기분을 느끼며 서서히 마을 안내를 시작한다. 물론 가장 중요한 것은 성미산에 관한 이야기다. 그리고 시간 될 때까지 마을 주변을 일부라도 안내할 생각이었다.

"참, 그런데, 정말 친절하시고 고마우신데…, 누구세요…?"

청년이 부스럭거리더니 명함을 꺼내 인사를 정식으로 하겠다며 내게 묻는다. 갑자기 그 질문을 들으니 기분이 묘하다. 정식 인터뷰도, 기사도, 책을 쓰는 일도 아닌 낯선 시간, 낯선 사람 앞에서 '당신은 누구인가?'라는 예기치 않은 질문을 받고 보니 기분이 남다를 수밖에.

나는 누구인가? 그리고 여기는 어디인가? 참 오래오래 두고 오래오래 들던 바로 그 질문에 대한 답은 단 일 분으로도 가능하지만, 실은 일주일 꼬박 날을 새워도 모자랄 답 아닌가. 어쩌면 그런 마음이 차곡차곡 쌓이고 쌓여 이 책을 시작하게 되었으리라.

"저는 유창복, 짱가라고 하구요. 여기서 나름 꽤 오래 묵은 1세대 마을 일꾼입니다."

갈숲에게 잠시 양해를 구하고 약속을 미룬 다음, 나는 청년과 한 시간여 정도 마을 일대를 돌아다니기로 한다. 청년의 인상이 좋아서였는지, 자문위원들이 그 대형 출판사의 어린이책에 꼭 성미산마을을 넣으라 했다는 그 말이 뿌듯해서였는지 확실하진 않다. 다만 내 말을 듣자 점점 흥분하며 그림 그리는 자신의 아내, 반려견과 함께 우리 마을에 꼭 와 살고 싶다는 그의 진심이 퍽 이쁘게 보였던 것 같다.

〈작은나무〉를 나와 왼쪽으로 방향을 튼 뒤, 조금 더 직진하면 〈되살림가게〉, 조 앞이 〈두레생협〉, 그 옆이 〈동네부엌〉, 거길 나와 죽 올라가 방향을 꺾으면 여기가 얼마 전 개업한 〈성미산밥상〉, 뒤로 돌아가 골목을 좀 따라가면 〈성미산마을극장〉이 있으며 거기서 다시 방향을 틀어 조금 걸어가면 〈성미산학교〉와 〈미니샵〉, 다시 작은나무로 돌아와 아까와 반대 길로 죽 따라 내려가면 〈춤의문〉이 있고… 그와 이야기를 나누며 돌아본 마을길은 오랜만에 마을 주민으로서 나를, 그리고 나의 지난날을 돌아보게 해 주었다.

"참, 큰길에서 축제를 했다면서요, 그럼 축제를 열었던 광장은 어디 있나요?"

청년의 그 말에 픽, 헛웃음이 나온다. 진짜 굽이굽이 말티고개를 넘어서 여기까지 온 기분이 순간 밀려온다.

"광장은요, 분수도 없구요, 물론 연못이나 호수도 없지요, 저기 큰 사거

리 있죠? 거기 우리가 직접 바리케이드 치고 오가는 차를 안내하며 막으며
길을 비웠어요."

"거기서 무대도 만들고, 춤도 추고, 노래도 하고 풍물도 했다고요?"

"그럼요."

청년은 말을 더 잇지 못한다. 두 눈을 동그랗게 뜨고 입을 꾹 다물고 고
개만 작게 끄덕인다.

"2010년 축제는 6월 12일, 토요일이 절정이에요, 그때 꼭 놀러 오세요!
참, 그림 잘 그리시고 출판되면 책 한 권 보내 주시고요."

그에게 명함을 건네고 그만 헤어진다. 간극이 정말 크다. 마을 속에 늘
풍덩, 빠져 있는 나. 성미산마을을 태어나 처음 듣고 찾아온 아까 청년 같
은 이들, 그리고 미리 마을을 열심히 조사하고 공부하고 찾아온 이들, 그
들은 또 이렇게 묻는다.

"어떻게 서울에서 이런 공동체 마을을 계획할 꿈을 꾸셨어요?"

"모든 청사진은 언제, 어떻게 결정되고 그려졌나요?"

"누가 주도한 일인가요?"

성미산마을을 맘먹고 방문한 이들이 자주 던지는 말이다. 나도 처음엔
'마을 만들기'나 '공동체 기획'이란 어휘에 별 거부감이 없었다. 다들 그렇게
말하고 쓰니 그런가 보다 했다. 그런데 요즘 들어 곰곰 생각해 보니 우린 한
번도 '마을을 만들어 보겠다'고 미리 모여 계획하거나, 소위 '청사진'이란 것
을 그릴 시간도 주변도 그리 없는 사람들이었다. 오죽하면 성미산마을을
'부동산이 점지한 마을'이라고까지 할까.

일하는 엄마들에게 무엇보다 간절한 종일반 어린이집을 만들면서 그 주
변에 모여 살게 되고, 그도 부족하여 야근하는 엄마들을 위해 품앗이 육
아망이 절로 생겨나고, 지역과 함께 자라고 싶어 방과후교실에 대안교육까
지 시도하고, 기존 제도 교육에 회의를 느끼던 엄마 아빠들이 팔 걷어붙이

고 같이 하겠다 모여들어 시작된 마을이 바로 성미산마을이다. 어느 날 덜컥, 동네 하나가 하늘에서 뚝, 떨어진 것이 아니었다.

마을이란 이름만 해도 그렇다. 우리가 스스로 명명한 것이 아니다. 나름 그 '업계'에선 유명한 '성미산투쟁' 이후 시민 사회에서 우리를 '성미산 지킴이' 나아가 '성미산마을'로 부르기 시작한 것이다. 처음 우리는 모두 민들레 홀씨들 같았다. 갑자기 거대한 모체에서 뚝 떨어져 생존과 생활이라는 과제를 해결하기 위해 이리저리 부유하던 낱낱의 홀씨들. 그들이 바람 따라 세월 따라 뿌리 내릴 곳을 찾다가 제일 먼저 깃든 곳이 산 좋고 물 좋은 정자 대신 성산동이었다는 것.

인근 부동산이 "저기 가 볼라우, 맞춤한 전세가 하나 났어." "조~기 조 집, 남향이라 채광이 아주 좋아." 그렇게 삼삼오오 앞서거니 뒤서거니 모이다 보니 몸에 이로운 먹을거리 가게도, 동네 사람들 일용할 반찬 해결을 위한 동네부엌도, 싱글도 와서 먹기 편한 동네식당, 성미산밥상도… 크고 작은 다양한 마을 배움터며 대안학교, 글로벌 기업까지 꿈꾸는 두레와 마을카페, 마을극장까지 모두모두 생겨났다.

……, 그 이야기를 이제 시작하려 한다.

마포구청역

성미산

▼1

▼2

▼3

●5

●4

▼6

▼7

▼8 ●9 ●10 11 12 13

24 ●14

성서교회

망원동
우체국

◆23

▼15

◆22

●16 ●25

◎망원역

◆21

▼18

◆20

우리은행

●19

◎합정역

사람과마을 cafe.daum.net/sungmisanpeople●9
성미산마을사랑방 cafe.daum.net/archpe

교육

꿈터택견 cafe.daum.net/ggumter▼15
도토리방과후 cafe.daum.net/mapodotori ▼2
또바기어린이집 home.freechal.com/ddobagi ▼18
성미산마을배움터 cafe.daum.net/beyondschool
성미산어린이집 sungmisankids.net ▼6
성미산학교 www.sungmisan.net ▼ 3
우리어린이집 cafe.gongdong.or.kr/scwoori ▼7
참나무어린이집 cafe.gongdong.or.kr/chamnamoo ▼1
춤의문 cafe.daum.net/danceofnymphs ▼8

경제

동네부엌 www.organickitchen.co.kr●12
되살림가게 cafe.daum.net/sungmisanshop●13
두레지원센터 cafe.daum.net/duresc●19
마포두레생협 mapocoop.org●11
비누두레 cafe.daum.net/binudure●11
선물(생협온라인품앗이) www.durecenter.or.kr
성미산대동계 cafe.daum.net/sungmisandaedong
성미산밥상 cafe.daum.net/sungmisanorganic●14
소행주 cafe.naver.com/cooperativehousing●5
작은나무 cafe.naver.com/maulcafe●9
첫발(지역화폐실험모임) cafe.naver.com/sungmisanareum
한땀두레 cafe.daum.net/duresc●12

문화·동아리

동네사진관 cafe.naver.com/photosungmisan
맘품앗이 cafe.naver.com/mampoom
무말랭이 cafe.daum.net/dry-radish
물수제비뜨는네모 mulnemo.tistory.com
성미산건성건성 cafe.naver.com/smsgunsung
성미산마을극장 cafe.naver.com/sungmisantheater●4
성미산어린이마을합창단 cafe.naver.com/sungmisanchorus
성미산풍물패 cafe.naver.com/sungmisanpoong
성미산FC cafe.daum.net/sungmisanfc
세상을노래로채우기 cafe.naver.com/chunghugam
썬더볼트야구단 cafe.daum.net/thunder-bolt

환경

녹색상상 cafe.daum.net/greenmapo
성미산을지켜주세요 cafe.naver.com/greenmapo
성미산주민대책위원회 blog.naver.com/supsubi●10

복지

마포희망나눔 cafe.daum.net/maponanum●10

미디어

공동체라디오 마포FM www.mapofm.net●16

기타

마포의료생협준비모임 cafe.daum.net/mapomedcoop
성미산마을 귀촌모임 cafe.daum.net/anothersungmisan

함께하는 단체

공간 민들레 www.flyingmindle.or.kr◆25
공동육아와공동체교육 www.gongdong.or.kr◆20
국민참여당 마포지역위원회 www.handypia.org/sumapo
기분좋은가게 cafe.daum.net/bobjibngage◆20
또하나의문화 www.tomoon.org + www.tomoon.com
마가린 www.magarin.org◆23
마을공부방 토끼똥 cafe.daum.net/idayeon◆21
마포장애인자립생활센터 mapoil.kr
문턱없는밥집 cafe.daum.net/bobjibngage◆20
문화연대 www.culturalaction.org
민주노동당 마포구위원회 www.mapokdlp.org
민중의집 www.jinbohouse.net◆21
샨티 blog.naver.com/shantibooks
시민공간 나루 www.inaru.net●4
에듀머니 www.edu-money.co.kr◆22
줌마네 cafe.naver.com/zoomanett
진보신당 마포구당원협의회 www.newjinbo.org
풍물굿패 살판 www.salpan.com◆24

아름다운 그 이름이, 바람에 전해져서

두 아이의 성인식

"두 어른이 입장합니다. 네, 정말 어른 두 분이 들어오고 있습니다."

와하하하, 짝짝짝짝!

2009년 5월 셋째 주 월요일, 〈성미산마을극장〉의 아늑한 분위기 속, 커다란 박수와 웃음 속에 등장한 두 어른은 다름 아닌 마을에서 언제나 최고 참 아이들인 강산이와 상현이다. 이날은 그들이 어른이 된 걸 축하하는 성년의 날. 둘은 활짝 웃으며 객석의 손님들과 익숙한 듯 쑥스러운 듯 눈을 맞추며 일일이 인사를 한다. 제법 어른 같다. 사회를 맡은 갈숲이 둘을 어찌 불러야 할지 잠시 머뭇거린다.

"금강산 씨? 금강산 양? 뭐라고 불러야지요? 이거… 참."

객석에서 와그르르 폭소가 터져 나온다.

1. 마을에 새로운 전통을 만들다

사실 두 해 전부터 아이들 성년식을 하면 좋겠다는 의견이 오갔다. 갈숲과 나, 김찬호 박사, 다연엄마, 이렇게 넷이 몇 차례 만나 성년식을 어떻게 치를지 논의했다. 공동육아로 자란 아이들의 성년식을 첫해에 제때 못 챙기면 나중에 하기 더 어렵다는 판단에서다. 성년식의 의미와 방법, 준비 과정 등을 둘러싸고 여러 논의가 있었고, 성년 당사자인 강산이와 상현이, 그 부모들의 의견을 수렴하는 과정이 쉽지만은 않았는데, 상현이가 군에 입대한다는 소식에 그만 열 일 제쳐 두고 성년식을 서두르게 된 것이다.

"내년부터는 이런 성년식이 매년 5월, 마을 전통으로 진행되면 좋겠습니다. 상현이 강산이가 89년생이니까, 내년은 90년생 아이들이 주인공입니다. 10년 후에는 마을 어른들이 환갑 줄에 들어서기 시작할 텐데 그땐 얘네들이 우리도 신경 좀 써 주겠지요?"

둘은 재밌다는 듯 밝게 웃는다. 마음 편하게 왔는데 어른들이 하나둘 들어오시니까 무척 긴장된다며 강산이 먼저 입을 뗀다.

"아마 동네 어른들이 '쟤 뭐하고 사나?' 궁금하실 것 같아서 그동안의 성장 과정을 슬라이드에 담았어요."

할머니와 찍은 사진이 먼저 나온다.

"저도 저럴 때가 있었어요. 대구에서 살 때예요. 세 살이었어요."

하며 금방 쑥스러운 듯 호호, 입을 가리고 웃는다. 숙녀티가 정말이지 물씬 난다. 사진 속 강산이는 한슬이와 나란히 누워 있는데 얼굴에 뭔가 잔뜩 칠해져 있다. 어린이집 식구들 모두 들살이 가서 자는데 누군가 얼굴에 낙서를 했단다. 어린이집에서 말괄량이에 골목대장 노릇 하며 애들 많이 울렸다고 고백한다. 그런데 열다섯 무렵부터는 한 3년 동안 사진이 없다. 암흑기였단다. 학교에서 겉돌다가, 춘천에 있는 전인학교로 가서 향수병에 시달린 이야기 등등, 이미 지나온 길이라는 듯 대수롭지 않게 추억한다. 하자센터에 가서는 '뭘 할까?' 고민이 제일 많았단다. 고정희청소년문학상 받은 일, 동북아평화대장정 다녀온 일, 전국의 대안학교를 탐방하고 『오마이뉴스』에 기사 연재한 일, 이 글을 쓰고 있는 나와 한백이, 주현이와 함께 〈마포FM〉에서 1년 넘게 성미산마을 이야기 방송한 일, 굵직굵직한 것들만 나열한 것 같은데도 그동안 한 일이 다양하고 참 많기도 하다.

"올해 대학교에 입학했어요. 나름 복잡한 진로 고민과 엄마의 걱정 어린 설득, 그리고 먼저 입학한 친구들의 후일담 속에서 입학을 결정하게 되었어요. 그런데 대학교가 제게 어떤 의미일까 아직 정리가 안돼요. 그래서 엄마는 불안하시대요. 쟤가 대학 가서도 여전히 저런다고요, 아하하하."

상현은 어릴 적 사진이 통 없다며, 노리단에서 타악기를 연주하는 건장한 모습의 사진을 화면에 열어 놓고 시작한다. 열여덟 살 때 모습이란다.

"일반 학교 다니다가 중3 때 성미산학교로 갔어요. 친구들은 '야 너 멋있다!' 거기 가면 술·담배도 하고 머리 염색해도 되고 좋겠다며 부러워했어요."

물론 술·담배는 턱도 없었고, 중 1·2학년 동생들과 영어며 수학 수업하는 게 정말 싫었단다. 말로 곱게 해도 되는데 그땐 왜 그랬는지 애들을 때리곤 했단다. 아무튼 학교가 별 재미가 없었다고 한다.

"그때 뮤즈(당시 성미산학교 음악 교사)가 하자센터에 가 보라고 권했어요. 그런데 하자에 가서 노리단 워크숍을 마치고 나니까, 바로 이거다 싶은 거예요. 바로 입단했지요. 그리고 매일 밥 먹고 연습하고 밥 먹고 공연하고 살았어요."

노리단 단원이 되어 전국 각지는 물론, 호주·홍콩·일본·싱가포르 등 나라 안팎으로 공연을 무척 많이도 다녔다고 한다. 무엇보다 소년원을 비롯해서 병원, 양로원 등 참 다양한 관객들을 만나면서 많은 경험을 해서 좋았다고 뿌듯해한다.

"2008년 초에 집을 나와서 동네에 방을 하나 얻어 친구들과 잠시 살았는데, 그땐 참 막 살았어요. 살도 엄청 찌고요, 그때가 저한테는 젤 암흑기였어요. 그런데 도가 지나치지 않게 막아 주었던 게 마을이었던 것 같아요. 동네 사람들 눈이 많아서 말이지요. 물론 그땐 그게 또 안 좋았지만요. 하하."

마을에서 자란 아이들이 어른이 된 것을
축하하는 성인식이 성미산마을극장에
서 있었다. ┇2010년 두 번째 성인식.
⋯▸ 왼쪽부터 마을 최고참 아이인 상현,
강산. ┇2010년 성인식을 준비와 사회
를 맡은 강산.

2. 어떻게 살까

"글쎄요, 어른이 된다는 거, 뭐랄까요. 신용카드 만들 수 있고 선거권 생기고 뭐 그 정도? 자기가 책임지고, 누가 대신 막아 주는 것 없이 살아야 하는 거겠지요. 부담스럽지요. 그렇다고 '어른이 되기 싫다' 뭐 이런 건 또 아니에요. 그런데 마을에서 성년이 되는 게 우리가 처음이잖아요. 그래서 우리가 잘못 살면 큰일 나겠다 싶은 생각은 들어요. 하하하."

상현에게 성인 된 소감을 물었더니 이처럼 덤덤하게 말한다. 뭔가 자유와 독립에 대한 기대도 살짝 있어 보인다. 강산이는 어떨까?

"성인식이 형식적인 것이지만 이제 보호막은 없다, 는 느낌? 한없이 이해받고 허용되거나 하는 선이 아주 멀어지는 것 같아요. 사실 성인이 된다는 것은 어른들이 우리들을 품에서 놓아 보내는 거잖아요. 그래야 되는데, 근데 그게 완전히는 안되는 게 또 뻔히 보여요. 이따금 착잡해요."

성인이 되는 날이니 앞으로의 계획은 어떤지 상현에게 물었다.

"어른이 된 느낌요? 사실 딱히 별로 없어요. 내가 아직 애인지 어른인지 모르겠어요. 살다 보면 어른이 되어 있겠지요. 아빠가 '너도 아들 낳아 봐라' 하시는데 저도 그때 되면 알겠지요? 제대하면 스물세 살이에요. 그때 하고 싶은 것 할 거예요. 미리 준비하지는 않아요. 그때 닥쳐서 충실할 거예요. 그게 계획이라면 계획이에요."

대답에 거침이 없다. 강산이는,

"막연해요. 어른이 되어서 나중에 밥은 먹고살까? 10년 뒤에도 엄마랑 사는 거 아니야? 그런 걱정도 하게 돼요."

하더니 문득,

"우리 엄마 애인 소개 부탁해요. 엄마 알고 보면 귀여운 구석이 있어요."

하며 좌중을 한바탕 웃음으로 흩트려 놓는다. 그러면서,

"즐기면서 산다? 글쎄요, '뭘 할까'보다 '어떻게 살까'가 더 중요하다고 생각해요."

3. 구불구불한 길 찾기가 무척 힘들었지만

이어지는 순서. 창희아빠가 보통의 또래 친구들과는 달리, 스스로 나름의 길을 찾아온 과정이 어렵기도 하고 보람도 있었을 거라며 소감을 한마디씩 해 달라고 부탁했다.

"친구들이 수능 준비하는 것, 내신 등급 고민하는 거 보고 참 안됐다는 생각을 했어요. 하지만 자기가 하고 싶은 것 한다는 것 역시 쉽지만은 않아요. 아니 어렵지요. 참 너무 어려워요. 언젠가 고등학교로 다시 돌아갈까 생각한 적도 있었어요. 스스로 기획해야 하고 스스로 책임져야 한다는 것은 외국에 여행 갔을 때 물 먹고 싶으면 내가 직접 나가서 사 먹어야 하는 상황과 비슷한 것 같아요. 그런데 무척 어려웠지만 그 과정을 겪어서인지 지금은 담담하고 행복해요."

상현이는 자신의 구불구불한 길 찾기가 무척 힘들었지만, 그래서 스스로도 대견한 과정으로 여겨지는가 보다. 강산이는,

"올해 대학 입시 전형 면접에서, 제도권 교육 받은 아이들과 다른 점이 무엇이라고 생각하느냐는 질문을 받았어요. 길은 하나가 아니라는 것, 대학 안 가도 각자 나름대로 잘 살 수 있다, 여러 가지 가능성이 있다, 여기 성미산마을의 여러 어른들처럼 다양하게 살 수 있다는 것을 안다는 것이라고 대답했어요.

오늘 성년식이 내가 축하받는 것 말고 나에게 어떤 의미일까 생각했어요. 사실 제가 지금까지 자란 이 마을은 제가 선택한 것이 아니에요. 엄마

아빠의 선택이었지요. 그게 때론 불만이기도 했어요. 하지만 오늘 성년식은 내가 마을 주민이기를 스스로 선택하는 것, 그걸 축하받는 것이라고 생각해요. 저는 이제 선택했어요, 마을 사람이 되기를. 그러니 앞으로 잘 부탁합니다, 하하하. 그리고 엄마 많이 사랑해!"

다음으로 부모들의 이야기가 이어졌다.

"아이를 어떻게 키우나 두려움이 있었어요. 강산이가 청소년기에 좌절하고 방황하면 나도 그만큼 좌절하고 방황하면서 같이 큰 것 같아요. 자식하고 같이 크는구나 싶더라고요. 강산아! 앞으로 다른 사람의 시선이 아니라 자기 안에서 올라오는 목소리로 만족감을 가지고 살기를 바란다. 그리고 우리 앞으로도 친구처럼 잘 지내자."

"좋은 잔치 열어 줘서 감사합니다. 강산이 크는 거 보면서 그 누구보다도 아픈 성장통을 겪는 걸 바라보고도 옆에 같이 있어 주지 못해 아빠는 자책합니다. 강산아! 자기와 세상에 대해 진지하게 고민하고 노력하길 바란다."

강산이의 눈에도 얼핏 눈물이 비치는 것 같은 건 나만의 착각일까. 아이들의 답사가 이어진다.

"이렇게 자랄 수 있게 해 주셔서 감사해요. 성미산도 지켜 주시고, 여러 가지 다 만들어 주시고 모두 감사해요. 그런데 너무 피곤해 보이세요. 다들 재미있는 것 찾으셔서 즐겁게 사시길 바라요. 그동안 저희 그냥 냅둬 주셔서 진짜 고맙고, '이래야 돼' 하지 않고 그래도 너무 나갔을 때는 잡아 주시고 감사합니다."

강산이에 이어 상현아빠의 순서다.

"그저 축하하자니 난 좀 걸린다. 아빠는 굳이 축하하고 싶지는 않다. 평생 사는 게 성년이 되는 과정이다. 훌륭하게 커 준 상현이가 고맙다. 부모가 해 준 게 별로 없는데 그냥 냅뒀더니 이렇게 성장했구나. 넌 네 영역에서 편히 살다가 마음 편한 아름다운 성인으로 성장해 가길 바란다."

"그동안 마을에서 '새로운 가족' 그런 걸 생각하고 꿈꾸면서 10년 넘게 같이 살아온 것 같아요. 그런데 정작 내 아이에게 최선을 다하지 못했다는 자책이 들어요. 그럼에도 길 찾기를 잘 해내고 성인이 된 자알~ 생긴 우리 아들 너무 좋다(일동 웃음). 상현아, 어른이 된다는 것은 배움에 대해서 늘 열린 자세를 갖는 것 아닐까 싶다. 다른 사람에게, 다른 어른에게, 옆 사람에게, 상황 속에서 배울 줄 아는 사람이 되기를 바란다. 그동안 우리가 10년 동안 한 것이 '아이들에게 고향을 만들어 주자'였다. 꼭 이 마을이 아니더라도 다른 곳에 가더라도 얽매이지 말고 세상을 살아가기 바란다."

상현엄마 참깨의 축사였다.

성미산마을은 공동육아가 다 키웠다고 자랑하고 다닌다는 황윤옥〈공동육아와 공동체교육〉전 사무총장이 끝으로 재미난 덕담을 한다.

"얘들아! 이제 우리 같은 편이 되었구나. 우리 편이 생겨서 난 너무 좋다. 어른이 되면 즐거운 일도 많지만 힘든 일도 많은데, 항상 내 편이 조금씩 부족했거든. 드디어 우리가 키워서 우리 편으로 만들었구나. 마을이 니들을 참 열심히 냅두면서 키웠구나. 그 꼬드김 속에서 자란 아이들이 다른 많은 아이들을 또 꼬드기겠구나. 그러면 더 많은 우리 편이 생기겠구나. 얘들아, 정말 반갑고 고맙다."

올 6월에는 강산이가 성년식을 준비했다. 한 해 동생들인 수진·한백·한슬·나라·민우가 성인이 되었다. 내년에는 창희·재현·꽃분·형기·단하·경빈… 후년에는 민수·상호·주현·완희·새록… 내후년에는…. 이렇게 해마다 5월이면 아이들의 의례가 있고 그 의례를 통해서 아이들은 저희끼리 연결됨을 느끼고 어른들과도 새로운 관계를 확인하게 될 것이다.

나는 어떻게
마을 사람이
되었나

나는 성이 두 개다. 주창복과 유창복. 날 부르는 이름도 여러 개다. 짱아남편 짱가, 재현아빠, 아니 심바아빠 짱가, 그냥 나, 짱가. 아내인 짱아가 나보다 먼저 이름을 지었는데 옆에서 누군가 짱아남편이니 짱가가 좋겠다 했다. 처음엔 그 별명이 그저 그랬는데, 좀 시시한 것 같고 말이다. 언제부턴가 아이들이 짱~가, 짱~가, 하며 곡조까지 붙여 잘도 불러 준다. 난 그게 그렇게 좋을 수가 없다. 그래서 지금 마을에서 날 부르는 내 이름 짱가가 나는 퍽 마음에 든다. 짱아는 늘 "짱아에게 장가든 사람이라 짱가, 짱가의 아내라 저는 짱아"라고 소개한다. 그럼 성이 두 개인 연유는?

1. 아빠는 나의 친척

지금부터 14년 전, 여섯 살 된 아들 재현이가 제 큰댁에서 나와 우리와 함께 아주 살러 왔다. 재현이는 처형의 아들이었다. 그러니까 재현이는 나와 짱아를 이모부, 이모라고 부르던 아이였다.

언젠가 소설 쓰는 후배 남상순이 내 이야기를 모티브로 쓴 책을 가지고 인사차 온 적이 있다. 그 책의 제목이 바로『나는 아버지의 친척』이다. 말 그대로 아이의 친척인 우리는 아이의 부모가 되기로 했다. 우리 집에 재현이가 오기 1년 반 전 일이다. 네 살 된 재현이만 두고 엄마, 아빠, 형, 사촌형까지 모두 교통사고로 유명을 달리했다. 엄마가 본능적으로 재현이를 의자 밑으로 순간 밀어 넣었는지 재현이는 혼자 목숨을 건졌다. 하지만 재현이는 졸지에 엄마 아빠와 형을 잃었다. 이 일을 회상할 때면 나는 언제고 가슴이 아리고 미어진다.

"이모부! 자전거 타러 나가자."

"그래, 엄마한테 지금 나가도 되는지 물어봐."

"이모~ 나 자전거 타러 나가도 돼?"

"이모부~ 다롱이도 데리고 가자."

"그래 그러자, 다롱아~ 아빠랑 재현이랑 나가자."

그리고 우리는 강아지 다롱이와 함께 자전거를 타러 나간다. 아들아이가 온 다음부터 우리는 다롱이엄마 다롱이아빠라 자칭했다. 사람들이 흔히 견공들과 살며 그들의 아빠 엄마라 자칭하는 것이 영 남세스러워 아줌마 아저씨라 칭했는데 아이가 오자 자연히 바뀌었다.

"사실은 우리가 원래 엄마 아빠인데, 엄마가 많이 아파서 큰엄마와 큰아빠가 돌봐 주셨던 거야."

"아, 엄마가 감기 걸려서?"

"응, 그보다 좀 더 많이 아파서. 그래서 잠시 큰집에서 살았던 거야."

내 이름도 바뀌었다, 주창복으로. 원래 내 이름은 유창복이지만 아이의 아빠가 된 이상 제 성이 주(朱)가임을 분명히 자각하고 있는, 글도 읽을 줄 아는 아들을 둔 이상 나도 주가여야 했다. 유(柳)가로 되어 있는 모든 문서와 우편물에 대한 철저한(?) 통제가 시작되었다. 유창복이란 이름으로 오는 우편물은 회사에서 받고 주창복이란 이름으로 오는 것은 집에서 받았다. 아이에게 원래의 관계를 알려 줄 때가 올 때까지는 그러기로 했다.

실은 이름이 바뀌었다기보다는 두 개가 된 것이다. 동네에서 쓰는 이름과 그 외 사회에서 쓰는 이름이 따로 있게 된 것이다. 필명이나 예명을 일부러 짓는 사람도 많으니 문제가 될 것은 별로 없었다. 서양이나 일본에서는 여자가 결혼하면 남편의 성을 따르는데 나는 아이와 가족으로 결합하며 아들의 성을 따랐다. 내가 아이의 아빠임을 이름으로 선언했다고나 할까.

그리고 지금까지 우린 재현이 말고 다른 아이가 없다. 뭐 대단한 결심에서가 아니라 어쩌다 보니 그리되었다. 가끔 딸아이 하나쯤 하는 바람이 없는 건 아니지만 함께 사는 짱아는 자신이 늦은 나이기도 하고 그보다 사회에서 해야 할 일이 많다 여기고 있으니 그 또한 어쩔 수 없는 일이겠지.

2. 아들 덕에 시작한 마을살이

짱아와 나는 아들아이를 데려오면서 무엇보다 아이가 또래들과 한껏 어울리며 지내기를 바랐다. 어린 시절 우리와 함께하지 못한 것으로 인한, 나아가 친부모 친자식 간이 아니라는 데서 오는 혈연 관계의 부족함을 다른 관계로 보완해야 할 것 같다는 생각에서다. 그러던 어느 날 선배한테서 공동육아 어린이집 이야기를 얼핏 들었다. 〈공동육아〉란 말 그대로 '내 새끼 나혼자 잘 키우기'가 아니라 '우리 새끼 우리가 함께 잘 키우자' 뭐 이런 것이라 했다. 뜬금없다는 생각도 들었지만 내가 자랄 적 생각해 보면 뭐 그다지 특별한 거는 아니고 그렇다고 요즘 세상에 그런 게 될까 싶기도 했다. 하지만 마침 사회적 관계가 필요한 아들아이의 유년기에 공동육아는 더없이 좋을지도 모른다는 기대를 가졌던 것 같다.

때마침 마포구 연남동에 있는 회사 사장인 대학 선배가 함께 일해 보자는 제안을 했다. 살 집을 서교초등학교 앞으로 정하고 아이가 다닐 유치원과 선배가 말한 공동육아 어린이집을 함께 알아보았다. 이미 몇 년 전 신문에서 공동육아 출발의 소식을 접한 아내는 원조 공동육아 어린이집이 성산동에 있음을 알고 있었다. 조사 후 결론은 분명했다. 싱겁게도 고민할 여지조차 없었다. 작은 교실에 아이들을 모아 놓고 마치 초등학교 수업하듯 하는 일반 유치원을 보니 여기서 그만 '아니다' 싶었다.

공동육아 어린이집 아이들은 마당이 있는 2층 양옥에서 마치 제집에서 생활하듯 집 안과 마당을 오가며 수업이라기보다는 놀이를 하며 하루를 즐겁게 지내고 있었다. 편한 평상복 차림에 옷에 흙이 묻거나 말거나 개의치 않고 잘도 놀았다. 더욱이 아이들이 선생님들과 격의 없이 지내는 것이 인상적이었다. 수시로 이곳저곳에서 교사들을 '깨몽~' '알라딘~' '양파~' 하고 부르고 반말로 조잘대며 제 이야기를 했다. 교사들 역시 아이들을 친구처럼 자연스레 대하는 것이 나로선 낯설기도 하고 또 어찌 보면 자연스러운 것 같기도 하여 묘한 기분이 들었다. 아이들은 매일 아침 어린이집 대문을 나서 서로 손에 손을 붙들고 동네 이곳저곳을 누비다가 거리에서 아는 어른들이라도 만나면 큰 소리로 "안녕하세요!"를 외치고는 답례를 기다렸다. 그 모습이 참 예쁘고 신기하고 고맙기조차 했다. 바로 여기다 싶었다. 어린이집 아이들을 직접 보고 그 아이들이 사는 터전을 둘러보고 나니, 일전에 선배가 한 말이 다시 생생하게 맴돌았다. '우리 아이들 우리가 함께 키운다.' '아이들은 놀면서 큰다.' 이렇게 아들아이는 우리어린이집에 등원하게 되었고 나는 그곳 신입 조합원이 되었다.

3. 나도 한때는 파릇한 새싹이었다

난 대학 다닐 때 운동권이었다. 낯선 교정에 진달래가 흐드러지던 어느 날

나는 탈반에 들어갔다. 다른 운동권 친구들이 매일 골방에 모여 비밀 세미나 할 때 나는 쇠 치고 장구 치고 춤추는 게 너무 신났다. 게다가 나는 데모 나가기보다 공연하는 게 더 좋았다. 게으르거나 겁쟁이라서만은 아니다. 풍물을 치며 백양로를 거슬러 올라갈 때, 탈을 뒤집어쓰고 노천극장 한가운데 서서 춤추고 있는 내 모습이 무척 폼 나고 즐거웠다. 마을에서 처음 벌인 마을 축제, 나이 마흔이 넘어 동네 마당과 성미산을 오가며 2박 3일 동안 벌인 축제는 오래전 앳되고 파릇한 그 청년으로 내가 다시 돌아간 듯한 기분을 주었다. 오래전 그 무렵에도 나는 매일 오후 노천극장에 모여 선배들의 지도 아래 고개잡이 100장단을 반복했다. 다음날 절뚝거리며 교정을 걸어 다닌다. 다른 애들이 '왜 그러지?' 영문을 몰라 쳐다본다. 괜히 우쭐해진다. 그런 내 모습이 무언가 다른 애들과 달라 보이고 폼이 나 보였다.

대학을 들어간 그해 1980년. 80년 5월은 별다른 설명이 필요 없을 것이다. 그냥 그 자체로 세상의 모든 젊음을 들끓게 했다. 광주의 소식을 듣고 있는 것, 멀쩡히 살아 있는 것만도 미안하고 죄스러웠다. 그때부터 내 한 몸 내 앞날 걱정하지 않고 참 치열하게 열심히 살았다. 83년에 교내 데모를 주동해 징역 1년 반을 선고받고 84년 레이건 대통령 방한으로 출소했다. 난 그때 진심으로 세상에 나가기 싫었다. 나가면 또 죽어라 일해야 되니까 차라리 감옥에서 쉬면서 공부를 좀 하고 싶었다. 나는 그때 1년 반짜리 학습 커리(커리큘럼)를 미리 짜서 들어갔다. 이상하게 처음 4개월은 칸트 책만 예닐곱 권을 봤다. 그렇게 '개기다', 아들 징역 간 후 딱 일주일 앓아눕고 일어나 완전 강성의 〈민가협〉(민주화실천가족운동협의회 줄임말) 회원으로 변해 버린 엄마한테 너무 미안해 그만 출옥했다.

이후 나는 한동안 여러 대중 활동을 했다. 그때의 활동을 통해 운동도 '생활'이라는 걸 알았다. 학생 운동이든 노동 운동이든 사회 운동이든 개별

마을극단 〈무말랭이〉 단원으로 나는 무대에 섰다. 사람들 앞에 함께 서니 그동안 지지고 볶고 하던 단원들 사이, 물밀듯한 동질감과 전우애가 마구 꿈틀거린다.

운동에도 개인마다 취향이 있고 호불호가 있고 적성이 있는 법이다. 나는 대학교 탈반 활동이 가장 잘 맞았다. 그걸 보면 나는 역시 사람들 속에, 사람들과 함께 신나게 호흡하는 일이 제격이고 아마 그것이 오랜 성미산마을 살이의 뿌리가 되지 않았나 싶다.

4. 나의 마을살이를 요약하면

나의 마을살이는 생협 설립-성미산투쟁-성미산학교-마을축제-작은나무-마을극장-마을극단 무말랭이의 단원으로 이어진다. 물론 그 사이 크고 작은 일들이 많이 있다.

  맨 먼저 어린이집에 살짝 접속했으나 생업이 바빠 별로 참여하지 못했는데 생협을 하면서부터 '마을'을 제대로 만나기 시작했다. 참, 그땐 고기가 물을 만난 듯 얼마나 신이 났는지. 나는 출옥 후에도 열심히 '운동'을 하다가 폐병에 걸려 현장을 떠나야 했다. 회복 후엔 뜻한 바 있어 '돈', 아니 '자본'을 왕창 벌겠다며 사업을 시작하고 근 7~8년 동안을 '사업상' 단란주점에서 주로 보냈다. 부도가 나 사업을 정리하고 마을 들어와서 조신하게 살기까지는 말이다. 내가 마을에 온 게 본디 아이를 함께 키우러 왔고 공동육아 어린이집이 안착된 뒤에 무임승차하는 입장이니 튀지 않고 무난한 사람으로 비치길 최대한 기대하고 있는 듯 없는 듯 조용히 살았다. 어린이집이다, 방과후다 죄다 짱아의 일이었다. 난 마을에 이사 온 지 한두 해 만에 생업을 위해 감정평가사 시험을 치르느라 마을과 더욱 거리를 두게 되었다.

2년 후 2000년 12월, 드디어 시험 합격. 밀린 숙제라도 하듯 그때부터 나는 마을일에 거침없이 뛰어들었다. 마침 생협이 한창 만들어지고 있었다. 나의 마을살이는 생협의 역사와 함께 시작한 거나 진배없다. 생협 이사로 참여해 이른바 마을 1세대들과 본격적인 작업을 시작했다. 그리고 그해 5월, 마을축제를 벌이기로 하는데 그 기획 일이 나에게 떨어졌다. 축제 2박 3일, 사람들과 정말 징그럽도록 논 다음 비로소 나는 마을의 일원이 된 기분이 들었다.

텅 빈 무대 위에 내가 서 있다. 올해 2010년 겨울, 극단 무말랭이 단원으로 나는 무대에 섰다. 사람들 앞에 함께 서니 그동안 지지고 볶고 하던 단원들 사이, 물밀 듯한 동질감과 전우애가 마구 꿈틀거린다. 신명이 절로 오른다. 오래전 잊고 있던 기쁜 우리 젊은 날의 추억들이 살아서 다가오고 있다. 나는 나를 잊고 내 역할에 몰입한다, 소리 지르고 움직이고 가쁘게 숨 쉬며 죽을 힘을 다해 온몸으로 에너지를 발산한다. '연극이 끝나고 난 뒤 혼자서 무대에' 서면 그저 이렇게 가만히만 있어도 언제까지나 벅찬 감동에 젖는다. 온 가슴이 다 뻐근해진다. 처음엔 그 끝이 아득해도, 둘러보면 아무도 없이 나 혼자 미친놈 날뛰듯 하는 것 같아도, 막이 오르고 사람들의 눈빛이 우리에게 집중되고 연출의 큐 사인이 나면 우린 한데 얼려 굿판을 벌인다. 나도 살고 너도 살고 함께 살자는 눈물겨운 굿판을. 그게 바로 지난 십여 년 내가 성미산에서 산 한 줄 삶인 것만 같다. 그리고 거기에 아직껏, 후회는…, 없다.

마을나무의 씨앗들,
어린이집,
방과후,
생협

"한수현."

"네?"

"너 지금 뭐하는 거야?"

"생각요."

"뭐?"

초등학교 1학년 미술 시간, 선생님 얼굴이 영 심상치 않다. 한 줄씩 똑바로 스케치북 가득 그려 넣으라는 선 긋기 연습 시간에 수현이가 두 손을 놓고 멍, 하니 앉아 있는 것이다.

"넌 왜 아무것도 안 해?"

"하기 싫어요."

"뭐?"

선생님은 기가 막히고 코가 다 막힌다는 표정을 짓는다. 선생님이 하라면 하는 거지, 소근육 발달 및 기초 미술 능력 함양을 위한 거룩한 수행 과제를 아이가 감히 거부하다니.

"이런 것, 지겨워요. 이거 말고 난 다른 그림 훨씬 잘 그리는데."

공동육아 출신 아이들 몇이 오늘날 성미산학교가 생기기 훨씬 전, 동네 초등학교인 성서초등학교에 입학했을 때 일이다.

1. 이상한 아이, 이상한 부모

"수현이가 좀 이상해요."

"네?"

아이 엄마는 가슴이 덜컥, 한다.

"수업에 필요한 준비물을 못 챙겨 오네요, 숙제도 영 안 해 오고요."

"네? 네-에."

아이 엄마는 안도하면서 동시에 당혹스럽다. 뭐 이런 것을 가지고 아이가 '이상하다'는 표현까지 다 쓸까. 선생님도 지나치게 담담한 엄마의 반응에 표정이 일순 복잡해진다.

"아니, 애가 알림장을 전혀 못 받아 적더라고요. 자꾸 옆자리 아이 걸 베껴 쓰다 둘이 다투기도 하고… 한글, 전혀 안 떼고 학교 보내셨나 봐요."

"아, 그렇죠, 그야 당연히… 그걸 배우려고 학교에 다니는 건데…?"

"네에?!"

선생님은 다시 기가 막히고 엄마는 선생님 표정에 또 당황스럽다.

"거기 출신 아이들은 좀 그렇대."에서부터 "부모들이 좀 이상하대, 죄다 운동권 출신이라나 뭐라나." "애 어른 할 것 없이 서로 별명으로 부르고 반말을 쓴대. 아이들에게 예의도 안 가르치나 봐." 이 정도까지 되면 모른 척할 수 없는 일, 공동육아에 대한 정보며 어린이집 정신도 두루두루 알리자 다짐하고 나선다. 학교에 쫓아가 설명하고 교사들과 사적인 면담을 하는 것만으론 부족했다. 한슬아빠와 민수아빠는 아예 학교운영위원회에 뛰어들어 위원장까지 한다. 사태는 차츰 나아졌다.

매사 좀 이런 식이었다. 일단 시작하고, 다른 필요가 생기면 머리 맞대고 대책을 모의하고, 적극적으로 함께 총대 매기. 이상한 아이보다 더 이상한 부모들의 남다른 마을살이는 그렇게 슬슬 진화의 씨를 배태하고 있었다.

성미산마을살이의 시작점을 거슬러 가면 바로 그 공동육아의 부모들과 아이들의 공간, 〈우리어린이집〉이 있다. 1994년 연남동에 우리어린이집을 만들고 이듬해 성산동으로 터전을 옮긴 후, 이 마을의 고참으로 지금껏 살아온 이들은 대체로 1980년대 초반에 20대를 시작한 이들이다. 대부분 고교와 대학 시절에 민주화 운동의 열기를 몸으로 겪은 소위 '386세대'라 할 수 있다. 이들이 청춘을 졸업하고 각자 결혼하여 첫아이를 낳은 것이다. 이들에게 결혼과 출산, 육아만큼 전면적이고 혁명적인 삶의 변화가 또 있을까.

처음에 이들을 움직인 것은 사실 저간의 개인사가 가장 큰 동력이었다. 즉 국가와 시장이 해결해 주지 못하면 우리가 한다, 는 자발성과 비판 정신이 바로 그것. 소소한 일상의 거대한 필요, 그것을 우리가 '대안적으로' 하겠다는 의지와 결단이 작동된 것이다.

일부는 알음알음 어린이집에 모이기도 했고 일간지 공개 모집 광고를 보고 찾아온 이들도 있었다. 나아가 이들의 힘은 바로 그 세대답게 '협동'을 즐겼다는 데 있다. 학창 시절로 다시 돌아간 기분이었나 보다. 마치 학회나 동아리 활동이라도 하는 듯 착각에 빠져 즐겁게 뭐든 함께했다. 더욱이 자신들의 희망이자 심장과도 같은 제 '새끼'들의 '올곧은' 미래를 설계한다는데. 젊은 날 그들의 못다 한 열정은 고스란히 공동육아와 그밖에 서서히 움트기 시작한 크고 작은 활동에 깊이 스며들기 시작했다.

2. 방과 후 변천사

1996년은 우리어린이집 최고참인 강산이와 상현이가 초등학교에 들어간 해다. 어린이집에서 키운 아이들이 처음으로 학교에 간다니 참 신기하고 대견한 일이었다. 하지만 이 아이들의 '방과 후'가 또 문제였다. 단지 부부가 바빠 아이를 돌볼 수 없는 문제만은 아니었다. 하나 아님 둘 정도인 아이들을 밖이 위험하다 하여 집집마다 동그마니 가둬 놓거나 학원으로 이리저리 돌리는 것이 능사가 아닐 터였다. 이제 어른들은 아이들의 방과 후에 대해 머리를 싸매기 시작했다.

1998년 상반기, 방과후교실(이하 방과후)에 대한 본격적인 논의가 시작되었을 때 우리가 세운 것은 두 가지 원칙이었다. 첫째, 출자금 부담이 없을 것. 둘째, 지역사회에 열려 있으면 좋겠다는 것. 이는 '지들끼리만' 으쌰으쌰 다한다는 오해와 진실을 해명하는 데도 매우 중요한 원칙이었다.

일단 참여자 내부에서도 출자금 부담은 만만치 않았다. 100% 공동육아로 운영되는 우리어린이집은 외부 지원 한 푼 없이 시작한 공공의 일이었다. 교육 시설이나 지원은 아이들이 어릴수록 의무교육의 영역일 텐데 중앙 정부나 지방 정부나 고양이 손 하나 빌릴 구석조차 없었다. 각자 마이너스 통장에 집 잡고 월급 잡고 대출 받아 시작한 일임에도 '지 새끼들을 위해 돈 많은 자들이 나서 벌린 일'이 틀림없다는 지역사회의 시선도 마땅치 않았다. 참여자 내부의 '지역성'에 대한 자각 또한 방과후교실을 만드는 데 중요한 계기가 되었다.

가끔 낮에 동네를 돌아다니다 보면 학교가 끝났을 무렵 길가 문방구 앞에 조무래기 댓 명이 올망졸망 쪼그리고 앉아, 꼭 바위에 달라붙은 '따개비' 형상을 하고 뭔가에 열중하는 모습이 눈에 띈다. 아이들이 집에 갈 시간에 새로 사귄 동네 친구들과 그렇게 어울려 있는 걸 발견하기 수 차례, 따개비엄마들이 의논을 했다. 일단 문방구에 가서 부탁해 보자고.

"그래도 아빠가 한 명은 껴야 돼."

엄마 서넛에 아빠 하나가 문방구에 찾아갔다.

"저기, 아이들이 학교 끝나고 집에 갈 시간에 집에 안 가고 여기 오락기에 붙어서 시간 가는 줄 모르고 있는데 이거 좀 치우시면 안 될까요?"

"네…?"

문방구 주인은 깜짝 놀라 말을 잇지 못한다.

"같이 아이들 키우는 처지에서 이해해 주시면 안 될까요?"

"앞으로 우리 동네 아이들, 문방구는 꼭 여기만 이용하게 할 게요."

"아, 네…… 알겠어요. 그러지요 뭐…"

무슨 유난이냐고 말리는 아빠들도 있었지만, 엄마들이 나서서 함께 의논하고 공손히 부탁하는 자세로 말하면 누구든 안면 몰수하고 화를 내거나 거절하지는 않는다. 그래도 아직 함께 사는 동네 의식은 남아 있던 거다. 하지만 산 너머 산이었다. 초등학교 입학하고 한 학기가 끝날 무렵, 아이들의 귀가 시간이 슬슬 늦어지고 들쭉날쭉해진다. 집에 들어서면서 식구들 눈치를 살피고 거짓 변명을 늘어놓는다. 얼굴 표정까지야 관리가 안 되니 어디까지가 거짓인지 금방 드러난다. 더 큰 문제는 게임이다. 하굣길 새는 것도 다 게임 탓이다.

"우리 반 성민이는 하루 2시간 하게 해 준대."

"우리 반 애들 다 게임기 있어, 나만 없어 외톨이야, 게임기 사 줘."

학교 가기 전에도 아이들과 게임 실랑이가 없지 않았다. 하지만 그때는 어린이집 부모들끼리 미리 하루 게임 시간을 정해 놓고는 시침 뚝 따고 '이 정도 하는 것도 많이 하는 거야.' 하면 먹혔다. 근데 이제는 이게 안 통하는 거다. 한 학기도 못 돼서 엄마들의 담합 전선이 무너졌다. 아이들이 어린이집이란 둥지를 떠나 초등학교에 입학하면서 '학교'라는 넓은 세계에서 벌어지는 사건과 일상은 어린이집이라는 울타리에서 벌어지는 일상과는 비교가 안 될 정도로 다양하고 새로운 것들이다. 어린이집 울타리를 넘어선 아이들 뒤에 지역이라는 새로운 공간이 있었던 것이다. 이삼십 가구 공동육아 조합원들 끼리끼리의 협동적인 돌봄망, 그것만으로는 해결되지 않는 구멍이 보이고, 이미 그 구멍으로 새 나가는 것들이 보이기 시작했다.

3. 동네가 변해야지, 동네가 좋아져야 돼…!

지역을 안고 가려면 지역 주민들의 참여에 문턱이 되는 출자금 부담부터 덜어야 했다. 1998년 9월 방과후 제안서를 마포구청에 제출했다. 마침 주민 자치를 진작하겠다며 동네마다 주민자치위원회를 만들고 동사무소 유휴 공간을 주민 자치 공간으로 활용하겠다는 정책이 나오고 있던 터였다. 게다가 구청에서 운영비 일부를 지원받기까지 하면 일석삼조가 아니겠는가. 하지만 마포구청에 제출한 지역 방과후 운영 제안서는 뚜렷한 이유 없이 거부되었다. 하는 수 없이 다시 조합 방식으로 방과후를 열었다. 1999년 6월, 어린이집에서 코 닿을 데 있는 작고 허름한 주택 반지하에 터전을 마련하고 9월 3일, 방과후교실의 독자적인 정기 총회를 했다. 대한민국 최초의 공동육아 어린이집 〈우리어린이집〉에 이어 최초의 공동육아 방과후교실 〈도토리방과후〉가 열린 것이다.

   비록 조합 방식을 넘어 지역사회에 열린 방과후를 세우는 데는 실패했지만 프로그램만큼은 최대한 그 정신을 담으려 노력했다. 조합 아이 동네 아이 가릴 것 없이 여름과 겨울 방학을 활용해 열었던 〈성미산생태학교〉며 〈전래놀이학교〉, 1998년 어린이날 처음 시작해 매년 같은 날 개최한 〈전래놀이한마당〉이 지금 성미산마을축제의 전신이 되었음은 물론이다. 도토리방과후에선 나들이도 멀리 가지 않고 최대한 '동네 놀이터 섭렵하기' 정도로 원칙을 삼았다. 나들이를 체험 학습의 일환으로만 보지 않고 일상의 생활 공간을 살아가는 아이들의 '마을살이'로 보게끔 했던 것이다.

   장기적으론 '지역사회에 열린 방과후'를 지향하기 위해 방과후 졸업 시

가구당 돌려받는 출자금 중 1백만 원씩을 적립하기로 했다. 2003년 3월까지 19가구가 1백만 원씩 기금을 냈고 그 덕에 1명당 4백5십만 원이던 출자금 부담이 1백만 원으로 크게 줄어들었다 하니 그만큼 적립금 제도가 방과후의 문턱을 낮추는 역할을 한 것이다. 도토리방과후 설립 10년이 지난 시점에 4천만 원이 넘는 적지 않은 적립금이 쌓여 있다.

"아마 그 당시 도토리방과후 시절에 했던 여러 시도와 경험이 지금의 성미산마을을 만들었다고 생각해요… 그들은 당시에 지역에서 함께 살기에 대해서 끊임없이 고민했어요… 아이들에서 벗어나 어른들 스스로 즐거운 인생을 이야기하고, 성장을 시도한 것도 그때인 것 같아요." 오래전에 이미 한동네 주민이 되어 버린 당시 도토리방과후 교사 해기의 회고다.

4. 생협이라는 씨앗

아이들이 학교에 입학하게 되고 점차 생활 반경이 넓어지면 부모들의 눈에 그 지역사회가 들어오기 시작한다. 그러면서 20~30명 규모의 공동육아 울타리만으로는 아이들을 제대로 키우기 어렵다는 사실을 알게 된다. '아이 하나 키우려면 마을 하나가 필요하다'는 사실을 점점 구체적으로, 온몸으로 깨닫게 되는 것이랄까.

"아이들에게 고향을 만들어 주고 싶었어요. 살기 좋은 곳만을 의미하는 게 아닌 우리들만의 추억이 있는 곳, 오랫동안 함께 기억할 수 있는 공간, 그것이 고향이라고 생각했어요."

그러려면 어른들이 이 동네에서 오래오래 같이 살 수 있어야만 했다. 어린이집 말고 새로운 뭔가가 없으면 어른들의 관계가 중단될지 모른다는 위기감이 있었다. 아이들이 자라나면서 몇몇 집은 이사를 가고 한동네 살아도 전처럼 그렇게 긴밀하지 않게 된 것이 슬슬 모두의 마음에 걸리기 시작했다. 생협의 상무인 상호엄마는 마을에 살면서 "동네에서 함께 살던 사람들이 이사 가는 것이 제일 싫었다."고 한다. '우릴 버리고 대체 왜 가나?' 속상하기도 했단다. 뭔가 새로운 관계의 끈이 필요했다. 좀 더 많은 주민들이 참여할 수 있는 마당이 필요했다. '먹을거리'라면 가능하지 않을까?

1999년에서 2000년으로 넘어가는 겨울, 생협을 만들어 보자는 이야기를 민수아빠가 꺼냈다. 그는 마침 젊을 때부터 오랫동안 대학 생협 운동을 해 왔고, 생협 운동이 지역에서 자리를 잡아야 한다고 생각한 사람이다. 때마침 상호엄마가 생협 일꾼을 자임했다. 생협 운동 전문가와 실무 총괄을 담당할 실무자가 나서니 만사형통이었다. 2000년 3월 말에 첫 설립준비 모임이 열리고 3개월 후 우리어린이집에서 발기인 대회를 치렀다. 창립총회 전에도 〈마포생협〉이란 이름으로 '중국산 수입 농산물 검역 기준 강화'를 위한 서명 운동을 하고 민수아빠 아는 분의 농장에서 아이들과 감자도 캐고 가을걷이도 했다. 일하기 싫은 아이들에겐 사진 찍기와 인터뷰 등 기자 활동도 시키며 함께 지냈다. 11월에는 지금 유성목욕탕 자리 1층에 두어 평 남짓, 매장이라 하기도 민망한 조그만 가게를 얻었다. 2001년 2월 10일 드디어 마포두레생협 창립총회를 개최한다. 당시 조합원은 73명, 출자 총액은 약 900만 원이었다.

설립 당시 생협에서 맨 처음 한 일은 엉뚱하지만 조합원의 범위를 정하는 일이었다. 먹을거리를 나누는 것만이 아니라 더 중요한 일이 '생활을 나누는 일'이었다. 그러려면 무엇보다 자주 만날 수 있어야 했다. 행정 구역과 별개로 생협 매장을 중심으로 반경 약 2km를 정하고 그 범위 안에 사는 주민을 조합원으로 하기로 했다. 그 범위를 넘어선다고 막지는 않았지만 권하지도 않았다.

"우리 생협이 너무 잘 돼서 멀리 사는 조합원들이 늘어나면 어쩌지?" "그렇게만 되라 그래, 별 행복한 걱정을 다하네."했지만, 돌아보면 그때 우리는 협동조합 운동에서 매우 중요한 원칙을 이야기하고 있었던 셈이다. 동서고금을 통틀어 공동체 운동의 역사에서 '규모'는 핵심 논의 주제였던 것이다. 적절한 규모는 다양성과 종합성을 가능하게 하고 그 종합성은 바로 집약성에서 나온다.

"모여 살다 보면 자연스레 온갖 주제가 다 나온다."

민수아빠의 말은 적절한 규모의 유지가 집약성을 가능케 하는 매우 중요한 조건이 된다는 점을 알려 준다. 이렇게 작지만 밀도 있는 마을의 성과는 앞으로 분명 한 모델이 될 수 있을 것이다.

돌아보면 생협은 '공동구매 – 공동소비'를 기본으로 하는 '협동조합'의 원리를 채택하고 있었고 이는 육아협동조합으로서 공동육아의 가치에 그대로 연결되는 것이었다. 생협의 설립은 공동육아의 가치를 '육아가 아닌 먹을거리'로 지역과 나누고 마을에 내보인 첫 시도라 할 수 있다. '육아에서 먹을거리로, 소수 조합원에서 광범한 지역사회로의 전환'. 이것이 바로 생협이 우리 마을에서 차지하는 역사적 의미가 아닐까 싶다. 그리고 그 내용은 먹을거리에서 마을기업으로, 방과후 교육에서 대안학교로, 성미산이라는 생태 환경 운동과 마을축제, 문화와 예술로까지 이어지는 모태가 되었다. 결국 생협은 어린이집, 방과후교실과 함께 성미산마을의 오늘을 형성한 최초 유전자로 당당히 자리매김할 수 있을 것이다.

신이 우리를 저격하길!

성미산아 걱정 마!
우리가 지켜
줄게!

2001년 가을 무렵 어느 날, 아들아이가 다니는 도토리방과후에서 엄마 아빠들 급히 모이라는 전갈을 보냈다. 무슨 일인가 했더니 방과후 교사 해기(해바라기의 준말)가 착잡한 표정으로 말문을 연다. 평소 이름처럼 생글생글 밝은 낯빛의 해기가 그날은 퍽 비장한 표정으로.

"성미산 소식 아세요? 성미산이 배수지 용도로 헐린답니다."

실은 이미 알고 있던 사실이었다. 발 빠른 단하아빠가 며칠 전 우리에게 알려 줬다. 해기는 말을 이었다.

"성미산은 아이들이 매일 해 뜨면 나들이 가는 곳이에요. 아이들은 나름대로 비밀 장소를 만들어 놓고 그늘나무니, 비둘기집이니 자기들만 아는 이름을 지어 놓았지요. 성미산은 우리 아이들의 추억과 꿈이 담긴 곳이에요. 그런 의미에서도 이 산은 헐리면 안 돼요. 만약 헐리게 되면 우리 아이들의 꿈과 추억의 창고가 영원히 사라지게 됩니다. 성미산은 공동육아의 꿈과 소망이 자리하고 있을뿐더러 우리 마을의 중요한 상징적 장소로서 여느 장소와는 그 의미가 정말 다릅니다."

사실 며칠 전 성미산에 배수지 건설이라는 〈서울시상수도사업본부〉의 공사 계획을 들은 후 마을 사람들 마음도 복잡하긴 했다. 환경을 생각해 성미산에 배수지 건설만은 막아야 한다는 의견이 있었지만 배수지가 말 그대로 지역 급수를 원활하게 하기 위한 공익 시설이라면 무작정 반대하기도 어렵다는 의견도 있었다. 나만 해도 그랬다. 4년여 성미산 자락에 살았지만 산에 올라가 보기는 손에 꼽을 정도였다. 그때까지 난 생태적 감수성도 그다지 없었다. 게다가 산을 지키네 어쩌네 하면 그 후 벌어질 갖가지 실랑이가 '안 봐도 비디오'인지라 돌아가는 눈치만 힐끔힐끔 보며 말을 아끼고 있었다. 하지만 해기의 단호하면서도 간절한 말을 듣고 보니 이제껏 눈치만 보고 있는 내가 슬그머니 부끄러워졌다. 더구나 해기는 목에 핏대를 올리며 '환경을 지키자'는 게 아니라 '아이들의 꿈과 추억이 고스란히 담긴 동산을 지키자'는 말을 하고 있지 않은가.

1. 아이들한테는 성미산이 고향

학교 끝나기 무섭게 가방 내동댕이치고 편짜서 공 차던, 일명 '벽치기' 골목, 어쩌다 형들 없는 틈에 맘껏 축구 차던 동네 끝자락 큰 공터, 아이들과 어울려 기웃대던 시장통… 부모님 계신 미아리를 가면 공터는 재개발로 사라졌지만 게서 어찌 축구를 했을까 싶은 좁다란 골목은 지금도 그대로 남아 있다. 나는 시골서 났지만 주로 미아리에서 어린 시절을 보냈다. 지금도 가끔 벌초하러 가는 시골에는 별 반가움도 추억도 없다. 그런데 미아리는 다르다. 상전벽해를 열 번도 더 했을 그곳이지만 예전 나 어릴 적 뛰놀던 그곳을 생생히 기억해 낼 수 있다. 내겐 미아리가 바로 내 고향인 것이다.

"그래, 성미산이 재현이의 고향이지." 나는 다음 날 바로 성미산에 올랐다.

"관에서 하는 걸 우리가 어찌 막어?"

공동육아 아이들의 고향이자 마을 어른신들의 종합 병원인 성미산 : 성미산 전망대에서 바라본 풍경

　　새벽녘 성미산에는 오래전부터 날마다 산을 오르던 마을 어른들이 계셨다. 벌써 마을에 소문이 퍼졌는지 다들 한마디씩 한다.

　　"산이 헐린대."

　　"그럼 아침에 산에서 이 체조조차 못하는 거야?"

　　"성미산이 종합 병원인데, 이거 없어지면 난 어쩌나."

　　이분들 중에는 성미산 자락에 산 지 30, 40년이 넘는 진짜 토박이들이 많다. 이 자그만 산을 오른 지 30년도 넘었다는 할아버지, 할머니에서부터 날마다 새벽 산에서 에어로빅 체조를 한다는 동아리도 있었다. 산 중턱에 설치된 운동 기구를 이용하는 주민들도 제법 되었다. 산이 만병통치약이라며 배수지 설치로 산이 없어질 것을 무척 아쉬워하시는 할머니에게 슬쩍 말을 건넸다.

　　"배수지 짓는 거 막아야지요?"

　　"관에서 하는 걸 어찌 막어? 막을 수 있으면야 우리야 좋지만서도…"

　　한편으론 자포자기의 심정을 토로하며 또 한편으론 당신보다 젊고 열성적인 우리에게 은근히 기대를 거는 눈치였다. 성미산이 내 아들놈의 고향이기 전에 이미 이 어르신들의 고향이었음을 나는 그제야 알게 되었다.

"할아버지 할머니, 우리 같이 힘을 합하면 이 산 지킬 수 있어요!"

"······"

대답이 없으시다. 답답했지만 이해 못할 바도 아니다. 말로 될 일이 아님을 바로 알았다. 어린이집 엄마 아빠들이 모였다. 우선 우리들만이라도 산에 자주 올라 어르신들하고 이야기를 나누고 대책을 세워 나가기로 의견을 모았다. 성미산 인근에 있는 교회·절·성당 등의 종교 단체와 이야기를 나누니 모두 공감을 했다. 산 밑에 배드민턴 코트를 치고 운동하는 배드민턴 동호회 회원들을 비롯, 체조부·청년회·산악부 등등 지역의 여러 주민 단체들이 하나둘씩 모여 들었다. 처음에는 회의적이던 이들도 지역의 동참 분위기를 실감하자 적극적으로 나서기 시작했다.

드디어 성미산 배수지 건설 반대를 위한 공식적인 주민 대표 조직 〈성미산을 지키는 주민 연대〉가 결성되었다. 일명 〈성지연〉. 성미산의 친구가 탄생한 것이다. 조합원 모집과 사업 정비에 한창이던 생협 구상무가 그 활동의 중심에 섰다. 여러 공동육아 어린이집 조합원들이 생협의 주축이기도 했고, 지역 차원에서 공동의 발언과 행동을 할 수 있는 틀로서는 무엇보다 생협이 적합했다.

성지연의 위력은 대단했다. 처음 공동육아 어린이집 조합원 엄마 아빠들의 항의와 움직임에는 콧방귀도 안 뀌더니, 어엿한 지역사회의 여러 주민 단체들을 망라하는 연합체가 결성되자 서울시나 마포구청 측에서도 우리를 함부로 대하지 못하는 분위기가 되었다. 마포두레생협·우리어린이집·도토리방과후·날으는어린이집·풀잎새방과후·참나무어린이집·성만교회·성림사·신체조교실·건우회·나무회·성미향우회·성산향우회·체조교실 등 참여 단체의 면면을 보면 그럴 법도 하다.

지역 어르신들의 기대와 후원 또한 절대적이었다. 양측의 대립이 정점에 달했을 때, 서울시 측 흑색선전에 맞선 지역 어르신들의 엄호는 참으로 효과적이고도 감격적이었다.

　　'다른 지역에서 원정 온 데모꾼들'이라느니 '이 동네에 살지도 않는다'느니 배수지 공사를 도급받은 업체 직원들이 시위에 참여한 우리를 보고 하는 막말에 60, 70대의 머리 허연 어르신들이 우리를 편들어 주었다.

　　"이 양반은 우리 뒷집 사는 아무개 아빠여! 이 동네에 산 지가 벌써 5년째여! 이 엄마는 어떻고?"

　　어르신의 단호한 말에 그들은 오히려 머쓱해지고 말았다. 통쾌하고 가슴 뭉클한 순간이 아닐 수 없었다. 공동육아 식구들과 지역 어르신들과의 극적인 만남은 이렇게 바로 성미산에서 이루어졌다.

2. 배수지 배후 세력

그래도 고민은 여전히 남아 있었다. 배수지가 다름 아닌 주민들에게 원활한 급수를 하기 위해 필요한 시설이라는 상수도사업본부의 주장이 그것이다. 소위 '님비'로 불리는 지역 이기주의 혐의에서 우리가 과연 자유로울 수 있는가 하는 우려가 생겼다.

　　"다른 방법은 없는가? 굳이 마포구를 통틀어 하나밖에 없는 자연 숲을 헐면서까지 할 수밖에 없는가? 좀 더 친환경적인 방법을 찾아내어, 급수도 환경도 함께 살리는 방법을 찾아보자."

　　하지만 상수도사업본부 측의 답은 간단했다.

　　"달리 방법이 없다. 다른 방법이 있으면 당신들이 한번 제시해 봐라."

　　기가 찰 일이다. 소위 전문가라 하는 그들이 우리에게 대안을 묻고 나선 것이다. 참으로 오만하고 괘씸했다. 그래 봤자 니들이 뭘 알겠느냐는 것이고 답답한 놈이 우물 파라는 못된 관료적 습성이었다. 이어 그들은 배수지 건설 이후에 훌륭한 공원을 조성해 주겠다고 우리를 설득하려 들었다. 콘크리트 구조물을 흙으로 덮고 그 위에 잘 다듬어진 나무를 심어 깔끔한 공원을 만들어 주겠다는 것이다. 이건 배수지보다 더 동의하기 어려웠다.

"산을 다 파헤치고는 그 땅속에 시멘트 덩어리를 묻구설랑, 그 위에 이쁜 낭구 다시 심어 봐야 그게 뭔 산이여? 산은 다 죽은 거지! 게다가 산 중턱까지 아파트들이 죄 들어설 것 아닌감. 아이고!"

고개를 절레절레 흔드시는 할머니… 알고 보니 배수지 건설 예정 지역을 둘러싼 성미산의 나머지 부지가 한양대 재단의 소유란다. 배수지가 건립되면 산림 훼손이 불가피하고 그러면 부지 개발이 용이해지고, 재단은 그 점을 이용해 아파트를 지어 재미를 보려고 한다는 것이다. 이게 바로 '배수지 건설과 공원 조성'이라는 상수도사업본부의 안이었다. 우리는 즉각 전문가들이 참여하는 공청회를 요구했다. 산은 한 번 헐리면 영원히 복원할 수 없으며 산을 허무는 것은 정히 다른 대안이 없을 때 최종적으로 선택하는 것이라 주장하며. 하지만 공청회라는 간단한 요구 하나를 얻어 내는 데도 무려 2년이라는 세월이 흘러야 했다. 그것도 지난한 노력과 희생을 치르고서야 말이다.

3. 넌 몇 장 팔았어?

성지연이 맨 먼저 할 일은 우선 지역 주민들에게 배수지와 아파트 건설로 성미산이 곧 절단 날 위기에 처했음을 알리는 일이었다. 한여름 무더위가 기승을 부리던 2001년 8월, 나는 주민 몇몇과 서명 용지 한 묶음을 들고 거리로 나갔다. 지하철 망원역 입구에 테이블을 놓고 퇴근하는 주민들을 일일이 붙들고 호소했다.

"성미산이 헐린대요."

"산을 깎고 거기에 배수지를 짓고 아파트를 세운대요."

"한양대 재단이 부동산 개발을 하려고 한답니다."

서명을 받으며 배수지와 한양대의 아파트 개발 계획을 주로 알렸다. 준비한 유인물에는 성미산이 생태적으로 우수하며 우리 지역 주거 환경에서 매우 중요한 산임을 알 수 있는 내용들을 적어 놓았다. 성지연은 단체별로 서명 목표를 할당하고 두 달여 동안 목표를 달성할 것을 독려했다. 퇴근길의 주민들도 처음에는 잡상인 보듯 무심하게 지나다가 며칠을 계속해서 전단지를 나누어 주고 큰 소리로 설명을 하자 서명대 앞에서 자초지종을 묻고 관심을 갖기 시작했다. 짧은 기간에 서명 목표를 달성한 데는 공동육아 어린이집 아이들의 열성적인 활동을 빼놓을 수 없다. 어른들이 주민들에게 다가가 전단지를 건네면 피하거나 여간해서 잘 받으려 하지 않는데 우리 애들이 쫄랑쫄랑 왔다 갔다 하며 "아저씨, 할머니, 이거요." 하고 전단지를 내밀면 한번 쳐다보고는 웃어 주며 백이면 백 다 받아 갔다.

"나 오늘 스무 장 팔았다! 넌 몇 장 팔았어?"

아이들 덕에 뻘쭘할 수도 있는 서명 활동은 어느새 즐겁고 부담 없는 놀이가 되었다.

성지연은 모두 2만여 주민의 서명을 받아냈다. 두 달여 만에 참여 목표를 너끈히 달성한 셈이다. 성지연은 서울시와 마포구에 이 서명지를 첨부해 주민 의견을 냈고, 감사원에 감사를 청구했다.

4. 산상음악회

서명을 받는 동시에 색다른 이벤트를 기획하자는 의견이 많았다. 그래서
〈산상음악회〉를 열기로 했다. 우리에겐 그해 봄, 첫 마을축제를 2박 3일
동안 규모 있게 치러 낸 경험이 있었다. 마을축제 준비 팀이 음악회 준비를
맡기로 했다. 나도 그 준비 팀의 일원이었다. 장소는 성미산으로 정했다.
산의 위기를 알리고 산에서 맛보는 음악회를 통해 산의 소중함을 알릴 수
있다는 점이 고려되었다. 반대 의견도 있었다. 산에서 시끄럽게 기계음을
내고 소란을 피우면 산이 고통스러울 텐데 우리가 산을 지킨다면서 산을
괴롭히면 되겠냐는 것이었다. 맞는 말이다. 그렇지만 산이 절단 나게 생겼
는데 산에서 해야 산을 지키려는 기운을 모을 수 있으니 산도 이해하지 않
겠냐고 설득했다. 다행히 가급적 기계음을 덜 사용한다는 조건을 달고 동
의를 얻었다.

출연자 섭외는 상호아빠가 맡았다. 왕년에 탈패 출신이라 신명도 많고
축제 하면 한몫하는 이였다. 하마 손용태는 산상 무대 제작과 음향, 조명
설치 등을 책임지고 나섰다. 든든했다. 나는 음향 장비가 그렇게 무거운 줄
그때 알았다. 차가 들어오는 산 입구에서부터 산꼭대기까지 그 무거운 음
향 장비를 메고 나르느라 여러 아빠들 힘깨나 뺐다.

그해 9월 초가을 저녁, 드디어 성미산 서측, 일명 비둘기산에 주민들이
속속 모여들었다. 비둘기가 많이 내려앉아 논다고 아이들이 비둘기산으로
이름을 붙인 모양이다. 이 산의 정상은 부챗살 모양으로 돌계단이 층층이 나
있고, 부챗살 중심 부분에 크지 않은 무대가 있어 노천극장으로서 손색이 없었
다. 어느새 주민 1,500여 명이 모였다. 깜짝 놀랄 일이었다. 산을 빼곡히 메운
주민들이 보였다. 이제 곧 산상음악회를 시작하겠다는 말조차 나오지 않았다.
가슴이 뻐근하고 눈시울이 뜨뜻해졌다. 나는 잠시 호흡을 가다듬어야 했다.

성미산의 위기를 알리는 색다른 이벤트로 〈산상음악회〉가 기획되었다.
이 음악회를 보려고 지역 주민 1,500여 명이 성미산에 모여들었다.

"여러분 산속에서 하는 음악회 처음이시지요?"

"옆에 앉아 계신 이웃과 인사하세요. 서로 사는 곳도 이름도 나누세요."

"오늘밤 산에게는 조금 소란해서 미안한데 산을 지키러 온 것이니 산도
이해하겠지요?"

"자, 우리 성미산에 약속 하나 하고 시작할게요. 저를 따라 하세요."

성미산아 걱정 마! 우리가 지켜 줄게~!

성미산아 걱정 마! 우리가 지켜 줄게~!

초등학교 5학년 병란이가 하모니카를 불었다. 아이가 크고 작은 여러 개
의 하모니카를 번갈아 부니 관객들이 모두 신기해했다. 달빛 아래서 들려
오는 하모니카 선율이라니. 그것도 '어린애'가 저렇게 잘하다니. 달빛 머금

은 하모니카 선율은 우리 모두의 가슴마다 청아하게 배어들어 영원히 아름다운 기억으로 자리 잡았다. 다음 순서는 공동육아 부모들과 아이들에게 아주 잘 알려져 있는 예인 백창우. 그는 동요를 여러 곡 들려주었다. 곧 풍물패 〈노름마치〉의 신나는 앉은반 연주가 이어졌다. 이들은 동네 어귀에 있는 성만교회 건물 지하에 연습실을 두고 있는 전문 풍물패였다. 관객들 모두 입을 다물지 못하고 탄성을 질러 댔다. 끝으로 가수 강산에가 '성미산 지킴이'를 상징하는 노란 티셔츠에, 가슴에 커다란 성미산 스티커를 붙이고 기타를 둘러멘 채 무대에 섰다. 매력이 철철 넘치는 그의 연주를 듣고 있자니 우리는 결코 외롭지 않은 존재이며 누군가와 함께하고 있다는 확신이 온몸에 번지듯 퍼져 나갔다. 그간 서명에, 행사 준비에 피곤에 찌든 몸 깊숙한 곳에서 알 수 없는 힘이 마구 샘솟았다.

5. 주민을 위한, 주민에 의한

산을 지키는 일이 항상 부드럽고 감동적으로만 진행되지는 않았다. 2002년 1월 어느 날 상수도사업본부는 갑자기 주민설명회를 한다고 일방적으로 통보해 왔다. 주민 2만여 명의 서명을 받아「성미산 생태 보전의 필요성과 친환경적 배수 시설을 요구하는 질의서」를 제출했는데도 그에 대해선 아무 응답도 하지 않고서 말이다. 뭔가를 보여 줘야만 했다. 주민 50여 명이 설명회장으로 몰려갔다. 주민설명회라는데 모여 있는 사람들을 보니 관계 공무원 빼면 내용도 모른 채 동원된 '알바' 주민 몇이 다였다. 우리는 설명회의 부당성을 주장하고 그 철회를 요구했다. 결국 설명회는 무산되었다. 그들도 그제야 '장난 아니네' 싶었을 거다. 하지만 일방적인 설명회는 그 후로도 두 차례나 더 시도되었다. 어떻게든 요식 행위를 거쳐 배수지 설치를 밀어붙이겠다는 거였다. 성미산 단짝 친구 성지연을 구심점으로 똘똘 뭉친 우리는 2002년 7월과 10월 두 차례 더 시도된 설명회를 간단히 무산시켰다.

2002년 월드컵 광풍에 앞서 마을에는 지방 선거 바람이 불었다. 주민 2만여 명의 서명을 받아 구청이다 시청이다 백방으로 뛰어도 상수도사업본부는 꿈쩍 않고 계획대로 밀어붙일 기세였다. 언론도 우리 문제에 별반 관심을 보이지 않았다. 국회의원, 구의원, 시의원 누구 하나 우리 이야기에 관심을 갖는 이가 없었다. 참으로 답답해 미칠 노릇이었다. 주민 편에 선 구의원 하나 없는 것이 그렇게 아쉬웠다. 그렇다고 탄식만 하고 있을 수는 없었다.

"그래, 이참에 아예 선거에 나가자!"

출마자를 물색했다. 자천타천으로 세 사람이 거명되었다. 서교동 대표로는 조윤석이 나섰다. 그는 홍대를 주 무대로 활동하는 인디밴드로, 「짬뽕」이라는 노래로 유명한 〈황신혜밴드〉의 베이스 겸 보컬을 맡고 있었으며 홍대 앞에서 〈희망시장〉 활동을 하고 있었다. 연남동 대표로는 이현찬 할아버지가 출마했다. 〈성미산체조회〉 회장으로 성지연 결성 초기부터 참여했고 성지연 공동대표로 동네 어르신들을 비롯하여 지역 토착민들의 여론을 결집하는 데 각별한 역할을 해 오신 분이다. 성산동 대표로는 우리어린이집 조합원인 권범아빠 김종호가 나섰다. 왕년에 학생 운동을 해서 남들 앞에 나서서 이야기하는 것에 익숙한데다 이현찬 할아버지와 함께 성지연 공동대표로서 성미산 지키기에 누구보다 헌신적으로 활동해 왔다.

결과는 모조리 낙선. 하지만 선전이었다. 한나라당 소속 출마자들이 싹쓸이 당선된 그때 분위기에서 무소속으로 나와 2등으로 낙선했으니. 더구나 당시 여당이던 민주당 출마자를 모두 눌렀으니 말이다. 졌지만 아쉬울 게 없었다. 한 사람이라도 당선되면 물론 좋았겠지만 아이들까지 신나게 선거 운동도 원 없이 했고 그 덕에 성미산의 위기를 지역은 물론 지역 밖에 널리, 제대로 알릴 수 있었다. 구청이나 시에서도 우리를 대하는 태도가 몰라보게 달라졌다. 함부로 무시하지 못할 정도로 '저기 막강한 표밭이 있구나' 하는 눈치였다.

지방 선거와 월드컵이라는 소강상태가 지나자 상수도사업본부 측은 공사 강행의 수순을 밟기 시작했다. 우리도 단단히 마음먹고 대응할 준비를 해야 했다. 우선 조직을 새로이 짰다. 이듬해 2003년 1월 8일, 마을 어린이집, 생협, 지역 종교 단체와 산악회 등 지역 주민 동아리들로 구성된 성지연에 성서초등학교 운영위원회, 서울환경운동연합, 환경정의시민연대, 마포자치연대, 개혁국민정당 마포지역위원회, 민주노동당 마포을지구당, 전국 공무원노조 마포지부 등 시민 사회단체가 대거 합류하여 〈성미산 개발 저지를·위한 대책위원회〉(이하 성미산대책위)가 구성되었다. 이른바 '선수들'이 합류한 것이다. 든든했다. 성미산 주변에는 뭔가 일전을 불사하는 전운이 감돌았으며, 일촉즉발의 긴장이 쌓이고 있었다.

역사는 밤의 텐트 속 에서

드디어 올 것이 왔다. 2002년 말엽부터 온몸에 벌레가 스멀거리는 듯 야릇하고 꺼림칙한 기운이, 곧 터질 듯 팽만해지는 풍선 지켜보듯 아슬아슬한 긴장감이 성미산 자락에 계속 뭉글뭉글 모여들고 있었다.

1. 성미산 지킴이 탄생하다

그들은 비겁했다. 아니 조급했겠지. 1월 29일 설밑, 이가 딱딱 부딪힐 만큼 추운 날 아침, 등산객의 발길마저 뜸한 틈을 노렸다. 공사업체인 효림종합건설이 동원한 인부 30여 명이 엔진톱을 들고, 성미산 정상부 6,000여 평을 메우고 있던 30년 넘는 나무 2,400여 그루를 단숨에 베어 냈다. 날카로운 엔진톱의 굉음에 놀란 주민이 혹시 싶어 날린 긴급 호출에 인근 주민 30여 명이 달려가 보니, 10~20미터가 넘는 큰 나무들이 마구 잘린 채 산등성에 어지러이 쓰러져 뒹굴고 있었다. 참혹한 광경이었다. 인부들은 잘린 나무 위를 넘나들며 토막 내 가져가려고 힘없이 널브러진 나무 위로 다시 날카로운 톱을 들이대고 있었다.

경비 용역업체인 백송산업개발 직원들은 달려온 주민의 접근을 막아섰고, 마포경찰서 소속 경찰들이 나와 벌목 현장을 지키고 있었다. 서둘러 퇴근해 뒤늦게 산에 올라가 보니 상황은 이미 종료되어 있었다. 주민들이 경비 용역업체 직원들의 저지를 뚫고 산에 올라가 톱질하던 인부들이 쓰러진 나무를 더는 토막 내지 못하도록 막아 냈고 업체 측도 소기의 목적을 달성했다는 듯 작업을 중단하고 내려가고 없었다.

벌목된 현장은 정말이지 참담했다. 산 전체가 날카로운 칼에 함부로 난자당한 모습이었다. 눈물이 핑 돌았다. 다들 제 가슴이 칼에 베인 기분이었다. 모여든 주민들은 그 길로 시청으로 내처 달려갔다. 서울시 측은 시청 정문과 후문을 모두 막고 아무도 들여보내지 않았다. 그해 겨울 가장 추웠던 1월 29일, 잘린 나무로 인해 더더욱 마음이 아리고 시렸던 그날, 아이들을 포함한 주민들은 추운 바람을 맞으며 시청 밖에 내몰린 채 벌벌 떨어야 했다. 서울시 측은 성미산대책위 대표 5명을 충정로에 있는 상수도사업본부로 가라며 문전 박대했다.

이날 저녁, 마을회관이나 마찬가지인 〈꿈터〉에 주민들이 삼삼오오 모여들었다. 이날은 모두 40여 명이 모였는데 아마 이것이 성미산 지역에서 최초로 열린 '마을회의'가 아닌가 싶다. 두 시간 넘게 열띤 이야기가 오갔다.

"이건 우리 안방을 치고 들어온 거나 다름없다."

"당장 내일부터 무조건 24시간 산을 지켜야 한다."

"설 연휴고 뭐고 반납하고 산에서 우리 합동으로 차례를 지내자."

'무기한 철야농성', '성미산 24시간 상주', '연휴 반납, 합동 차례'가 결의되었다. 밤 시간대는 아빠들이 3명씩 조를 짜서 지키기로 했다. 퇴근 후 저녁 먹고 9시부터 다음 날 새벽 6시까지 아빠들로 편성된 철야조가 번을 서고, 그 후부터 오전 10시경까지는 동네 어르신들이, 그리고 그 이후는 동네에 상주하는 엄마들과 자영업을 하거나 시간적 여유가 있는 이들이 맡기로 했다. 상주 지킴이 체제가 원활하게 운영되기 위해서는 지휘자가 필요하다는 의견이 나왔다. 김종호 대책위원장과 역할을 나누어 성미산을 불철주야 지킬 대장이 필요했던 것이다. 우리어린이집 용빈아빠가 손을 번쩍 들었다. 동대문에 있는 가게에서 저녁 장사를 해서 철야 시간을 제외하고는 산에서 근무할 수 있다고 했다. 다들 좀 미안하고 안쓰러웠지만 반갑게 박수로써 농성 대장의 칭호를 부여했다.

성미산에 잘린 나무를 가지고 투쟁 기금을 마련하는 방안도 찾아보기로 했다. 당시 아이들을 위한 공방을 운영하고 있었던 짱아는 솜씨 있는 동네 엄마들을 틈틈이 불러들여 나무 목걸이 만들기를 했다. 우선 '죽임'을 당한 나무들에서 적당한 굵기의 가지를 잘라 내는 일은 아이들과 함께 하고 나뭇가지들을 얇게 토막 내는 일은 아빠들에게 부탁했다. 그 얇고 둥근 나무 토막에 각자 그리고 싶은 그림을 그려 넣으니 각양각색의 예쁜 목걸이들로 재탄생했다. 아이들이 그린 목걸이 작품들도 다 가지고 싶을 정도로 예뻤다. 요즘은 그런 모양의 나무 목걸이가 많이 만들어지고 있지만 당시는 아주 신선한 아이템이라 인기가 좋았다. 덕분에 총 400여 만 원이라는 판매 실적을 올려 대책위에 전달하게 된다.

2. 120일 산상 철야 농성

1월 30일 오후 몇몇 아빠들이 산에 올라 24시간 상주를 위한 준비를 시작했다. 우선 두세 명은 들어가 쉴 수 있는 크기의 텐트를 쳤다. 한겨울인데다 산 위라 무척 추웠다. 텐트만으로는 부족했다. 두어 시간 후, 날으는어린이집 혜림아빠 진상돈과 해솔아빠 섭서비가 비닐하우스 자재를 한 세트 구입해서 올라왔다. 뚝딱뚝딱 하더니 텐트 위로 근사한 비닐하우스가 세워졌다. 앞뒤로 문을 내어 들고 나기도 편했다. 비닐 문이 바람을 막아 주어 텐트 안이 제법 따뜻했다.

다음 날 오전 풀잎새방과후 철이아빠가 갈탄 난로를 메고 올라왔다. 자기 회사 공사 현장에서 쓰고 있는 것을 그대로 실어 왔는데 산 위에서는 이게 최고란다. 갈탄 난로의 생김새가 신기하고 과연 따뜻할까 궁금해 애들처럼 난로를 에워싸고 살피는데 또 가져올 게 있다며 얼른 산 밑으로 내려가자 재촉한다. 영문도 모르고 가 보니 산 밑에는 갈탄이 담긴 부대가 산더미같이 쌓여 있었다. 모두들 놀라며 이걸 산 위까지 어떻게 지고 올라가나 싶어 서로 얼굴만 쳐다보았다. 민수아빠, 그래도 엄두를 내보자는 듯 '몇 달은 때겠네' 중얼거리며 기쁘고도 착잡한 얼굴로 한 부대 집어 든다. 참 대단한 사람들이다, 허허! 산상음악회 때 음향 장비는 댈 게 아니었다.

이틀 만에 산상 철야 농성장이 완벽하게 꾸려졌다. 2월 첫날 밤부터는 비닐하우스와 갈탄 난로 덕에 칼바람이 불어도 끄떡없이 산 위에서 지낼 수 있게 되었다. 이렇게 시작된 우리의 산상 철야 농성은 그 후 120여 일 동안이나 계속된다.

3. 빨리 산으로!

설 아침에 귀향을 포기한 많은 마을 사람들이 함께 산에 올랐다. 마을회의에서 결의한 대로 귀향을 포기하고 가족들과 함께 산에 올라 합동으로 차례를 지내기로 한 것이다. 합동 차례를 기점으로 우리는 바로 비상 체제에 돌입했다. 언제 상수도사업본부가 다시 공사를 강행할지 알 수 없었다. 때문에 우리는 시청도 세 차례나 항의 방문했고 기자 회견도 열고 상수도 사업본부도 방문하는 등 나름 최선을 다하고 있었다.

두 번째 시청 항의 방문 다음 날이었다. 또다시 공사를 강행하려는 움직임을 보였다. 오전 8시경 출근하려 전철을 타려는 순간 문자 메시지가 날아들었다. 공사 강행 움직임, 빨리 산으로!

내 발길은 한달음에 산으로 향했다. 엔진톱을 든 공사업체 직원들과 상수도사업본부 직원 40여 명이 지난번 베어 낸 나무를 끌어내린다며 포클레인 2대를 앞세워 약수터 쪽 진입로로 산에 막 오르려는 중이었다.

"포클레인 두 대가 산으로 이동 중이라는 연락을 받고 급히 현장으로 달려왔는데 현장에 주민이 세 사람밖에 없더라고요. 급한 마음에 세준아빠랑 포클레인에 매달렸지요 뭐. 그렇게 한 20분쯤 버티니까 사람들이 몰려오더군요."

무리아빠의 말이다. 상황을 듣고 보니 기가 막혔다. 새벽에 산을 지키신 어르신과 문자 받고 먼저 달려온 주민 몇 명이 우선 밀고 들어오는 포클레인 삽 위에 올라가 앉고 바퀴 밑에 드러누워 포클레인의 진입을 맨몸으로 막아낸 것이다. 그렇게 시간을 끄는 동안 비상 연락망으로 연락 받은 주민 50, 60명이 30분도 안 되어 현장으로 달려와 합세했다. 두 번은 절대 당할 수 없었다. 그렇게 두어 시간 실랑이를 벌이고서야 그들은 도저히 참을 수 없는 한마디를 내던지고 철수했다.

"그래 이 산에 다람쥐 한 마리가 살아요? 쥐새끼 한 마리라도 있어요?"

상수도사업본부 간부였다. 참으로 기가 막힐 노릇이었다. 포클레인 앞세워 엔진톱 들고 나타나서는 맨몸으로 막아서는 주민들에게 겨우 한다는 소리라니…! 성미산 지킴이들에게 그의 말은 타오르는 불에 기름을 끼얹은 격이었다. 그는 성난 주민들의 고함 소리에 쫓겨나듯 돌아갔다.

성미산은 천연기념물인 소쩍새와 붉은배새매, 서울시 보호종인 꾀꼬리·박새·오색딱따구리를 포함해 조류 수십 종이 살고 있고 족제비·청설모·두더지 등 야생 동물들, 목본 식물 33종, 초본 식물 60종이 서식하고 있어 생태적 가치가 드높은 산이라고 그동안 그렇게 목이 터져라 이야기했건만.

:추운 겨울에 친 성미산 천막 농성장. 마을 주민들은 120일 간이나 이 농성장을 24시간 지켰다. …농성 텐트를 찾아와서 노래를 불러 주는 도토리방과후 아이들

4. 역사는 텐트 안에서

밤 9시께 남자들 셋이 깜깜한 산에 올라 텐트에 모여 앉으면 대체 뭘 하겠는가? 신성한 농성장에서 남들 이목이 있지 화투판을 벌일 수도 없는 일. 성미산 이야기도 벌써 2년여 해 온 얘기, 한 20분 하다 보면 동난다. 자연스레 이런저런 세상 사는 얘기가 끝도 없이 이어졌다. 어차피 새벽 너덧 시면 어르신들 올라오셔서 텐트 자락 살며시 열고 들여다보시니 더 누워 있을 수도 없어 아예 잠들기마저 포기했다.

술 생각이 간절했다. 추운 겨울에 밤을 꼬박 새려면 술은 철야조의 필수 장비였다. 처음 얼마 동안 엄마들도 아빠들의 산상 음주를 허용했다. 그런데 언제부터인가 번을 서러 올라오는 아빠들 몸수색을 시작했다. 궁하면

통하는 법, 야구 경기장에 갖고 들어가는 '팩 술'을 가방에 넣어 가거나 낮에 술을 산중 모처에 묻어 놓고 밤에 캐내 먹는 방법까지 동원되었다. 숨겨 놓고 야금야금 먹는 술은 또 왜 그리 달던지. 어르신들도 대충 우릴 이해하시고 눈감아 주셨다.

철야조는 대체로 조합별로 짜는데 수가 안 맞으면 다른 조합의 사람과 짝이 되기도 한다. 그러다 마음 맞는 아빠 서넛이 모이면 그날 밤은 신명 나는 밤이 된다. 코펠에 끓인 라면 국물 뜨며, 밤새 소주잔 주거니 받거니 날 새는 줄 모르고 이야기꽃을 피운다. 사실 산상 철야 기간 동안 마을의 웬만한 대소사는 거기 텐트 안에서 다 거론되었다.

의료생협 하자던 단하아빠의 제안도, 단하아빠가 갑자기 이사를 가게 되어 그 일이 중도 작파되자 '사람 병원 안 되면 차 병원이라도 하자'는 제안도 바로 텐트 안에서 나왔다. 그해 11월에 〈성미산차병원〉이 문을 열었다. 〈성미산학교〉의 싹도 여기서 텄다. 당시 우리어린이집 졸업반 아이를 둔 엄마 아빠들 중에는 아이를 대안학교에 보낼까 어쩔까 고민하다 하남시에 있는 대안초등학교 설명회까지 다녀온 이들도 있었다. 정들 만하니까 이사 간다고? 우리 학교 하나 만들자! 성미산마을의 역사는 이렇게 철야 텐트 속에서 꿈으로 영글어 갔다.

3·13대첩, 그 대반전의 드라마

두 번째 상수도사업본부의 공사 강행을 저지하고 나서 우리는 한시도 긴장을 늦추지 못했다. 언제 다시 포클레인으로 밀고 들어와 산을 들쑤셔 놓을지 알 수 없었다. 공사 강행이 있은 후부터 구청장, 상수도사업본부에 이어 시청까지 연일 고단한 방문 일정을 추진한 것도 예상되는 무리한 공사 강행을 저지하다 주민들이 다치는 불상사가 생길지 모른다는 염려 때문이었다.

그런데 3월 12일 낮, 시청 앞 기자 회견을 하고 와서 대책을 논의하던 주민들 사이에서 낌새가 이상하단 이야기가 나왔다. 2월 20일 있었던 2차 공사 강행도 19일 시청 앞 시위 다음 날이었다며 아무래도 13일이 심상치 않다는 의견들이 나왔다. 건너편 공사 현장 사무실의 움직임도 수상하다는 것이다. 상수도사업본부는 이미 그 주 안에 공사를 강행하겠다고 통보한 바 있어 이런 정황을 가벼이 넘길 수 없었다. 대책위는 몇 가지를 결정했다. 13일 아침 공사 강행에 대비해 비상 연락망을 점검하고 현장 사무실 감시를 철저히 하기로 했다. 세혁이네 집에서 그 사무실이 잘 보이니 세혁아빠가 집에서 수시로 감시하며 번을 서기로 했다. 그리고 그날 철야조는 인원수를 늘리기로 하고 수시로 야간 순찰을 강화하기로 했다. 기동력을 높이기 위해 순찰 차량으로 봉고차를 투입하기로 했다. 나는 상호아빠, 김종호 대책위원장, 근아아빠 그리고 젊은 아빠들 몇 명과 함께 공사업체의 유력한 침입 루트라고 판단되는 약수터 쪽 입구 길가에 봉고차를 세워 두고 차 안에서 대기했다. 그렇게 밤을 하얗게 지새우고 동이 트는데… 마침내 올 것이 왔다. 전날 저녁 우리들이 함께 한 염려가 기우는 아니었다. 어라? 그런데…!

"아니, 이게 뭐야!"

"쟤네들 저거 저거…!!"

더는 말을 이을 수가 없었다. 내 눈을 의심하지 않을 수 없었다. 갑자기 타임머신을 타고 20년 전으로 돌아가 있는 것 같은 착각이 들었다.

1. 저건 백골단이잖아!!

하얀 헬멧에 장갑을 끼고 5열 종대로 서서 구령을 외치며 뛰어오는 무리가 보였다. 멀리서 봐도 지난번 공사 인부들이 아니었다. 덩치를 보나 뛰어오는 모습이나 그 기세를 보나 틀림없는 '깡패'들이었다. 모두 100여 명쯤 돼 보였다. 80년대 초 대학 시절 캠퍼스에서 학생 시위대와 공방을 벌이던 그 악명 높은 '백골단'을 여기 작은 동네 골목에서 다시 맞닥뜨리게 될 줄이야. 순간 20여 년 전의 그 공포가 전기처럼, 정수리에서 발목까지 온몸을 타고 흘렀다. 우리는 재빨리 산 입구로 뛰었다. 그들을 맞이할 채비를 갖추어야 했다. 바로 우리의 비상 연락망이 가동되었다. 먼저 모인 우리 20여 명은 스크럼을 짜고 백골단과 마주했다. 말로 몇 차례 공방이 이어지는가 싶더니 건장한 깡패들은 누군가의 명령을 받았는지 우리들을 하나씩 끌어내기 시작했다. 아빠들 몇몇이 질질 끌려 나갔다.

"니들 누구야?!"

"니들이 누군데 우리를 끌어내!"

80년대 초 대학 시절 캠퍼스에서 보던 '백골단'을 성미산 동네 골목에서 다시 맞닥뜨리게 될 줄이야. ⋮성미산 초입에 등장한 포클레인 ⋯성미산에 올라온 백골단 ⋮포클레인을 온몸으로 막아선 주민 ⋮⋮성미산에 들어온 포클레인에 성미산을 살려달라는 리본을 달고 있는 주민 ⋮⋮⋮성미산 벌목을 막다가 들것에 실려 나가는 주민

"우리 산이야, 우리 산이야!!"

"너희들 깡패지?"

미리 준비한 우리 측 카메라 두세 대가 근접해서 촬영을 한다. 그러자 그들도 조금은 부담스러운가 보다. 주민 한 사람이 끌려 나가면 주민 열 사람이 몰려온다. 마침 출근 시간 전이라 모두 신속히 달려왔다. 이렇게 온몸으로 버티고 있는 동안 어느새 우리 편도 100여 명이 되었다. 안심이 되었다. 이제 다시 진영이 정돈된다. 우리는 산 쪽에서 내려다보고 그들은 길 쪽에서 우리들을 올려다보며 대거리를 주고받는다. 깡패들이야 할 말이 없고 공사업체 간부들이 나선다. 상수도사업본부 관계자들은 안 보인다. '궂은일'에 끼기 싫었나 보지? 그러고 보니 그들은 길 건너 인도에서 팔짱 끼고 착잡한 듯 진지한 표정을 짓고는 연신 손으로 마른 입을 쓸어 대며 눈을 떼지 않고 서 있다. 속으로 주먹질을 해 댔다. 가서 딱 한 대씩 패 주고 싶었다. 비겁한 놈들! 자연을 지키겠다는 무고한 시민들에게 용역 깡패들 밀어 넣고 실무 책임자라는 공무원이란 자들은 '길 건너 쌈 구경'이나 하고 있으니.

2. 밥 먹고 합시다!

깡패들의 초반 진입을 잘 막아낸 우리들은 100명이 넘는 숫자도 숫자지만 뒤늦게 놀라 뛰쳐나오신 어르신들까지 합세하니 사기충천이었다. 제압은 커녕 산으로 한 발짝도 못 들어선 그들도 난감해하고 있었다. 그럭저럭 소강상태로 오전이 지나가고 12시가 다 되었다.

"밥 먹고 합시다!"

우리 쪽 누군가가 한 소리에 양측의 긴장이 검불처럼 가볍게 날아갔다. 우리들은 모두 유쾌하게 웃었다.

"당신들이 무슨 죄야, 돈 벌라고 시키니 왔지."

우리들은 깡패들의 어깨를 두드리면서 밥 먹고 하자고 말을 건넸다. 엄마들이 마련해 온 김밥을 나누어 주었다. 그들도 모자를 벗으니 깍두기 머리가 좀 거슬리고 생긴 게 우락부락해서 그렇지 너무도 앳된 20대 초중반 청년들이었다. 갑자기 그들이 안쓰러워 보였다. 누가 지시했는지 그들은 길가 쪽으로 스물스물 빠져나갔다. 진짜 밥 먹고 하려나 보다 하고 우리도 엄마들이 싸 온 도시락을 그 자리에 주저앉아 나누어 먹었다. 성미산에 소풍 나온 애들처럼 밥맛이 진짜 꿀맛이었다.

3. 포클레인을 둘러싼 격전

얼추 밥을 다 먹었는데 대형 포클레인이 이동하기 시작했다는 전갈이 날아든다. 순간 긴장하고 이동로를 추적하니 성미산 남측 쓰레기장 쪽이다. 거대한 포클레인이 약수터 앞 큰길에 서 있었다. 그런데 거기, 완희아빠가 도로 한가운데 서서 포클레인의 진행을 가로막고 있는 것이 아닌가? 목발을 꼿꼿이 세우고서. 완희아빠는 소아마비로 두 발이 불편해서 늘 목발을 의지해서 다녔다. 몸이 불편해서 오늘 같은 날은 안 나오셨으면 했는데 못 참고 나오신 거다. 그들도 어쩌지 못하고 있었다. 우리는 만일을 대비해 일부만 약수터 입구 쪽에 남기로 하고 나머지는 모두 산을 가로질러 쓰레기장 쪽으로 이동했다. 마치 지리산 파르티잔이라도 된 듯이 몸이 가벼웠다. 산을 가로지르면 그들보다 훨씬 빨리 도착할 수 있었다. 순식간에 우리 주민들은 쓰레기장으로 몰려들었고 잠시 후 그 포클레인이 큰 소리를 내면서 다가섰다. 그 앞뒤로 거친 몸짓을 하며 깡패들이 무리 지어 따라오고 있었다.

그런데, 순식간이었다. 깡패들이 포클레인에 다가섰나 싶더니 곧바로 포클레인이 쓰레기장 안으로 들이닥친다. 우리는 누가 먼저랄 것도 없이 모두 포클레인 앞을 막아서고 포클레인 삽과 궤도에 올라탔다. 깡패들은 우리들을 포클레인에서 뜯어내리려고 달려들었다. 삽시간에 쓰레기장 입구는 포클레인과 주민들과 깡패들이 뒤엉키는 아수라장이 되었다. 그 틈에 갸냘픈 이성재와 육중한 홍표사부가 잽싸게 포클레인 위로 뛰어올랐다. 깡패들이 우리 주민들을 포클레인에서 떼어 내자 곧바로 포클레인이 앞으로 움직인다. 올라탔던 이성재가 출입문을 가로지르는 쇠파이프에 걸려 대롱대롱 매달리고 홍표사부가 아래로 떨어진다.

"와아악!!"

순간 아슬아슬한 장면을 지켜보던 엄마들과 아이들이 비명을 지른다. 다행히 홍표사부는 중간에 걸려 다시 올라탄다. 여기저기서 비명이 들려온다. 사람들이 쓰러진다. 쓰러진 사람들을 그들은 함부로 들어 올려 차가 다니는 길바닥에 마구 내던진다. 사람들이 달려가 쓰러진 이들을 살핀다. 어린아이들이 놀라 울음을 터뜨린다. 큰 사내놈들은 '왜 때리냐'며 깡패들에게 대든다. 길 가는 행인들은 대낮의 이 어처구니없는 활극을 보고는, '저 덩치 큰 사람들 뭐냐'고 혀를 찬다. 이어 길바닥에 쓰러져 누운 사람들을 걱정스레 살피고는 빨리 의사를 부르라고 서로 다그친다.

포클레인을 성미산 자락에 한 치도 들여놓을 수 없는 우리와, 어떻게든 포클레인을 산 위에 올려놓으려는 저들은 이렇게 무려 12시간을 뒤엉켜 싸웠다. 마침내 그들은 돌아갔고, 우리는 또다시 공사 강행 시도를 겨우 막아 냈다. 한편 나는 쓰레기장 혈투 도중 건장한 '깍두기'에게 가슴을 몇 차례 강타 당하고 힘없이 바로 쓰러졌다. 포클레인 궤도를 끌어안고 버티느라 안간힘을 쓰는데 한 놈이 나를 쳐다보더니 씨익 웃으며 주변을 한번 휙 둘러보고는 내 가슴을 내려쳤던 것이다. 쿵! 쿵! 그리고 놈의 세 번째 가격에 나는 그만 정신을 잃고 손에 힘이 풀린 채 바닥에 쓰러졌다. 그렇게 얼마를 누워 있었을까?

"사람이 쓰러졌다, 재현아빠다!"

어렴풋한 소리가 들렸다. 삐뽀-삐뽀- 들것이 안쪽으로 들어와 나를 싣는다. 들것에 반듯이 뉘인 나는 얼굴에 바로 떨어지는 초봄의 햇살이 너무 눈부셔 눈을 뜰 수가 없다. 내 얼굴 위로 울음 섞인 목소리가 들려온다. 더욱 눈을 뜰 수가 없었다. 한슬엄마가 구급차에 동승했다. 세브란스병원 응급실에 부려진 나는 오후 늦게까지 검사를 받았다. 가슴 통증을 호소하니 갈비뼈가 골절되었을 가능성이 크다며 온갖 검사를 다했다. 나중에는 흉통보다 검사가 더 힘들었다. 저녁이 되어서야 퇴원한 나는 다음 날까지 집에서 조용히 쉬어야 했다. 가슴에 기흉이 생겼을지 모르니 한동안 조심해야 한다는 것이었다. 사람들은 지금 어떻게 되었을까? 무척 궁금했다. '괜히 실려 왔나? 더 참고 더 버틸 것을.' 끝까지 싸움 현장을 지키지 못한 것 같아 영 맘이 편치 않았다.

"재현아빠 실려 가고 난리가 났어."

"사람들이 엄청 대들고 싸웠다니까."

"한 열 명 정도는 다쳤어. 그래도 그만하기 다행이지…"

단비아빠는 중앙선 쪽으로 내던져지면서 땅에 머리를 부딪히는 바람에 한동안 목에 깁스를 하고 다녔다. 빨강머리 전민성도 주민들이 안 보이는 곳에서 깡패 놈에게 얼굴을 얻어맞았다. 중년의 어느 아주머니도 실랑이 와중에 깡패들에 밀려 넘어지면서 허리를 다쳤는데도 놈들이 허리를 받치지도 않고 종아리와 팔을 아무렇게나 대충 들고서 길가로 옮겨 버렸다고 한다. 허리가 아파 계속 비명을 질렀는데도 말이다. 그날 이후 그 아주머니는 한참 동안 복대를 하고 다니셨다.

서울시장 지하철 기습 면담

다음 날 새벽 6시, 밖은 아직 어두컴컴했다. 대원들이 겨우 두 시간을 눈 붙이고 장도에 나선다. 아픈 몸을 이끌고 나는 그들이 보이지 않는 곳까지 배웅한다. 짱아 김효진, 살구 손정현, 빨강머리 전민성, 생협 구교선, 올리브 이경란, 한슬아빠 신상열, 그리고 함께 가겠다며 따라나선 재현이와 상호, 이렇게 8명이 골목을 돌아 안 보이게 되자 자꾸 걱정이 들었다. 과연 잘될까? 대체 어떤 작전이길래?

아침 7시 20분, 이들은 지하철 2호선으로 환승하자마자 다짜고짜 이명박 시장 일행 앞에 다가섰다. 당시 시장을 수행하는 일행은 세 명 정도였다. 성미산 주민 특공대는 각자 가슴 속에 품고 있던 초록 플래카드를 꺼내 쫙 펼쳐 들었다. 전날 밤 늦게 짱아가 빨강머리와 살구를 집으로 불러들여 밤을 새며 급조한 플래카드다. 성미산을 지키기 위해 나무들에 묶어 주려고 장만해 놓은 초록 천에 구호를 적고 성미산의 동식물들도 제법 예쁘게 그려 넣었다.

그즈음 이명박 시장은 대구 지하철 사고 이후 지하철 승객 수가 줄자 지하철을 타고 출퇴근을 했다. 그렇게 시장이 매일 아침 삼선교 공관에서 시청까지 지하철로 출근한다는 사실을 확인하고 빨강머리와 짱아는 기습 면담 작전을 짜기 시작했다. 그리고는 3·13대첩 하루 전 새벽에 출근 루트를 따라 사전 답사까지 하고, 때를 보고 있었다. 그런데 갑작스럽게 3월 13일, 주민 10여 명이 다치는 상황이 벌어지자 14일 아침을 작전일로 전격 결정하게 된 것이다.

계획대로 먼저 1진이 한성대입구역에서부터 시장 일행을 따라 4호선을 타고 움직이고 2진은 환승역인 동대문역에서 대기하고 있다가 시장과 함께 오는 1진과 합류했다. 그리고 2호선을 갈아탄 다음에 바로 행동 개시! 4호선보다는 2호선에 시민들이 많을 것이고 그만큼 우리 뜻을 전할 수 있는 여지가 많을 것이라 판단했다. 그렇지만 동대문역에서 시청역까지는 네 정거장, 10분이 채 안 되는 시간 동안 신속하게 펼쳐야 하는 작전이었다.

"우리는 성미산 주민들입니다."

"어제 성미산에 용역 깡패 100여 명이 동원되어 주민 10여 명이 다친 사실을 알고 있습니까?"

"서울시에서 하는 사업인데 어떻게 깡패를 동원해서 주민들을 폭행할 수 있나요?"

당황한 시장과 수행 비서들은 이들을 어찌 해 보려고 했지만 너무 갑작스런 상황이고 이미 지하철 안에 동승한 많은 시민들이 코앞에서 주시하고 있는 터라 함부로 움직일 수도 없었다. 앞에는 한눈에 보아도 기자가 틀림없는 사람이 큼직한 카메라의 셔터를 누르고 있으니 그 양반도 참 난감했을 것이다. 우리 대원들은 사전에 한겨레신문 기자에게만 작전 내용을 일러주고 동대문 환승역에서 그와 동승한 것이다. 참 영리한 작전이었다. 하는 수없이 이 시장은 이들의 설명을 끝까지 들어야 했다. 이 시장은 여태껏 성미산 문제를 잘 알지 못했다고 했다.

"주민들이 반대하면 못하게 해야지. 내가 조사해서 다음 주내로 연락할게."

성미산 주민 특공대는 서울시장 기습 면담을 계획했다.
↑지하철로 출퇴근하던 이명박 서울시장을 만나 성미산 문제를
설명하는 주민 ↓지하철에서 시장 면담 후 시청 정문에 서서 성
미산을 지켜 내자는 마음을 다지며 찰칵!

한편으로 시장은 느닷없이 나타난 이들이 의심스러웠나 보다.

"어느 동에 살아요?"

"성산동이요."

이번에는 애들에게 묻는다.

"아이들이 공부를 해야지. 너 여기 왜 왔는 줄 알아?"

"성미산을 지키려고요. 어제 우리 아빠가 깡패들한테 맞아서 다쳤어요."

대원들은 그동안 서울시상수도사업본부가 감사원에 보내 온 협의 동의 공문과 성미산의 이전 모습, 1월 29일 벌목 이후 사진들, 그리고 「성산배수지 재검토 요청 자료집」 등 그간의 자료들을 모은 A4 크기의 두툼한 파일을 시장에게 건넸다. 아울러 용역업체의 즉각 철수와 성산 배수지 건설 일시 중단, 전문가, 환경 단체, 주민을 포함한 검토 기구 구성을 요구했다. 이후 시장과의 정식 면담까지 요청했다. 시장은 다음 주 안에 검토한 후 연락하겠다고 약속했다. 시청역에 도착하여 이 시장 일행의 뒤를 쫓으며 개찰구를 빠져나온 우리 대원들은 시청을 향해 바삐 걸어가는 이 시장에게 눈물을 흘리며 마지막 호소를 했다.

성미산을 살려 주세요, 시장님!
성미산을 살려 주세요, 시장님!

다음 날 아침 2003년 3월 15일치 『한겨레신문』에는 지하철 안에서 이 시장에게 눈물로 호소하는 성미산 주민들의 모습이 그대로 실렸다.

성미산이 없으면
낮도 밤과
같은 것을

3·13대첩에 이어 이튿날엔 이명박 시장 기습 면담까지 성공했음에도 불구하고 우리는 안심할 수 없었다. 승기를 잡았을 때 확실한 매듭을 지어야 했다. 15일 망원역으로 나갔다. 3월부터 매주 토요일마다 망원역에서 촛불 시위를 하기로 한 터라 이틀 동안 있었던 일을 주민들에게 알릴 필요가 있었다. 13일 상황을 담은 영상을 비디오로 틀어 놓았다. 망원역을 지나가는 주민들은 비디오에서 흘러나오는 비명에 놀라 들여다보고는 이런 일이 있었냐며 놀라워했다.

이어 우리는 19일 저녁 7시, 마포구청장을 만나러 구청 대회의실로 갔다. 이번에는 주민 150여 명이 함께 갔다. 회의실이 꽉 찼다. 얼마 만인가? 철야 농성한 지 50여 일, 주민 10여 명이 깡패들에게 맞아서 다치고 이 사실이 TV에 뉴스로 나가고 성미산 주민들이 출근 중인 서울시장을 지하철 안에서 면담한 사실이 신문에 나고서야 주민 150여 명이 구청장을 만날 수 있게 된 것이다. 참 힘들었다. 그래도 얼마나 다행인가. 우리는 여기서 마포구청의 공사 중단 요청과 주민과 전문가가 함께하는 검토 기구를 만들 것을 한목소리로 요청했다. 먼저 짱아가 말문을 텄다.

"상수도본부와 마포구청은 1년 8개월 동안 주민들의 의견을 수렴하는 노력을 하기는커녕 공사 강행을 추진함과 동시에 대안을 가져오면 검토해 보겠다는 식의 주민을 무시하는 행정을 보여 주었다."

다음은 한슬아빠 차례.

"주민들이 내는 세금으로 일하라고 있는 것이 구청장인데 주민더러 연구해서 대안을 내놓으라 하면 내가 구청장을 하겠다."

그 말 뒤에 구청장이 호기 있게 '한번 해 보라'고 했고 그러자 한슬아빠는 벌떡 일어나 주저 없이 구청장 쪽으로 걸어갔다. 구청장은 당황하며 들어가 앉으라 하여 회의장은 한바탕 웃음바다가 되었다. 2시간여 열띤 토론 끝에 주민들과 구청장은 몇 가지를 합의했다. 첫째, 주민 대표와 전문가를 포함하는 검토 기구 구성을 위해 우선 '조정위원회'를 만든다. 둘째, 구청장은 상수도사업본부에 서면으로 공사 중단을 요청한다. 셋째, 다음 주 초 대책위와 구청장이 다시 만난다. 이렇게 세 가지를 약속하고 우리는 구청 회의실을 빠져나왔다.

1. 사소한, 그러나 굉장한 의문

언젠가 짱아가 내게 "배수지를 꼭 더 지어야 하는 걸까?" 의문을 제기한 적이 있었다. "물을 안정적으로 공급하려면 필요하다잖아." 했더니. "그게 꼭 필요 없을 수도 있잖아. 확인해 봐야지." 했다. 맞다. 그동안 우리는 배수지 자체를 반대하지는 못했다. 님비로 몰릴지 모른다고 우려한 것이다. 그래서 대책위 사람들도 짱아의 문제 제기를 그리 중요하게 받아들이지 않았다. 배수지는 인정하되 좀 더 친환경적인 방식, 즉 산도 살리고 원활한 급수도 해결하는 방식을 전문가와 함께 검토할 것을 일관되게 요구해 온 것이다. 그러다 짱아의 의문대로 배수지가 필요한지부터 근본적인 조사를 시작했다. 예림아빠 권규대 변호사가 상수도사업본부를 상대로 정보 공개

청구를 했다.

밑져야 본전 삼아 해 본 건데 깜짝 놀랄 결과가 나왔다. 그동안 상수도사업본부가 틈만 나면 '전가의 보도'처럼 되풀이한 주장을 완전히 뒤엎는 자료가 바로 그들의 손에서 나온 것이다. 결론은, 이미 충분한 배수 시설이 가동되고 있다는 것이다. 우리의 공청회 개최 요구는 순식간에 탄력을 받게 되었다. 이 정도 자료라면 관계 전문가들도 충분히 우리의 입장을 거들어 줄 수 있을 거였다. 우리는 공청회에서 우리 측 입장을 대변해 줄 교수들에게 자료를 보내고 참여 의사를 물었다. 예상대로 흔쾌히 참여하겠다는 답이 날아들었다. 우리는 쾌재를 불렀다.

이제 쟁점은 '친환경적인 배수지의 가능성'이 아니다. '성미산에 배수지가 필요 없다'는 것이다. 추가적인 배수지 건설 없이도 물을 충분히 공급할 수 있는 시설이 이미 가동되고 있기 때문이다. 지금까지 주장해 온 쟁점을 재빨리 옮겨야 했다. 구청의 중재 아래, 상수도사업본부 측과 우리 측 대책위는 공청회 진행 방법과 양측 발언자의 선정을 합의하고 공청회 날짜를 5월 17일로 잡았다.

2. 2년 만의 공청회, 그리고 또 한 걸음

2003년 5월 17일 토요일 오후 3시, 공청회 개최를 요청한 지 2년 만에 드디어 공청회가 열렸다. 엄청난 수의 주민들이 경성고등학교에 모여들었다. 약 1,000여 명은 족히 되어 보였다. 벌써 제법 여름 같은 날씨 속에 주민의 열기가 더해져 강당 안은 후끈했다. 상수도사업본부 측은 구청의 통반장과 관변 단체의 조직망을 이용해 많은 주민들을 동원했다. 우리 역시 얼마나 기다린 공청회인가, 그것도 엄청난 희생을 대가로 치르고서 말이다. 마포구에서 이렇게 많은 주민들이 한자리에 모이기는 처음이라며 참석한 어르신들이 놀라워했다. 드디어 양측의 발언이 시작되었다. 먼저 상수도사업본부 측이 발표했다.

- 깨끗한 물을 안정적으로 공급하기 위해서는 성미산 배수지 건설이 필요하다.
- 배수지 위에 복토하여 조경을 하면 미관도 좋고 훌륭한 공원을 만들 수 있다.

2년 동안 해 온 이야기를 녹음기처럼 반복했다. 그들도 새로운 정보와 논리 없이 발표하기 민망했는지 영 자신이 없어 보였다. 한심하다 못해 안타까웠다. 반대 측 발표자로 나선 고려대 환경시스템공학과 최승일 교수가 잘 정리된 파워포인트로 발표를 시작했다.

- 성미산 배수지 계획은 서울시가 10년 전 잘못된 수요 예측으로 과다하게 계획한 배수지 중 하나이며 2002년 말 현재 서울시 배수지 용량은 합계 214만 톤으로 환경부가 권고하는 8시간 분을 넘어 12시간 분이 이미 확보되어 있다.

- 마포구의 7개 동을 포함한 서북 지역의 경우에는 서울시 평균을 넘는 15시간 분이 건설되어 있으며, 2002년 감사원의 지적을 받자 서울시는 향후 계획된 100만 톤 중 50만 톤 이상의 배수지 계획을 축소, 폐지하기도 했다.

3시간에 걸친 공청회를 지켜본 대다수 주민들은 수군대기 시작했다. 찬성 측, 반대 측을 막론하고 진실이 무엇인지 이미 확인한 것이다. 양측의 주장은 공방이라 하기에도 민망할 정도로 일방적이었다. 이렇게 2년여에 걸친 성미산 배수지 건설 반대 투쟁은 그 끝을 향해 한 발 한 발 다가서고 있었다.

3. 생태 숲 유지 찬성 93%

5·17공청회에서 주민들이 일방적인 승리를 거두었음에도 우리는 한시도 마음을 놓을 수가 없었다. 상수도사업본부와 구청이 당초의 약속과는 달리 일방적으로 전화 여론 조사를 하고 있다고 한 주민이 제보했다. 공청회에서 아무런 설득력 있는 이유를 제시하지 못하고 오히려 추가적인 배수지 건설이 필요 없다는 반대 측 입장이 근거 있게 제시되자 서울시와 마포구청은 일방적으로 주민 여론 조사를 해서 강행할 명분을 찾으려 했던 것이다. 우리는 당장 구청장 면담을 요구했다.

하지만 구청장 면담 요청일, 주민 20여 명과 〈환경운동연합〉 활동가를 맞이한 것은 1개 중대 분량의 전투 경찰이었다. 경찰 병력은 정문부터 1층 바닥, 2층으로 올라가는 계단까지 막아섰다. 우리들은 구청장 면담을 계속 요청했으나 행정관리국장이라는 사람이 나와 구청장이 부재중이라며 오후 4시에 다시 오라고 했다. 우리들은 청장실에서 기다리겠다고 버텼으나 경찰들이 막아서는 바람에 오후 4시 면담을 확인받고 나왔다. 4시에 맞추어 김종호·권규대·구교선·김성섭·김영란(환경련)·나 이렇게 6명이 대책위를 대표해서 구청장을 만나러 갔다.

그런데 청장을 만나기 전에 24~25일 이틀 동안 시행한 여론 조사 결과를 미리 확인해야 했다. 여론 조사 결과가 어떠냐에 따라 구청장이 우리를 만나 할 이야기가 달라질 것이 뻔하기 때문이다. 우리도 청장을 만나기 전 청장의 패를 미리 읽고 있어야 이야기 풀기가 쉬운 것이다. 마침 주민 중에 여론 조사 회사에 다니는 사람이 있어 곧 집계가 완료될 것이고 집계되는 대로 즉시 결과를 보내 주기로 되어 있다 했다. 하여 4시가 되기 전 부디 결과가 나오기를 청사 로비 앞에서 초초하게 기다리고 있었다. 하지만 약속 시간이 다 되었는데도 아무 연락이 없었다. 일단 일부가 먼저 면담실로 들어가기로 했다. 다행히 얼마 되지 않아 문자가 날아들었다.

'생태 숲 유지 찬성 93%.'

휴 ~! 구청장, 너 이제 죽었다 ! 나는 보무도 당당하게 바로 면담실로 향했다. 먼저 도착한 일행이 일제히 내 눈치를 살폈다. 난 씩, 활짝 웃었다. 모두들 엷게 웃으며 안도의 숨을 함께 들이 쉬었다. 우리는 시치미 뚝 떼고 먼저 일방적인 여론 조사 실시는 약속을 어기는 비신사적인 처사임을 따졌다. 청장은 할 말이 없었고 배석한 행정관리국장이라는 사람은 재협의 시한을 정하지 않은 탓이라며 궁색한 변명을 늘어놓았다. 이날 구청장이 여론 조사 결과를 보고받았는지는 알 수 없었지만(아마 몰랐을 것이라 짐작된다), 우리는 결과를 미리 알고 만났기에 퇴로가 없는 청장을 심하게 몰지는 않았다. 성미산을 살리는 쪽으로 스스로 다가설 기회를 주고 싶었다. 그래야 이후에도 원만하게 성미산을 지키는 데 도움이 될 테니까 말이다.

면담 결과 구청장, 대책위, 상수도사업본부가 함께 공청회 내용을 중심으로 전문가 검토 기구 틀을 만들기 위한 준비 모임을 갖기로 했다. 시간과 장소는 구청장이 정해 연락하기로 했다. 우리는 이렇게 투쟁의 긴 여정의 끝을 향해 또 한 발짝 디뎠다. 물론, 그 끝의 향방 역시 더더욱 또렷해졌다.

구청장이 약속한 검토 기구 마련을 위한 준비 모임은 흐지부지되었다. 하지만 반가운 소식도 있었다. 6월 11일 문화재청이 상수도사업본부에 '지표 조사 뒤 사업을 착수하라'는 행정 명령을 내린 것이다. 상수도사업본부는 안 그래도 갈 길이 멀고 바쁜데 설상가상이었다. 그렇다고 우리는 고삐를 늦출 수 없었다. 마냥 상수도사업본부를 기다릴 수도 없었다. 우리는 다시 시청으로 향했다. 그리고 6월 17일 '성미산 배수지 철회를 위한 서울시청 앞 기자 회견'을 열었다. 7월 29일, 성미산 배수지 건설 사업이 '함께하는시민행동'에서 수여하는 〈밑빠진독상〉을 수상했다. 정부 예산 감시 전문 시민 단체로부터 불필요한 사업에 서울시 예산을 낭비하는 사업으로 낙인이 찍히는 순간이었다. 공무원들에게 예산 낭비는 결정타인 모양이다. 그도 그럴 것이 쓸데없는 데에 시민의 혈세를 쓴 것이 되니 감당하기 어려울 것이고 심지어는 감사 대상이 되어 책임을 져야 할 테니 말이다. 결국 2003년 10월 16일, 상수도사업본부는 시 의회에서 공식적으로 스스로 사업을 철회한다고 밝히고 드디어 백기를 든다.

• 현재 진행 중인 성산 배수지 건설 공사를 일단 유보하겠다. 이는 인근 지역의 배수지로도 수돗물 공급에 지장이 없어 장래 급수 수요가 예측되는 상암 택지 개발 및 디지털미디어시티 개발 사업의 개발 추이에 따라 최종 결정하는 것이 바람직하다는 기술 자문 회의의 의견 제시에 따른 결정이다.

"인근 지역의 배수지로도 수돗물 공급에 지장이 없어…" 이 간단한 문장을 그들의 입으로 얻어 내는 데 2년여의 희생이 필요했던가? 속 깊은 곳에서부터 화가 치밀어 올랐다. 2년간 쌓인 피로와 고통이 한꺼번에 솟구칠 것 같았다. 허탈하기조차 했다.

4. 성미산아, 사랑해!

11월 8일 토요일 오후 3시, 성미산 비둘기산에서 '성미산 배수지 공사 중단' 기념 마을 잔치가 열렸다. 감개무량이라는 말로도 부족했다. 사람들이 모처럼 홀가분하게 기분 좋게 산에 모여들었다. 애들도 어른도 할아버지 할머니들도 다들 올라왔다. 이날 잔치도 내가 사회를 보았다. 풍물패가 판을 열었다. 나는 2년 전 이 자리에서 성미산에게 했던 약속이 떠올랐다. 주민들에게 2001년 가을 산상음악회 때 성미산과 한 약속을 기억하는지 물

서울시 의회에서 성미산 배수지 건설을 철회하는 선언이 있고 나서 성미산 지킴이들은 모두 성미산에 올라 축하 잔치를 벌였다.

었다. 모두 기억한단다.

"그럼 우리 같이 외쳐 볼까요?!"

성미산아, 걱정 마!
성미산아, 우리가 지켜 줄게!
성미산 사랑해!

성미산아, 걱정 마!
성미산아, 우리가 지켜 줄게!
성미산 사랑해!

모두 눈시울이 젖어 들었다. 나는 그때보다 가슴이 두 배나 더 뻐근해졌다. 이날 주민들은 한결같이 서로의 수고를 위로하고 자신들에게 가야 할 공을 다른 이에게 돌렸다. 그 자리에는 특히 감사를 표할 사람이 와 있었다. 마포경찰서 정보과 형사였다. 살면서 정보과 형사에게 감사할 일은 없었지만 그 자리에는 있었다. 3·13대첩 때, 마포경찰서에서 출동한 경찰들은 참 고마웠다. 말로만 듣던 '민중의 지팡이' 그 자체였다. 용역 깡패들과의 충돌에서 주민들이 다칠까 봐 용역들의 거센 행동을 막아 주었다. 위기 때 주민들의 안전을 위해 나서 주었던 것이다. 다시 보게 된 경찰이었다. 그날 현장에 있었던 주민들의 공통된 소감이었다.

"○○○ 형사님 나오세요, 한마디 하셔야죠."

그는 덩치만 컸지 수줍은 사내다. 손사래를 치며 뒤로 물러선다. 모인 주민들도 '나오세요!' '나오세요!' 외친다. 그러자 아예 뒤로 빠지려 한다.

"그럼 우리 큰 박수로 대신하지요."

짝짝짝짝짝짝! 태어나 정말 진심으로 경찰이란 이에게 전하는 감사의 박수였다. 눈물 많은 〈서울환경운동연합〉 양장일 사무처장도 마이크를 잡았다. 역시 말을 시작하기도 전에 눈시울이 벌겋다.

"여러분들께서 함께 싸워 주었기 때문에 오늘이 왔습니다."

심재옥 서울시 의원도 감격에 겨운 축사를 했다.

"3월 13일 포클레인과 용역들에 맞서 성미산 주민들의 눈두덩이 찢어지고 갈비뼈가 나가던 날, 행정 속에 사람이 있도록 사람이 자연과 함께 살아가는 서울시를 만들겠다고 약속했는데 오늘 양장일 처장의 눈시울이 붉어지는 이유를 알겠습니다. 오늘 이 자리에 계신 여러분들이야말로 성미산의 진정한 주인입니다."

"망가진 성미산을 살리는 데 미력이나마 보태기 위해 이 자리에 왔습니다. 앞으로 여러분과 함께 마포의 하나뿐인 성미산을 지키는 데 힘닿는 대로 노력해 보겠습니다."

환경수자원위원회 소속인 김성구 서울시의원도 약속했다. 예림아빠 권변도 한마디 한다.

"성미산 지키기가 만 2년 3개월, 햇수로 3년이 되었습니다. 지금까지 함께 싸워 온 각 개인들과 단체들의 노력의 결실이고 앞으로 성미산을 아름답게 가꾸기 위해 지나 온 길을 되짚어 보았으면 합니다."

성지연 공동대표로서 지역사회의 여론을 얻는 데 애를 많이 쓰신 이현찬 할아버지가 많은 박수와 함께 앞에 나오셨다.

"우리 일이 잘되어 보람 있습니다. 우리가 얼마나 노력했습니까? 우리 당당하고 떳떳하게 자신들에게 박수를 보냅시다."

김종호 대책위원장은 서울시 의회 의원들과 나눈 담소에서 250억 정도의 서울시 예산이면 성미산을 매입해 생태 공원으로 복원할 수 있다는 이야기가 나왔음을 전했다. "이제 성미산을 생태 공원으로 만드는 일에 여러분이 함께 해 주셨으면 한다."며 위원장답게 앞으로의 과제를 제시했다.

행사에 참여한 한 주민은 즐거움을 이렇게 표현했다.

"처음엔 반신반의했어요. 공사를 막을 수 있을까? 한 사람이라도 힘을 합치기 위해 촛불 시위 때나 행사에 아이들을 데리고 꼭 참석했지요. 너무 기뻐요. 마포구에 하나밖에 없는 산이잖아요. 훼손되지 않고 공원으로 자연 그대로 놔두었으면 좋겠어요."

역도부 회원이라고 밝힌 한 주민은 감격해하며,

"2년 전 처음으로 배수지 공사 소식을 듣고, 서로 모르던 주민 5명이 모여 이야기를 시작했던 기억이 난다."

이렇게 다들 기쁜 마음으로 감격에 겨운 덕담을 나누었다. 끝으로 도토리방과후 아이들이 노래를 불렀다.

성산동이 이렇게 밝은 것은,

즐거운 노래로 가득한 것은,

성산동에 성미산이 자라고 있어서다.

그 산이 노래이기 때문이다.

어른들은 모를 거야, 성미산이 해인 것을.

하지만 금방이라도 알 수 있지. 알 수 있어.

성미산이 잠시 없다면

성미산이 잠시 없다면

낮도 밤인 것을.

노랫소리 들리지 않는 것을.

우리는 성미산과 한 약속을 2년 3개월 만에 지킬 수 있게 되었다. 산을 지키는 길고 지난한 싸움 속에서 우리는 새로운 이웃과 다정한 주민으로 다시 만났다. 그러고 보니 결국 성미산이 우리를, 성미산마을을 지킨 셈이다.

성미산아,
지금도
잘있니?

2010년 봄, 성미산이 또다시 위기에 처했다. 홍익대학교가 캠퍼스 안에 있는 부속 초중고를 성미산 안에 옮기겠단다. 성미산 남단, 즉 2003년 3·13 대첩의 격전지였던 쓰레기장을 중심으로 산 전체의 4분의 1을 개발해 학교를 이전하겠다는 것이다.

1. 이게 왠 날벼락? 왜 또 하필 학교?

2003년 상수도사업본부의 배수지 건설 기도를 무산시키고 잠잠했던 성미산이 8년 만에 다시 위기에 빠진 것이다. 사실 그 8년 사이에 아무 일도 없었던 것은 아니다. 배수지가 건설되기만을 표정 관리하며 기다리던 한양대는 배수지가 무산되자 아파트 개발의 가능성이 없다고 판단하고 2006년에 소유한 산의 상당 부분을 매각했다. 매수자는 역시 아파트를 세우려는 건설사였다. 건설사는 매입 후, 비공식적으로 마을에 선을 대어 집요하게 협상을 해 왔다. 주민이 원하는 것을 들어줄 테니 아파트 개발을 인정해 달라는 것이다. '천만의 말씀, 만만의 콩떡.' 일고의 가치도 없는 말이었다. 어떻게 지킨 산인데 그것도 사기업의 아파트 장사와 손을 잡으라고? 씨알도

성미산이 또다시 위기에 처했다. 홍익대가 캠퍼스 안에 있는 부속 초중고를 성미산 안에 옮기겠단다. 홍대 측 사람이 서울시 의원들에게 개발의 당위성을 설명하고 있다.

안 먹히자 이 건설사는 성미산을 다시 매각했다. 이때 홍익대학교 재단이 나서 매입을 한 것이다. 홍익대는 전문 건설업자도 포기한 성미산 개발을 자신한 것일까?

홍익대의 논리는 이렇다. 현재 초중고가 들어서 있는 홍익대 주변은 유흥가 천지라 어린 학생들에게 바람직하지 않은 학교 환경이란다. 또한 건물이 좁고 시설이 노후해서 불편하다는 것이다. 학생들이 화장실이 부족해 대학교 건물까지 원정가 급한 용무를 본다는 것이다. 원 세상에나. 70년대도 아니고 서울 한복판 학교에서 있을 법한 일이기나 한지 어째 이유도 그처럼 궁색할까.

"엥? 우리 그런 일 없어요. 쉬는 시간이 얼마나 짧은데 거기까지 가서 볼 일을 봐요?"

홍익여고에 다니는 우리 마을 아이가 웃긴다며 말한다.

학교 시설이 부족하고 낙후되었다면 보수하고 리모델링하면 된다. 그래도 안 되면 증축하면 된다. 하지만 자기 땅에서는 하고 싶지 않은 거다. 오히려 초중고를 이전하고 비는 땅을 달리 활용하고 싶은 거다. 이는 그동안 홍익대가 한 행위를 보면 불 보듯 훤하다. 홍익대는 교문에 지어 놓은 커다란 건물을 상업 시설에 임대해 주고 있다. 학교 시설이 좁다면서 학교 안에, 그것도 교문에 기업형 요식업자에게 임대해 수익을 올리고 있으니 교육 환경을 생각한다는 그들의 말이 도무지 신뢰가 가질 않는다. 오로지 부동산업자처럼 임대 수익에만 관심이 있는 것처럼 보인다. 그러면서 자녀들의 학교 환경 개선을 위해 꼭 필요한 공사라며 애꿎은 초중고 학부모들까지 동원해서 서명을 받는다, 요란한 행사를 벌인다, 하며 성미산 망쳐 놓고는 결국 건물 지어 임대 장사나 하지 않으리란 보장이 있을까. 이런 의심이 과연 부당한 걸까?

좋다. 백번 양보해서 이전이 불가피하다 치자. 왜 하필 산인가? 이들은 단지 학교 부지로서 싼 땅을 찾는 것뿐이다. 환경이 파괴되든 말든 그 산에 깃들어 사는 마을 주민들이야 어떻게 되든 싸고 넓은 땅을 찾을 뿐인 거다. 명색이 교육 법인이란 데서 어쩜 그리 장사치 논리만 쫓아가는가. 일단은 일반 토지에서 부지를 물색해야 하지 않는가. 생태적 가치가 높은 성미산은 단지 싸다고 부지로 정할 곳이 아니란 말이다. 홍익대가 땅장사꾼들이 아니라면 말이다.

한 번 더 양보한다. 그래도 꼭 교육 환경이라는 공익을 위해 불가피하게 다른 공익을 침해해야 한다면 거기에도 한도가 있다. 새로운 공익, '학교 이전'을 위해 기존의 공익, '성미산 가치'가 훼손된다면 양자 공익간의 저울질이 필요한 법이다. 이른바 공익간 형량(公益間 衡量)을 해야 한다. 그리고 그 침해도 최소한에 그쳐야 하는 것이다. 그게 바로 '최소 침해'라는 헌법상의 원칙이다.

홍익초·여중·여고 학생들이 새로 이전한 학교에서 얻게 되는 이익이 교육이라는 공익의 가치로 한편에 있다면 다른 한편에는 서울의 서쪽 편에 맑은 공기와 삼림을 제공하는 산의 생태적 가치, 이미 이 마을에서 학교를 다니고 있는 아이들의 통학권과 교육권, 성미산 남사면을 오르내리는 마을 어르신들과 주민들의 권리, 남사면 일대를 중심으로 모여 사는 주민 공동체의 삶과 생활의 보존이라는 다양한 공익적 가치들이 존재한다.

당장 홍익학원의 이전 부지와 담장을 마주한 성서초등학교 1,000여 명의 학생들은 1년 6개월 동안을 공사장의 소음과 먼지, 안전 위협 속에서 지내야 한다. 뿐만 아니라, 학교가 이전하면 홍익학원 정문-주차장 출입구-원래 있던 학교 진입로 3거리라는 3중의 통학로 위협 속에서 살아가야 한다. 통학로 위험은 성서초교뿐 아니라 경성중고등학교, 성산초등학교, 성미산학교 학생들에게도 마찬가지다. 편도 1차선 도심 좁은 도로에는 지금보다 차량이 최소 30% 이상 늘게 되고, 동네 아이들은 매일 이런 위험을 뚫고 학교를 오가야 한다.

성서초등학교 학부모들이 이 위험을 알고 학교 이전 반대에 나섰다. 오히려 성미산 지역의 입장에서는 교육 환경이 더 나빠지는 것이다. 거기다가 성서초교 아이들이 몇 년째 꾸준하게 진행해서 교육청으로부터 상도 받은 생태 프로그램 학습장이 절단 나는 것이다. 결국 홍익학교의 이전으로 이 지역에서 얻어지는 공익이란 없다. 공익은커녕 오히려 주변 학교 학생들의 통학권만 심대하게 침해받게 된다.

2. 한국내셔널트러스트 산림청장상

2009년 11월, 성미산이 아주 훌륭한 상을 탔다. 그것도 나라에서 주는 상이다. 한국내셔널트러스트가 주관하는 '이곳만은 꼭 지키자' 행사에서

성미산은 2009년 한국내셔널트러스트가 주관하는 '이곳만은 꼭 지키자' 행사에서 산림청장상을 수상했다. 시상식에 참석한 성미산학교, 우리어린이집, 성미산어린이집 아이들과 성미산 지킴이 문치웅.

성미산이 당당히 우리가 지켜야 할 전국의 세 곳 중 하나로 선정된 것이다. 환경부장관상에는 인천 굴업도, 국토해양부장관상에는 인천 송도갯벌, 성미산은 산림청장상을 수상했다. 우리나라 천혜의 자연 환경인 굴업도와 인천 갯벌과 같은 반열에 오른 것만으로도 대단히 값지고 기쁜 일이다. 도시 공동체의 중심으로서 역할하고 있는 성미산이 가지는 도시 속 자연 환경 보호의 가치를 인정한 것이다. 그것도 우리나라 삼천리 금수강산을 관장하는 산림청이 말이다.

성미산학교 아이들과 우리어린이집, 성미산어린이집 아이들이 성미산 지킴이 문치웅과 함께 시상식에 갔다. 그동안 매일 올라 뛰어 놀던 산이 망가진다는 소리를 듣고는 '절대 안 된다'며 '산을 살려야 한다'고 학교 안팎에 직접 만든 대자보도 붙이고, 모금 운동을 하고 오세훈 서울시장에게 성미산을 살려 달라고 호소하는 편지도 쓰는 등 활동을 해서인지 상을 받는 감회가 남다른 모양이다. 자못 진지하다. 그래도 아이들인지라 상을 받으니 좋은가 보다.

"이제 성미산 지켜지는 거예요?"

"진짜 그렇죠? 나라에서 상도 줬잖아요?"

'어어 그래…' 하고 문치웅은 아이들 말간 얼굴 앞에서 말끝을 흐릴 수밖에 없었단다.

성미산은 산림청만이 아니라 환경부에서도 그 가치를 익히 알고 있다.

2008년 홍익대가 학교 시설 건립을 위한 도시 계획 시설 변경을 신청할 때, 〈한강유역환경청〉이 승인 조건으로 학교 시설 내 총 50% 이상의 녹지 비율을 지킬 것을 명시했다. 하지만 홍익대는 그 조건을 무시하고 실시 계획 인가를 신청했다. 홍익대는 여전히 그 조건을 이행하지 않은 채 공사를 강행하려 하고 있다.

그뿐이 아니다. 성미산은 비오톱(친환경 생물 서식 공간) 1등급지로서 개발 행위가 원천적으로 불가능하다. 비오톱 1등급지의 개발을 불허하는 서울시 조례안이 발효되기 일주일 전에 건축 허가를 받아 냄으로써, 홍익대는 비오톱 1등급지의 마지막 개발자가 된 것이다. 이미 비오톱 1등급지의 개발을 제한하는 조례안이 입법 예고된 상태에서 허가 절차가 강행되어 서울시 당국과 홍익대 측의 고의적인 직무 유기가 의심된다. 그도 그럴 것이, 한편에서는 비오톱 1등급지 개발 제한을 입법 예고하고 동시에 이미 비오톱 1등급지인 성미산 개발 허가 절차를 주도했으니 참으로 기가 막힐 일이다. 이는 고의적으로 개발 제한을 피하려고 절차를 무리하게 강행한 것으로밖에 달리 보이지 않는다. 지역의 어르신께서도 한결같이 분명 뭔가 석연찮은 사연이 있을 거라며 의심을 거두시질 않는다.

3. 설마 이걸 또 못 막을라구?

홍익대 측은 생태적인 명품학교를 짓겠다고 선전하지만 신축 학교의 설계도를 보면 기가 딱 막힌다. 급경사로 가파른 등굣길, 테니스장보다 조금 큰 협소한 운동장, 높은 옹벽으로 인한 교실의 상시적인 응달 현상이 이미 지적되고 있다. 학교 시설의 가장 기초적인 건축 요소만을 보더라도 제대로 된 학교라 하기 어려운 것이다. 학교가 다 지어진 경우를 가정하여 시뮬레이션해 보면 학교 옆길 인도를 따라 6미터가 넘는 거대한 옹벽이 들어서게 되어 무척 답답한 거리가 된다. 길을 건너서 보아도 학교 건물에 가려 성미산이 거의 보이지 않는다. 물론 성미산 정상에서도 마을이 내려다보이지 않는다. 그야말로 학교 건물은 산의 조망과 거리 환경을 망치는 흉물이 되기 십상인 것이다.

요즘엔 마을의 어르신들도 걱정이 많으시다. "그전에 나라에서 밀어붙인 것도 막아 냈는데 설마 이걸 못 막을라구?"

그분들은 성미산 지킴이들에 대한 믿음이 크시다. 거의 전폭적이다. 서울시 의원들이 현황 조사를 왔을 때도 어르신들의 도움이 컸다. 그런데 성미산 1차 위기 때 배수지 건설 찬성 측에 섰던 어르신들까지 이번엔 적극적으로 산을 지켜야 한다고 나섰다.

"우리가 예전에 배수지 찬성을 했지만 그땐 성미산 전체가 생태 공원 된다는 기대를 가지고 포기했어. 그런데 뭐야? 학교가 들어온다고? 말도 안되지!"

"아니, 게다가 기부 채납은 하나도 안 하고, 알짜 땅에다간 지들 학교 이전하고, 학교 짓고 남는 성미산 땅은 시에다 돈 받고 판다고? 아이고 이런 얌체 같은 장사꾼들이 있나?"

어르신들의 눈에는 홍대 측의 '꿩 먹고 알 먹으려는' 빤한 속셈이 훤히 들여다보이시는 거다.

8년 전 성미산 1차 위기 때 우리가 산을 살리려고 달려들었더니 결국 산이 우릴 살려 주었다. 우리 마을의 수호신이자 우리 마을 일부인 성미산을 우리가 다시 지켜야 할 때다. 다시 한 번 다짐한다, 그리고 큰 소리로 외쳐 본다. '성미산아, 걱정 마, 우리가 또 지켜 줄게.'

4. 우리 마을의 수호신, 성미산

성미산은 이제 그냥 산이 아니다. 성미산마을의 수호신이다. 성미산마을과 희노애락을 함께한 동네 수호신이다. 물론 성미산의 생태적 가치도 훌륭하다. 이젠 서울시에 인공적으로 조성된 공원 말고 자연 생태림으로 남아 있는 산들이 별로 없다. 그래서 서울시도 작은 산 살리기를 정책 과제로 내세우고 있다. 새로 임기를 시작한 오세훈 시장은 취임사에서 동네 뒷산 살리기를 주요한 정책 과제로 천명했다. 서울 서부 지역에 유일하게 남아 있는 작고 아름다운 성미산은 그 자체로 훌륭한 생태적 가치를 지닌다. 더욱이 성미산은 이제 그것을 넘어선다. 성미산마을은 도시 공동체의 모범으로 나라 안팎에서 관심의 대상이 되고 있다. 관심은 날이 갈수록 깊고 넓어지고 있다. 주민들이 생활에 필요한 것들을 함께 도모하면서 이웃으로 함께 관계 맺고 살아가는 현대 도시 생활의 대안으로 회자되고 있다. 성미산은 성미산마을이 상징하고 실현하는 공동체 가치의 핵심이며 그 자체인 것이다.

8년 전 성미산 1차 위기 때 우리가 산을 살리려고 달려들었더니 결국 산이 우릴 살려 주었다. 성미산이 온 마을을 품고 우릴 지금까지 키워 주었던 것이다. 성미산은 우리 마을의 수호신이자 우리 마을의 일부다. 이제 우리가 다시 성미산을 지켜야 할 때다. 이 문장을 쓰는데 왜 이렇게 눈시울이 뜨거워지는 걸까. 가슴이 저려오는 걸까. 정말 속상하고 슬프다. 당연한 것을 지키고 누리며 살기가 이렇게 어려운 세상에 살아야 하니 말이다. 다시 한 번 다짐한다, 그리고 큰 소리로 외쳐 본다.

성미산아, 걱정 마, 우리가 또 지켜 줄게!
성미산아, 걱정 마, 우리가 또 지켜 줄게!

내게 속삭이는 것들

성미산마을에
살아 행복
합니다

2007년에는 참으로 많은 지역 주민과 함께 축제를 즐겼다. 차 없는 광장
이 열리던 날은 지금도 생생히 떠오르는 즐거운 장면이다. 제일 처음 아이
들의 자전거가 거리를 가로질렀다. 잠시 후 블레이드를 탄 작은 아이들이
나타난다. 이어 젊은 엄마 아빠가 미는 유모차, 그 다음에 마치 순서가 정
해진 것처럼 어르신들이 차가 없어진 거리를 마음껏 활보하셨다.

　'차 없는 도로'의 기획은 단순히 교통을 통제하고 길에서 놀았다는 것으
로 끝나지 않는다. 그동안 빼앗기고 살았던, 그러나 빼앗긴지도 모르고 살
았던 것을 되찾아 오는 의미가 크다. 이를 재전유(再專有)라 하던가. 한 번
전유의 경험은 그 자체로 혁명적 사건이다. 그것도 집단적으로 공유하는
사건으로서라면 더욱 말이다.

　2007년 '차 없는 거리 축제'의 성공에 이어 2008년 마을축제는 또 다른
성과와 과제를 남겼다. 2007년 '차 없는 거리'를 한 해 더 재현해 보려던 축
제 기획단의 계획은 3개월여의 지난한 협상 끝에 실패로 돌아갔다. 하지만
협상 과정에서 이른바 지역사회의 유지라 칭하는 그룹과 공식적으로 만나
소통을 시도하고 공감의 토대를 마련했다(성미산 길변의 건물주 모임이 이 협
상 과정에서 만들어졌다. 결론은 불가로 났지만 그 내부에서도 상당한 의견의
갈등이 있었으며 상당수는 하루 정도 길을 막고 하자는 데 의견의 일치를 보았

다고 한다). 또한 성산동 주민자치위원회와 축제를 공동 주관함으로써 지역사회와 좀 더 연계될 수 있던 의의도 크다. 그동안 성산동 주민자치위원회가 해 오던 〈아카시아축제〉와 〈성미산마을축제〉를 합해서 공동으로 축제를 개최한 것이다. 성산동장을 비롯한 성산동 주민자치위원회 위원들과 구체적인 일을 두고 소통하고 거리 축제를 반대하는 주민 설득에 함께 나서면서 서로 공감대를 넓힐 수 있던 것은 그 자체로 큰 수확이었다.

'차 없는 길'을 여는 데는 실패했으나 장소를 옮겨 이루어진 골목 축제는 또한 새로운 감동을 선사했다. 자동차들의 주차장으로 변한 지 오래인 동네 골목을 주민들의 놀이 공간으로 되찾는 시도였다.

골목은 마을축제의 오래된 중요 테마였다. 2004년 마을축제 때는 골목 구간을 정하고 미리 승용차들의 주차를 통제해 고무줄놀이, 딱지치기, 공기놀이, 술래잡기, 콩주머니, 무궁화꽃이 피었습니다, 다방구, 얼음 땡, 망까기, 말뚝박기 등등 전래놀이들을 아이와 어른이 뒤섞여 하루 종일 신나게 놀았다. 일상의 공간이자 이웃 간 소통의 장인 골목이 2008년 축제로 재현된 것이다. 이는 2007년 도로의 전유와 맥을 같이 하는 또 하나의 전유였다. 차에게 빼앗긴 일상 공간을 삶의 공간으로 다시 바꾸어 내고 몸에 기억시키는 과정에 이제 골목까지 더해졌다. 몸에 기억된 전유의 즐거움은 필시 새로운 전유의 욕구를 계속해서 밀어 올리게 될 터이다.

최근 7, 8회의 마을축제는 성미산마을의 새로운 빅뱅을 예감케 한다. 2년여에 걸친 성미산투쟁 기간 동안 응축된 에너지는 마을의 '1차 빅뱅'을 초래했다. 그런데 이번에 단 이틀의 축제로 마을의 새로운 도약을 가져올 에너지가 엄청나게 응축되었다고 하면 과장이 너무 심한 걸까?

축제를 만들고, 축제 일부가 되어 주신 모든 분들께

마을 주민 여러분, 한 주간 안녕하셨습니까?

축제가 끝난 지 일주일이 지났건만 아직도 일상의 리듬이 잘 회복되지 않는군요. 여러분은 어떠신가요? 이틀간의 찐-한 일탈, 힘드셨지요? 지난 주, 성미산길을 지나며 마주치는 동네 분들마다 제게 반가운 눈웃음을 지어 주더군요. 희상엄마는 행여 누가 알아볼까 고개를 들지 못하고 다니고요. 무대 위에서 빗물을 처연하게 맞던 느리를 발견한 아이들은 거침없이 '그 아줌마다!' 하고 외치더라고요. 축제의 스타가 탄생했습니다.

아직도 성미산 거리에 차가 사라진 그 순간을 저는 잊을 수가 없습니다. 바리케이드가 길 양쪽에 설치되자 차량들의 통행이 일시에 정지되고 미처 빠져나가지 못한 차 몇 대만이 살짝 열어 둔 바리케이드 틈으로 서둘러 벗어났습니다. 그리고 갑자기 밀려드는 정적. 무슨 마술 쇼라도 벌어지듯 무거운 적막과도 같은 고요에 순간 모두 당황했습니다. 그러나 잠시 후 마치 기다리기라도 했다는 듯 아이들의 자전거가 넓고 긴 도로를 휙휙 가로지르며 날아다니기 시작했어요. 뒤이어 엄마 아빠들이 미는 유모차가 도로 위를 방향 없이 이리저리 자유로이 유영하듯 오갔습니다. 채 2분도 안 되는 순간에 벌어진 성미산길의 획기적 '변화'였지요. 당시 저는 빛나와 함께 쇠로 된 바리케이드를 낑낑대며 급히 설치하고 있는 중이었구요.

성미산마을축제
2008년 '우리 같이 놀아요' 축제는 골목에서 펼쳐졌다. 2007년 '동네야~ 노올자' 축제 때 마을 사람들은 '차 없는 거리'를 마음껏 활보했다.

2010 '성미산아 동네에서 놀자!' 축제
ː 마을극단 무말랭이의 모자 만들기 퍼포먼스
ː⋯ 마을축제 개막을 알리는 거리 행진
⋯ 작은나무 뒤뜰에 마련된 만화방
ː 성미산마을극장에서 연 동네사진관 전시회
ː⋯ 작은나무 앞에서 펼쳐진 〈스미마셍밴드〉 공연

축제 준비 팀은 당초 축제의 몇 가지 큰 방향을 세웠습니다. 차를 막고 광장을 만들면 그것으로 축제는 성공이다. 그 다음은 모조리 덤이다.

이 말대로라면 이번 축제는 굉장한 성공입니다. 그리고 참으로 많은 마을 주민들이 축제를 즐겼으니 덤 또한 적지 않습니다. 차 없는 거리가 열리자 주민들은 굳이 애써 오라고 할 것도 없이 저절로 모이더군요. 관객(주민)은 부른다고 모이는 것이 아니라 스스로 오고 싶을 때 모여드는 것이고 스스로 오고 싶은 '판'을 만드는 것이 무엇보다 중요하다는 점을 새삼 깨닫게 됩니다. 단지 이틀 동안이었지만 '차 없는 거리'의 경험은 남다르지 않을까 여겨집니다. 항시 차에게 점령당한 거리를 너무도 당연히 받아들였지만 이제 차 없는 거리를 맛본 이상 또 다른 도발의 상상을 가능하게 할 거라 기대합니다. 벌써 누군가는 성급하게도 과제를 던지더군요.

"매 주말마다 차 없는 거리를 만들면 어떨까?"

거참 '어익후!'입니다, 하하.

이번 축제의 두 번째 목표는 즐겁게 참여하기였지요. 그동안 축제가 즐겁지 않았다기보다는 '즐기는 데 집중해 보자'는 것이었습니다. 막상 축제 당일이 되면 여러 사람들이 한데 뒤섞이고 재미난 프로그램 열심히 참여하다 보면 그 나름 재미가 쏠쏠하지만 준비 과정은 항상 부담스럽고 '일'이 되어 피하고 싶은 것도 사실입니다. 하지만 품앗이가 동네 전통이라 그러지도 못하고 '벙어리 냉가슴 앓듯' 해 온 사정 역시 우리 모두 아는 사실이지요. 그래서 모든 단체가 축제의 기획과 행정을 맡아 매달리는 것(예를 들어 어린이집 홍보이사이기 때문에 자동적으로 축제 알리미가 되는 식)이 아니라, 그 일을 하고 싶거나 진짜 잘할 수 있는 사람들이 자발적으로 나서면 나머지 사람들은 그야말로 하고 싶은 것 가지고 축제에 흥겹게 참여하도록 하자는 것이었습니다. 그 이름이 바로 〈두달작전〉이었습니다.

두달작전은 말 그대로 두 달 동안 축제에 올릴 공연을 열심히 준비하는 것입니다. 물론 이미 만들어져 있던 동아리는 두 달간 열심히 하면 문제없지만 대부분의 참여 동아리는 이번 축제를 앞두고 진짜 '두 달' 전에 결성된 경우입니다.

우리어린이집 아빠와 교사로 구성된 올 축제의 다크호스 〈아마밴드〉, 재작년에 해체되었다가 이번에 열화와 같은 팬들의 요청으로 재결성하여 무대에 서게 된 〈마포스〉, 충격적인(?) 연출로 공연 무대의 마지막을 장식하고 '스타 탄생'의 전통을 이어 간 엄마 아빠 혼성 댄스 팀 〈내안의몸부림〉, 깜찍한 여고생 복장으로 관객의 시선을 단번에 집중시킨 아줌마 두드림 팀 〈소녀들의반란〉, 벌써 3년 구력의 파워풀한 율동으로 애어른 할 것 없이 모두를 열광케 한 꿈터의 청소녀 춤 동아리 〈환무(歡舞)〉, 자리 못 잡는 동생까지 여유 있게 챙기며 멋진 발레를 보여 준 꿈터 어린이 무용단 〈숲속의 요정〉…!

정말이지 대단한 무대였지요. 하지만 이 대단한 무대가 있기까지 이 팀들은 각기 한 편의 드라마들을 쓰고 있었습니다. 매년 하던 축제겠지 하며 대수롭지 않게 준비하다 첫날 개막식을 보고 그제야 무대 규모에 놀라 수선 피우던 〈환무〉에서부터 공연 직전까지 해체를 논의(?)하던 〈소녀들의반란〉에 이르기까지. 특히 신규로 결성된 동아리 〈아마밴드〉, 〈내안의몸부림〉, 〈소녀들의반란〉 팀들은 두 달간 '혁명적인' 일탈을 경험했다고 합니다. "이번을 놓치면 이런 짓, 평생 못 해 볼 것 같아서 시작했다."는 〈소녀들의반란〉 팀원 생협 구상무의 말이 이를 짐작케 합니다.

올해 참여 부스는 그 어느 때 축제보다도 다양하고 알찼습니다. 그간 우리 축제가 지켜 온 '생태와 돌봄, 그리고 협동'의 가치를 고스란히 드러내 준 한 폭의 그림과도 같은 구성이었다면 과찬일까요^^? 나무 공예와 흙담 쌓기, 자전거를 소재로 한 생태적 놀이, 〈벅수단〉과 〈멋진지렁이〉의 생태 전시, 골목놀이 팀의 잊혀진 골목놀이, 환경단체 〈생태지평〉의 생태 치약 만들기, 〈성미산어린이집〉의 천연 비누 판매 등 생태적 가치를 생활로 체험하는 다양한 코너들, 〈마포희망나눔단〉과 〈이대성산복지관〉의 노인 돌봄 및 노인 의식 개선 캠페인, 〈마포청년회〉 회원들이 마을의 구석구석을 다니며 담아낸 동네 사진전, 재일 조선인학교 다큐멘터리 「우리학교」의 사진전, 동네도서관 〈숲속작은도서관〉과 〈보리출판사〉의 원화 전시, 〈한강문고〉의 책 만들기, 〈사이언스카페〉의 과학 놀이, 〈조선민화박물관〉의 민화 프린팅 등 아이들을 위한 다양하고 수준 높은 교육 프로그램들, 성미산 중등 아이들의 페이스페인팅 코너, 그리고 〈마포두레생협〉과 〈성미산학교〉, 〈도토리방과후〉가 함께한 지역통화장터 등 어느 것 하나 빼놓을 것 없는 소중한 참여와 체험의 마당이었습니다.

글을 쓰다 보니 올 축제를 풍성하면서도 찰지게 만들어 준 분들과 행사들이 이밖에도 너무너무 많이 있네요. 우선 성미산 장승 앞에서 축제를 고(告)하고, 솟대를 모시고 동네방네 떠들썩하니 축제의 시작을 알리더니 축제의 마지막을 주민 모두의 대동놀이로 마감해 준 이들이 있지요. 성미산 풍물패와 굿패 살판, 한두레 팀이 그들입니다.

참, 여기서 솟대 이야기 하나, 성미산의 상징으로 장승은 너무 커서 솟대를 정했어요. 그리고 솟대를 축제의 광장으로 모시는 의식을 치렀지요. 비록 우리 몸은 광장에 있어도 몸 외에 모든 것은 성미산에 있는 것과 같은 '장치'를 한 셈입니다. 솟대를 모시고 가 일단 산에서 제를 드리고 난 후 다시 솟대를 가지고 내려와 무대 앞을 지키도록 세워 둔 것입니다. 아름다운 이 금속 솟대는 유명 조각가 정국태 님이라고, 동네 화가 까치의 후배분께서 특별히 큰마음을 내서 제작한 다음 우리 마을에 영구 기증한 작품입니다. 솟대 끝에 새가 아니라 사람을 형상화했지요. 사람이 곧 희망이라는 뜻이랍니다. 이 자리를 빌어 다시 한 번 정 작가님께 깊이 감사드립니다. 이렇게 해서 성미산길, 차 없는 거리 광장에는 성미산의 정신과 전통을 상징하는 솟대가 축제 내내 우리를 지켜보게 되었습니다.

축제 첫날 개막 행사는 정말 즐겁고도 감동적인 무대였습니다. 〈마포장애인자립생활센터〉가 주관하는 '희망 노트' 공개 방송이었지요. 그야말로 동네 '카수'들이 대거 출동했더라고요. 센터 소장 데이비드의 진행도 그만하면 수준급이었지요? 〈마포FM〉 진행자로 단련된 티가 나더라고요. 아울러 축하 공연으로 출연해 주신 〈브라스밴드〉 팀, 열정과 여유를 느끼게 해 주는 한여름 밤 음악 연주, 색다른 경험이었지요. 또한 장애인 행사 격려를 위해 특별히 심사 위원으로 참여해 주신 배우 김인문 님, 진심으로 감사드립니다.

축제 이틀째 외빈 행사의 사회를 봐 주신 이익선 아나운서, 아니 지환엄마가 더 자연스럽지요? 공연 무대를 진행해 주신 진솔엄마, 프로와 준프로의 절묘한 배치(?)로 무덥지만 따뜻한 무대가 되었습니다. 우리의 공연 무대를 신나게 열어 준 〈노리단〉 친구들 진짜 멋졌습니다. 출연한 아이들 대부분이 마을 아이들이라 더 뜻있는 공연이었습니다. 특히 마을에서 유년기를 보내고, 청소년기를 다른 마을에서 보내고 있으면서 자신들이 자란 마을의 축제에 초대된 상현과 재현 그들은 무슨 느낌이었을지 문득 궁금합니다. 두달작전 공연 1부와 2부를 이어 주기 위해 무대에 오르신 김은희 씨, 〈노찾사〉 멤버로 이 동네에 팬들이 아주 많으시지요. 이 동네에 줄곧 사시다가 지금은 외지에 살고 계신데 곧 돌아오신다고 하네요. 얼른 오셔서 좋은 노래 자주 들려주시길 기대합니다.

참, 이번 축제에서 빼놓을 수 없는, 축제에 참여한 모든 이가 공감하는 '대박'이 있습니다. 바로 '뻥'입니다. 무료 뻥튀기 코너는 첫날부터 줄이 한

10여 미터는 늘어섰지요? 사람 줄이냐고요? 천만에요. 뻥 기계에 들어가려고 대기하는 쌀, 옥수수, 누룽지들의 줄이었답니다. 그 더운 이틀 내내 하루 종일 뜨거운 뻥 기계를 돌리신 할아버지.

"더우시지요? 음료수라도 좀 사올게요."

"괜찮아~"

"돈 안 받고 튀겨 주기만 하니까 나는 너무 좋아. 한 사람이라도 더 튀겨 줄라고 그래."

할아버지는 묻지도 않은 대답을 하시며 아주 기분 좋게 웃으십니다.

"할아버지 내년에도 우리 마을축제에 오시는 겁니다~?"

"그러~엄."

성미산길 상가의 참여도 빠트릴 수 없습니다. 그동안 축제와 다른 중요한 특징 중 하나입니다. 비록 10여 개 업소만 사전에 참여하기로 하고 준비를 했지만 막상 축제 당일에는 거의 모든 식당이 문을 열고 탁자를 거리에 내놓고 장사를 하더군요. 축제 전에는 반신반의하던 점주들도 아마 내년에는 바로 합류할 것 같습니다. 축제 준비 팀이 식사를 하려 들른 한 식당에서 주인아저씨와 준비 팀원이 서로 주고받은 말입니다.

"와, 우리 이런 거 매달 합시다!"

"아이고, 그건 힘들어서 못합니다!"

어젯밤 산책 삼아 성미산길을 지나는데 전에 세 들어 살던 집 주인아저씨를 막창집 앞에서 만났습니다. 전 같으면 가벼운 눈인사만으로 지나쳤을 텐데 반갑게 말을 걸더군요.

"아, 수고했습니다. 어떻게 그런 축제를 다 준비했습니까? 주체가 누구예요? 마포구청이겠지요? 우리 동네에 이런 축제가 있어서 너무 좋습니다."

"아니 뭐, 생협하고 공동육아, 차병원 등등 한 20개 단체가… 그런데 불평하시는 주민들은 안 계세요?""

"불평은 누가 해요. 다 좋다고 하잖아요."

그리고 이런저런 이야기 끝에 제가 한소리 들었습니다.

"내가 성산동 자율방범대원입니다. 교통 통제할 때 우리가 하면 되는데 왜 미리 알려 주지 않았어요. 섭섭하게시리…"

이분은 벌써 우리 축제를 자랑스러워하고 있더군요. 이 동네에서 벌써 한 30년 사신 분입니다. 내년에는 이분들과 함께 축제를 준비하며 서로 일을 나누는 흐뭇한 상상을 해 봅니다.

끝으로 축제 기간 내내 요란한 스피커 음향이 큰 소음으로 들렸을 텐데도 아무 말씀 없이 참아 주신 많은 주민들께 감사의 말씀을 전합니다. 일부이지만 축제 기간 동안 영업에 지장을 초래한 상가도 있다고 합니다. 성미산길을 오가다 이분들께 감사의 말씀을 함께 전해 주실 것을 부탁드립니다. 그동안 축제 준비에 헌신적으로 참여해 주신 집행 위원들께 새삼스럽지만 고맙다는 인사를 전합니다. 몇 개월 동안 숱한 회의와 기획 업무에 축제에 임박해서는 한 달여간 거의 출근을 포기한 채 축제 준비에 매달린 팀장들… 쟁이·해기·아사삭·송피디·섭서비·가림토, 어디선가 기다렸다는 듯 '정시 도착'해서 축제 전 과정을 세세히 바라지해 준 빛나와 젤소, 그리고 여기서 간단히 언급하는 것만으로는 양에 안 차 차라리 거명하길 포기한 마-않-은 분들, 모두모두 '애 많이 쓰셨습니다!' 항시 마을을 살피고 조언해 주시는 조한혜정 선생님, 박소현 선생님, 뙤약볕에 긴 시간 동안 장관님과 함께 축제를 지켜 주셔서 정말 감사합니다.

여러분 내년 축제에 다시 만나요!

성미산마을에 살아서 행복합니다!

2007년 성미산마을축제 집행위원장, 짱가 유창복 드림

나, 연극하는 남자야

회사 사람들이나 친구들에게 '나, 마을에서 연극 동아리 한다'고 하니 설마 하며 믿지 않는다. 나도 더는 자세히 이야기하지 않는다. '나중에 공연할 때나 불러야지. 그때 와 보면 믿겠지…' 이런 맘이다.

나는 마을극단 무말랭이 활동이 너무 좋다. 넘치는 끼를 이기지 못해 이러는 거는 물론 아니다. 사실 내가 배우 노릇을 잘 해낼 거라는 생각은 추호도 없었다. 바로 그래서 연극을 시작했다. 뭔가 나를 한번 박차고 나올 수 있을 것 같았다. 내 감정과 느낌을 솔직하고 공공연하게 드러내는 일에 익숙하지 않은 나, 오십 줄에 들어선 조선 토박이 남자, 물론 나의 성평등 감수성만큼은 토박이 정서가 아니라 자부하긴 해도 어딘가 묻어 있을 묵은 먼지들, 나이와 '짬밥'으로 이제 마을의 웬만한 자리에선 장로 대접까지 받는 나, 나는 그걸 한번 다 털어 내고 훌쩍 뛰어넘어 보고 싶었다. 맨 정신으론 어색하고 남세스런 말도 유행가 가락에 얹으면 절절히 꺾고 말아서 잘도 토해 내지 않던가.

막상 연극 동아리를 해 보니 무대 위의 고독, 나와의 치열한 싸움, 등등은 아직 잘 모르겠고, 그저 함께하는 이들과 그 시간이 너무 좋다. 첨 만나 보는 동네 사람들, 첨은 아니지만 몇 년을 한동네에 살아도 말 잘 섞어 보지 못한 사이… 이런 이웃들과 금세 친해지고 허물없이 터놓는 사이가 된

마을극단 무말랭이 창단 공연 「오아시스 세탁소 습격 사건」. 공연을 같이 준비하고 무대에 함께 서고 난 다음에는 이웃들과 금세 친해지고 허물없이 터놓는 사이가 된다.

다. 거기다 공연을 같이 준비하고 무대에 함께 서고 난 다음에는 뭐랄까, '동지애' 같은 게 마구마구 생긴달까?

1. 동아리, 우리들의 그물코

2007년이던가? 신나는 마을 축제를 마치고 동아리 회원들과 함께 뒤풀이를 하는데 어떤 엄마가 이러는 거다.

"두 달 죽어라 연습해서 한 번 하고 마니까 넘 아깝고 아쉽다."

"그런 걸 오래, 자주 하려면 극장이 있어야지."

"극장?"

그래 극장이 하나 있으면 좋겠다. 나는 그때 뭔가가 가슴으로 쿵, 하고 떨어지는 걸 느꼈다. 그래, 동아리다, 그리고 공연이다. 우리 마을에서는 지역 주민들의 일상적인 커뮤니티 네트워크가 다양할 뿐만 아니라 튼튼하니까 자발적인 동아리 형성이 비교적 쉽고, 여기에 프로그램을 지도해 주는 전문적인 강좌 운영자(강사)의 지원이 좋으면 자연스러운 관계의 토대 위에서 안정적으로 문화 예술 활동을 진행할 수 있다. 그러나 여기에 중요한 요소 하나가 반드시 더 충족되어야 한다. 즉 동아리 활동이 동아리 회원들만의 경험으로 끝나지 않고 해당 커뮤니티 성원과 교감하며 공감을 나눌 때 비로소 동아리의 지속적 동력이 생기는 것이다. 그 '교류와 공감'이 이루어지는 방식이 바로 '공연'이고 말이다.

성미산마을극장 개관 페스티벌 때 우리 마을 주민들로 구성된 〈아마밴드〉와 극단 〈무말랭이〉, 〈성미산풍물패〉 등의 공연에 마을 주민들이 보여준 환호와 찬사는 이들 동아리의 엄청난 동력이 되고 있다. 어떤 가치에 대한 공통적인 감동의 메가톤급 밀물이랄까. 일상적으로 자연스럽고 편안한 관계 안에서 갑자기 누군가와 '함께하고 있음'을 온몸으로 화아―악 느낄 때의 뜨거운 전율이랄까. 이런 짜릿한 감동을 맛본 후에는 동아리 활동은 이미 그 수준과 의미가 대번에 달라진다.

지금까지 동아리 활동의 동력이 맘 맞는 성원들과 동호(同好)를 즐기는 기쁨, 문화 예술적 수준의 점진적 심화였다면 이제는 새로운 차원의 공감과 기쁨을 향해 나아가게 된다. 진한 감동과 공감의 경험은 동아리 활동의 동력이 되어 자족적인 문화 예술 활동에서 주민들과의 '공감'(주민들의 환호)라는 공동체적 목표를 갖는 활동으로 전환되기 때문이다. 이제 바로 그 일상의 장이 필요한 때다. 날로 늘어나는 마을의 동아리들이 수시로 모이고 편히 연습도 하고 사는 곳, 가까이서 경계 너머 좋은 공연을 즐기고 향유할 장이 반드시 필요하다.

112

2. 그래, 이제 극장이다!

그 후 나는 층고 4m가 나오는 지하 공간이 어디가 있는지 틈틈이 동네를 살살이 뒤져 보았다. 하지만 지하의 층고가 4m가 넘는 공간은 눈에 불을 켜고 봐도 없었다. 그런데 이게 웬일?! 막강한 시민 단체 몇이 한꺼번에 이 동네로 이사 오겠다며 땅을 알아봐 달라는 것이다. 해마다 전세금도 자꾸 올라 힘이 부치니 이참에 네 단체가 전세금을 모아 함께 집을 지어 동거하기로 하고 그 터를 성미산마을로 정한 모양이었다. 땅을 알아봐 준 다음 계약을 마치고 나니 단체 분들이 저녁이나 같이 하자며 마을 사람들을 부른다. 그러더니,

"사실 우리는 이곳에 그냥 이사 온 것은 아니고 도시에서 이웃들과 잘 협동하고 사는 성미산마을과 의미 있게 접속하고 싶어서 온 것이다."

하는 게 아닌가? 세상에, 이런 경사가 다 있나!

〈여성민우회〉, 〈환경정의〉, 〈녹색교통〉, 〈함께하는시민행동〉, 이들은 오랜 세월 높은 이상과 뜻으로 열심히 활동해 온 NGO 단체들이다.

"우리들 단체 대부분은 중앙 정부를 상대로 활동하는 편이고 지역 활동은 이사 와서 천천히 해도 늦지 않으니 우선 함께한다는 의미로 새로 지을 공간을 마을과 나누어 쓰고 싶다. 무엇을 하면 좋겠는가?"

'아니 이게 웬 정시 도착?!' 나는 주저 없이 "극장 하자!"고 외쳤다. 의아해하는 그들에게 그 의미와 필요를 설명하니 "좋겠다, 재미있다!"며 모두들 흔쾌히 찬성을 해 주었다. 그 뒤로는 일사천리 극장의 규모와 시설, 토목 설계상의 요소들을 협의하고 설계까지 확정했다.

땅을 일단 지하 2층까지 파고, 지하 2층 전부와 지하 1층 절반을 극장으로 설계한다. 극장은 지하 1·2층을 터서 층고 6m 공간을 만든다. 층고 6m의 공연장만 약 30평, 분장실, 화장실, 로비 등을 합하면 바닥 면적 약

성미산마을극장
↕↕↕↕ 성미산마을극장 입구
↕↕↕ 극단 〈드림플레이〉의 공연
↕↕ 개관페스티벌 전야제 장필순 공연
↕ 하자센터 '창의서밋'에 참가한 제프
의 마임 연기
… 아이들영화제

70평, 총면적 100여 평의 극장이 들어서기로 한 것이다.

사실 외관상 일사천리이지 정말로 일사천리였겠는가? 네 단체의 상주 식구만도 80여 명, 각각의 사무 공간을 아주 알뜰하게 구획한다 해도 자료실이다 회의실이다 필요한 공간이 많았을 텐데, 지하 1·2층을 거의 다 마을에 내주고 나니 필요한 용도를 집어넣을 공간이 태부족인 것이다. 아무리 마을과의 '접속'도 좋지만 그래도 새집 지어 오면서 나름대로 꿈도 계획도 많았을 텐데 한꺼번에 포기하려니 쉽지 않았으리라. 더욱이 그 속마음 혹여나 마을 사람들에게 들킬까 조심스러워 맘대로 푸념도 못했을 터, 안 봐도 비디오다! 그런데 이들은 참 소리 없이 내색도 없이 안에서 조용히 그 마음을 다스리고 양보를 결심했다. 지금에서야 하는 얘기지만 참 미안했다. 그리고 무진장 감사드린다.

드디어 극장이 지어졌다. 2007년 여름에 땅을 계약하고 그해 겨울엔 설계를 확정했으며, 이듬해 2008년 10월 준공을 했다. 이어서 극장의 실내 장식과 음향, 조명 장치 공사를 하고, 드디어 2009월 2월 6일 전날 밤, 개관 전야 음악회로 개관 페스티벌을 시작하게 된다.

3. 은근히 화려했던 개관 페스티벌

"너 자꾸 떠들면 집에 가라고 할 거야?"

엄마가 애들한테 하는 이야기가 아니다. 이 나라 포크계의 명가수 장필순이 공연 중에 한 말이다. 차분하고 조용한 노래를 몇 곡 이어 부르던 장필순 씨, 처음부터 계속 코앞에서 부산하게 움직이며 부스럭대는 아이가 거슬렸는지 몇 차례 눈길로 주의를 주었건만 그래도 안 되니까 참다 참다 한 말이다. 눈에는 웃음기를 가득 머금었지만 말투는 단호하게 힘이 들어가 있었다. 그렇지 않아도 공연 시작 무렵부터 다들 걱정과 조바심으로 머리털이 곤두섰는데 장필순의 그 한마디에 모두들 미안해 몸둘 바를 몰랐다. 하지만 그가 차라리 말을 꺼내 주니 오히려 터질 듯한 긴장의 끈이 '툭' 끊어지는 기분이었다.

"죄송합니다. 공연장이 소란해서 힘드셨지요?"

"아이들이 이런 공연장이 익숙하지 않아서요. 보통 동네 길거리나 성미산에서 하는 공연은 익숙한데…"

공연이 끝나고 대기실을 빠져나오는 장필순 씨에게 너무 미안해 변명을 하려는데 그녀가 웃으며 말해 준다.

"아니에요. 괜찮아요. 마을극장이잖아요? 괜찮아요, 자연스럽고 아주 좋았어요."

"어이구, 감사합니다."

"극장이 참 예뻐요, 아이들도 예쁘고요. 꼭 또 불러 주세요!"

얼마나 고맙던지. 과연 내공 있는 가수는 다르구나 싶었다.

극장도 이제 공사를 막 마치고 덜렁 그 모습을 드러낸 터라 냉랭하고 생경했다. 스태프들도 부산하기만 했지 '첫 공연이 잘될까?' '생각지도 않은 실수를 하면 어쩌나?' 표정들도 하나같이 긴장되어 딱딱하게 굳어 있었다. 관객들 역시 말이 관객이지 동네 사람들 천지라 겨우내 고생하며 준비한 극장이 '잘될까?' 걱정되고 긴장되기는 스태프들과 매한가지였다. 이렇게 극장 안 사람들 모두가 긴장하고 뻣뻣해 있을 때, 장필순, 그가 따뜻하게 공간을 열고 그 안에 푸근한 온기를 채워 주었던 것이다. 마치 이제 막 흙으로 빚어 놓은 형상에 생명을 불어넣어 비로소 살아 움직이게 하는 마법사처럼 말이다.

개관 전야 음악회에서 그처럼 내공 있는 마법사의 축복을 받으며 장장 두 달에 걸친 개관 기념 페스티벌이 시작되었다. 처음 생기는 극장이 자신을 세상에 알리는 데는 공연만 한 것이 없다. 이 극장에 잘 어울리는 공연이 무엇인지 예술가들은 물론 관객들도 극장에서 직접 그 쓸모와 필요를 느껴 보는 거다. 두 달이라는 기간이 좀 길다 싶었지만 작은 극장이 담아낼 수 있는 게 의외로 무척 다양하다는 걸 보여 주고 싶었기 때문에 그냥 밀어붙였다. 오히려 실제 프로그램을 짜다 보니 날짜가 부족할 지경이었다.

연극·영화·전시·음악회를 고루 편성했다. 패션쇼·라디오쇼·스토리텔링·너 그리기 등의 다양한 형식의 퍼포먼스도 기획했다. 참여한 예술가들이나 관객들에게 우리가 미처 생각지 못한 상상의 힘이 뭉게뭉게 피어나기를 기대하면서. 장필순·윤미진의 전야 음악회를 시작으로 출발한 콘서트는 모던록·재즈·아카펠라·노래패·풍물 등 다양한 장르의 음악을 모두 소화해 내서 인근 여느 홍대 앞 라이브 콘서트홀 못지않았다. 또한 이태건·유홍영·고재경의 마임 공연 때는 마임 전용 극장이라 해도 좋을 만큼 아담하고 집중력을 살려 주는 공간이 되었다. 세트 설치가 간단한 마임의 특성상 극장의 크기가 작다는 점은 전혀 문제가 되지 않았다. 오히려 집중력을 배가시키기에 적당했다.

마을 주민이기도 한 오소리 이숙경 감독의 베를린영화제 수상작 「어떤 개인 날」 시사회를 비롯해 독립 영화제, 어르신 영화제, 아이들 영화제, 심야 여성 영화제 등 주제와 콘셉트 있는 영화제를 열어 영화관으로도 변신했다. 5m×5m 대형 스크린은 일반 전용관의 스케일에 뒤지지 않았고, DVD 소스 상영이었어도 화질에서 그리 차이를 느끼지 못했다. 음향 역시 5.1채널이 가능해서 서라운드 음향을 즐길 수 있었다.

2009년 3월 주말에 집중된 연극과 뮤지컬 공연 때는 무대 또한 전면과 측면이 모두 활용되었고 1,2층 객석을 동시 개방해서 최대 100여 명 이상의 관객이 한 번에 공연을 관람할 수 있었다. 갤러리 실험은 개관과 함께 한 〈동네사진관〉의 사진 전시였는데 음악 공연 시 음향 진동 때문에 작품 부착에 기술적인 문제가 지적되었으나 로비와 공연장을 연계한 전시장의 가능성을 보였다. 특히 페스티벌 직후 열린 패션전 전시에서는 갤러리로서 전혀 손색이 없음을 보여 주었고 벽면의 평면 작품과 영상 스크린을 통한 작품 시사, 플로어 설치 등 입체적인 작품 디스플레이의 가능성을 보였다. 또한 〈맘품앗이〉의 스토리텔링, 〈줌마네〉의 라디오쇼, 너 그리기, 패션쇼 등 다양한 실험적 퍼포먼스가 온 마을 주민들의 독특한 개성을 발휘하기에 충분한 공간이었다.

두 달여에 걸쳐 진행된 개관 페스티벌은 공간의 크기와 구조, 음향과 조명 시설의 수준 등이 원활한 변신을 허용하는지 확인하고, 홍보·티켓팅·객석 관리 등 하우스 매니징 시스템이 잘 가동되는지를 점검하는 기간이기도 했다. 부족한 시설과 오퍼레이팅·홍보·하우스 매니징 등 여러 분야의 시스템 문제와 보완점을 발견하고 페스티벌 이후 개선책을 마련하는 것이 꼭 필요했기 때문이었다. 그리고 2009년 3월 말, 개관 페스티벌 마지막 날 나 또한 그 무대에 드디어 섰다.

그래, 나 우리 동네 극장에서 연극하는 남자다.
난 오늘도 그렇게 산다.

마을 극장, 그 빈 공간의 의미

극장을 만들기로 결정하고 제일 처음 한 일이 동네 예술가들을 불러 모아 이야기를 듣는 것이었다. 극장의 크기와 높이를 설명하자 모두들 각자 관심 있는 분야의 용도를 이야기하며 거기에 맞는 설계 구조를 제안하기 시작했다.

"출입구의 위치를 보거나 무대의 깊이를 확보하기 위해서라도 전면이 중심 무대일 것 같은데 그러면 배우 대기실에서 무대로 연결되는 동선 확보가 어렵겠는데? 그리고 무대를 넓게 쓰려면 세로 면을 무대로 사용할 수도 있어야 되겠어."

"풍물을 하려면 원형으로 판을 짜야 되는데 고정 객석이 있으면 곤란하겠는데?"

"사진이나 그림을 전시하려면 공간이 좁아서 어렵겠어."

"객석이 얼마나 확보되려나? 그래도 한 100석은 되어야 마을에서 필요한 행사를 치를 수 있지 않을까?"

끝도 없이 아이디어가 쏟아졌다. 안 되겠다. 모두의 의견을 쫓다가는 배가 산으로 가게 생겼다.

"차라리, 그럼 텅 비우자!"

오소리가 내뱉듯 제안했다. '뜨아!' 했다. 순간 모두들 서로의 얼굴을 쳐다보며 의중을 살피다가 이내 누가 먼저랄 것도 없이 입을 모았다.

"그래 맞다, 맞아. 비워야 돼. 그래야 이거 모두 다 담을 수 있겠다!"

하여 극장을 텅 비우기로 했다. 객석은 자유자재로 공간을 연출할 수 있는 레고 같은 조립형 의자가 있는지 찾아보기로 했다. 참 싱거운 결정인 것 같지만 지금 생각해 보면 획기적인 답을 찾아낸 것이다.

우리 극장은 대학로 소극장도 아니고, 홍대앞 라이브 콘서트장도, 상암동 CGV도, 인사동 갤러리도 아니다. 아니 도리어 이걸 모두 다 합친 극장이어야만 했다. 어느 하나에 맞추어 설계를 하면 다른 장르에는 방해가 되어 곤란해진다. 그러니 텅 비울 수밖에. 돌아보면 참 슬기로운 결정이었다. 하지만 중간에 흔들림이 있었다. 객석을 만들어 놓지 않으면 매번 공간을 바꿔야 해서 힘도 들고 너무 번거롭다는 지적이 있었기 때문이다. 결국 3개월만 지나면 한 형태로 고정될 것이라며 미리 하나로 정해서 고정하는 것이 효과적일 거라는 조언도 있었다. 많이 망설였다. 듣고 보면 다 일리가 있는 말이다. 그때 우연히 서울프린지페스티벌 사무실에서 처음 만난 〈극단 사다리〉의 유홍영 감독이 용기를 주었다. 일본의 어떤 시골에 있는 마을극장에서는 마을 어린아이들이 매번 덧마루를 일일이 날라 극장을 세팅해서 사용한다며 중요한 것은 "마을 사람들이 극장을 어떻게 생각하느냐에 달린 거지요." 하고 이리저리 흔들리는 맘에 못을 박아 주었다.

다행히 우리 극장 인테리어 시공을 맡은 (주)시공감이 우리 뜻을 헤아리고는 적절한 대안을 찾아 설계안을 제시했다. 또 무대 설계의 권위자인 용인대학 이태섭 교수가 직접 설계안을 보고 좋다고 격려까지 해주었다. 뿐만 아니라 그는 세부 사항 하나하나까지 일일이 자문을 해 주어 숱한 기우와 염려를 덜고 당초 설정한 '빈 공간'이라는 극장 개념을 밀고 갈 수 있었다.

위기는 한 번 더 있었다. 빈 공간 극장 콘셉트의 전제였던 조립형 객석을 구할 수 없었던 것이다. 아무리 업체를 뒤지고 극장 무대에 관계하는 사람들에게 다 물어보고 다녀도 뾰족한 수가 나오질 않았다. 일주일 후면 개관이었다. 결국 덧마루를 제작할 수밖에 없다는 의견이 스태프 회의에서 나왔다. 덧마루도 제작하는 데 일주일은 걸린다고 해서 막 주문을 넣으려는데, 며칠째 누리 검색을 하던 구름이 외쳤다.

"만세!! 찾았다!"

"뭐? 찾았어?"

하지만 제품이 미국제인데다가 가격도 엄청 비싸고 결정적으로는 납기를 맞출 수가 없었다. 모두들 맥이 빠졌다. 이젠 포기하자 하고 덧마루 제작 주문을 넣었다. 다음날 아침 역시 구름이 국산을 찾았다며 역삼동에 설치된 곳이 있으니 당장 가 보잔다. 쏭과 나, 구름이 달려갔다. 어린이 놀이터였다. 함께 온 부모들이 대기하는 간이 의자로 사용하고 있었다. 이리저리 앉아 보고, 여러 형태로 쌓아서 무너지지 않고 잘 견디는지 시험해 보았다. 결론은 OK! 우리는 뛸 듯이 기뻐하며 제작사와 주문을 협의했다. 5일 안에 납품해 달라는 요구에 제작사는 난감해하더니 해 보겠다는 답을 했다.

개관 전야 행사 하루 전, 문제의 다용도 쿠션이 도착했다. "우와, 되게 가볍네." 우리는 순식간에 달려들어 모두 극장 안으로 날랐다. 이리저리 쿠션의 배치를 바꿔 보면서 우리는 기적같이 생긴 조립형 의자를 만지고 부비고 신기해하며 신나게 전야제 음악회 준비를 마쳤다. 이 형형색색 큐빅형 쿠션은 배치하는 데 딱 3분이면 된다. 너무 무겁지 않아 누구나 쉽게 움직일 수 있다. 개관 이후 다양한 형태의 무대와 객석 규모에도 불구하고 우리 극장은 이 쿠션들 덕분에 자유자재로 공간을 연출할 수 있었다. 스태프들은 물론 출연한 아티스트들도 이게 뭐냐며 신기해하고 놀라워했다. 관객들도, 특히 아이들이 제일 신나했다. 마치 놀이터에 온 것처럼 객석을 뛰어다니고 드러눕고 완전히 제집 안방이 따로 없었다.

인테리어 공사가 얼추 막바지에 들어서 극장의 외관이 어느 정도 드러날 때쯤이었다. 화가인 내 친형이 동생이 한다는 극장이 궁금했는지 밤에 들렀다. 극장을 보더니 이것저것 묻는다. 발코니 객석의 마감을 어찌할 거냐고 해서 발코니 난간의 파이프와 비슷한 색의 필름으로 싼다고 했다. 발코니를 떠받치는 기둥도 비슷한 색으로 페인트 칠을 한다고 했다. 그래야 녹이 슬지 않는다고 한다고 덧붙였다. 이것저것 몇 가지를 더 묻고는 한참을 생각하다가

"야, 이거 아니다."

한마디 한다.

"극장 안에는 페인트칠 하면 안 된다. 칠하기 시작하면 계속해야 하거든. 사람의 때가 묻어야 해. 사람의 흔적이 쌓여야 해. 인공적인 치장은 사람의 흔적을 때나 불순물로 여기고 뱉어 내려 하기 때문에 계속 치장을 할 수밖에 없어."

시공사인 시공감 사장은 "이거 나중에 녹슬 텐데 괜찮겠습니까?" 하며 다짐이라도 받듯 만류를 했다. 감리를 맡은 만두도 "짱가, 이러면 안 돼요." 했지만 나는 절대 도장은 안 된다고 끝까지 뜻을 굽히지 않았다. 형 말이라서가 아니라 나도 바로 그것이다, 싶었던 거다. 대신 발코니에 사용된 파이프와 동일한 철판으로 난간 벽과 기둥을 추가 마감할 것을 요청했다. 흔적이 쌓이고 그 흔적이 '더께'가 되면서 비로소 '공간이 나이를 먹는 것'이다.

'그래, 우리 극장은 마을 사람들의 삶의 흔적으로 나이를 먹는 공간인 거야.'

인테리어를 마감해 놓고 보니 철과, 돌(벽돌), 나무 세 가지 소재가 적절히 공간적 균형을 이루고 있는 것은 물론 조형적인 균형까지 이루고 있는 것이 아닌가. 그때 고집부리길 잘했다는 마음이다. 빈 공간과 무(無)도장의 의미, 우리 마을극장은 그렇게 매일 사람과 시간의 더께로 변하고 쌓이고 나날이 가득 채워질 것이다.

성미산마을극장은 대학로 소극장도, 홍대앞 라이브 콘서트장도, 상암 CGV도, 인사동 갤러리도 아니다. 이걸 모두 다 합친 극장이어야 했다.
∴ 공간 연출이 자유로운 다용도 큐빅 쿠션
∴ 엄마, 아빠 어린이집 선생님들이 찍은 각양각색의 동네아이들 사진들이 설치 작품으로 전시된 '동네아이들 사진전'

아픔은 아픔으로, 아픔은 아픔으로

여기는 성미산
학교입
니다

"저는 이번 학기 동물에 관한 것을 알아보고, 직접 길러 보고 싶습니다. 그래서 강아지를 기르고 싶은데 엄마가 허락을 안 하십니다. 집에서 잘 돌볼 수 없다는 겁니다. 저는 제가 잘 돌볼 수 있다는 것을 증명하고 싶습니다… (중략)… 그리고 수학을 열심히 해 보려 합니다… (중략)… 그리고, 어… 혼자 일찍 일어나는 습관을 만들겠습니다. 엄마가 깨우지 않아도 혼자 일어나도록 할 계획입니다. 그리고 집안일 중에서 음식물 쓰레기는 제가 맡아서 할 겁니다."

1. 자기 주도 학습

명호의 한 학기 학습 계획을 발표하는 자리다. 명호의 담임선생님 심순과 명호의 동물 프로젝트를 도와줄 동물 보호 단체 활동가이신 멘토 선생님, 명호의 엄마와 아빠, 그리고 명호가 초대한 친구 성한이와 수학을 잘하는 선배 상수가 동석했다.

"수학을 어떻게 열심히 할 건지 구체적인 방법을 얘기해 주세요."

"어, 저기, 상수 형이랑 일주일에 2번, 1시간씩 방과 후에 하기로 했어요. 교재는 교육방송 교재로 할 겁니다."

"지난 학기 1주일에 한 번 집 청소하기로 한 약속도 처음 한 달 말고는 지켜지지 않았는데, 이번에 음식물 쓰레기 버리기는 믿어도 되나요?"

"아… 그건… 이번엔 꼭 할 겁니다. 일지를 쓰겠습니다. 표를 만들어서 냉장고 옆에 붙여 두고 버릴 때마다 날짜와 봉투 개수를 적겠습니다."

명호엄마, 또 한 번 속는 셈 치고 믿어 보자는 눈치다. 넘어간다. 이렇게 1시간여 동안 다양한 질문과 대답이 이어지고 최종적으로 한 학기 학습 계획이 확정된다. 경우에 따라서는 계획이 조정되기도 한다. 실현 가능한 계획으로 목표치를 낮추어 수정되거나 좀 더 참신한 아이디어가 제안되어 바뀌기도 한다. 이렇게 확정된 계획은 한 학기 동안 진행되고 학기말에 평가 발표회를 갖는다. 모든 학생이 한 학기 학습 활동을 돌아보는 에세이를 쓰고 문집이 만들어진다. 개인별로 각자가 수행한 빅 프로젝트의 활동을 발표할 때는 사진이나 동영상 등이 동원된다. 제법 그럴듯하다. 미진한 점, 그 이유, 보람 있던 일, 아쉬웠던 일 등등을 소개한다.

성미산학교의 중등 및 고등학생은 이렇게 매 학기 초 스스로 세운 학습 계획서를 발표하고 교사와 학부모, 멘토, 친구들의 피드백을 받아 확정한다. 성미산학교가 가장 중점을 두는 목표가 '자기 주도 학습'이다. 이는 학습자가 스스로 하고 싶은 것을 발견하도록 하고 스스로 학습 계획을 짜고 실행하며 평가하는 일련의 과정에서, 시행착오를 거듭하며 실패를 통한 학습의 원리와 그를 통한 배움의 기쁨을 느끼게 하려는 것이다.

무엇보다 배움을 위해 다른 사람들에게 도움을 청하고 도움을 받는 방법을 배우는 것이 중요하다. 물론 자기 주도 학습이 말처럼 그렇게 아름답지만은 않다. 교사들이 '밀착 마크'를 하지 않으면 계획대로 진행되기 쉽지 않다. 교사들은 정기적으로 그리고 수시로 활동 상황을 점검하고 도와준다. 방향을 바꿔 보도록 권유도 하고 조언도 한다. 대안을 제시하고 도와

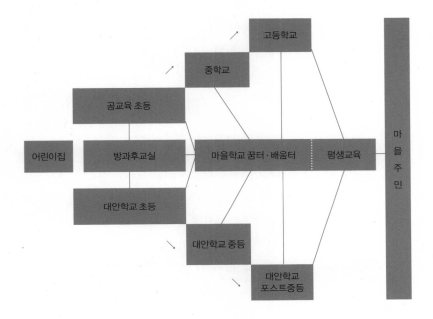

줄 사람을 알려 주기도 한다. 하지만 그래도 결정은 본인이 한다. 그게 핵심이다. 자기가 내린 결정을 존중하고 믿어 줘야 한다. 그래야 힘을 받는다. 그래야 의심 없이, 주저하지 않고 밀고 갈 수 있다. 그리고 종국에는 결과를 받아들이게 되고 평가를 수용할 수 있게 된다.

2. 학교가 정말 자랐어요

성미산학교의 설립은 어린이집에서부터 이어져 온 대안교육의 실험을 초중등까지 계속 일관되게 이어 갈 수 있게 된다는 데 의미가 있다. '취학 전'부터 초중고까지 교육적으로 일관된 원칙과 방침으로 아이를 돌보고, 그 결과를 지속적으로 살필 수 있다는 것은 중요한 의미가 있다. 이로써 마을은 대학교육 이전까지의 교육 시스템을 갖추고, 또한 대안교육과 공교육의 이중적 교육 시스템을 갖게 됨으로써, 이를 종합적으로 연계하고 운용해 갈 토대를 가지게 된다.

2010년 현재 성미산학교의 학생 수는 150명, 전담 교사만 25명이다. 여기에 강사까지 더하면 정말 많은 식구가 성미산학교에서 지낸다. 숱한 시도와 경험 속에서 학교의 기본틀이 '4개의 작은 학교'로 잡혔다. 초등 저학년(1~3학년), 초등 고학년(4~6학년), 중등(7~9학년). 고등(10~12학년) 이렇게 네 단위가 독자성을 가지고 유기적으로 통합되면서 12년제 통합 학교의 장점과 또래 작은 학교의 장점을 동시에 살리려는 시도다.

	초등 저학년	초등 고학년	중등	고등
	1~3학년	4~6학년	7~9학년	10~12학년
길 찾 기	다양한 체험 바탕으로 흥미와 관심 형성하기	자기 정체성 형성하기, 하고 싶은 것에 집중해 보기	다양한 직업의 세계 알기, 역할모델 찾기	인턴십을 통한 일머리 익히기, 생태 안에서 자기 삶의 비전 찾기
자 기 주 도 학 습	학습의 즐거움 맛보기, 자기 주도적 태도 기르기	학습에서 열정과 몰입 경험하기, 자기주도학습방법 익히기	자기 주도 학습 방법 익히기, 자기 관리하기, '독서'를 통해 성장하기, 교과를 통한 지적 성장	독서를 통한 인문학적 소양 기르기, 자기 주도 학습의 방법 익히기, 자기 관리하기, 국내외 네크워크 만들기
생 태 적 삶	'놀이'를 기반으로 ⇨ 좋은 약속 정하기와 지키기, '관계성'에 눈뜨기, 생태적 감수성 익히기	'살림 프로젝트'를 기반으로 ⇨ 생태적 삶에 대한 감 익히기, 기초적인 살림 능력 익히기	'프로젝트' '교과' '독서'를 기반으로 ⇨ 생태적 삶을 구성할 수 있는 능력 키우기, 마을 만들기에 적극 참여하기, 자치 능력 키우기	프로젝트, 교과, 독서, 네트워크 학습, '인턴십'을 기반으로 ⇨ 생태 철학에 대한 깊은 이해와 실천, 연대 감각 기르기

'스스로 서서 서로를 살리는 교육'이라는 성미산학교의 교육 이념을 실현하기 위한 방법으로 '자기 길 찾기', '자기 주도 학습', '생태적 삶'의 세 축을 설정하고 작은 학교별로 각기 목표를 정했다.

네 그룹의 작은 학교는 확장과 집중을 반복하는 흐름을 예정하고 있다. 초등 저학년에는 놀이를 통하여 즐거운 학교생활을 하다가 초등 고학년에는 프로젝트를 중심으로 몰입을 경험한다. 중등에는 역시 프로젝트와 독서를 통해 경험을 확장하다가 고등에서는 길 찾기라는 과제에 온 학습과 경험을 집중하게 된다.

초등은 최소 수업 시수 개념을 도입하여 교과부 교육 과정에서 정한 최소 수업 시수를 확보해 학사를 운영한다. 즉 1학년 830, 2학년 850, 3·4학년 986, 5·6학년 1,088시수를 최소 시수로 필히 확보하기로 했다. 반면 중고등은 학점제로 운영하며 필수와 선택을 구분하고 학교 밖 학습을 인정한다. 그리고 자기 주도 학습을 제도적으로 뒷받침한다. 특히 고등은 학습의 밀도를 높이기 위해 3년, 12학기제로 운영한다(3~6월, 7~8월, 9~12월, 1~2월).

4학년이 되는 아이들은 성미산학교의 별관에서 생활한다. 별관은 학생 수가 늘어나면서 기존 본관이 비좁아 새로 얻은 본관 바로 옆에 마당 있는 단독 주택이다. 6학년이 되면 다시 본관으로 가서 생활한다. 그래서 4·5학년들의 별관 생활을 '별관살이'라 한다. 별관살이는 프로젝트형 수업이 특징이다. 성미산학교는 예전부터 프로젝트 수업을 중요하게 여기고 많은 실험을 해 왔다. 하지만 일주일에 한두 번, 한 번에 2시간 남짓 배당되는 시간으로는 사실상 진정한 의미의 프로젝트 수업이 불가능했다. 그런데 별관살이에서는 월·수·금 3일을, 그것도 하루 종일 프로젝트에만 집중할 수 있도록 편성되어 있다. 내용은 의식주, '살림'이다. 처음에는 월·수·금 3일을 '통'으로 편성해도 될까 염려를 했단다. 막상 해 보니 이것도 시간이 부족하더란다. 그래도 기초 교과 학습을 소홀히 할 수 없어 화·목은 언어·수학·외국어 등을 수업한다.

매년 의식주 3가지 프로젝트를 하고, 아이들은 이 중 하나를 선택해 참여한다. '마법의 천조각'이라는 별칭을 가진 의(衣)—옷살림은 손바느질로 별관살이에 필요한 것들을 만든다. 교실에 달 커튼, 개인의 문구용 주머니를 직접 만든다. 식(食)—밥살림은 로컬푸드가 주제다. 우선 관심을 갖는 요리를 시작한다. 음식을 정하고 레시피를 수집하고 재료를 구입하여 직접 조리하고 시식한 후 평가로 마무리한다. 그러다 누가 판매해 보자는 제안에 주먹밥을 팔기로 정하고 판매용 주먹밥 개발에 열을 올린다. 속도가 느린 아이들은 텃밭을 가꾼다. 학교 마당에 자그마한 텃밭을 만들어서 매일 가꾸는 일을 한다. 최근에 얼갈이를 수확했단다. 주(住)—집살림은 가구 만들기. 과제는 별관에 필요한 분리수거함. 마을 공방을 찾아가 목공 워크숍을 한다. 이어서 마을에서 분리수거를 잘하는 방법을 매뉴얼로 정리하여 안내지를 만들어 배포하기도 했다. 최근에는 성미산이 파괴될 위기를 보고 솟대를 만들었다.

이러한 과정에서 아이들은 '일머리'를 배우고, '관계 맺기'를 배운다. 아이들은 수업을 한다는 의식이 아니라, 일을 한다는 의식을 갖는다고 한다. 일을 하다가 장애가 나타나면 문제라기보다 해결해야 할 것으로 받아들이고 방법을 찾아간다. 다음은 교사의 말이다.

"어른들은 곤란한 문제가 생기면 피해 가려 하지만, 아이들은 피하지 않아요. 아이들 간에 문제가 생기면 문제를 지적하고 드러내면서도 관계를 포기하거나 배제하지 않고 해결을 시도해요."

무엇보다 결과물에 대한 성취감과 자존감이 별관살이의 압권이다. 더욱이 대체로 사춘기에 들어선 아이들이라, 넘치는 에너지를 몸 쓰는 작업(노동)과 고도의 집중을 통해 잘 풀어내게 된단다.

‍ ↑ ↑ 성미산학교
↑ ↑ 학교 오픈하우스
↑ 학교 교훈 '스스로 서서 서로를 살리는'
···· 성미산학교 기공식

"초등 저학년은 기본이 안정이지요. 초등 고학년이 되면 스스로 학습하기를 '몸으로' 배우는 과정입니다. 중등에서는 본격적으로 배움의 내용을 채우는 과정이기 때문에, 그러려면 스스로 학습하는 훈련이 필요한 거예요. 이를테면 자기 주도 학습의 몸 만들기라고나 할까요?"

이렇게 초등과 중등은 6학년이라는 과도기를 경과하면서 자연스레 연결된다는 것이다. 12년제 교육 과정에서 2년에 걸친 별관살이가 가지는 의미가 분명해진다.

"아이들이 더욱 성장하는 것 같아요. 아이들은 어떤 순간에 급속히 성장하지요. 우리가 얘기하고 생각하는 것을 애들은 몸으로, 문화로 만들어 내는 힘이 있어요."

애들은 참 예리하단다. 아무리 자기 주도적인 학습이지만 교사들의 역할이 또 있는 법, 다소 과도하다 싶으면 바로 문제를 제기한다.

"프로젝트 수업이라면서 우리가 함께 결정하고 나가야 하지 않나요?"

3. 길이 곧 학교인 아이들

7학년 아이들 10여 명이 먼 길을 떠났다. 오랫동안 집 떠나는 것이 걱정 반 기대 반인가 보다. 며칠 정도야 집 떠나 본 적이 있겠으나 50여 일을 떠나 있기는 처음일 터, 그럴 법도 하다. 그래도 일단 엄마 아빠의 잔소리를 뒤로 하고 집을 떠나니 당장은 좋을 테지. 작년까지는 100일 학교였는데 이번 학기부터 50일 학교로 간다. 현지 사정과 동행하는 교사의 형편상 절반으로 줄여서 가기로 했단다. 이는 성미산의 주요한 교육 과정으로, 일종의 징검다리 여행이다. 초등에서 중등으로 넘어오는 통과 의례라고 할까? 그동안 부모 품 안에서 안전하게 살았다면 이제 세상으로 한 발짝 더 내딛어

보는 것이다. 집을 떠나 자기들끼리 밥도 해 먹고, 오순도순 치고받고 살아 보는 거다. 오전에는 농사일을 하고 오후에는 각자 개인별로 정한 일이나 프로젝트를 하고 저녁에는 평가하고 각자 독서 등을 하며 하루를 마감한다. 하루 생활이 단조롭지만 밥해 먹고 치우고 어쩌다 보면 하루가 금방 간단다. 항상 차려 주는 것만 먹고 살았지 제 손으로 뭔들 해 봤을까. 밥하랴 빨래하랴 방 청소하랴 진짜 생활을 해 보는 거다, 그것도 친구들끼리.

징검다리 여행이 끝나면 부모들도 감회가 남다르다. 오랜만에 보아 그렇겠지만 훌쩍 커서 돌아온 것 같다고 다들 대견해한다. 물론 다시 집에 오면 당긴 고무줄 제자리로 가듯 원상 복귀다. 여전히 제 방 청소 하나 제대로 안 한다. 지들이 그렇지, 뭐… 쩝! 하지만, 분명 달라지는 게 있다. 관계 능력이다. 그렇게 다투고 말이 안 통한다며 말도 안 되게 싸우던 아이들이 이제 제법 말로 풀 줄 알게 된다. "쟤는 좀 그렇잖아." "그냥 두자." 잠시 갈등을 접을 줄도 알게 된다. "쟤가 사실은 이러저러한 이유가 있어서…" 등 각자의 특성을 인정할 줄도 알게 되는 것이다. 선배티도 제법 나서 돌아온다. 오뉴월 하루 땡볕이 무섭다고. 1년 차이가 큰 게다. 이렇게 한 번 긴 여행을 다녀오면 매 학기 후배들과 함께 가는 여행에서 쌓아 둔 경험치를 발휘한다. "밥물을 앉힐 때는 말이야, 물이 손등 요기까지 찰랑대야 되는 거야. 안 그러면 우리 다 선밥 먹어 짜샤~!" 후배들이 다투면 중재자로 나서 정리도 한다. 항시 매년 첫 학기는 신입생 7학년이 긴 여행(100일 학교)을 가고, 8·9학년이 함께 통합 여행을 간다. 2학기에는 짝을 바꾸어 7·8학년이 통합 여행을 가고 9학년이 따로 졸업 여행을 간다.

여행 학습도 이제는 제법 진화 단계에 들어선 것 같다. 몇 가지 모델까지 만들어 운영한다니 말이다. 예를 들면 여행마다 특정한 활동 목표나 임무를 정하고 특정 마을이나 장소에 장기간 체류하면서 활동을 집중적으로 하는 레지던스형, 길에서 배우는 트래킹형, 특정 마을에 자리를 잡고 마을 주민들과 따로 또 함께 생활하는 정주형이 그것이다. 아이들의 특성과 과제에 맞추어 다양한 유형의 여행을 경험하게 한다고 한다. 뭐니 뭐니 해도 애들은 크면 부모 곁을 떠나 봐야 한다. 그래야 집 귀한 줄 알고 독립한다는 것이다. 나아가 누가 성화를 대지 않아도 길 위에서 자연스레 성장한다는 것, 어려운 상황 속에서 나를 책임지는 법 등을 차츰차츰 배우게 되는 것이다.

그런데 이 과정은 사실 아이들보다 부모들에게 더 필요한 것 같다. 품 안에 자식에서 이젠 눈 딱 감고 세상 속으로 아이들을 내놓아 보는 것이다. 아이들만이 아니라 부모도 자식과 함께 독립을 준비하는 것이다. 아이들 떠나고 한동안 '웬 떡이냐!' 하며 자유부인 한량아빠 생활 만끽하다가, 어느덧 '웬수' 같던 자식놈이 두 눈에 아른거리고 만날 전쟁 같던 자식놈과의 싸움이 그리워질 듯하면 그 자식놈이 집에 돌아온다. 시커매져서, 눈만 반짝반짝해서는 집에 쓰윽 어색한 듯 들어서는 것이다. 순간 울컥하지 않는 부모가 없단다. 아주 딴사람이 돼서 온 것 같다, 객지 나가 떠돌던 자식을 명절날 맞이하는 노모 심정이 바로 이럴까 싶단다, 하하핫.

4. 성미산학교, 고등부 시작!

성미산학교에 고등부가 생겼다. 원래 12년제이니 당연한 일이다. 하지만 올해는 여느 해와 의미가 사뭇 다르다. 성미산학교 설립 때 초등 저학년이던 아이들이 다 자라 고등부를 구성하는 해이기 때문이다. 올해를 고등부 원년이라는 사람도 있는 모양이다. 이제는 제대로 고등부를 정착시켜야 한다는 결심이 그만큼 크다는 얘기다.

고등부에는 성미산학교를 죽 다니던 아이들과 일반 학교에 다니다 편입

성미산학교 고등부 학생들의
뮤지컬「그리스」공연

한 아이들이 반반씩 섞여 있다. 그리하여 불가피하게 예정된 갈등이 불거진다. 성미산학교에 다니던 아이들은 초등 기간 동안 비교적 자유롭게 지내다가 중등 오면서 뭔가에 관심을 집중하고 공부도 제대로 해 보고 싶은 열의를 대체로 가진다. 반면 일반 학교에 다니다 온 아이들은 그동안의 억압적인 환경에 벗어났다는 해방감에 좀 놀고 싶고 자유롭게 제 욕구들을 발산하고 싶어 한다. 그러니 성미산학교에 다니던 아이들 입장에서 보면 '쟤네들 왜 저래? 태도가 저게 뭐야?' 하는 것이다. 아직 성미산학교의 문화도 익숙하지 않은 데다 일반 학교에서 몸에 밴 습성까지 있으니 기존 성미산학교 아이들 눈에는 영 불량한 태도로 비치는가 보았다. 벌써부터 내부 아이, 외부 아이 하면서 티격태격한다. 하지만 우린 오랜 경험으로 안다. 그 소요는 아마 곧 잠잠해질 터이다. 한편으론 아이들 개인의 특성과 문제로 보이기도 할 테지만 그동안 살아온 학교 문화의 차이가 더 큰 게다. 어른들도 그렇듯 이들은 서로 탐색기를 갖는 중이다. 조심스레, 때로 거칠

게 '간 보기'를 하며 소통의 접점을 모색하는 중인 것이다. 바로 그게 학습이 아니던가.

학교에서도 이런 점을 고려하여 공동체 프로그램이라는 것을 진행하나 보다. 포크댄스를 같이 추고 악기를 같이 연주하며 최근에는 뮤지컬 공연 준비에 아이들 모두 '찐'하게 몰입했다 한다. 아이들뿐 아니라 어른들도 합류했다. 이미 마을극단 무말랭이 단원으로 유명한 아난도와 중등에 다니는 진솔의 엄마인 소녀가 같이한다. 뮤지컬 프로젝트를 책임지는 멘토 역시 뮤지컬 프로 연출자란다. 그래서일까. 아이들도 자부심과 기대를 가지고 열심이다. 1학기 말 성미산마을극장에서 공연을 하고 난 뒤 모든 이들이 아이들에게서 받고 느낄 감동을 상상하니 벌써 내 가슴이 뛴다. 열 일 제치고 꼭 달려가 봐야지.

고등부의 당면 과제는 아무래도 진로 모색이다. 전쟁과도 같은 현행 대학 입시가 너무 어처구니없어 그 대안으로 찾은 것이 바로 대안학교 아닌가? 하지만 그 답이 아직 흔쾌한 것은 아니다. 성미산학교 고등부의 한 교사는 이렇게 답한다.

"뚜렷한 진로를 잡지 못한 채 모호한 상태에서 고등 과정을 졸업하면 엔지오에서 자원 활동을 해 보기도 하고, 장기 여행을 다녀오기도 하고 관심이 가는 이것저것들을 한 1,2년 시도하다 대체로 대학 진학을 준비하는 경우가 대부분인 것 같다. 그래서 성미산 고등부는 졸업하기 전에 졸업 이후의 방향을 구체적으로 정하고, 졸업과 동시에 바로 그 길을 나설 수 있도록 미리미리 준비를 시킨다. 예를 들어 애니메이션을 하고 싶은 학생이 일본으로 유학을 가기로 진로를 잡았다면 최소한 졸업 전에 일본어를 어느 정도 마스터할 수 있도록 하는 등으로."

"그래도 길게 보면 아이들은 자기 길 결국 잘 찾아간다."며 낙관하는 어느 경험 많은 교사의 말을 들어 보면 이것이야말로 바로 아이들의 길 찾기에서 어른들이 제일 먼저 가져야 할 태도가 아닌가 싶다. 따지고 보면 학교 시작부터 지금까지, 우린 애나 어른이나 온통 함께 길 찾기를 한 것 같다.

사실 우리는 시작부터 일사불란할 것을 아예 포기했다. 오히려 공교육의 무지막지한 일사불란함이 절망스러워서 대안학교를 만들었는지도 모른다. 서로의 다름을 인정하고, 다름이 공존하면서 그것이 풍부함이 되도록 할 때, 우리의 학교는 빛을 발할 것이라고 나는 믿는다. 하지만 너무 더디고 답답해서 속상할 때도 많았다. 이래서 학교가 되겠나 싶기도 했다. 그렇다고 포기하기도 너무 어려웠다. 성미산학교에 아이를 보내겠다고 이사를 결정할 때는 결연했고, 아이를 첫 등교시킨 이후에는 학교가 조금만 흔들려도 몹시 불안했다. 그러나 아이들이 학교를 좋아하고 어른들도 첫 학기의 힘든 과정을 지나고 미운 정 고운 정 들면서 이제는 점차 서로에 대한 공감과 이해가 생기고, 제법 이웃 주민으로 지내는 재미까지도 쏠쏠하다.

학교의 초기 역사와 지금을 견주면 한편으로는 좀 싱겁다는 기분도 든다. 서로 너무 조심하는 건 아닐까? 학교의 '안정'을 너무 중시해서 변화를 번거로워하거나 변화에 따른 갈등과 수고를 힘들어하거나 두려워하는 것은 아닐까? 학교 설립 초기의 그 지난한 갈등과 소통을 이겨 낸 지금이기에 이만한 논평도 하는구나 싶어 혼자 피식 웃음이 난다. 그리고 보니 우리 그 때 참, 힘들었다! 많이!

대안학교를 꿈꾸다

성미산마을에서 대안학교의 꿈을 꾼 지는 사실 오래되었다. 1999년 학교를 마친 아이들을 위해 만들어진 〈도토리방과후〉를 운영하면서 많은 고민이 생긴다. 무엇보다 방과후 역할에 관한 고민이었다. 방과후를 학교생활의 나머지 영역을 지원하는 보완적 역할로 볼 것인가, 독자적인 교육 목표와 시스템을 갖는 독립적인 교육 단위로 봐야 할 것인가의 문제였다. 간추려 얘기하면 방과후가 '쉼터'인지 '대안교육'인지였다.

방과후는 기본적으로 학교가 끝나는 서너 시부터 집으로 돌아가는 예닐곱 시까지라는 시간적 제약이 있다. 그래서 별도의 프로그램에 주력하기보다 학교 숙제를 하도록 도와준다든가 학교에서 지친 몸과 마음을 쉬게 하면서 아이들의 호흡과 속도를 맞추어 하루를 마무리할 수 있도록 돌보는 것을 중요한 역할로 하자는 것이다. 이른바 '쉼터론'의 입장이다. 반면 아이들이 학교에 들어가면 몸도 커지고 에너지도 넘친다. 자신들의 욕구도 구체화되고 그것을 점차 분명하게 표현한다. 게다가 학교 교육이라는 것이 다양하거나 창의적이지도 못한 마당에 방과후가 당연히 대안적인 교육 목표와 내용을 가져야 한다는 '대안교육론'의 입장이 또 있었다.

전자의 의견은 대체로 아이들이 저학년인 경우, 큰 무리 없이 수용될 수 있었다. 하지만 고학년으로 올라가면서부터는 방과후를 답답하고 심심하게 여겨 큰아이들이 오기 싫어하고 실제로 안 오기도 했다. 그래서 교사들은 맞춤 프로그램을 시도해 본다, 아이들의 욕구를 세분해 이런저런 프로젝트로 꾸린다, 욕구가 있는 아이들과 일주일에 두세 번씩 시범 운영을 해 본다, 별별 다양한 노력을 다했지만 역부족이었다. 제한된 수의 교사들이 일상 프로그램 운영하랴, 맞춤 프로젝트 운영하랴, 현실적으로 감당이 안 되는 것이다. 그래도 여자아이들은 교사들과 잘 어울리며 나름 큰 부족감 없이 잘 지내는 편이지만, 남자아이들의 경우는 사뭇 다르다. 방과후 교사들이 거의 여성들이다 보니 단적으로 축구도 함께해 줄 수도 없고 애들 입장에선 방과후가 자꾸 시시한 것이다.

결국 도토리방과후는 '쉼터론'으로 결론이 난다. 한정된 조건 속에서 대안교육으로 꾸려 가기엔 아무래도 역부족이라는 판단을 교사와 부모 모두 한 것이다. 공교육에서 부족한 교육적 필요를 방과후에서 해결하려고 할 것이 아니라 학교 안에서 해결해 가도록 해야 한다, 라는 원칙적인 마무리도 했다. 하지만 부모나 교사 모두 아쉽기는 매한가지다. 핵심은 빈약한 프로그램의 문제라는 점, 그래서 교사들이 아이들을 '화-악' 흡입해 주었으면 싶지만 그 역시 입 밖으로 내기 조심스럽다. 교사들의 열악한 여건을 너무나 잘 알기에. 교사들 역시 부모들의 욕구를 잘 알지만 어쩌랴. '집 같은 곳', '편안한 쉼터'로서의 도토리를 잘 운영해 갈 수밖에. 큰아이들은 방과후와 점차 멀어져 갔다.

2001년 여름, 생협이 창립총회를 마치고 제1회 성미산마을축제를 치르고 난 후였다. 지금까지 방과후의 성격에 대한 논의와는 다소 결 다른 논의가 벌어진다. 바로 대안학교에 대한 검토였다. 그동안 교육에 관한 한 마을에서 합의한 기본적인 틀은 이랬다.

'공교육을 기본 전제로 하고 그 위에 지역성을 녹여 낸다.'

반면 당시 새롭게 시도된 논의는 답보 상태인 공교육을 부인하고 별도의 대안적 교육 과정을 갖춘 독립 대안학교를 만들어 보자는 것이었다. 이는 그동안 마을에서 해 온 논의의 흐름과는 사뭇 다른 문제의식이었다.

대안학교를 검토하는 프로젝트 팀을 따로 꾸리고 일정 기간 체계적인 논의를 대비했다. 주로 방과후에 아이들 보내고 있는 부모들과 방과후 교사들이 참여했는데 완희아빠, 근아아빠, 무리엄마, 홍표사부, 도토리방과후 교사 나리, 글쓰기 교사 현영, 그리고 나도 끼었다.

두 달여 짧지 않은 논의 끝에 도달한 결론은 아쉽게도 아직은 '역부족'이라는 판단이었다. 우선 대안학교를 설립하여 운영할 만한 내용적 준비가 부족하다는 것이었고 이는 또한 단기간에 준비하기 곤란한 작업이라는 판단에 모두가 공감했다. 결국 코앞에 들이닥친 성미산의 위기가 다급하다는 점을 이유로 대안학교의 설립에 관한 논의는 당분간 보류하기로 했다. 대신 방과후 교육 시스템을 좀 더 체계화하여 운영하면서 교육적 콘텐츠를 점차 축적해 가다가 적절한 시점에 대안학교의 설립을 시도하기로 하는 '우회 전략'을 택하는 것을 위안으로 삼으면서 대안학교 프로젝트 팀을 해산했다. 바로 그 우회의 산물이 〈우리마을 꿈터〉다. 꿈터는 이 장의 뒤에서 더 구체적으로 언급할 것이다.

1. 그냥 하나 만들면 안 돼?

성미산투쟁이 고비에 달했던 2003년 2월, 산상 철야 농성으로 너 나 할 것 없이 당번을 정해 24시간 내내 산을 지키던 때였다. 어느 날 산에 그리 반갑지 않은 소문이 돌았다. 우리어린이집 조합원 다섯 집이 이사를 간다는 것이다. 어린이집 졸업하는 아이들을 대안학교에 보내려는데 그 학교가 있는 하남시로 이사를 간다는 것. 최근 그 부모들이 학교 설명회니 간담회니 참석하면서 마음을 굳히게 되었단다. '이제 간신히 부모들끼리 친해지고 재미나게 살 만하니까 아이들 때문에 이사를 간다고?'

마을뿐 아니라 시시각각 긴장감이 넘치던 철야 농성 천막에서도 밤마다 다섯 가구의 이사가 화제에 올랐다. 아이 교육을 위해서라는데 달리 대안이 없는 터라 어쩌지 못하고 있었다. 그런데 한두 가구도 아니고 다섯 가구가 한꺼번에 간다니 참 서운하고 심란했다. 그때, 누군가의 입에서 탄식하듯 불쑥 흘러나온 말, "우리 그냥 하나 만들면 안 돼?"

그 말에 누가 합의하고 말 것도 없었다. 마치 누군가가 우리에게 피할 수 없는 미션을 던지기라도 한 듯, 아니 마치 그 말 나오기를 기다리기라도 했다는 듯 대안학교 만들기가 불현듯 시작되었다. 이렇게 성미산 정상에서는 농성이 이어지고, 산 아래 마을에서는 대안학교의 꿈이 영글어 갔다.

이사 간다는 다섯 가구 이야기가 마을에 돈 지 두어 달이 지났을까? 2003년 5월에 〈대안학교 만들기 주민 간담회〉가 꿈터에서 열리고, 2주 후에 〈대안학교를 만들기 위한 주민 준비 모임〉의 첫 회의가 열린다. 나와 완희아빠, 수진아빠(이상 우리어린이집과 도토리 조합원), 승범아빠, 재익아빠(이상 참나무어린이집 조합원) 등이 이를 자임했다. 그 후 7월 말에 이르기까지, 3차에 걸친 워크숍을 열고 대안학교의 전문가들을 초대해서 다양한 경험과 방법들에 관한 이야기를 들었다. 아울러 어린이집 시절부터 알고 있었던 미국의 〈알바니 프리스쿨〉과 일본의 〈키노쿠니 학교〉에 대한 공부를 했다.

3개월여 동안 안팎의 전문가들과 집중적인 논의를 해 보니 결론은 단순명쾌했다. 사실 대안학교의 철학이나 내용 등에 대해서는 커다란 차이가 있거나 생소하거나 하지는 않았다. 문제는 교사였다. 대안학교를 운영할 맞춤한 교사가 있냐는 것이었다. 지금의 어린이집처럼 부모가 중심이 되어 학교를 운영한다거나 하는 방식은 최소한 아니어야 했다. 이 인맥 저 인맥

닿는 알음알음 모든 네트워크를 다 동원하여 알아보았지만… 맞춤한 교사가 없었다. 아니 있긴 있었다. 하지만 그분들은 이미 다른 곳에서 대안학교 일을 하고 있거나 준비하고 있었다.

2. 교사를 찾습니다

준비 모임을 자임한 우리들은 의기소침해 있었다. 교사가 없는데 어찌 해볼 도리가 없었다. 학교의 철학이나 상(像)이야 좀 부족하거나 달라도 만들어 가면서 조정하면 될 일이지만 교사가 없는 바에야 뭘 해 볼 수도 없는 것이었다. 물론 애초 낙관한 것만은 아니지만 기껏 몇 개월 동안 마음먹고 학교의 상을 잡아 왔는데 '교사가 없다'니 맥이 빠질 수밖에. 그러다 지푸라기라도 잡는 심정으로 영국에 간 완희엄마의 전갈을 기다리기로 했다. 영국의 친척집에 머물며 그곳 학교에 잠시 다니고 있던 완희를 보러 가는 길에 발도르프 교육 기관인 〈에머슨 학교〉에 유학 중인 알라딘도 만나 보고 다른 한국 유학생도 만나서 교사로 초빙할 가능성이 있는지 타진해 보기로 한 것이었다. 하지만 결과는 역시 '어렵다'였다. 3개월여 추진된 학교 만들기 행보는 잠시 주춤하게 된다.

　보름 후 대안교육 잡지 『민들레』 7/8월 호에 기고문이 실린다. 제목은 "우리 마을에서 함께 학교를 만들 교사를 찾습니다"였다. 7월 말 일요일 오전 생협 이사들의 엠티가 있었다. 나는 그 전날 밤을 꼬박 새워 글을 썼다. 동이 트고 오전이 될 때 비로소 원고를 완성하고 집을 나서 엠티 장소에 늦게 도착했다. 모인 사람들에게 원고를 내밀고 민들레에 기고할 거라며 읽어 줄 것을 요구했다. 대체로 공감했다. 완희아빠만 빼고. 완희아빠는 본디 별 말을 하지 않는다. "아…! 참…! 이거…!" 탄식 같은 소리만 내뱉는다. 그

러다가 " 이렇게 가 보자고?" 묻듯이 쳐다본다. "…네!" 하며 열심히 고개를
끄덕였더니, "알았어! 가 보자고!" 그제야 답했다. 나는 완희아빠의 말뜻
을 나중에서야 알게 된다. 지난한 여정의 시작을 완희아빠는 그런 방식으
로 예고한 것임을. 아무튼 다행히 민들레 기고 후 응답이 왔다. 그것도 생
각보다 많은 이들이 지대한 관심을 가지고 공감을 표하며 우리 마을을 찾
아 준 것이다. 이제 되려나 싶었다. 내 기고문이 실린 잡지가 나온 지 3주
만인 9월 6일, 교사와 주민 간의 첫 만남이 이루어지고 다시 열흘 후 13명
의 교사 모임이 꾸려진다. 비로소 주춤했던 학교 만들기의 행보는 두 달여
만에 다시, 그것도 아주 급속도로 이어졌다. 물론 상상할 수도 없을 만큼
지난한 여정의 시작이었다.

3. 세 가지 의문과 상상

대안학교를 꿈꾸던 우리들이 상상한 학교는 마을학교였다. 마을에서 만드
는 학교이니 마을학교겠지만 이는 학교에 대한 세 가지 의문과 상상에서 비
롯된 학교의 성격이었다.

첫째, 왜 군대나 감옥같이 생긴 학교에 가서 공부를 해야 되지? 초등이
나 중고등이나 학교 모습은 거의 똑같이 생겼다. 운동장이 있고 운동장 뒤
로는 4층짜리 콘크리트 건물이 멋대가리 없이 버티고 서 있다. 그 주위는
대개 담벼락이 둘러쳐져 있는데 군데군데 개구멍이 있고 정문에는 헌병을
연상시키는 선도부가 큰 벼슬이나 하는 듯 뻣뻣하게 서 있다. 어쩜 그렇게
군대와 비슷한지. 마을 곳곳이 교실일 수는 없을까? 생태 학습은 성미산
에서 경제 학습은 생협이나 마을의 작은 기업들에 가서 하고 말이다.

둘째, 공부는 왜 나라에서 정한 교과서로만 해야 하나? 마을에서 벌어

지는 여러 다양한 일들, 사건들을 가지고 학습하면 안 될까? 마을축제에 참여하거나 아예 기획 일을 맡거나 아니면 디카나 캠코더 들고 기록하며 문화를 공부할 수는 없을까? 생협의 공동 구매 물류 시스템을 조사하며 경제를, 생산지 농장을 방문해 농업과 농촌 사회의 현실과 미래를 가늠해 보고 등등… 살아가는 사람들의 생생한 이야기가 바로 학습거리이자 주요 내용이 되면 좋지 않을까?

셋째, 왜 교사는 사범대학이나 교육대학을 나와야 될까? 동네 주민이 아니, 내가 직접 교사가 되어서 아이들 수업에 참여하면 안 될까? 은행에 다니는 현수아빠가 경제(화폐 금융)를, 요가 전문가인 여해엄마가 요가 수업을, 화가인 알라딘이 미술 수업을, 환경 단체 활동가인 시연아빠가 환경을, 이렇게 한동네 사는 주민들이 각자 자신의 직업이건 취미이건 자신 있는 한 분야를 맡아 강의를 감당하면 어떨까? 오히려 전문 교사들보다 훨씬 다양한 영역의 전문성을 확보할 수 있지 않을까? 요즘처럼 아이들의 관심사가 구체적이고 다양한 시대에 이 방법이 오히려 아이들의 교육적 욕구를 충족시킬 수 있지 않을까?

마을이 다양한 주민들의 삶터라면 바로 이곳이 우리 아이들이 생생한 삶을 배우고 체험하며 미래를 꿈꾸는 터전이 되는 게 당연하다는 생각이 들었다. 그래서 성미산학교를 처음 만들 때 마을이 학교가 되는 그런 학교, 학교 안에 담긴 학생이 아니라 학교 담을 넘어 마을을 공부하는 학생, 교사도 학교에서 상근하는 사람만이 아니라 마을 주민이, 학부모가 교사가 되는 그런 학교를 꿈꾸었던 것이다. 그래서 우리는 우리 학교를 마을학교라 했고, 그것도 서울 대도시 한복판에 있으니 도시형 학교, '도시속 마을학교'라 불렀다.

4. 숟가락 하나 더 얹으면 되잖아?

성미산학교는 12년제다. 지금 우리나라 학제로 치자면 초중고가 한꺼번에 있는 거다. 처음엔 대안학교에 아이를 보내려는 초등 예비 학부모들의 이사 문제가 계기가 된 것이라 초등 과정을 만들려고 했다. 하지만 공동육아 어린이집을 졸업한 많은 아이들이 벌써 다른 초등학교에 다니고 있었다. 심지어 마을 원조 어린이들은 중학교 2학년, 낼모레 고등학생이 된단다. 입시 경쟁의 전장이 코앞이다. 아니 이미 들어서 있는 거다. 부모들도 입시 전선에 바싹 붙어 움직일 것 같지도 않고 달리 대안이 있는 것도 아닌 것 같다. 한슬과 나라는 공교육을 피해, 한 해 전 개교한 분당의 대안학교 이우학교에 입학했다. 나라네가 먼저 가서 두 집 아이들을 돌보고 있고 곧 한슬네도 이사를 간다고 한다. 동네 사람들이 심란해했다. 이 두 가족들은 우리어린이집 창립 조합원들로 도토리방과후 설립과 운영은 물론 성미산투쟁까지 함께한 오랜 동지(?) 같은 이웃이었다. 언니 동생하며 살아온 가족이었기에 서운함이 더했을 거다. 한 해만 지나면 우리 집 재현이도 중학생이 된다. 창희·경빈·형기 등과 함께. 그 다음 해에는 민수·상호·무리·주현·근아… 등 줄줄이 중학교에 간다. 중학교 과정을 추가하기로 한다. 그런데 상현이 강산이는 좀 있으면 고등학생이 된단다.

"중학교를 만드는데 고등학교야 숟가락 하나 더 얹으면 되는 것 아니야?"

결국은 이렇게 초중고 12년제 학교가 되었다. 성미산학교의 학제는 심오한 교육 철학적 검토에서 비롯된 것이 아니라 마을 아이들의 연령, 그 아이들의 요구에서 시작된 것이다. 하지만 학교를 준비하는 과정에서는 12년제의 장점을 발견하게 된다. 통학년이 갖는 장점이다. 12년 동안 아이들의 성장 과정을 지켜보면서 아이들을 기를 수 있는 것이다. 또한 큰아이들과 작은아이들이 한 지붕 아래 함께 살면서 '서로 돌보는' 생활을 익힐 수도 있다는 점 역시 중요한 대목이다.

5. 고향 같은, 베이스캠프 같은

아이들 자신의 경험과 그들의 감수성이 존중되고 그로부터 학습의 동기를 찾아 발전시켜 나아갈 수 있는 학습 과정, 갈기갈기 분절된 교과 체계와 지식의 일방적 주입이 아니라 현실의 연계와 종합이 고스란히 담겨 있는 맥락 있는 통합적 교육 과정, 추상적인 보편 지식의 암기와 언어적 재연이 아니라 지식의 생성과 발전 과정을 지식 생산자의 입장에서 구성해 보는 학습 과정을 구현해 보고 싶었다.

  비록 어른들이 주도하지만 그 세상 속 어른들과 소통하면서 자신과의 관계를 탐색하고 자신의 존재감을 확인하고 사회의 엄연한 성원으로 자신감과 생활력을 성장시켜 자신의 꿈을 현실에 실현하도록 도와주어야 한다. 그러려면 학교가 세상 속으로 걸어 나와야 하고, 세상 한복판에 서 있어야 한다. 소통과 교류가 있고 그래서 정붙일 친구와 어른이 있는, 답답하고 싫증나서 박차고 나섰지만 언제라도 다시 돌아올 수 있을 것 같은, 마치 기성 세대들이 느끼는 고향과도 같고 알피니스트들의 베이스캠프와도 같은 그런 학교가 필요하다. 대안학교 운동이 공동체 운동일 수밖에 없는 이유일 것이다. 마을학교 만들기는 공동체적 시민 사회 만들기의 동의어이자 그 중심이고 출발점이다.

세 번만 엎어지면 학교 된다?

대안학교를 만들어 잘 운영하고 있던 누군가가 그랬다.

"세 번만 완전 엎어지면 그땐 학교 된다. 그 학교 안 망하고 오래간다."

나는 속으로 생각했다. '허걱! 세 번씩이나?'

도저히 믿고 싶지 않던 이야기가 결국 우리의 현실이 되고 말았다. 진짜로 세 번, 학교가 다 뒤흔들릴 만큼 완전히 엎어지고 자빠지고 뒤집어졌다. 그리고 그이의 말대로 개교 6년차인 성미산학교는 지금 제법 잘 가고 있다.

1. 첫 번째 깔딱고개, 떠나는 교사들

『민들레』에 실린 기고문을 보고 참여한 교사들과 마을 주민들의 첫 상견례, 교사들끼리의 첫 모임, 이후 정식 교사 모임이 9월 한 달 동안 꾸려지고, 10월에는 교사 모임과 주민 모임이 각각 독자적으로 학교 설립에 필요한 논의를 진행했다. 10월 말 주민추진위원회(이하 주민추)가 만들어지고 집중적인 안팎의 논의를 통해 어느 정도 학교의 상과 이후 설립 과정에 대한 일정표가 나오자 교사들도 2004년 1월 준비 모임 딱지를 떼고 학교설립추진위(이하 학교추)로 성격을 전환한다. 그리고 2월 2일 교사 주도로

〈미소학교〉가 개교한다. 교사 모임에 참여한 분들의 자녀들과 9월 개교 시에 초등 1학년에 입학할 아이들을 먼저 돌보는 학교다. 연내에 학교가 개교할 텐데 일반 학교에 보냈다가 한 학기 만에 다시 전학시키는 것이 번거롭고 아이들에게도 혼란을 줄 거라는 판단에서다. 개교 전에 교육 과정과 학교 운영을 미리 테스트해 볼 수 있는 예비 학교 역할도 고려되었다.

2월 한 달은 주민추와 학교추가 매주 만나 개교를 위한 실무적인 준비를 했다. 교육 과정, 교사 배치, 터전 마련, 재정 계획 등을 포함한 학교 설립과 운영안을 최종적으로 다듬었다. 드디어 3월 20일 홍익대 대강당에서 〈학교설립자대회 및 학교설명회〉를 개최했다. 드디어 배가 띄워졌다.

학부모들과 대안학교 관계자, 대안학교 교사직에 관심을 둔 분 등 다양한 사람들이 다양한 이유와 관심으로 강당을 가득 메웠다. 소문으로만 듣던 성미산투쟁의 그 마을이 만든다는 대안학교, 서울에서 처음 주민들의 힘으로 만들어지는 대안학교가 뚜껑을 연다니 궁금할 만했다. 교사대표 불고(불타는 고구마)가 학교 철학과 교육 과정을 설명했다. 전직 중학교 교사 불고의 설명에 대체로 안도하고 신뢰하는 분위기다. 내가 재정 계획을 밝혔다. 앞으로 15년간 부채를 갚아 갈 거라는 발표에 예상한 대로 참석자들은 걱정하는 눈치다. 그리고 갈숲이 개교 일정을 소개했다. 하반기에 개교를 하겠다는 밭은 일정에 기대와 우려가 교차했다. 어쨌든 성미산학교의 개교는 이제 기정사실이 되었다.

그동안 여기까지 오는 데도 많은 의견 대립과 갈등, 서운함이 뒤섞여 있었다. 하지만 이제 진짜 갈등이 찾아왔다. 대안학교 선배가 예언한 그 첫 번째 깔딱고개가 우리를 기다리고 있었던 것이다. 그런데 그것이 교사와 부모 사이에서 찾아올 거라는 모두의 예상을 깨고 교사들 내부에서 생겨났다. 그것도 학교를 미처 시작하기도 전에!

9월 개교를 앞두고 학교는 교사진을 구성해야 했다. 당시 교사회(교사추진위)를 구성하고 있던 (예비)교사들은 모두 열세 명이었다. 하지만 9월에 입학할 학생은 초등, 중등 다 합해야 열댓 명이었다. 입학이 예정된 아이들은 더 많이 있었지만 이미 다니던 일반 학교의 2학기를 마저 마치고 이듬해 신학기에 옮겨 올 계획들이었던 것이다. 재정이 여유로웠다면 교사 전원이 개교 때부터 참여해 각자 일을 나누고 초창기 학교의 틀을 만드는 데 매진했어야 옳았다. 하지만 1년여를 무보수 자원 활동으로 학교 만들기 논의를 해 온 터라 개교를 해서는 최소한의 급여라도 지급해야 했다. 하지만 설립 자금의 상당액은 학교 건물 신축에 충당되어야 했고 교사 급여 등 경상비는 입학생들의 수업료로 충당해야 했다. 재정적인 여력이 없었던 것이다.

고육지책으로 교사들을 개교 팀과 신학기 합류 팀으로 나누기로 한다. 그 결정은 교사회가 자체적으로 하기로 했다. 주민추 입장에서는 참 미안하고 어려운 결정이었다. 몇 차례 토론을 통해 선발 교사 팀을 선정한 모양이다. 쉽지 않은 결정을 내려 준 교사들에 미안함과 감사의 마음이 들었다. 그런데 며칠이 지났을까, 이 결정이 부당하다는 문제 제기가 후발대로 편성된 교사들한테 나오기 시작했다. 교사회 내부의 결정 과정이라 주민추 사람들이 이렇다 저렇다 개입하기도 조심스러웠다. 하지만 그 갈등이 수습되기보다는 더 감정적으로 격화되는 양상을 보여 부랴부랴 중재를 나서 보았다. 그러나 이미 교사들은 서로 마음의 상처를 잔뜩 입고 난 뒤였다. 도저히 회복이 어려워 보였다. 제일 먼저 지난 1년여 동안 교사추 대표를 맡아 준비를 주도한 불고가 사퇴를 선언한다. 가히 날벼락이다. 개교를 코앞에 앞두고 교사대표가 사퇴라니…! 몇 날을 설득해도 소용이 없었다. 선발 교사 팀의 결정에 문제를 제기한 교사를 포함, 다른 몇몇 교사들도 학교를 떠났다. 난감했다. 개교만을 기다리는 학부모들, 아이들이 떠오른다. 교사들이 야속했다.

교사들에게 '선발대와 후발대를 스스로 나누어 보시오.' 했던 주민들의 주문 자체가 교사들에게 몹시 가혹했다는 생각이 든다. 첫 학기가 지나면 모두가 합류할 것이라는 전망, 선발대 못지않은 후발대 역할의 중요성 등 등 합리적이고 이성적인 토론이 진행되었겠지만, '선발과 탈락'이라는 인상을 지울 수 없었으리라, 최소한 마음속에서만큼은. 1년여의 준비 동안 각자에게 쌓인 고단함과 서운함이 부당(不當)과 불신(不信)으로 뭉쳐 폭발한 것이리라. 아니, 이 고단함과 서운함은 교사회 내부에서보다는 주민들과 관계에서 더 많이 만들어졌을지 모른다. 처음 지면을 통해 학교를 만들어 달라는 요청을 접하고 그에 부응해 선의로 마을에 결합한 예비교사들, 낯선 마을에 낯선 부모들과 서로 탐색하고 속을 나누는 과정을 거치지만, 처지(교사-부모)와 존재(마을 밖-마을 안)의 차이만으로도 갈등의 소지는 무수했을 거다. 교사의 주도성을 강조했지만 부모이자 주민인 우리들과 일일이 함께하지 않으면 안 되는 과정이었다. 다양한 부모들의 욕구를 인정하지 않을 수 없다 해도 결국은 학교를 책임지고 운영해 가야 하는 주체와 책임은 온전히 교사들의 몫이다. 살얼음판 걷듯 조심조심 서로를 살피며 지나온 과정 속에 서운함과 고단함이 빼곡히 쌓여 왔을 터.

결국 전혀 예상치 않던 방향으로 수습안을 내게 된다. 떠난 불고를 대신하여 내가 교사대표가 되었다. 이미 공표한 개교 일정을 도저히 번복할 수가 없었기 때문이다. 그것도 교사들이 빠져서 그렇다고는 도저히… 나는 참담한 심정으로 남은 몇몇 교사와 개교 준비를 했다. 이렇게 우리는 간신히 첫 번째 깔딱고개를 넘어 가고 있었다. 두 번째 깔딱고개가 곧 나타날 것도 미처 모른 채.

2. 두 번째 깔딱고개, 부모와 교사 사이

새로운 학교가 시작되면 한동안 밀월 기간이 있기 마련이다. 누구든 처음 시작하는 일이니 모두가 조심조심, 말도 서로 아끼고 바라보는 시선도 곱다. 학교 안팎의 모든 시스템이 안착할 때까지 절대 시간이 필요한 것을 충분히 양해하는 분위기다. 하지만 시간이 흐름에 따라 각자의 시선에 서서히 불안이 깃드는 것은 어쩔 수 없나 보다. 정도 차이는 있지만 부모들은 대개 자기 아이를 통해서 학교를 바라본다. 반면 학교 운영에 직접 관여하는 이들과 교사들은 전체 아이들과 학교라는 구조에 더 초점을 맞출 수밖에 없다. 교사와 부모들 사이 이 불안한 '지켜보기'는 서로 미묘하고 팽팽한 긴장을 낳는다. 그러다 이 긴장은 아주 사소한 사건이 발단이 되어 갈등으로 전환된다. 그동안 쌓인 불안감, 자기 아이들을 통해 학교와 교사를 관찰하며 갖게 된 불만이 특정 사건 하나를 계기로 폭발하는 것이다. 교사는 이만 일로 부모가 학교와 교사에 이처럼 공격적일 수 있을까, 지나치게 자기중심적인 부모의 태도가 납득되질 않는다.

'서툰 학교(교사)와 불안한 부모들'의 팽팽한 긴장의 끈이 이렇게 어느 날 툭 끊어지고 나면 본격적인 갈등 국면에 접어든다. 부모들은 공식적인 언어로 학교와 교사를 또박또박 비판한다. 교사는 학교와 교사 입장에서 방어적으로 부모를 설득하려 든다. 부모들은 더는 참을 수 없어 겨우 어렵게 지적했는데, 수용하려 들지 않고 방어하려는 모습에 감정이 몹시 상하게 되고 이에 그동안 역시 불만과 불안이 소록소록 쌓였지만 참으며 지켜보던 부모들까지 합세하게 된다. 이제 발단이 되었던 사건은 중심에서 사라진다. 학교 운영 주체, 이른바 '학교 당국' 자체가 큰 문제로 떠오른다.

일일이 거론하기에도 무수히 많은 사건들은 지금까지 학교를 준비한 사람들, 학교를 세운 성미산마을의 무능으로 집약된다. 이른바 '추진위 사람들'이라는 표현, 그 호명이 의미하는 바는 무엇이었을까? '준비가 너무 안 되었다!' '왜 이리도 못하는가?' '학교가 이럴 줄 몰랐다!' 아마 이런 것들이리라.

개교 당시 입학생 가정의 구성을 보면 마을 사람들보다 마을 밖에서 성미산학교에 아이들을 보내려고 이사하거나 이사할 계획을 가진 이들이 더 많았다. '그 유명한 성미산마을'에서 학교를 만든다고 해서 신뢰와 기대를 크게 가진 부모도 있었다. 실제로 학교설립위원회는 마을 사람들로 이루어져 있다. 마을 밖에서 보자면 마을 사람이 곧 학교 당국인 것이다. 불안하기야 다 마찬가지이지만 그간 마을에서 함께 공동육아를 겪은 경험이 있는지라 마을 사람들은 기다려야 한다는 걸 잘 안다. 그런데 그냥 기다리라 한마디라도 하게 되면 역성드는 꼴이 되어 그조차 조심스럽다. 마을 사람들은 벙어리 냉가슴을 앓았다.

학교에 대한 실망은 빠르게 퍼져 가고 불안은 커져만 갔다. 해결책으로 전문 교장을 초대하는 것으로 의견을 모았다. 적임자로 연세대학교 조한혜정 교수가 꼽혔다. 나는 완희아빠와 함께 조한을 삼고초려 했다.

"그냥 서 계시기만이라도 해 주세요."

"큰 어른의 그늘이 절실히 필요합니다."

조한은 교장으로 부임하자마자 새로운 바람을 일으켰다. 특유의 속도감으로 연일 마치 부흥회라도 벌이는 것 같았다. 대다수 부모들도 그를 신뢰했다. 인류학자로, 여성주의 실천가로, 대안 문화 공간이며 '하자센터'로 불리는 〈서울시립청소년직업체험센터〉 센터장으로, 이미 대안 문화와 대안교육에 끼친 그의 영향과 업적은 그 자체, 충분한 아우라를 지니고 있다. 침울하고 불안하던 학교는 일순 희망과 생동감이 넘실거렸다. 교사들은 그의 후광에 힘입어 학부모들에게서 어느 정도 안전한(?) 거리를 확보할 수 있었다. 무엇보다 학부모들이 크게 안도했다. 그가 직접 나서 학교를 챙겨 준다면 지금의 고비를 넘기리라는 뚜렷한 희망을 본 것이다. 1년여에 걸친 그의 눈부신 활약으로 학교는 급격히 안정을 찾았다.

가장 갈등이 빈번하고 불안의 수위가 높았던 성미산학교 초등 과정은 〈학부모 교사제〉를 통해 사태를 무마하고 정돈했다. "부모들이 직접 나서서 아이를 돌봐라. 그 누구보다 아이들의 부모가 초등 또래의 아이들을 제일 잘 돌볼 수 있다." 조한은 학부모들을 일일이 면담하여 부모들이 자신의 욕구를 스스로 드러내게 하고 뭐든 스스로 나서 직접 참여해 보라고 격려했다. 담임교사든 강사든 네트워크 교사든 하고 싶어 하는 일감을 실제로 맡겼다. 학교 당국과 소모적인 신경전을 벌일 것이 아니라 직접 학교 당국의 일원이 되도록 한 것이다. 이는 단지 기능적 유리함에 착안한 것이 아니다. 이 시대에 학교 만들기라는 과제가 제 아이 잘 키우기가 아니라 우리 아이 함께 잘 돌본다는 의미임을 온몸과 맘으로 깨닫도록 요구한 것이리라. 아이들은 욕구 중심으로 교육 과정을 편성하도록 했다. 즉 앞서서 관심과 욕구를 드러내는 아이들이 먼저 가도록 도와주고 그걸 보고 다른 아이들도 자극받아 움직이게 하자는 방식이었다. 성미산학교에서 부족한 교육 콘텐츠며 공간들은 하자센터와 접속해 해결하도록 했다. 그는 이렇게 1년여를 날개 단 듯 종횡무진한 끝에 새로운 교사와 행정 팀으로 구성된 학교 당국을 세팅하고 그들에게 학교 운영의 임무를 맡긴 채 연구년을 맞아 예정된 장기 외유를 나섰다. 성미산학교는 구원 투수 조한에게 말할 수 없는 은혜를 입은 것이다.

그런데 조한이 떠난 바로 다음 날, 학교에는 다시 새로운 갈등이 시작되었다. 조한의 존재와 부재가 너무도 참담하게 교차하는 순간이었다. 사건은 이랬다. 아이들의 욕구를 중심으로 교육 과정을 편성한다는 방침 아래 합창 등 주로 음악에 관심과 욕구를 보이는 아이들 중심으로 반을 편성해 실험적으로 운영하기로 했는데 이 반에 들어갈 아이들을 뽑는 과정에 심각한 문제가 있다는 것이었다. 처음엔 이 반에 들지 못한 아이의 부모가 문제를 제기했는데 뒤이어 너무 실험적인 시도에다 학교 전체의 반 구성 방식에 맞지 않는 발상이라는 지적이 나왔다. 당초 학교를 몹시 불안해하고 문제 제기를 주로 하던 몇몇 부모들이 직접 참여한 학교 당국이었건만 첫 공식 회의에서 바로 문제가 터져 심각한 갈등으로 발화된 것이다.

이밖에도 사건 사고가 연달아 일어났다. 여느 날은 5학년 두 머슴애가 사사건건 티격태격 다투더니만 결국 치고받고 싸우는 일이 벌어졌다. 주먹이 몇 차례 오가고 둘은 뒤엉킨 채 바닥을 마구 뒹군다. 보아 하니 한 놈이 일방적으로 맞은 눈치다. 때린 놈 보고 왜 때렸나 물으니 이유가 길다. 요점은 상대 아이가 욕을 하며 약을 올렸단다. 맞은 놈은 그냥 말로 했는데 다짜고짜 상대방 아이가 때렸단다. 이유는 일단 둘째 치고 말로 안 하고 왜 때리냐고 폭력을 문제 삼으니 자기도 맞았다며 몹시 억울해한다.

싸움의 경위는 차차 자세히 조사하기로 하고 우선 두 놈 모두 반성할 것을 요구하며 벌을 세운다. 아이들 싸움에 가해−피해가 명백한 것도 아닌데 싸우면 일단 둘 다 잘못임을 전제하고 자세한 싸움의 경위를 확인해 가며 서로 화해와 재발 방지의 계기를 찾아가려는 것이다.

소식을 들은 맞은 아이의 부모가 경위를 확인한다. 교사들이 여차저차 설명한다. 하지만 맞은 아이 부모는 피해자인 자신의 아이가 가해자인 아이와 동일하게 '처리'된 것이 부당하다고 느낀다. 일단 맞은 아이를 보호하고 심리적으로 안정을 찾게 하는 등 기본 조치를 취하지 않고 두 아이를 쌍벌적으로 접근했던 처사를 맞은 아이 부모는 결코 인정할 수 없는 것이다. 더욱이 교사들이 자신들에게 상황을 설명하면 할수록 교육적으로 부당한 행동을 애써 정당화하려는 것 같아 교사에 대한 불신만 더욱 커진다. 여기서 양상은 급격히 증폭된다. 두 아이의 다툼에서 비롯된 부모와 교사들 간의 옥신각신, 아이들 싸움에 대한 교사들의 처리 방식의 문제점이 바로 학교 당국의 총체적 부실의 증거가 된다.

어쩔 도리가 없었다. 당시 이른바 학교 당국을 대표하는 세 사람, 설립위원장, 학교운영위원장, 교감이 동시에 사퇴하고서야 이 갈등은 간신히 마무리된다(조한은 외국에 나가시며 나를 교감으로 앉히고 학교 운영의 책임을 맡겼다). 간신히 두 번째 깔딱고개를 넘었다. 사실 학교 당국을 대표하는 3인이 동반 사퇴를 하면서 고민이 없지 않았다. 과연 옳은 일일까? 오히려 무책임한 것은 아닐까? 하지만 고민은 잠시, '그만두는 것이 옳다'에 세 사람 모두 흔쾌히 동감했다. 문제의식과 욕구를 가진 사람이 직접 나서서 해 봐야 한다. 그래야 해결이 나온다. 아니면 계속 말로만 싸운다. 말로 싸워 소통이 이루어질 정도의 수용적 관계가 있으면 모를까, 그렇지 않다면 오히려 말을 하면 할수록 감정만 상하고 해결을 위한 행보는 더욱 더 멀어지는 것이다.

3. 세 번째 깔딱고개, 부모와 부모들 사이

2006년 신학기 새롭게 출발한 학교 당국은 주로 교육 과정의 구축에 집중한다. 하지만 제대로 된 교육 과정의 설계와 실행을 위해서는 지금의 재정적인 여건으로는 불가능하다는 판단이 나오게 된다. 교육 과정 기획과 설계를 위한 전문가의 초대, 능력 있는 전문 교사의 확보를 위해서는 재정적인 뒷받침이 필수였던 것이다. 일단 중등에 집중하여 대안을 만들기로 한다.

그해 5월, 임시 총회가 열린다. 학교의 발전을 위한 재정 대책이 주요 의제였다. 즉 중등 교육 과정 개발을 위한 소정의 재정 투자를 승인해 줄 것과, 현재의 재정을 안정화하기 위해 학부모 모두가 지금보다 더 재정 부담을 하자는 것이었다. 당시 부모들이 학교에 입학한 시기나 형편에 따라 기부금 및 예치금이 들쑥날쑥하여 형평상 불합리한 점도 개선할 겸, 일정 기준의 한도를 정하고 이 한도만큼 모두가 동일하게 추가 부담을 하자는 것이었다. 하지만 반대 의견이 나온다. 학부모 각자가 형편이 모두 다른데 동일한 기준을 세우고 여기에 모두 맞추라는 것은 민주적이지 않고, 대안학교 이념에도 부합하지 않는 방법이라는 것이었다. 총회의 갈등은 표면상 재정 문제의 해법을 둘러싼 것으로 보였다. 하지만 그 이면에는 새로운 학교 당국에 대한 의구심이 있었다. 동일한 추가 재정 부담 외에도 새로운 교육 과정에 일반 학습이 강화되는 등 변화가 있어 학교의 대안적 성격이 옅어지는 것 아닌가 하는 우려가 있었던 것이다.

새로 구성된 학교 당국은 벽에 부딪친다. 정말로 중요한 의제들은 토론에 붙여 보지도 못하고 실망한 설립위원장이 회의장에서 바로 사퇴를 표명했다. 이어 총회 후 주축을 이루던 학부모 몇몇이 학교를 떠나 버린다. 또한 교사대표와 몇몇 부모들은 2학기 말에 모두 사퇴하게 된다.

이렇게 하여 마을 밖 학부모가 중심이 된 두 번째 학교 당국도 1년 만에 중도 하차하게 된다. 이것이 세 번째 깔딱고개였던 것이다. 나는 그때 총회의 한 회원으로 참석하고 있었다. 이제 학교는 새로운 대안을 찾아 나선다. 결국 지금 성미산학교를 이끌고 있는 스콜라가 교장으로 초대되면서 세 번째의 깔딱고개를 간신히 넘게 된다. 그는 고교 교사로 오랫동안 전교조 활동을 했으며 교육 잡지 『우리교육』 편집장을 역임했고, 하자센터 부센터장을 몇 년째 하고 있었다. 공교육과 대안교육을 두루 경험한 그야말로 베테랑 교육자였다. 그리고 결정적으로 그는 성미산 학부모가 아니었다. 그 또한 중요했다.

4. 그래, 난 이제 통과했다

2003년 3월 대안학교 만들기 워크숍 준비에서부터 이듬해 3월 학교설명회, 성미산학교 개교, 2005년 9월 학교 건물 준공 및 오픈 하우스, 2006년 2월 교감 사퇴에 이르기까지 만 3년 동안은 '찰나' 같기도 하고, 30년은 족히 된 것 같기도 하다. 3년 내내 아슬아슬한 긴장과 불안을 발아래 깔고 살았다. 매 순간 어려움이 닥칠 때마다 '내가 이 일을 대체 왜 벌렸을꼬?' 속으로 푸념하면서 말이다. 진짜 학교에서 마지막 6개월 동안은 가슴이 새까맣게 타버린 솥 바닥이 된 것만 같았다. 가슴이 답답해서 숨을 잘 들이쉬고 내쉬기조차 어려웠다. 사람들이 참 '내 맘 같지 않구나!'를 매일같이 절감했다. '제 새끼를 통해서만 다른 새끼들을 보는구나…!'

학교를 떠나 지친 심신을 달랜답시고 마을에서 조신하게 있을 때였다. 어느 날 생기 없는 낯빛으로 골목을 지나는데 한슬엄마가 나한테 위로의 한마디를 건넨다.

"짱가, 그때 공동육아 참여 잘 안 했지? 그거 짱아가 다 했잖아? 대신 성미산학교 하면서 자긴 그 빚 다 갚은 거야, 하하하!"

한슬엄마의 그 한마디에 나를 우울하게 짓누르고 있던 지난 3년의 힘든 기억과 고통들이 증발하듯 순식간에 사라지고 심신이 훅, 가벼워진 느낌이었다.

"그래, 남들 다 거친 통과 의례… 난 뒤늦게 한 거구나?!"

나만 괜스레 특별한 수고와 고초를 겪었다는 억울함도 사라졌다. 이제야 비로소 나도 어엿한 마을 주민이 되기라도 한 듯 뿌듯하기까지 했다. 지난한 고통이 긍정적인 추억이 되었다. 완전히 바닥을 치다 못해 박박 긁고 올라온 기분이랄까. 다시 부담 없이 상승할 수 있을 것 같은 개운한 마음까지 들었다. 고마웠다. 한슬엄마의 그 한마디에 나는 다시 마을을 느린 걸음으로 어슬렁거릴 수 있었다.

　성미산학교 이야기를 글로 푸는 일은 수년이 지났어도 내게 무척 힘든 작업이다. 글감을 찾으려 기억을 더듬기 시작하면 그 당시의 상황과 감정이 생생히 살아나 도저히 '거리 두기'가 안 된다. 학교가 엎어졌다 일어서기를 반복한 것처럼 나의 글쓰기도 엎어졌다 일어서기를 거듭하는 중이다. 언젠가 다음 기회에 '담담하게 거리를 두고 정리할 수 있는 때'가 오겠지. 이 장을 닫으려니 많은 이들이 눈앞에 떠오른다. 추장(추진위원장)의 별명을 얻은 완희아빠, 갈등이 생길 때마다 어떻게든 중재해 보려고 애쓰던 재익아빠, 원만한 조정의 달인 수진아빠, 장애 통합 교육의 원칙을 이어 가려고 애쓴 수진엄마, 아직까지 학교를 꿋꿋이 지키는 현영, 열정과 냉정 사이에서 많이 힘들어했던 불고, 개교할 때 중등 교사를 맡아 갖은 고생 다하고 진 다 빼고 미국 간 곰고미·갈숲·코끼리·나리·생쥐·다정이·영석·최규호·슈렉·독수리스님·철민·찬아… 다들 무지 보고 싶다. 언제 모두 함께 만나 밤새 술 푸며 지난 추억을 더듬어 보았으면 좋겠다.

꿈터, 배움터,
마을학교의
꿈

학교 수업이 끝나기 시작하는 2시에 〈꿈터〉가 문을 연다. 학교를 일찍 파하는 저학년 아이들의 프로그램이 먼저 시작된다. 서너 시가 되면 고학년 아이들이 학교에서 돌아오고 큰아이들의 프로그램이 이어진다. 월요일부터 금요일, 매일 7시 전후까지 1시간에서 1시간 30분 단위로 프로그램이 편성된다. 주요 프로그램으로는 택견을 비롯해 글쓰기·영어·짱아공방·힙합·표현발레가 있고 주말에 〈성미리틀즈〉의 축구 교실이 열린다. 이외에도 매월 택견 캠프와 자전거 타기 프로그램 등이 정기적으로 진행되고 방학 기간에는 〈성미산가족캠프〉와 홍표사부와 함께하는 공부방이 열린다. 도서관에서는 가족 회원제로 도서 대출을 한다.

방과후교실이 집 같은 터전에서 비교적 편히 뒹굴며 숙제를 하거나 쉬는 '돌봄형' 교육 기관이라면, 꿈터는 아이들의 개별적인 욕구를 중시하는 '프로그램형' 방과후 교육 기관이다. 이는 도토리방과후가 우리어린이집에서 독립한 다음 5년여 동안의 고민을 담은 결실이었다. 하지만 꿈터는 설립 후에도 다시 5년여의 지난한 길 찾기를 계속한다.

언젠가부터 꿈터는 프로그램을 진행하면서 고민이 생겼다. 바로 사교육과의 관계였다. 즉 '꿈터에서 진행하는 프로그램이 사교육인가? 아니라면 사교육과 구별되는 특징은 무엇인가?'에 대한 의문이다.

• 꿈터의 프로그램은 일반 사교육 기관에 비해 프로그램의 체계성이나 아이들을
세심하게 챙기는 면에서 소위 경쟁력이란 것이 떨어진다. 또한 마을 차원의 대안적
인 교육 시스템을 지향하는 것이라 해도 그 특장점이 명확하지 않다.

마을 주민들 사이에서 이런 평가가 나왔다. 결국 '사교육'과 '마을 차원의
대안교육' 사이에서 꿈터는 과연 어디에 위치하는가, 하는 정체성의 고민이
제기된 것이다. 더욱이 2004년 9월, 마침내 성미산학교가 문을 열고 그
전후로 마을의 관심과 주요 인력이 상당 부분 학교로 쏠리면서 상대적으
로 꿈터의 고민은 더 깊어졌다. 꿈터의 운영위원인 나, 완희아빠, 현영이 모
두 성미산학교의 설립위원회와 교사회로 활동을 옮겨 가면서 꿈터 운영에
도 어려움이 생겼다.

2005년 산정호수 엠티를 기점으로 꿈터의 정체성에 대한 고민은 프로
그램의 전환에서 활로를 모색했다. 다른 사교육 기관에서는 하지 않는 '지
역적이고 대안적인' 방과후 프로그램을 운영해 특화하기로 한 것이다. 중심
프로그램은 택견, 역사 사회(마포 역사 나들이), 생태(숲속학교), 표현 예술
(춤세라피, 표현발레, 힙합댄스) 등 네 영역으로 압축하고, 아이들의 동아리
활동과 동네 아빠들이 자율적으로 진행하는 〈수학공부방〉을 지원하기로
했다. 그러다가 〈숲속학교〉를 담당한 해기가 생협 상근자로 옮기면서 숲속
학교도 생협으로 이관된다. 공간이 주로 택견 중심으로 운영되다 보니 표
현 예술은 아무래도 분위기상 맞지 않고, 여러 어려움이 생기다 보니 담당
교사도 교체되고 운영이 불안정해졌다. 결국 꿈터는 다른 프로그램에 비
해 아이들의 참여가 안정적인 택견이 주가 되어 운영된다. 역시 꿈터의 고
민은 사라지지 않고 있었다.

1. 마을배움터

꿈터의 새로운 활로는 2005년 겨울 방학부터 시도한 〈마을배움터〉였다. 마을배움터는 마을의 여러 기관과 개인들이 가지고 있는 다양한 교육자원, 프로그램들을 한데 모아 방학 중에 진행하는 특별 기획이다. 마을 주민들과의 접속을 바라던 〈미디어연대〉와 〈사이언스카페〉, 그리고 개교 후 지역사회와 지속적인 연결을 가지려는 〈성미산학교〉와 〈성산사회복지관〉이 합류하자 꿈터 역시 마을 교육 기관의 하나로 참여했다.

배움터는 방학 중에 사교육을 시키고 싶지 않지만 달리 대안이 없어 아이들을 어떻게 할지 고민 많던 부모들에게 단비 같은 소식이었다. 프로그램도 예술·과학·요리·체육·역사 등 30여 가지로 무척 다양했다. 배움터의 시도는 두 가지 중요한 의미를 가진다. 첫째는 '센터형'에서 '네트워크형'으로 전환의 가능성을 실험한 것이다. 그동안 꿈터가 마을 차원의 방과후 교육 기관으로서 종합적인 프로그램을 꾸리려 했지만 프로그램의 질과 관리의 수준에서 만족할 수는 없었다. 반면에 배움터는 이미 프로그램을 개발해 운영한 경험이 있는 것들을 모아서 내놓다 보니 프로그램의 완성도도 높고 관리의 책임이 명백해 코디네이터의 기능만 지원하면 원활하게 운영될 수 있었다. 이른바 센터 중심의 기획 방식을 지양하고 새로운 네트워크형 코디네이트 방식의 가능성을 확인한 것이다. 이는 꿈터가 이루려던 마을 교육 기관의 전망을 보여 주는 것이었다.

두 번째는 마을의 여러 기관들이 아이들 교육에 함께 관심을 갖고 협동하는 모델이라는 점이다. 단지 성미산학교처럼 교육 전문 기관만이 아니라 다양한 마을 활동을 하는 기관이나 단체들이 아이들을 위한 교육 프로그램을 개발하고 이를 지역사회에서 협동하여 함께 시도한다는 것은 매우 각별한 의미가 있다. 어쩌면 이것이 진정한 의미의 마을교육, 마을학교의 바

〈춤의문〉의 아이들이 성미산마을극장에서 발레 공연을 했다.

람이 실현된 모습일지도 모른다. 이는 아이들의 교육 문제를 마을 전체가 실천적으로 고민하고 동시에 마을의 여러 활동 기관들이 아이들의 문제를 자기 활동의 한 축으로 가지고 간다는 것이기 때문이다. 이렇게 꿈터는 자신의 정체성을 벼리고 프로그램 운영 능력을 높이기 위해 고민하고 노력하면서도 한편으로는 꾸준히 새로운 차원의 대안을 실험하고 있었다.

2009년부터 배움터는 방학뿐 아니라 학기 중에도 열린다. 일 년 내내 열리는 '상시 배움터'가 시작된 것이다. 성미산학교 교장인 스콜라는 마을학교로서 성미산학교의 성격을 더욱 분명히 잡아 간다는 방침 아래 그동안 마을에서 운영하던 배움터에 적극적으로 결합, 상시 프로그램을 편성해 낸 것이다. 물론 지금까지 배움터 운영에 참여한 분들과 성미산학교의 방과후 교사인 감자도 함께한 일이다.

상시 배움터의 초기인 봄 학기에는 미니샵의 봄날이 배움터의 꼴을 갖추

느라 애를 많이 썼고 딱풀·사부·애기똥풀·알라딘의 도움이 컸다. 미니샵
과 함께 사회적 일자리 사업으로 지정, 활동비를 지원받을 수 있어서 안정
적인 운영 토대가 생긴 것도 중요한 몫을 했다. 그래서인지 그해 여름 방학
에는 총 40여개 강좌가 제안되는 성황을 이루었다. 물론 이 중 60~70%
정도가 수업으로 진행되고 있지만 예년의 방학 중 배움터 시절에 비하면 엄
청난 확장이다. 참여하는 아이들 역시 200여 명에 달했다.

2. 배움터, 마을학교의 꿈

마을배움터가 상시로 전환되자 중요한 변화가 나타났다. 배움터는 성미
산학교 아이들만의 방과후 프로그램이라는 인식, 방학 때만 열리는 학

교라는 성격을 완전히 벗게 되었다는 점이다. 지역의 일반 학교에 다니는 아이들 참여가 아주 많이 늘어났다. 물론 아직은 성미산학교 아이들이 50~60%를 차지하지만 예전에 비하면 엄청난 변화다. 참여 아이들의 연령대도 넓어졌다. 전에는 주로 초등 저학년 아이들을 위한 강좌가 중심이었지만 이제는 초등 저학년은 물론 초등 고학년과 미취학 아동의 참여가 늘고 있다. 수는 비록 적지만 중등 아이들의 참여도 눈에 띈다고 한다. 상시 배움터가 방학 중에서 일 년 내내라는 시간적인 확장에 머물지 않고 내용 면에서도 풍성하고 바람직한 방향으로 변하고 있다는 것을 알 수 있다. 이른바 배움터가 마을학교로서 꼴을 갖춰 간다는 것이다.

"그래도 내실이 제일 중요해요. 강좌 수를 많이 늘리기보다는 내실 있는 배움터가 되도록 해야겠지요."

일 년 내내 빈틈없이 돌아가는 배움터가 정신없고 힘겹다고 하면서도 기획 팀의 간사 역을 담당하는 감자의 얼굴에는 기쁨이 서려 있다. 앞으로는 강좌 평가 시스템을 도입해 프로그램의 수준을 높이고 참여하는 강사들의 성장을 지원하는 일에 집중하고 싶단다. 나는 일반 학교에서 진행하는 방과후 프로그램과 그 차이를 물었다.

"글쎄요. 일반 학교에선 아무래도 사교육 성격을 가지는 프로그램이 잘 되고 있는 것 같아요. 영어나 논술 이런 것들이요. 수강료가 일반 학원보다는 저렴하니까요. 반면에 배움터는 설문 조사를 해 봐도 그렇고 수업 시간에 아이들과 이야기해 보면 분명한데요, 주로 자기가 하고 싶은 것들을 해요. 다양한 경험을 하고 싶어 우리 강좌에 참여를 하지요."

교사들도 마찬가지다. 입시를 의식하지 않고 교육적으로 의미 있는 수업을 하고 싶은 교사들이 자신이 설계한 강좌를 소신껏 할 수 있으니 만족하는 것이다. 마을의 여러 어른들이 다양한 삶의 체험과 교육적 상상력을 가지고 강사로 참여하고 마을의 여러 아이들은 스스로 하고 싶은 경험을 위

해 즐겁게 참여하는 배움의 공동체, 그동안 마을에서 10년 넘게 끌어안고
모색해 온 진짜 '마을학교'의 모습이다. 이제 그 태가 점점 분명히 드러나는
배움터가 여름 방학 학기를 마무리하기도 전에 벌써 가을 학기를 준비하느
라 분주하다.

거기 수줍어하는 아가씨야

마을기업의 시대가 열리다

2003년, 성미산싸움을 극적으로 이겨 내자 온 마을엔 자신감, 흐뭇한 무용담이 넘쳐났다. 이 와중에 가장 바쁘게 돌아간 곳은 바로 생협이었다. 조합원들의 신규 가입이 말 그대로 폭주했다. 하루에 100명 가까운 조합원이 신규로 가입한 적도 있다.

1. 마을기업 1호, 마포두레생협

2009년 7월 집계에 따르면 〈마포두레생협〉의 조합원 총수는 동부지구를 포함하여 약 3,500여 가구에 달하고 마포 지역만 2,700여 가구로 마포구 전체 17만 가구의 약 1.6%에 해당하는 수준이다. 아마도 시군구별 조합원 가입률은 전국 최고 수준이 아닐까 싶다.

2003년 9월, 생협 매장은 지금 자리한 성미산 길가로 옮겨 갔다. 그러자 등하굣길에 주로 성미산길을 이용하는 성서초등학교 아이들의 부모가 가입을 많이 했다. 인터넷을 통한 가입도 눈에 띄게 늘었다. 그 무렵 점점 심각해지던 중국산 농산물 문제, 안전한 먹을거리에 대한 사회적 관심의 고조, 성미산투쟁의 승리에 이어 성미산 커뮤니티의 대안적 활동에 대한 지역사회의 관심이 결합한 것이다.

2000년을 기점으로 생협 운동의 흐름엔 큰 변화가 있었다. 물류 시스템이나 상품 개발이 점차 체계를 갖추면서 소비자 요구에 효과적으로 대응할 수 있는 단계로 접어든 것이다. 생산자와 소비자 간의 수급을 거의 자립적으로 해결할 수 있게 된 것이랄까. 그러나 생협 운동이 자립적 규모를 달성함과 거의 동시에 대기업이 유기농 식품 유통업에 뛰어들면서 새로운 양상이 펼쳐졌다. 아무래도 소비자에겐 대형 마트 유기농 식품 코너가 편리하다. 영세한 소규모 매장을 운영하는 기존의 생협 운동은 대형 마트와 현실적인 경쟁이 불가피하게 된 것이다.

두레생협은 이러한 환경 변화에 대응해 두 가지 방향의 타개책을 마련한다. 하나는 사업적 안정성의 확보이고 다른 하나는 생협 운동의 정체성 확립이다.

먹을거리 나눔 활동의 사업적 안정성을 확보하는 일은 물류의 효율화와 직결된다. 당시 마포, 고양·파주, 은평, 서울남부 등 단위 생협이 〈소비자생협수도권사업연합회〉를 구성하고 있었지만 개별적으로 소비자 물류를 하고 있었다. 각 단협별로 물류 담당 직원이 고작 2명으로 주 1회 소비자 배송 서비스를 하고 있었다. 반면 다른 생협에서는 주 5회로 일일 배송을 하고 있었다. 소비자 물류의 효율화가 시급했다. 이에 소속 단협들이 합동으로 물류를 망라하는 광역 물류 시스템이 추진되었다. 이른바 〈북부협의회〉를 꾸리고 광역 물류 체제로 배송 시스템을 새로 짜고 직원들도 재배치해 공동 물류의 효율을 높인 것이다.

물류 시스템의 안정화는 직접적으로 조합원의 편익을 높여 소속 조합원의 만족도를 높일 뿐만 아니라 조합원 신규 가입을 촉진하는 효과를 냈다. 나아가 직원들의 업무가 효율화되어 조합원 활동을 지원할 수 있는 여력이 생겼다. 즉 먹을거리 나눔 이외에 조합원 동아리, 조합원 교육 등 조합원

2003년 성미산투쟁을 극적으로 이겨 낸 뒤 마포두레생협에는 조합원들의 신규 가입이 폭주했다.

들의 교육·문화 욕구를 충족시키고 지원하는 일에 노력을 기울일 수 있게 된 것이다. 이는 단위 생협의 한계를 단위 생협들 간의 연대로 해결하는 협동의 경험을 함께해 본 것으로, 이후 단협 간 협동적 소통과 교류의 중요한 기초가 된다.

물류의 효율화는 사실상 최소한의 타개책이다. 당시 두레생협이 처한 환경에서 두레생협이 생존하기 위한 필요조건이랄까? 반면, 충분조건이라면 바로 두레생협의 정체성이라고 할 수 있다.

유명한 〈한살림생협〉은 그 연륜도 연륜이지만 생산자 보호와 생산자 간의 연대를 주요한 가치로 여긴다. 〈아이쿱생협〉은 더 많은 소비자가 값싸고 좋은 식품을 소비할 수 있도록 하는 소비자 후생 측면에 최고의 가치를 부여한다. 그렇다면 두레생협의 가치는 무엇이고 그 비전을 어디에 두는가는 사업을 추진할 때 마치 방향타와 같은 것이리라.

두레생협은 주민들이 생활에 필요한 것들을 스스로 협동해서 이루어 낸 과정의 산물이다. 동시에 생협은 지역 주민들의 협동을 지원하고 촉진하는 역할까지 맡아 왔다. 즉 먹을거리로 출발했지만 먹을거리 나눔에 그치지 않고 지역 차원의 협동 관계를 계속 발전시키는 것이 생협의 과제이며 가치인 것이다. 따라서 '지역 생명 운동'이야말로 두레생협의 가치와 비전으로 정리될 만하다.

지역 생명 운동은 한마디로 조합원들 간의 협동, 지역사회와의 연대로 요약된다. 그런데 이미 대기업까지 한 축을 담당하고 있는 먹을거리 나눔은 협동의 주요한 동력이 더는 되지 못한다. 조합원들 간의 협동과 지역사회와의 연대를 내용으로 하는 두레생협의 지역 생명 운동은 그래서 새로운 협동의 동력을 발견하게 된다.

조합원 주권의 문제

앞서 두레생협은 중요한 정체성으로 지역 생명 운동의 가치를 꼽았다. 여기에 조합원 주체성(조합원 주권)이 더해진다. 조합원 주권이란 협동조합의 금과옥조다. 조합원은 조합의 주인으로서 조합의 운영자이며 동시에 조합의 이용자(소비자)다. 일반적으로 조합이 설립 초기를 지나 전임 활동가들이 운영을 담당하게 되면 보통 조합원은 단순한 이용자 지위에 머물기 쉽다. 이런 현상이 고착되면 조합은 운영자와 소비자로 확연히 구분되고 조합원의 주체성은 개인적인 소비자로서만 존재하게 된다. 그렇게 되면 조합은 슈퍼마켓과 다를 것이 없게 된다.

조합원이 조합의 주체로서 나선다고 해서 모두가 운영자일 필요는 없다. 생협의 운영은 그 나름 사업적인 전문성을 요구한다. 운영을 담당하는 사람들의 지속성을 담보해야 한다. 평범한 조합원에게는 일상생활에서 쉽게 참여할 수 있는 영역이 필요하다. 그런 활동을 통해 다른 조합원들과의 협동을 경험하고 그러면서 자연스레 조합의 주인임을 느끼는 그런 활동 영역이 필요한 것이다. 그러다 보면 결국 노동의 문제에 주목하게 된다. 일하고 싶은데 출산·육아 등의 이유로 경력이 단절되어 재취업이 여의치 않은 주부 조합원들의 일하고 싶은 욕구를 충족시키는 것이다. 조합원들의 협동 노동으로 창업을 할 수 있다면 조합원의 노동 욕구와 조합원의 협동을 동시에 달성하는 것 아닌가? 이에 주부 조합원들의 노동을 협동적으로 조직하고 이를 지속 가능하도록 사업화하는 프로젝트가 기획된다. 예로부터 협동 노동, 품앗이의 단위였던 '두레' 프로젝트다. 지금은 엄마들의 손노동을 중심으로 두레가 만들어져 운영되고 있다. 〈한땀두레〉와 〈되살림두레〉, 〈비누두레〉가 바로 그것이다. 그리고 노인 간병, 영아 돌봄 등 배려와 세심함이 요구되는 돌봄 노동 중심으로 〈돌봄두레〉를 구성하여, 노인 간병 사업까지 실시하고 있다.

두레 활동과 함께 마을에서는 〈품앗이〉라는 일종의 지역통화 시스템이 시도되고 있다. 품앗이는 사이버에서 생활에 필요한 사소한 거래들을 함으로써 관계를 만들어 가는 일종의 지역통화 시스템이다. 이 시스템에서는 생활용품뿐만 아니라 다양한 용역(해 주기)도 거래된다. 기타 가르쳐 주기, 컴퓨터 배우기, 아이 돌보기 등 대면 신뢰 관계가 필요하고 또한 동시에 대면 신뢰 관계를 촉진하는 용역 거래가 이루어진다. 이러한 거래는 다양한 두레 조직이 만들어지는 계기를 만들어 주거나, 만들어진 두레의 활동이 활성화되는 토대가 되어 줄 것이다. 이로써 물건을 단지 구매하는 소비 조직이 아니라, '품'을 거래하면서 서로의 관계를 만들어 가는 '품앗이'가 비로소 실현된다. 관계에 기반한 두레와 품앗이가 생협을 씨앗으로 점차 뿌리를 내려가고 있는 것이다.

끝내 안고 갈 것들

생협의 폭발적인 성장은 생협 내부에서 서서히 중요한 변화를 잉태하고 있었다. 조합원이 급속하게 확대되면서 조합원, 활동가, 직원이 뚜렷하게 분화된 것이다. 물론 그 전에도 이러한 구분이 없던 것은 아니다. 하지만 직원 수가 많아지고 직원들 내부에서도 각자 업무에 따라 활동 방식과 노동의 성격이 판이하게 다르게 되자 직원들이 하는 일을 조합원들이 일일이 알기가 어려워졌다.

"생협의 모든 결정을 직원들이나 간부들이 다 하는 것 같다. 조합원들이 참여해 결정할 수 있는 것이 과연 있는지 모르겠다. 있다면 어디까지인지 모호하다."

"조합원들은 무슨 일이든 직원들이 다 해야 된다고 생각하는 것 같다. 조합원의 역할도 있다는 것을 잊고 있는 것 같다. 조합의 주인이 조합원일진대 조합원의 자발적인 참여가 기본이고 원칙 아닌가?"

2007년을 지나 2008년에 접어들면서 이런 불만들이 점점 쌓이고 깊어 갔다. 그러다 우연한 계기를 맞아 이 불만은 문제로 폭발했다. 생협은 2008년 상반기를 마무리하면서 조직 진단 워크숍을 했다.

"문제는 생협 내에 여러 단위의 주체가 있으며 이는 서로 다른 주체들 간의 갈등이다."

"각각의 주체들은 서로에 대해 이해가 부족하다."

이 과정을 통해 생협의 조직이 두 가지 다른 성격을 가지고 있음을 알게 되었다. 하나는 사업체의 성격이고 다른 하나는 조합원들의 평등하고 자유로운 협동적 결사체라는 성격이다.

사업체는 사업적 합리성과 책임을 요구한다. 따라서 사업체를 책임 있게 유지해 가야만 하는 직원의 역할을 이해하고 인정해야 한다. 경우에 따라서는 직원들에게 권한을 위임하는 것도 필요하다. 반대로 직원들은 조합의 결사체적 성격을 잘 알아야 한다. 이는 조합 정체성의 관건임을 인정해야 한다. 더욱 중요한 이해는 생협은 두 가지의 조직 성격 가운데 어느 하나를 선택할 수 있는 것이 아니라 두 가지 모두 끝내 안고 가야 한다는 것이다. 사업체로서 지속성을 확보하지 못하면 생협은 바로 생명이 정지되고 결사체로서 건강한 생명력을 가지지 못하면 시중의 유통 회사와 다를 바 없게 된다. 이렇게 서로의 역할과 임무를 이해하고 인정하게 되자 비로소 문제 해결의 길이 보이게 되었다.

"생협이 사업 조직체는 가지고 있지만 결사 조직체는 가지지 못한 게 문제라는 결론에 다다랐지요."

아마도 생협 초기의 사무국은 사업체와 결사체로서의 조직성을 동시에 담보하는 역할을 했을 것이다. 그러나 조합의 외형이 급속하게 커짐에 따라 사업적 과제와 책임 역시 급속도로 불어나면서 사무국이 사업체 역할에 몰입하게 되었을 것이다. 이제 다시 새로운 균형이 필요해진 것이다.

2009년에 조합원 활동실이 신설되었다. 별도의 사무실을 구하고 상근 활동가가 생겼다. 조합원 활동실은 기존의 사무국에 비하자면 조합원 사무국인 셈이다. 사업체 활동을 담당하는 사무국과 결사체로서 조합원 활동을 담당하는 조합원 사무국이 구분된 것이고 이 둘은 서로 독립적인 활동을 한다. 물론 이 두 사무국은 이사회를 통해 결합될 것이다.

조합원 사무국은 조합원들의 다양한 활동을 기획하고 조합원들의 참여를 조직하게 된다. 즉, 먹을거리 나눔이 중심인 사업체의 안정적인 운영은 사무국에 '위임'하고, 지역 생명 운동과 조합원 주권이라는 두레생협 정체성의 양대 과제를 실현하는 역할을 '자임'한 것이다.

2. 마을기업 2호, 동네부엌

2002년 초, SBS TV에서 「잘 먹고 잘 사는 법」이라는 기획 방송을 보았다. 육식과 대량 축산, 패스트푸드의 문제점을 고발한 다소 충격적인 다큐멘터리를 보던 아내 짱아가 갑자기 외치듯 제안을 했다.

"반찬 가게 만들자!"

"어?"

"생협 재료로 손맛 좋은 누군가가 반찬을 만들어서 공급하는 거야. 그동안 가사 노동, 특히 상차림의 사회화가 필요하다는 데 공감은 많이 해도 감히 실행할 엄두를 못 내고 있었잖아. 하지만 우리 동네엔 뜻을 함께할 사람들이 이미 많이 있단 말이야. 처음부터 회원제로 미리 반찬 수요를 확보해 놓고 시작하면 경영에 실패할 걱정은 없는 거지. 게다가 영양사인 에이미도 있잖아. 에이미가 식단 짜고 식자재를 주문하는 등 이끌어 가면 되겠지. 한마디로 반찬 공급소!"

"좋다! 근데 반찬 공급소 하면 좀 북한 같고…"

"그래? 좀 그렇지? 그럼 동네부엌, 그렇지! 동네부엌 어때?"

짱아는 당장 그런 내용을 모두 담은 제안서를 생협 게시판에 올린다. 게시판 제안 이후, 일주일 동안 10여 명의 찬성 댓글이 달렸다. 2월 20일 첫 모임을 시작으로 총 3차례 모임에서 사업의 방향과 구체적인 계획이 모두 수립되었다. 참으로 삽시간에 일사천리로 진행되었다.

2002년 5월, 드디어 첫 공급이 시작되고 6개월여 활동이 지속되자 슬슬 다양한 요구들이 등장하기 시작했다. 무엇보다 매장 없이 협소한 가정집 부엌에서 조리를 하다 보니 어려움이 많았다. 그동안 회원이 되고 싶은 생협 조합원들은 많았어도 작업장 여건상 회원의 수를 늘리는 것이 불가능했다. 회원들은 반찬이 다양해지고 좀 더 자주 이용할 수 있으면 좋겠다는 의견들을 내놓았다. 마침 동네 아줌마 여럿이 오소리가 진행하는 1박 2일 '여자여자여자' 프로그램에 참여했는데 여기서 동네부엌을 사업으로 확장해 보면 어떨까 하는 의견이 나왔다. 몇 사람이 감당하기는 어렵지만 여럿이 십시일반하면 가능하다고 판단한 아줌마들 15명은 각자 형편대로 동참할 것을 전격적으로 약속한다.

오랜 영양사 경력을 기반으로 창업을 꿈꾸던 민수엄마 에이미가 사업 계획서를 제출하고 운영 원칙들을 의논하여 개인당 출자액과 참여 인원을 정하게 되었다. 출자는 공동으로 하되 운영은 한 사람이 책임지는 '책임 경영제'를 택했다. 초기 자금으로 4,500만 원이 마련된 것이다. 그 후로 6개월여 동안 착실한 준비를 거쳐 2003년 5월에 5평 규모의 매장을 구한다. 20년 경력의 전문조리사 대장금을 영입하고 다른 공동 출자자들은 조력자와 조언자로서 영업망, 홍보 기획, 자금 계획, 관리 등의 업무를 분담키로 한다. 이렇게 해서 마포두레생협에 이은 마을기업 2호가 설립되었다.

유기농 반찬가게 〈동네부엌〉은 급식
소, 동네사랑방, 참새 방앗간의 역할
과 지역 여성들에게 일자리를 창출하
는 몫을 해내고 있다.
⁝동네부엌 반찬
⋯ 매장에 마련된 식사 공간
⁝마을축제 때 반찬 판촉 활동을 하는
마을 아이들

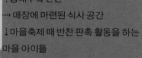

급식소, 동네 사랑방, 참새 방앗간

〈동네부엌〉은, 학생 수가 늘어나기 전 성미산학교에 유기농 식사를 제공하는 학교 급식소 역할도 했다. 그리고 생협 매장 바로 옆에 매장을 확대 이전해 테이블과 의자를 갖춘 커뮤니티 공간이 확보되면서부터는 동네 사랑방이 되었다. 지나가다 들르기도 하고, 약속 장소가 되기도 하고, 수다도 떨면서 동네부엌을 이용하는 이들이 많아졌다.

동네부엌의 주요 고객 중 하나가 아이들이다. 아이들이 방과 후에 학교나 꿈터에서 집으로 돌아가다가 참새가 방앗간을 들르듯 동네부엌에 들른다. 아이들은 부모들이 이곳에 적립해 놓은 돈으로 떡꼬치나 옥수수, 찐고구마, 찐 호박, 샌드위치, 미니 핫도그 등의 간식도 먹고 친구들과 놀기도 한다. 혼자 살림을 하는 남자들도 동네부엌의 단골이다. 일주일에 한두 번은 들러 반찬 1만~2만 원어치씩을 구입한다. 몸이 아픈 분들도 건강한 먹을거리가 있는 동네부엌을 찾고 있다. 메뉴가 다양해지고 각종 모임의 단체 음식 주문과 명절에 차례상 주문도 받고 출장 뷔페도 운영하면서 일손이 늘고 있다.

초기에 의도한 대로 동네부엌은 이 지역 여성들에게 일자리를 창출하는 몫까지 제법 해내고 있다. 얼마 전엔 『자연을 담은 엄마의 밥상』이란 요리책을 펴내기도 했다.

3. 마을기업 3호, 성미산차병원

성미산 벌목으로 주민들이 모두 산상 철야 농성을 하던 어느 날. 여느 때와 마찬가지로 아빠들 몇몇이 텐트 안에서 밤을 지새웠다. 산 이야기가 얼추 한 순배 돌아가고 자동으로 동네 이야기가 이어진다.

"단하아빠가 이사 간다네."

"뭐? 그럼, 의료생협은 어쩌고?"

"그러게…"

모두들 망연했다. 산상 농성을 시작하기 전부터 동네에서 의료생협을 해 보자고 의논해 왔다. 마포두레생협이 성공적으로 출발한 덕에 개인으로는 감당하기 어려운 일도 동네 사람들이 십시일반 힘을 합하면 이루어진다는 경험을 '찐'하게 한 후라 이참에 의료생협도 저질러 보자는 이야기가 나왔던 거다. 때마침 뒤늦게 시작한 한의학 공부를 끝내고 개업을 모색하던 단하아빠가 앞장서 당장이라도 병원을 세울 기세로 신나게 추진하고 있던 참이었다. 그런데 갑자기 단하아빠가 집안 사정 때문에 이사를 가게 되었다는 것이다. 닭 쫓던 개 지붕 쳐다보는 격으로 망연한 마음을 달래며 술잔을 돌렸다. 이야기는 돌고 돌아 애들 이야기, 동네 이야기로 흘러드는가 싶더니만,

"옳지, 사람 병원 안 되면 우리 차 병원이라도 하자!"

"엥? 차.병.원?"

"그래! 차 병원!"

심드렁하던 술판이 언제 그랬냐는 듯 바로 활기를 띠었다. 누가 먼저랄 것도 없다. 카센터의 필요성, 시장성, 창업 자금의 규모, 심지어는 적절한 입지와 담당자까지 순식간에 거명된다. 마치 오랫동안 사업 기획안을 작성해 두었다가 이제야 툭 꺼내기라도 하는 듯이 말이다.

사람 병원 안 되면 차 병원이라도

"이거 몽땅 갈아야겠는데요?"

"네에? 아… 네!"

엔진 오일 갈러 갔다가 이것저것 이름도 다 알지 못하는 부품들 한바탕

갈고서 '뭔가 당한 것 같은' 찝찝한 마음은 들지만 '의심한다고 할까 봐' 물어보지도 못하고, 그냥 돌아서서는 '차는 잘 나가네' 하며 애써 위안해 본 경험 한 번쯤은 다 있을 거다. 운전하는 엄마들 이야기를 들어 보면 더 심한 경우도 비일비재했다. 자동차를 20년 넘게 탔다는 남자들이라 해도 주저앉은 타이어 하나 가는 것조차 익숙하지 않다. 하물며 보닛 여는 것도 모르는 여성 운전자도 있다고 하니 그런 이들은 오죽할까? 카센터를 만든다는 데 엄마들이 더 찬성이었던 것을 보면 짐작할 만하다.

산상 농성장의 모의가 있은 후 9개월의 준비 끝에 〈성미산차병원〉이 문을 열었다. 전자 회사를 다니던 혜림아빠가 평소 자동차에 관심이 많았던 터라 이참에 직장 생활을 접고 카센터 점장 역할을 자임한 것이다. 성미산 싸움 직후 첫 번째로 벌인 마을의 '큰일'이었다.

차병원이란 이름은 병원에서 주치의처럼 고객의 자동차를 일상적으로 점검해 주고 이력 관리를 통해 적기에 서비스를 받을 수 있도록 알려 준다는 의미에서 붙여진 이름이다. 오일을 갈고 일정 기간이 지나면 엔진 오일을 교환해야 한다는 알림 문자가 휴대폰에 뜬다. 오일을 언제 갈았는지 기억도 못하고 적어 두어도 잃어버리기 일쑤인데 때가 되면 어김없이 알려 주니 여간 편리하고 고마운 게 아니다. 홈페이지에 접속하면 내 차의 정비 이력을 검색할 수도 있다.

가격 공개, 착한 가격

성미산차병원은 설립 때부터 지킨 원칙이 있었다. 가격 공개 정책이 그것이다. 수리하거나 교체하는 부품의 가격을 조합원에게 모두 공개하는 것이다. 고객이 조합원이고 조합원이 주인이니 주인에게 숨기고 말고 할 것도 없는 게 당연한 일이다. 더욱이 평소 카센터의 과잉 진료에 대한 피해 의식 때문에 믿을 수 있는 카센터를 만들어 보자고 시작한 일이니 가격 공개 정책은 차병원의 설립 이유나 다름없는 것이었다.

당초 조합원 110명으로 출발했는데 시작치고는 적지 않은 수였다. 그만큼 마을에서 관심과 기대가 컸다. 하지만 너무 '착한' 가격 정책은 적자를 불러왔다. 통상 카센터가 붙이는 마진의 절반만을 붙였으며 거기다가 부품은 순 정품에 바가지가 없다 보니 적자가 나는 것은 어쩌면 당연한 결과였다.

"마진폭을 늘려 잡는 것은 결국 조합원들의 부담으로 돌아가잖아요. 우리가 시도하는 건 단순히 이익을 남기려는 게 아니라 이익과 더불어 조합원들도 득이 될 수 있는 원원 전략입니다."

정직한 가격 정책은 창업의 핵심 원칙이었기에 아예 포기할 생각은 없었고 다만 조합원이 3백 명이 되면 손익 분기점을 넘어서고 5백 명이 되면 사업이 안정 궤도에 들어서리라는 전망을 가지고 빨리 목표에 도달하기로 하고 그때까지는 착한 가격 정책을 고수하기로 했다. 사업장을 찾는 고객 중에 조합원이 아닌 일반 주민 고객이 절반 정도 된다고 하니 그 또한 희망적인 기대를 갖게 했다.

그러나… 최초의 실패 경험

2009년 2월 28일 저녁, 〈문화공간 마랑〉 지하 강당에서는 성미산차병원의 정기 총회 성원 보고를 마치고 개회가 선언되었다. 2008년 사업 보고는 재정 상황 및 경과 보고로 대체되었다. 결국 조합 해산의 필요성에 동의하고 해산을 결의한다. 엄청 속상했다. 마을에서 벌인 일로는 최초로 그 실패를 공인한 셈이다. 인정하기 싫었다. 성미산 승리 이후 최초로 기세 좋게 벌인 마을기업 3호인데다 교육과 먹을거리 중심에서 좀 더 다양한 사업 내용으로 물꼬를 트고 엄마들 중심의 마을 활동에서 아빠들 중심의 마을 기업으로 키워 가자는 결의와 기대가 있었던 터라 더욱 그랬다.

차병원의 뼈저린 실패는 우리에게, 너무나도 당연한 협동조합의 원리를 다시 돌아보도록 했다. 그리고 지속 가능한 마을의 운영 방안 또한 치열하게 고민하는 계기기 되어 주었다.

패인이 뭘까? 우선 입지가 결정적인 것 같다. 당초 가게 터를 정할 때 마을 안쪽에 자리 잡으려고 했으나 임대료가 만만치 않았다. 어차피 차를 고치기 위한 것이니 마을에서 좀 떨어져 있어도 괜찮겠거니 하며 한강 둔치 인근에 터를 정한 것이다. 막상 뚜껑을 열고 보니 예상과 정반대였다. 차를 타고 내점은 하지만 수리하는 데 오래 걸리면 그냥 기다리고 앉아 있을 수가 없는 것이다. 차를 두고 갔다가 차를 찾으러 다시 와야 하니 너무 번거로웠던 것이다. 결국 오래 기다릴 필요가 없는 간단한 서비스만 받고 시간이 걸리는 서비스는 집이나 회사 근처의 카센터를 이용하게 되었다. 주 고객이 될 마을 주민들의 이용이 불편한데다 엔진 오일 주입 등 간단한 서비스는 대가도 적고 마진도 적어 매출에 결정적인 약점이 되었다.

두 번째는 너무 착한 가격 정책을 고수한 것이 아닐까? 그렇다고 마을기업으로서 차병원의 설립 목적상 정직한 가격 정책을 포기할 수도 없었다. 원칙과 현실 사이에서 딜레마에 빠진 것이다. 결국 정상적인 가격 정책으로는 마을기업을 유지할 수 없단 말인가? 그렇다면 운영되고 있는 카센터는 모두 바가지란 말인가? 적자가 누적될 때 가격 정책을 수정해서 현실과 균형을 맞추는 노력을 했어야 한다는 아쉬움이 든다.

다음으로 인력 배치의 문제를 짚지 않을 수 없다. 우선 점장인 진상돈 상무가 기술자가 아니라는 점이다. 차병원은 진상무 말고 기술자 둘을 고용했는데(나중에는 한 사람으로 줄였다) 기술자가 아닌 점장의 역할이 별도로 주어지기에 힘든 규모였다. 기술자가 아닌 점장이 기술자 직원들을 관리하고 경영 방침을 결정해 가는 것 또한 약점으로 작용했을 것이라는 점도 무시할 수 없다.

끝으로 조합원이라는 존재의 이중성을 살펴보자. 조합원은 조합의 주인이자 조합의 서비스를 이용하는 소비자다. 조합이 망해 가는데 조합의 주인이 거리가 멀다고 이용하지 않는 모습을 어떻게 해석해야 할까? 그런데 조합원은 조합의 주인이기에 앞서 조합이 제공할 서비스의 품질을 기대해 조합에 가입하는 것이 일반적이므로 필요한 서비스의 품질이 충족되지 않으면 당연 조합에서 멀어질 수밖에 없다. '닭이냐? 달걀이냐?'의 순환 논쟁인 것 같지만 사실 협동조합 운영에서 조합원의 성격은 매우 중요한 쟁점이 되는 문제다.

그래서 무엇보다 중요한 것은 조합의 실무자와 조합원이 긴밀하게 소통하는 것이다. 조합원은 소통을 통해 주인의 자세를 끊임없이 상기하며 조합의 운영에 관심과 책임을 가져야 하고, 실무자들은 조합원의 서비스 만족도에 대한 성실하고 구체적인 모니터링을 통해 서비스 품질의 개선에 만전을 기할 수 있어야 하는 것이다. 그래야 단순한 구매자와 판매자의 관계를 뛰어넘는 공존 공생의 협동 관계가 유지되는 것이다. 차병원의 뼈저린 실패는 우리에게, 너무나도 당연한 협동조합의 원리를 다시 돌아보도록 했다. 그리고 지속 가능한 마을의 운영 방안 또한 치열하게 고민하는 계기가 되어 주었다.

4. 마을카페 작은나무

오늘도 마을카페 작은나무의 〈수요음악회〉는 검은 비니를 머리에 살짝 얹고 대충 삐져나온 곱슬머리를 흥겹게 까딱거리는 실비가 분위기를 주도한다. 요즘엔 실비뿐 아니라 마을 주민들이 자천타천 공연자로 나선다. 여해 아빠는 오카리나를 배우고 있는데 벌써 작은음악회에서 서너 차례 공연을 했다. 연두네는 식구들이 총출동해 가족 공연을 했다. 연두남편 좋은날의 '어쩐지 나훈아 삘'은 직접 보지 않곤 말을 하지 마시라. 마을에 사는 진짜 가수 백자와 애기똥풀, 마이클도 스타 출연자들이며 성미산마을극장 음향 감독인 연아범은 자신이 작곡한 곡을 직접 연주하기도 했다. 이제 작은나무의 수요음악회는 작은나무의 명품, 아니 성미산마을의 명품 프로그램이 되었다. 음악회가 있는 날이면 작은나무의 매출이 늘 50% 이상 오른다고 하니 '꿩 먹고 알 먹고' 아닌가?

수요음악회 때마다 바늘과 실 같은 '실비 옆의 젤소'는 행여 공연에 방해가 될까 플래시도 쓰지 않고 좁은 공간에 몸을 맞추듯 비틀며 숨죽여 사진을 찍는다. 사진 찍는 그녀의 얼굴은 언제 봐도 진지하다. 그때 갑자기 뒤뜰로 뛰어나가는 영규엄마를 눈으로 좇으니 뒤뜰 출입구 문턱에 걸려 넘어진 조그만 여자아이를 일으켜 안고 열심히 달래기 시작한다. 잘 들리지는 않지만 "아프니? 호, 해 줄게. 엄마 곧 오실 거야. 괜찮지?" 하고 있을 터였다. 커피를 정성껏 내린 쿠로가 커피 여러 잔을 받쳐 들고 뒤뜰로 간다. 고개를 돌려 커피향을 따라가 보니 너덧 명의 어른들이 뒤뜰에 놓인 의자에 앉아 뭔가를 진지하게 의논하고 있었다. 맞아, 처음 이곳을 시작할 무렵에도 아마 꼭 저런 표정이었을 게다.

그늘나무 시대

그때 마을의 엄마들은 아토피가 심한 마을 아이들을 위해 유기농 아이스크림 가게를 만들기로 의견을 모았다. 엄마 다섯이 출자를 해서 아이들이 자주 다니는 동네 길목에 작은 가게를 하나 얻고 모두 사장이 되어서 한마음으로 열심히 준비를 했다. 그러다 다섯 명의 의견이 좀 엇갈려 개업도 하기 전에 폐업 위기가 왔다. 그러자 유기농 아이스크림 가게가 열리기만을 기다리는 동네 사람들의 기대를 차마 저버릴 수 없어 출자자 중 한 사람인 장미가 그를 맡아 운영하기로 했다.

1인 사장 체제로 바뀐 유기농 아이스크림 가게는 맨 처음 〈그늘나무〉라는 이름으로 문을 열었다. 아이들을 위해 아이스크림 가게를 열었지만 아이들을 데리고 드나들 어른들을 위한 유기농 커피까지 더해져 아이들의 즐거운 간식터이자 어른들의 사랑방으로 자리 잡기 시작한 것이다. 동네를 잘 아는 아줌마가 항시 가게를 지키니 어른들은 아이들을 잠시 맡겨 놓을 수도 있었고 이 사람 저 사람 소식을 전하는 말 그대로 '마을사랑방'이 되어 갔다.

머지않아 두 번째 위기가 닥쳤다. 모든 재료를 유기농으로 하다 보니 원가 비중이 높고(특히 우유가 그렇다) 그렇다고 가격을 현실화하자니 문턱이 높아질까 염려되고 그러다 보니 그늘나무는 언제나 적자를 면하기 어려웠다. 더군다나 장미도 아이들이 크면서 혼자 가게를 운영하기 벅차 힘들어했다. 그렇다고 이미 마을사랑방으로 자리 잡은 그늘나무를 쉽게 포기할 수도 계속 운영할 수도 없는 진퇴양난에 처했다.

최초의 마을 기부자, 장미

어느 날 그늘나무가 부동산에 나왔다는 이야기를 들은 나는 성미산학교 교사대표 현영과 함께 장미를 찾았다.

"그늘나무 마을에 기부해라. 성미산학교 교사들이 함 운영해 보게."

마을 주민 장미가 유기농 아이스크림 가게 〈그늘나무〉를
통째로 기부해 마련된 마을카페 〈작은나무〉. 이곳의 수요
음악회는 성미산마을의 명품 프로그램이다.
⋮ 카페 내부
⋯ 수요음악회에서 아코디언을 연주하는 공연자 실비
⋮ 엄마 아빠와 함께 수요음악회에 참석한 어린이 관객들

'통 큰' 장미, 잠시 생각하더니,

"알았다. 근데 조건이 있다. 유기농 아이스크림을 팔아야 하고 마을 사랑방 역할을 그대로 유지해야 한다."

이렇게 장미는 그늘나무 시설 모두, 인테리어 일체와 에스프레소 머신 등 개업 당시 기준으로 시가 약 5천만 원 상당을 마을에 기부하게 된다. 이것이 바로 우리 마을 최초의 '마을 기부' 역사가 된다.

교사들은 성미산학교 설립 과정에서 쌓인 피로도 풀고 향후 대안학교 교사로서 전망 모색을 공유할 수 있는 터전으로 그늘나무를 활용하자는 의견을 모았다. 아울러 대안학교 청소년들의 경제 교육 및 진로 모색 프로그램인 〈일센터〉의 인턴십 현장으로 이곳을 활용하고 나아가 장애 학생을 위한 전환 교육 프로그램으로 이를 확장할 계획까지 세운다. 이들 교사 십여 명은 거의 그들의 한 달 월급에 달하는 100만 원씩을 추가로 출자해서 가게를 손보고 이름도 작은나무로 바꾸었다. 작은나무에서 시작해 커다란 나무가 되어 큰 그늘을 만들 수 있을 때까지 마을에 사랑방으로 남겠다는 염원을 바로 그 역사적인 장소에 담았다.

새 출발, 작은나무

2007년 3월 다시 문을 연 작은나무는 그동안 성미산학교 교사들의 헌신적인 노력으로 1년여를 잘 지내 왔다. 하지만 여전히 유기농과 저가 정책을 고집하는 탓에 적자 구조는 나아지지 않았고 학교 운영과 가게 경영의 이중 부담으로 운영과 관리가 불안해졌다. 이때 마을에 새로 생긴 단체인 〈사단법인 사람과마을〉이 마을기업들에 대한 경영 지원 사업의 하나로 작은나무를 선정하고 총체적인 경영 진단을 했다.

경영 진단 결과 첫째, 매장 확장이 필요했다. 현재의 좁은 공간에서는 밀담(?)이 불가능해 어른이 소비자인 커피의 매출 신장이 불가능하다. 즉 유기농 아이스크림만으로는 적자가 불가피하다는 진단이었다. 둘째, 운영진을 안정화해야 한다. 주요 업무가 있는 교사보다는 주민이 직접 나서야 한다는 뜻이다. 진단에 따라 매장 확장 재정 마련을 위한 마을 출자와 운영위원의 재구성을 사람과마을 측에서 지원하기로 했다.

2008년 6월 작은나무 옆 가게 들머리식당을 인수, 두 가게를 텄다. 이젠 제법 널찍한 것이 드디어 밀담(?)이 가능한 공간이 되었다. 자금 마련을 위해 마을 주민을 대상으로 출자자를 모집했다. 기존 운영진인 교사들은 운영에서 물러나면서 기존 출자액을 새로운 운영위에 전액 출자 전환하기로 했다. 생협과 대동계가 500만 원이라는 거액을 각기 출자했고 마을의 건축회사 〈자담〉은 인테리어 공사를 기부했다. 이렇게 기관 출자와 용역 출자, 소액 출자뿐만 아니라 다양한 현물 출자와 기부도 이뤄졌다. 동네 사람들이 매장을 오가며 들러서 필요하다 싶으면 집에 있는 물건을 그냥 가져다 놓는 일이 빈번해졌다.

요즘 작은나무엔 엄마들과 동네 젊은이들이 요일별로 오전, 오후 시간을 나누어 근무한다. 메뉴는 유기농 아이스크림과 커피가 기본이고 여기에 성미산학교 장애 학생들의 전환 프로그램으로 시작한 미니샵의 제품(쿠키와 수제 밀랍초)을 위탁 판매하고 있다. 그리고 마을 어른들의 오랜 민원이던 저녁 시간대 술도 판매한다. 물론 애주가들의 건강을 염려하는 작은나무의 마음을 담아 메뉴는 주로 저알코올 주류다. 그래서 여름에는 맥주, 겨울에는 청주다.

5. 성미산밥상 개업하다

와우! 마을 밥상이 드디어 개업을 했다. 그동안 마을의 숙원 사업이었다.
동네부엌만으로는 아쉬웠던 거다. 바깥손님들이 마을 구경 왔을 때 제대
로 된 식당 하나 있었으면 했다. 여러 명이 몰려가 술 한잔, 밥 한 끼 먹을 넉
넉한 공간이 아쉬웠다. 드디어 성미산어린이집 조합원들이 한 건 했다. 이
들이 깃대를 세우고 나서니, 언제나처럼 마을의 이곳저곳에서 한손들을
얹었다.

유세차
경인년 사월 사일에
성미산마을 친환경식당 성미산밥상이
여러 이웃과 지인들을 모시고
하늘을 돌보고 땅을 돌보고 사람을 돌보는 친지신명께
고하나이다.

마을식당이라
잘된다고 몇몇이 수익을 가져가 배불리고
안된다고 몇몇이 옴팍 뒤집어쓰고 망하는 것이 아니라
마을의 소유 마을의 선물 마을의 밥상이 되고자 하는 뜻을
품었나이다.
마을의 낮은 곳으로 흐르는 샘물이 되고자 하나이다.

"잘된다고 몇몇이 수익을 가져가 배불리고, 안된다고 몇몇이 옴팍 뒤집
어쓰고 망하는 것이 아니라" 요 대목이 절묘하다. 바로 요것이 '마을기업'

188

성미산어린이집 조합원들이 중심이 되고 마을 사람들이 십시일반 출자해 성미산길에 문을 연 동네 유기농 식당 〈성미산밥상〉.
··· 개업식 때 고사문을 읽고 있는 주방장 김요리사

정신의 요체가 아닌가?

오늘의 성미산밥상이 있기까지
모셔 놓았던 새뱃돈, 일 년 용돈 털어 출자한 아이들이 있고
솜씨 없는 내가 식당을 500만 원에 사는 셈 친다며
통장 박박 긁어 출자한 엄마가 있고
이자도 없이 빌려 주는 출자란 걸 하고도
또 하겠다고 덤비던 이가 있고
마을식당의 의미를 받아 안아 빌려 주고 출자해 준
생협과 대동계가 있고
자다가도 일어나 내가 최선을 다하고 있나 고민한
준비위운영위원장이 있고
잘 다니던 직장 그만두고 내공 다지기에 차비도 못 받고
다른 식당에서 일하던 이가 있었나이다.

차비도 못 받을 시절엔 그래도 공짜밥 두 그릇 먹는다며
활짝 웃더니만
정작 요사이엔 짬을 못 내어 끼니도 거르던 이였나이다.

　개업식 때 고사문을 읽던 주방장 김요리사, 목이 메인다. 결국 읽다 말고
울먹인다. 그간의 1년여 걸친 준비 과정에 숱한 우여곡절이 있었을 거다.
그것들이 순간 필름처럼 휘리릭 지나갔을 거다. 매 순간, 고비고비, 함께해
준 이웃들의 얼굴이 일순 떠올랐을 거다.
　요즘 밥상은 제법 자리가 잡혀 간다. 마을투어 오시는 마을 밖 손님들이
단체로 식당 찾는 일이 잦다고 한다. 마을 구경 와서 주욱 돌아보고, 밥상
에서 점심 드시고, 작은나무에서 차 한잔하고 가신다.
　성미산어린이집처럼 성미산싸움 이후에 마을에 들어온 2세대, 3세대가
마을에서 새로운 성취를 하고 있다. 자기들의 마을살이가 본격화되기 시작
한 것이다. 자기들의 역사와 신화를 만들어 가는 거다. 그래야 자기 마을이
된다. 앞선 선배 주민들의 신화와 후배 주민들의 신화가 이리저리 얽히고설
켜 비로소, 술 익듯이 마을이 익어 간다. 오늘도 성미산밥상엔 생명이 익어
간다.

멋진 지렁이,
녹색을 상
상상
다

2004년 여름, 〈녹색사회연구소〉 대표가 마을을 찾았다.

"도시 생태 마을 만들기 워크숍을 같이해 보면 어떨까요?"

녹색사회연구소는 〈녹색연합〉 부설 단체로 10여 년 동안 생태 마을 만들기 작업을 한 연구소다. 그동안 주로 농촌을 중심으로 연구해 왔는데 부산 〈물만골마을〉 작업 이후 관심을 도시로도 전환하게 되었단다. 그래서 서울에서 함께 작업할 파트너를 물색하던 중 성미산마을이 눈에 띄었나 보다.

"무척 좋았어요. 공동육아로 아이들을 함께 키우고 생협을 만들어 먹을거리를 나누고 축제를 벌이고 성미산 개발을 저지하며 살아온, 그동안의 마을살이 과정에서 함께 나누고 쌓은 이야기들을 한꺼번에 정리하는 거 같았어요."

두 번의 강의와 두 번의 워크숍을 녹색연구소와 함께 진행한 마을 사람들의 소감이다.

1. 생태 마을이란 뭘까?

생태란 '자연과 환경'을 넘어서는 것이었다. 일상의 삶 전체를 생태적으로 성찰해야 한단다. 그래서 마을이란다. 워크숍은 참가자들을 3조로 나누고 마을 또한 세 블록으로 구분해 각 블록을 맡아 구석구석을 돌아다니는 식으로 이루어졌다. 좋은 곳, 그래서 잘 살리고 싶은 곳, 개선하면 좋을 곳 등을 모두 사진으로 담았다. 마지막 날에는 찍은 사진을 이용해 조별로 살고 싶은 마을을 설계하여 발표했다. 모두들 놀이하는 아이들처럼 신이 나서 마을을 설계했다.

"글쎄 그동안 살면서 나눈 이야기들이 다 나오는 거예요. 조별로 제안된 아이디어들도 너무 기발하고 훌륭한 거예요. '우리가 속으로 이런 좋은 생각들을 같이 하고 있었구나' 하며 다들 서로에게 깜짝 놀랐어요."

그런데 진짜 놀란 이들은 녹색사회연구소 연구원들이었다. 주민들이 발표하는 여러 아이디어 속에서 생태 마을 담론이 전부 나오더란다. 여기서 나온 여러 아이디어들을 모두 모으니 세 가지 과제로 응축되었다.

- 음식물 퇴비화 사업으로 자원의 순환을 돕는 일
- 안전하게 자전거로 움직일 수 있는 도로 조건 만들기
- 학교 앞, 내 집 앞에서 안전하게 다닐 수 있도록 골목길 속도 제한하기

세 가지 과제는 그해 말 마을송년회에서 〈마을헌장〉 선언과 함께 2005년 활동 계획으로 채택된다.

"지렁이, 정말 대단하다. 세상에 나와서 좋은 일만 하다가 흙 속으로 사라져 버리네. 멋지다. 인간도 지렁이처럼만 살 수 있다면 정말 멋지겠다."

음식물 퇴비화 사업을 공부하면서 우리는 지렁이에 대해 많은 것을 알게 되었는데 그 생명 순환의 스승, 지렁이의 일생에 반해 모임 이름도 아예 〈멋진지렁이〉로 지었다. 이렇게 2005년 2월 1일, 드디어 생협의 생태 마을 만들기 주민 모임 멋진지렁이가 탄생한다.

2005년부터 매년 봄 지렁이 분양 행사를 했다. 가을이 오면 지렁이 축제

<멋진지렁이>의 지렁이 분양 행사

를 한다. 봄에 분양받은 지렁이들이 잘 크는지 지렁이가 만든 분변토를 이용한 화분이나 텃밭의 야생화는 잘 가꾸고 있는지 등 지렁이 키우면서 느끼는 서로의 애환(?)과 정보를 나눈다. 지렁이를 처음 받아서는 부드러운 과일 껍질 같은 음식물도 주고 흙이 마르면 물을 주고 온도와 습도를 신경 쓰며 잘 사는지 조심스레 살핀다. 하지만 어느새 화분에 곰팡이가 피고 지렁이의 움직임이 둔해지고 결국 죽으면 음식물이 너무 많았나? 그동안 우리가 너무 관심을 못 주었구나, 하며 미안하고 안타까워하게 된다.

"지렁이가 음식물 쓰레기를 제로화시켜 줄까요? 아니에요. 지렁이를 음식물 먹는 하마인양 생각하면 안 돼요. 지렁이와 함께 살면 지렁이를 위해서라도 음식물 쓰레기를 항상 생각하면서 생활하게 되는 거죠."

2005년 4월 3일 지렁이가 만드는 분변토를 활용할 수 있는 공동 텃밭을 성미산 숲속학교에 조성했다. 공동 텃밭은 동네 주민들이 일구어 놓은

밭과 성미산의 경계 지점에 우리나라 자생종 야생화인 매발톱꽃·금낭화·초롱꽃·벌개미취 등을 심어 만들었다. 성미산에 밭 개간이 더 확대되는 것을 막기 위한 뜻도 있었다. 2006년 지렁이 분양 축제 때는 마포두레생협 매장 앞에 벤치형 화분을 만들어 지렁이가 만든 분변토를 채우고 국화를 심었다. 그 화분을 통해서 지렁이 화분 키우기 활동에 대한 관심을 유도하고 지렁이 분변토를 통한 음식물 쓰레기 퇴비화의 의의를 지속적으로 주민들에게 알리고 싶어서였다. 이렇게 시작된 멋진지렁이의 활동은 골목길 앞에 소통의 공간으로 평상 놓기, 차량 속도 제한으로 안전한 골목길 만들기, 자전거 전용 도로 설치, 보봉 등 해외 생태 도시 참관 후 카셰어링 및 다양한 생태 사업 제안하기 등 5년간 줄기차게 활동하다 2009년 초 공식적으로 해산했다.

골목길 사업은 그대로 매월 진행하는 전래놀이로 연결되었고 근본적인 해결책으로 제안된 카셰어링은 〈자동차두레〉를 탄생시켰다. 자전거 도로는 최선은 아니지만 차선의 설계안으로 극적인 타협 후 개설해 냈고 사후 관리와 자전거 캠페인은 홍표사부가 이끄는 동아리 〈행복한자전거〉의 과제로 이어진다. 멋진지렁이가 결성될 당시 설정한 과제는 이렇게 이미 성취되거나, 담당할 별도의 팀이 만들어져 이어졌다.

멋진지렁이는 마을에서 '생활 환경 운동의 산파' 역할을 하였다. 이슈와 주장이던 환경 운동을 개인의 생활로 개인의 일상적 실천으로 연결해 준 것이다. 그래서 멋진지렁이의 해산이 참 아쉽다.

"처음에는 정신이 없더라고요. 여러 가지 다양한 주제를 한꺼번에 넘나드는 그런 소통이었어요. 참 '멀티플'한 소통이었지요. 하하하."

멋진지렁이의 탄생부터 함께해 온 녹색사회연구소 연구원 깜장콩은 생태의 핵심 가치가 '관계'인데 멋진지렁이는 그것이 가장 잘 녹아 있던 모임이라고 추억한다. 이제는 마을 주민이 되어 성미산학교의 생태 프로젝트 교사로 마을살이를 함께하고 있는 그의 말에 소망과 아쉬움이 동시에 느껴진다.

"멋진지렁이의 역할이 사람과마을로 이전되지 않고 생협의 조합원 프로그램으로 이어졌더라면… 아쉬워요. 생태와 환경의 담론은 개인의 생활 문화로 꾸준히 가져가는 게 중요하잖아요."

2. 카셰어링, 하실래요?

멋진지렁이는 당초에 '골목길 되찾기'라는 과제를 설정하고 그것을 실현하기 위해 골목길을 점령한 자동차의 폐해를 조사, 확인하고 골목 곳곳에 평상을 짜서 두고 일시적이나마 골목을 아이들의 놀이터로 재현해 보는 시도들을 했다. 하지만 궁극적으로는 골목에 자동차가 들어오지 못하게 해야 한다. 그러려면 마을 어귀에 공동 주차장이 있어야 한다. 그러나 도시에서 가구당 거의 차량 한두 대쯤은 보유하고 있다고 보면 공동 주차장으로는 어림도 없다. 마을에 적당한 부지를 찾기도 어렵고 적당한 부지를 찾아내더라도 부지의 매수 비용이 만만치 않다. 결국 차량 수 자체를 줄이지 않으면 안 되는 것이다. 결론이 여기에 이르자 멋진지렁이는 실천의 방향을 전환한다. 그래, 차를 줄이는 거다!

몇 사람이 나섰다. 2007년 8월, 올리브·아사삭·김종호·민들레·에이미·춤의문, 그리고 단체로서 생협이 그들이다. 실무 작업은 깜장콩이 맡기로 하고, 협동조합의 형태로 시범 사업을 해 보기로 한다. 이름하여 〈자동차두레〉다.

한국토지공사가 선정한 생태 프로젝트에 카셰어링을 넣어 사업비도 지원받았다. 자동차두레의 설립 회원들은 각자 보유하던 차량을 폐차하고 쓸모가 많은 카니발 차량을 동네 주민에게서 중고로 구입했다. 마침 SK의 카티즌 사업부가 개발해 놓은 법인 차량 관리 시스템과 차량 부착용 단말기를 저렴하게 구입했다.

그동안 참 쓸데없이 차를 많이 탔구나

처음 시범 사업을 실시하면서 서로 차를 사용하고 싶은 시간이 겹쳐서 불편하면 어쩌나 걱정했다. 그래서인지 누가 뭐라 하지 않았는데도 각자 차량 사용을 자제했다. 그렇다고 차를 꼭 사용하고 싶은데 사용하지 못하는 경우 또한 없었다. 결국 조금만 신경을 쓰면 차량 사용을 줄일 수 있는 것이 실증된 셈이다. 회원들은 한 달 동안 차량을 사용한 총 거리를 따져 보면서 개인이 차량을 보유할 때에 비해 차량 사용이 현저히 줄어든 것을 확인하고는 스스로들 무척 대견해했다.

"실제로는 차를 별로 안 써요. 우리 차가 이렇게 놀고 있었구나 싶더라니까요."

무엇보다 중요한 효과는 자동차를 생활 속에서 '의식'하게 되었다는 것이다. 자동차를 사용하려면 미리 예약을 해야 한다. 그래야 필요할 때 차질 없이 쓸 수가 있다. 어쩌다 차량을 사용하고 싶은 시간에 다른 회원이 먼저 예약했으면 핑계 삼아 대중교통을 이용하게 되기도 한다. 물론 승용차가 아니면 안 되는 불가피한 경우에는 먼저 예약한 회원에게 양해를 구하고 양보받기도 한다. 그러다 보니 꼭 자동차를 타야 할까 생각해 보게 된다는 것이다.

당연하게만 여긴 자동차 문명에서 슬쩍 놓여나는 느낌이 들기도 하더란다. 지렁이를 분양받아 키우면서 음식 쓰레기 문제를 생활 속에서 점검하게 되는 것과 같은 이치다. 또한 급발진, 급제동도 조심하게 되는 등 운전 습관도 의식하게 된다. 여러 사람이 함께 쓰는 자동차이기 때문이다. 이렇듯 카셰어링은 차량의 편리한 공동 이용이라는 편익을 넘어 '자동차'에 대한 철학적인 공감에 다가가게 한다는 것이다. 그것도 생활 속에서 서서히 자연스럽게 말이다. 물론 카셰어링의 가장 가시적이며 핵심적인 가치는 '차량 줄이기'다. 자동차두레에 회원으로 가입하면서 그동안 개인이 보유하던 차량을 차두레에 기증하거나 폐기하기 때문이다.

지속 가능한 카셰어링?

자동차두레가 처음 만난 문제적 상황은 보유 차량의 노후성이다. 보유 차량 두 대가 모두 노후 차량이라 수리비가 적잖이 들어가기 시작한다. 당초 자동차두레를 설립할 때 신차를 구입할 비용이 엄두가 나지 않기도 했지만 차량의 수를 줄인다는 취지에서 차를 새로 사지 않고 회원 개인이 보유하던 차를 기증받아 사용키로 했던 것이니 어쩔 수가 없다. 노후 차량은 수리비 부담뿐 아니라 사람들의 승차감 등의 욕구를 채우지 못한다. 차두레의 회원이 기대만큼 확대되지 않는 원인의 하나도 이 때문이라는 지적이 있다. 사실 카셰어링이 잘 정착된 독일의 경우만 보더라도 모든 보유 차량을 3년마다 신차로 교체한다고 한다. 사람들에게 쾌적하고 성능 좋은 차량에 대한 욕구가 있고 이를 무시할 수 없다는 사실이다. 신차를 구입하려면 적지 않은 돈이 드는데 이걸 할부로 하더라도 회원들의 월 부담액이 적지 않다. 이를 분담할 회원의 수가 어느 정도 되어야 가능한 것이다. 결국 회원 확대를 위해서는 신차가 필요하고 신차를 보유하려면 회원 수가 늘어야 한다. 일정 수준의 규모의 경제가 요구되는 것이다.

"처음에는 동아리로 시작할 수 있었지만, 이제는 사업적인 틀을 마련해야 할 것 같아요."

그동안 자동차두레를 동아리 차원에서 운영하다 보니 회원을 확대하려고 꾸준히 노력하는 사람도 없고 신차를 구입하기 위해 다각도로 시도하지도 못하고 지지부진했다는 자평이다.

"마을의 다른 여러 영역 일들에 비해 환경·생태 분야가 안정성과 지속성을 잘 못 만들어 가는 것 같아요."

"성미산을 지키기 위해 그 추운 겨울에도 산에 올라 텐트 속에서 밤을 지샐 수는 있지만, 쓰레기를 덜 버리고 차를 덜 타고 에어컨을 끄고 하는 일상의 불편은 감수하기 어려운 것이지요."

"최근 몇 년을 돌아보면 마을 활동이 점차 '기업형'으로 전환되고 있어요. 바로 마을기업이지요. 동아리로 소박하게 시작한 활동이 수익을 만들어 내고 유급 활동가가 그 활동을 지켜 내고 말이지요."

조심스럽게 경제적 동기의 중요성이 지적된다. 동아리 차원에서 소박하게 시작된 일이 지속성을 가지고 안정적으로 이어지려면 활동가가 전념할 수 있어야 한다. 그러기 위해서는 활동가에게 그 일의 의미뿐만 아니라 경제적 보상도 함께 주어져야 한다는 것이다. 지금까지 마을을 이루어 온 힘이 주민들의 자원적 활동이었지만 이제는 새로운 차원의 전환이 필요하다는 것이다. 카셰어링의 지속 가능한 사업적 모델은 과연 무엇일까?

3. 마을에서 세계까지, 자전거로 경계 넘기

2003년 8월 15일 광복절, 마을 아이들 십여 명이 90km 자전거 대장정을 시도한다. 충남 홍성을 출발해 대천 해수욕장까지 자전거로만 이동하는 1박 2일 코스였다.

생협을 설립하기 전후로 경기도 화성 비봉에 주말농장을 일구던 마을 사람들이 홍성으로 농촌 활동을 떠났는데 자전거 장정은 농사에 별 흥미를 못 느끼는 아이들 프로그램으로 기획된 것이다. 홍표사부가 총대장이 되

자전거 여행은 마을 아이들의 정규 프로그램. 2010년 6박7일 제주 자전거 여행

어 사전 답사, 코스 설계, 대천 현지 프로그램의 기획과 진행을 맡고, 식량 준비, 숙소 예약, 경찰의 에스코트 협조 요청, 의료 지원 차량 운전은 한슬 경섭아빠가 도맡았다.

생협 배달차에 아이들 자전거를 싣고 홍성에 모인 뒤 홍성에서 자전거를 정비해 대천으로 출발했다. 대낮에 삐뽀삐뽀 경광등을 켜고 미끄러지듯 달리는 경찰 에스코트 차량을 앞뒤로 세우고 그 사이에서 색색 안전모와 안전 장구를 장착한 채 한 줄을 이루어 달리는 아이들의 자전거 행렬이란 그 자체로 멋지고 감동적인 그림이었다.

이날 자전거 여행을 계기로 자전거가 마을 아이들의 정규 프로그램으로 자리 잡는다. 매월 1회 주말을 이용해 한강변 자전거 도로를 달린다. 보통 청담대교쯤에서 각자 싸 온 도시락으로 점심을 먹고 동네로 돌아온다. 와서는 바로 학교 운동장으로 달려간다. 그래도 힘이 남는지 축구를 한판 하고 나서야 집에 돌아갈 생각을 한다. 자전거 타기 좋은 봄·가을에는 조금 먼 거리를 다녀오기도 한다. 왕복 100km나 되는 분당을 다녀오기도 하고 마을에서 살다 이사 간 양평 용빈네까지 달려가기도 한다. 여름 방학이 되면 2박 또는 3박 일정으로 장거리 여행을 떠난다.

2004년 3박 4일로 청평(150km), 2006년 4박 5일 유명산(180km), 2007년 6박 7일 제주도 일주(250km) 등 해마다 장거리 여행을 다녀왔다. 하루 평균 8시간 정도 자전거를 타는데, 평균 시속 10km로 잡아 하루 80~90km를 타는 셈이다. 왕복하게 되면 150~250km 되는 거리를 주행하게 되는 것이다. 하루 종일 8시간 넘게 자전거를 타는 것, 그것도 평지와 오르막, 내리막이 교대로 나타나는 도로를 초등학교 4·5학년 아이들이 달린다는 것, 참 대단한 일이다.

유럽을 자전거로 누비다!

2008년 7월 어느 날 아침, 동네가 부산하다. 생협 매장 앞에 30여 명의 사람들이 모여 있다. 오늘은 그동안 7개월 넘게 준비한 유럽 자전거 대장정 팀이 드디어 장도에 오르는 날이다. 아이들 11명과 어른 3명 모두 14명의 대원이 장정에 올랐다. 장장 25박 26일로 프랑스-독일-네덜란드를 잇는 코스다. 국경과 도시 연결, 그리고 자전거 주행이 여의치 않은 구간은 유로 열차를 이용하고, 나머지 700km를 자전거로 도는 일정이었다. 초등 3학년부터 고등 1학년까지 다양한 연령대의 아이들이 장정에 올랐다.

경비를 아끼느라 답사를 하지 못한 것이 못내 아쉽다. 2005년도에 홍표 사부가 혼자 자전거 투어를 했던 코스를 중심으로 계획했기에 크게 변했을까 생각하고 답사를 생략한 것이다. 막상 가서는 고생을 무진장했다. 무엇보다 여름치고 기온이 낮아 아이들이 추위에 떨었단다. 체력도 쉽게 떨어지고 아픈 아이들이 나타났다. 객지에서 아팠다니 에고…! 함께 간 어른들, 애들 챙기느라 했을 고생이 안 봐도 눈에 선하다. 그런데 주행 코스가 주로 시골이어서 그랬을까 어려움에 처했을 때마다 좋은 사람들을 만나 위기를 넘겼단다. 드골공항에서 미로 같은 출구를 찾지 못해 헤맬 때도 현지인의 신고로 경찰의 에스코트를 받고 숙소까지 도착할 수 있었단다. 그 후로도 여러 차례 길을 잃고 헤매면 여지없이 그 지역 사람들이 친절하게 자기 집으로 안내해서 차도 내오며 쉬게 하고는 다음 행선지를 확인해 인터넷으로 일일이 노선과 교통편을 찾아서 일러 주었단다.

"여행은 사람을 만나러 가는 것이라더니 정말 좋은 사람들 많이 만났어요. 유럽에서는 자전거 문화가 많이 성숙해 있어서 배려를 정말 잘해 주더라고요. 더구나 아이들이 단체로 자전거를 타고 나타났으니, 무척 호의를 베풀었던 거지요."

말도 많고 탈도 많았지만 수만 리 떨어진 객지에서 자전거 한 대에 몸을 의지하고, 14명의 대원들이 근 한 달을 함께한 것만으로도 아이들은 훌쩍 자라서 돌아왔다.

"어땠냐? 힘들디?"

"예, 무지무지요!"

"그래? 다신 안 가고 싶겠구나?"

"아뇨, 꼭 다시 가고 싶어요."

(그래, 그땐 니덜이 돈 벌어서 가라!)

유럽 자전거 여행은 애초에 5년마다 한 번씩 가기로 했다. 참가 자격도 택견 유단자들에게만 주어진다. 평소 택견을 열심히 하고 자전거 훈련도 충실히 한 아이들만 그 보상으로 갈 수 있는 것이다. 그래서 자전거 여행 도중 마을이나 거리에서 택견 시범을 할 준비를 미리 했다. 외국의 낯선 고장을 자전거로 돌아보고 우리의 무술을 시연해 보이며 그 지역의 마을 사람들과 만나고 이야기하고 추억을 남기는 것이다. 2013년에 지금 초등 저학년들이 고학년이 되거나 중학생이 될 때쯤이면 다시 한 번 유럽 대장정이 좍 열릴까? 기대된다.

손으로
마을을
빚다

"난 너무 힘들어. 물량을 조절하지 않고, 오는 주문을 다 받아서 무리하게 처리하려고 하니까 버거워."

"나는 솔직히 희열을 느껴. 주문이 밀려오면 '이거 어떡하지?' 싶어도, 밤새워 완수하고 나면 너무 뿌듯해."

순간 가느다란 긴장이 느껴진다. 운영위원들이 작업장에서 일감을 한구석에 물리고는 모여 앉아 회의를 하고 있다. 최근 두레생협연합회에서 납품 허가를 받아, 무려 500여 개에 달하는 메밀베개를 생산해 납품을 완료했다. 무척 힘이 들었던 거다. 하루에 열서너 시간씩 일을 하기도 했단다.

"한정 수량만 제작하면 어때?"

"주문이 오는데 어떻게 그래?"

"한땀두레가 무슨 공장이야?"

"그럼 준두레원을 모집해서 그 사람들에게 일을 나누어 맡기면 어떨까?"

"그래 우리 두레원들에게도 갑자기 사정이 생길 수 있고, 한땀두레도 커야 되니까, 그렇게 하자."

일이 힘들다고 시작한 이야기는 금세 대안으로 넘어간다.

"재봉틀을 몇 대 마련해 두고, 오가다 관심 있는 사람이 해 보게 하자. 그러다가 숙련되면 물량도 맡기고."

"그래, 한땀두레가 생산 활동만 하는 건 아니지. 생산 말고도 다른 조합원들을 위한 활동을 해야 돼."

"그럼 공간이 필요해. 지금 여기서는 어려워."

1. 두달작전의 산물, 한땀두레

〈한땀두레〉는 2007년 마을축제 프로젝트인 '두달작전'의 산물이다. 당시 축제집행위원회는 축제를 두 달 앞두고 주민들에게 퍼포먼스를 기획해서 신청하면 축제 메인 무대에서 공연하도록 하겠다고 제안했다. 이른바 두달작전이다.

당시 생협 조합원으로서 그저 물건을 사는 데 그치지 않고 뭔가 생산적인 일을 하고 싶은 이들이 있었다. 가을·민들레·이슬·들꽃·처음처럼·봄·여여가 그들이다. 무얼 하면 좋을지 의논하다가 마침 민들레가 한복을 만들고 싶어 진작부터 정식 교육을 받고 있었고 마을에 한복 전문가인 행수님이 계시다는 소식에 바느질을 통한 생산 활동을 해 보기로 한다. 행수님의 지도 아래 메밀베개·가방·지갑·면개집 등 여러 다양한 작품들을 두 달간 진짜 열심히 만들었다. 재봉틀을 처음 밟아 보는 사람들이 대부분이었지만 거의 매일 연습을 하고 밤을 새우다시피 하여 제품을 만들었다.

이게 팔리려나 걱정했다는데 막상 판을 벌리고 보니 대박이었다. 미처 사지 못한 사람들은 현장에서 주문도 했다. 그날 하루 동안만 약 100만 원의 매출을 올렸다고 하니 대단하다. 제작에 든 재료비는 물론 앞으로 사용할 원단과 부자재를 사고도 수익이 남아 회식도 했단다. 얼마나 신이 났을까?

"마을일을 하다 보면 하다못해 밥을 먹거나 차를 마시거나 해도 각자 자기 돈을 쓰게 되잖아요. 근데 우리가 함께한 노동의 결실로 밥값도 나오고

마을축제 때 한땀두레 제품 전시

회식도 하니까 기분이 좋더라고요. 너무 뿌듯했어요."

"생협이나 마을일을 하다 보면, 다들 직장에 가 있는데 나만 시간 남아서 하는 일인가 싶을 때가 있어요. 그럴 때면 내가 무능하게 한가하기만 한 사람인가 하는 느낌이 들기도 하지요."

사실 전업주부들에게는 '소비하는 사람'이라는 주눅 같은 것이 있다고 한다. 하루하루 아이들 돌보는 것만으로도 허덕이고 지치지만, 남편이나 돈을 버는 다른 주부들을 보면 찜찜하고 위축된다. 마을에서 낮에 회의를 하거나 자원봉사로 품을 나누는 일을 할 때도 시간이 남아 하는 것처럼 남들이 볼 것 같아 괜히 불편하기도 하다. 그러니 동네에서 엄마들 여럿이 모여 함께 손을 움직여 무언가를 '만든다'는 생산 활동을 한다는 것 자체가 좋았다. 적지만 수익까지 생긴다면 나의 노동이 사회적으로 인정받는다는 증거이니 스스로 대견하고 더할 나위 없이 기쁜 일인 셈이다.

한땀두레 대표를 맡고 있는 가을에게 물었다.

"5년 후 가을이 그리는 한땀두레의 모습은 뭘까요?"

가을은 잠시 뜸을 들이더니

"아주 큰 기업이 되면 좋겠어요. 그래서 매출도 많이 올리고요."

"매출 많이 올려서 뭐 하시게요?"

"동네 주부들이 한땀두레에 와서 각자 편한 시간에 하고 싶은 일 해서 돈도 벌고요, 마을에서 어렵게 사시는 노인 분들도 도와드리고요, 마을에서 필요한 사업에 지원도 팍팍 하고요."

처음 뜸 들일 때 주저함은 간데없고 확신에 찬 어조로 얘기하는 그는 분명 한땀두레를 기업으로 보고 있다. 이른바 요즘 회자되는 사회적기업으로 말이다.

"하지만 이건 제 생각이에요. 다른 동료들은 이런 생각이 부담스럽대요. 그래서 우기지 않을 거예요."

가을이 금세 생글 웃음을 짓는다. 가을의 이야기에서 한땀두레가 지닌 두 얼굴이 보인다. 푸근하고 정다운 조합원 공동 노동의 터전으로서 한땀두레와 납품 날짜를 어기지 않으려 며칠 밤을 새우고 원자재며 임대료며 비용을 따져 보고, 염색물이 자꾸 빠진다는 불만 접수 전화를 붙들고 고객을 설득하느라 쩔쩔매는 풍경. 함께하는 일은 즐겁지만 그 일이 지속되려면 꼭 감당해야 하는 일이 있다. 역시 사업성인 거다. 그렇다고 전적으로 사업처럼만 한다면 반지하 영세 봉제 공장과 뭐가 다를까? 결국 중요한 것은 관계 아닐까? 함께 살아가는 이웃이니까 힘들어도 몇 마디 수다로 고단함을 날려 버릴 수 있는 사이, 모여서 같이 손 놀려 일하는 재미가 쏠쏠한 그런 관계. 나아가 수익을 늘이고자 치열하게 머리와 가슴 맞대는 지난한 과정, 그 과정에서 가장 중요한 소통… 두달작전으로 탄생한 한땀두레가 두 달이 아니라 20년, 200년을 롱런하는 착하고 영리한 기업이 되기를 빌어 본다.

2. 엄마들의 터닝 포인트, 비누두레

지난해 두레생협연합회에서 비누 납품 인증이 났다. 반신반의했는데 〈비누두레〉가 비누 납품 자격을 얻어 낸 것이다. 이제 전국 50여 두레생협 매장에 납품까지 하는 어엿한 생산자가 되었다. 한땀두레에 이어 경사가 아닐 수 없다.

"우리 말고 다른 단위협의체에서도 수제 비누 만드시는 분들이 있을 텐데 우리가 인증을 받게 되다니⋯ 정말 기쁘고 고마워요. 아마 오래전부터 두레생협연합회의 자주관리사 역할을 꾸준히 한 게 신뢰를 얻었나 봐요."

믿기지 않나 보다. 생산자 인증의 이유를 다른 데서 애써 찾는다. 하기야 연합회 납품 절차가 쉽지 않다는 것은 널리 알려진 사실이고 엄마 셋이 힘을 합쳐 만든 작은 비누두레가 그 어려운 절차를 통과했다고 하니 쉽게 믿기 어려운 일이기는 하다.

2008년 11월, 마포두레생협 매장 한쪽에 마련된 조합원 한마당에서 바람이 직접 만든 수제 비누를 소량 판매했다. 그러다 조합 사무국의 해기가 엄마들 몇몇이서 두레를 해 보면 어떻겠냐고 제안했다. 그런데 먼저 만들어진 한땀두레를 보니 회의도 너무 많고 여러 사람과 호흡을 맞추자면 품이 적지 않게 들 것 같아 망설였단다. 하지만 함께하는 사람이 있기만 하다면 뭘 못하겠나 싶어 긍정적으로 마음을 먹었단다.

"우리 비누두레의 제품은 가급적 우리 마포두레생협 생산지에서 생산한 생활재를 원료로 사용하려고 해요. 수입 재료를 쓰지 않고, 우리 땅에서 나는 재료로 만들고 싶어요. 그래야 탄소 발생도 줄이잖아요."

"포장 때문에 제일 애를 많이 먹었어요. 친환경 재질로만 하려다 보니까 까다롭더라고요. 물류 과정에서 제품이 망가져서도 안 되고 소비자가 물건을 받았을 때 어느 정도 상품성이 있어야 되잖아요. 그러니 전혀 신경 안

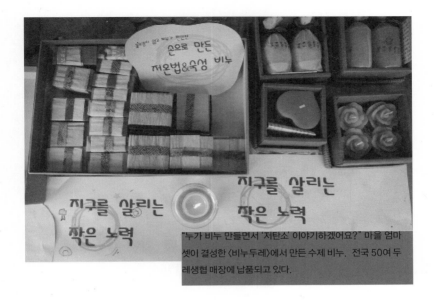

"누가 비누 만들면서 '저탄소' 이야기하겠어요?" 마을 엄마 셋이 결성한 〈비누두레〉에서 만든 수제 비누. 전국 50여 두레생협 매장에 납품되고 있다.

쓸 수는 없고, 최대한 간소한 포장을 하려고 노력해요."

처음에는 기본 포장을 친환경 생분해 비닐로 하려다가 아직 주문 수량이 적어 수분에 강한 생분해 종이 호일을 사용하고 있다. 곧 제조 수량이 많아지면 생분해 비닐로 교체할 예정이다. 겉 포장은 코팅을 하지 않은 종이 박스를 사용한다. 제품 안내서도 에콜로지 페이퍼(종이 원료인 나무 외에 풀, 과일, 해초, 사탕수수, 코코넛 껍질 등 버려지는 식물의 부산물들을 활용하는 친환경 종이)를 사용한다.

"비누를 잘 만드는 일은 그래도 해보겠는데, 이걸 제품으로 만드는 일은 또 다른 차원의 노력과 능력을 요구하더라고요. 구름이 나타나서 도와줬으니 망정이지요."

어쨌거나 엄마 셋이서 웬만한 소규모 공장의 제조 공정을 다 해낸 거다. 제조·포장·홍보까지다 하려니 오죽 힘들었을까. 포장 디자인은 나중에 비누두레에 합류한 도예를 전공한 새댁, 구름이 맡아 주었다. 얼마나 고생스러웠는지 '포장두레' 하나 만들면 좋겠단다. 듣고 보니 그럴듯했다. 물론 가격, 생산성, 물류 과정상의 여러 요인이 있겠지만 개선될 여지가 많은 게 사실이다. 이러다 진짜 포장두레가 생기는 것 아닐까?

"재료비 원가에 수공 노임만 붙여서 납품해요. 아직 이윤을 붙이지 못하고 있지요. 써 보지 않은 분들은 '무슨 비누가 이렇게 비싸?' 할 거거든요. 그래도 한번 사용해 보면 비싸다고 여기지 않게 돼요."

자주관리사와 생활재위원회를 함께한 경험이 한몫했다는 점을 빼놓지 않는다. 그런데 그보다 더 중요한 게 있단다.

"생협 조합원이라면 일단 공유하는 기준이 있어요. 누가 비누 만들면서 '저탄소' 이야기 하겠어요? 그런데 우리들은 그게 되거든요. 돈만 아니라 가치를 공유하는 관계인 거지요. 이게 우리들 힘인 것 같아요."

3. 매일 과자 굽는 미니샵

성미산학교에 가면 어디선가 구수한 빵 냄새가 코를 잡아당긴다. 1층 모퉁이 쪽이었나? 맞다. 사방 투명한 유리문에 비친 깔끔하고 세련된 분위기, 나는 작고 예쁜 마을가게 〈미니샵〉으로 성큼 걸음을 옮긴다. 이번엔 쿠키 굽는 냄새다. 달콤하고 감칠맛 나는 저 향은 아몬드 크림인가? 미니샵 한쪽엔 늘 그렇듯 소피아가 부산하게 움직인다. 소피아의 아들 정찬이는 다친 손을 조심스레 들고 미니샵 이곳저곳을 찬찬히 둘러본다.

매장 바깥쪽에 놓인 서너 개의 테이블은 이미 만석. 낯익은 얼굴들로 빼곡하다. 교장인 스콜라가 꽃다지와 뭔가 심각한 듯 이야기를 나누고 있고 한쪽에는 여샘과 심순이, 중등을 졸업하고 꿈학교에 진학한 후로도 매주 여길 온다는 정산이와 둘러앉아 회의인 듯 아닌 듯 즐거운 이야기를 나누

〈미니샵〉은 성미산학교의 장애 통합 교육 과정에서 탄생했다. 미니샵에서 만든 과자와 밀납초는 마을 행사 때마다 빠지지 않고 등장한다.

는 모습이다. 겉보기엔 영락없는 테라스 카페의 모습이다.

미니샵이 있던 이 공간은 개교 당시 갤러리였다. 지역사회에 개방된 갤러리로 설계되었는데 막상 개교를 하고 보니 공간이 부족해서 미디어교육실로 사용하다가 최근에 미니샵 프로젝트가 제안되면서 이렇게 확 변신을 한 거였다. 메뉴도 다양하다. 유기농 커피와 매실차, 쿠키와 브라우니가 있다. 가격은 참 착하다. 커피나 음료가 2,500원, 쿠키가 700원, 브라우니가 1,500원이다. 마을에서 시범 사업으로 유통되고 있는 지역통화인 '두루'도 받는다. 초등학교 1~3학년 아이들은 현금 사용이 안 되고 쿠폰으로만 물건을 살 수 있다.

미니샵의 탄생은 성미산학교의 장애 통합 교육 과정에서 비롯된다. 성미산학교는 장애 학생을 전체 정원의 10% 이상 모집한다. 사실 이 전통은 마을의 공동육아 어린이집에서부터 그래 온 거라 별 새로울 것도 없다. 장애 학생을 '특별한 요구가 있는' 학생으로 부르는데 이는 장애/비장애를 개인 각자에게 있는 다양한 개성과 차이로 이해하는 태도다.

평소 장애 학생들의 여가 활동에 관심을 가지고 있던 통합 교사 윤슬이 뭔가 소그룹 활동으로 이어지기를 기대하고 여행 프로그램을 기획했다. 물론 비슷한 또래의 장애 학생과 비장애 학생들이 함께하는 여행 프로그램이다.

집을 떠나 아이들과 함께 지내면서 윤슬은 이 아이들이 요리에 관심이 많다는 것을 발견했다. 아이들이 2년차 되던 해 드디어 윤슬은 정규 교육 과정에 소그룹 요리 프로젝트를 신설했다. 처음에는 도움이 필요한 아이들만으로 시작했는데 비장애 중등 아이들이 기웃대며 참가하고 싶어해 4학기째부터는 통합 교과로 중등 요리 수업을 개설하게 되었다.

형민(가명)이는 다소 집착적인 행동이 특성이다. 규칙적인 행동을 벗어나면 힘들어하는 형민이의 행동 특성이 오히려 요리에서는 아주 강점을 지닌다. 예를 들면 누구보다 레시피대로 정확하게 조리하고 조리 기구 정리 정돈을 아주 잘하며 특히 위생 관리에 철저하다. 마침 중등 과정 졸업을 앞둔 형민이의 졸업 프로젝트로 요리 수업이 적절하다고 판단한 교사들은 졸업 학기인 2008년 2학기, 독립적인 프로젝트로 요리 프로젝트를 업그레이드한다. 메뉴도 와플에서 쿠키와 과일 화채 등으로 확장했다. 성미산학교엔 매점이 따로 없어서 아이들에게 이 메뉴들은 대단히 인기를 얻었다. 그러자 미니샵은 판매 반경을 더 넓히기로 했다. 우선 작은나무에 쿠키와 브라우니를 위탁 판매하기로 했다. 나아가 마을체육대회, 성미산학교 체육대회, 되살림가게 행사, 장애인복지관 축제, 성미산학교 시의 밤 행사 등등 마을의 여러 행사에 기부·시식·판매 활동을 한 결과, 반응이 아주 좋았다.

업그레이드 인턴십의 장

학교 안팎의 호응이 높고 무엇보다 형민이 등 참가한 학생들의 참여 동기
나 작업 숙련도 등이 기대 이상 성취를 보이자 좀 더 욕심을 내게 됐다.

"안정적인 작업 공간이 필요하다. 물을 쓸 수 있고, 오븐 등 요리 장비를
제대로 갖출 수 있는 공간을 마련하자."

"상시 전시와 판매가 가능한 매장을 만들면 좋겠다."

말문이 한번 터지자 아이디어가 마구 쏟아진다.

"중등 아이들이 인턴십 프로그램을 운영할 수 있으면 좋겠다."

"남다른 도움이 필요한 아이들만 아니라, 비장애 아이들을 위한 작업장
까지 되면 좋겠다."

"초등 고학년도 참여하면 어떨까?"

"마을 사람들도 자연스레 드나들게 하자."

드디어 미니샵 준비 팀이 구성된다. 성미산학교 교사 슈렉이 제안한 사회
적기업 지원 프로그램을 이용하기로 한다. 준비 팀은 우선 미니샵의 성격
을 논의했다. 미니샵은 도움이 필요한 아이들의 전환 프로그램을 운영하
는 작업장이면서 초등 고학년 이상의 비장애 아이들이 즐겁게 자립할 수
있는 프로젝트 교실이다. 특히 도움이 필요한 학생들만을 위한 곳이라거나
단지 쿠키만 만드는 곳이 아니라는 점을 강조했다.

"성미산 미니샵은 어쩌면 복지관(취업 훈련)과 취업 현장의 중간 단계, 기
능 훈련을 마친 아이들이 취업하기 전에 실전 훈련을 하는 곳이면 딱 좋을
것 같아요. 여기는 취업 현장과 동일한 환경이면서도 도움이 필요한 이들
에 대한 배려와 생활 감수성 훈련 과정이 자연스레 있으니까요."

이곳을 다녀간 여러 복지관 관계자들의 이야기다.

미니샵 한쪽에는 노오란 밀납초들이 가지런히 진열되어 있다. 거기서 수
진이가 알라딘과 양모 펠트 공예를 한다. 알라딘은 성미산학교의 미술 담

당 교사다. 수진이가 양모 공예에 관심을 보이고 잘 몰입하는 걸 알게 된 알라딘이 수진이와 작업을 자주 한다. 또 최근에는 수진이가 밀납초 공예에 꽂혔단다. 천연 밀납초로 갖가지 형상의 예쁜 밀납초를 수공으로 만들어 낸다. 작은나무 창가 테이블에 아예 진열장을 차리기도 했다. 마을 주민들은 물론 마을투어를 오신 손님들도 관심을 보이고 한두 개 사 가기도 한다. 수진엄마 달님은 아예 일을 벌인다. 제대로 만들어서 판매망을 넓혀보잔다. 봉은사에서 전시 겸 판매를 했는데 무려 500만 원의 매출을 올렸단다. 매출액도 매출액이지만, 봉은사 신도들이 성미산마을에서 장애 주민의 활동으로 생산된 천연초라는 점에 더욱 관심을 보이더란다. 안 그래도 미니샵이 좁아 제대로 작업하기도 불편하던 차, 작업실을 물색한다. 다행히 비누두레에서 작업실을 함께 쓰자고 제안해서 본격적인 생산에 들어갔다. 물론 수진이가 당당한 일꾼이다. 수진엄마와 알라딘, 현유가 공동 작업자로 함께한다.

최근 미니샵의 또다른 변화는 늘어나는 수요 덕분에 어쩔 수 없이 제빵 분야의 제조 과정과 판매 과정을 공간적으로 분리했다는 점이다. 얼마 전 마을 인근에 아담한 빵 공방이 생겼다. 소피아·제비꽃·뽀로리·마리아 등이 그곳에서 새로운 메뉴를 개발하고 연구하느라 바쁘다. 요즘 이들의 한 가지 소망은 젊고 체력 튼튼한 제과 꿈나무들의 충원이다. 이 책을 보고 신나게 달려올 미래 '제빵왕'들의 쇄도를 기다린다.

4. 마을 장인들의 조합, 마을공방을 꿈꾼다

마을에는 손재주가 남다른 사람들이 제법 있다. 지금은 이사 간 살구와 목수가 직업인 무리아빠, 그리고 하마가 떠오른다. 8년 전 성미산투쟁 때 이들과 유담엄마, 짱아가 목걸이를 만들어 꽤 큰 금액의 투쟁 기금을 모으기도 했다. 마을가수 애기똥풀은 헝겊으로 손지갑 등을 만드는 공예 워크숍을 마을에서 정기적으로 연다. 알라딘은 도예·밀납초·나무 등 재료를 가리지 않는다. 이미 비누두레와 한땀두레는 생협에 납품까지 하는 프로 공예 장인들이다. 〈마을목공방〉을 운영하는 태랑아빠 가제트, 〈재활용공방 1/4 House〉는 희망제작소가 주최한 사회창안대회에서 수상해 사회적기업으로 출발한 마을기업이다. 이외에도 마을 안팎에는 다양한 공예 장인들이 있다.

이들이 공동 매장을 낸단다. 마을의 공예 장인들이 조합을 만들어 매장을 운영한다는 것이다. 마을 어귀 사람들 눈에 잘 띄는 길목에 작은 매장을 내고 자기들이 만든 갖가지 작품들을 전시하고 판매도 한다. 마을 투어 오신 손님들에게는 소중한 기념품을 살 수 있는 기프트숍의 역할을 한다. 매장 한쪽에서는 수진이가 양모 공예를 하며 손님을 맞는다. 매일 정해진 시간마다 강좌가 열린다. 목공처럼 큰 작업은 목공방에서, 비누 작업은 비누두레 작업장에서 진행하고, 손바느질 등의 강좌는 매장에서 진행된다. 마을 주민들이 자신의 숨겨진 공작 본능을 꺼내 놓고 손작업의 묘미를 맛본다. 이러한 작품들은 모두 생활 공간 곳곳에 놓이거나 쓰일 거다. 아름다운 일상을 손으로 만들어 가는 거다. 이렇게 성미산마을은 손으로 차츰차츰, 야금야금 빚어지고 있다.

경계를 넘어

2004년 5월, 축제 준비로 한창 바쁠 때였다. 송피디(마포FM본부장, 송덕호의 별명)가 다소 상기된 얼굴로 동네 사람들을 불러 모은다. 그러고는 다짜고짜 방송국을 하나 하잔다.

"우리 동네에 방송국 하나 만들지요. 나라에서 시범 사업자를 모집하려나 봐요."

〈방송위원회〉에서 소출력 라디오 방송국을 만드는데 우선 전국에서 시범 사업자 다섯을 선정해서 설립 허가를 내줄 모양이다. 여기에 응모해 보자는 거다. 전국에서 5개만 선정한다는데 안 되면 또 어떠냐며 그냥 해 보잔다. 그래, 안 되면 또 어때?

7월 중순경 준비위원회가 구성되었다. 이어 본격적인 추진위원회가 구성되었는데 동네 웬만한 단체는 다 망라됐다. 약 20여 개가 되었다. 그런데 문제가 하나 있었다. 지방 자치 단체나 공공 단체 등과 컨소시엄을 맺고 있어야 선정에 유리하다는 것이다. 마포구청과 접촉했다. 아뿔싸, 이미 서강대와 협의 중이라는 것이다. 서강대 측과 서둘러 만났다. 마포 한곳에 2개의 방송국이 선정될 일은 없으니 어쩌느냐고 진지하게 의논을 했다. 담당 책임자인 원용진 교수는 그동안 이 프로젝트를 준비한 학생들을 만나 직접 설득해 보라고 했다. 사실 원 교수는 송피디와 〈미디어연대〉를 함께

214

하면서 이미 알고 지낸 사이이고, 마을 주민들이 직접 준비한다니 호의를 가진 터이나, 그동안 열심히 준비해 오던 학생들의 의사도 중요하니 한번 만나서 협의해 보라는 것이었다.

송피디가 학생들의 수업에 직접 들어가서 토론을 세 차례나 벌인 끝에 쟁점이 압축되었다. 소출력 라디오 방송국이 대학 안에 있는 것이 좋으냐, 학교 밖 마을에 있는 것이 좋으냐, 였다. 다행히 마을에 방송국을 두기로 결론이 났다. 서강대학교는 마을을 지원하는 역할을 맡기로 했고. 당초 계획대로 방송국을 마을에서 설립할 수 있게 된 데다가 대학에 있는 전문가들의 지원까지 받게 되었으니 우리로선 천군만마를 얻은 셈이다. 실제로 시범 사업 신청 서류를 만들 때, 서강대 학생들의 도움을 정말 많이 받았다. 우리는 동네 방송국의 법인명과 캐치프레이즈를 정하고 기본적인 편성만을 대강 결정한 상태였는데 서강대 학생들은 이미 구체적인 프로그램 아이디어까지 다 고민해 두고 있었다. 신청 마감 전날까지 학생들이 며칠 밤을 새며 서류 작성을 도왔다. 참 고맙고 또 고맙다.

2004년 9월 15일 신청 서류를 접수하고 다음 달 16일 선정 결과가 발표되었다. 물론 '선정'되었다. 당초보다 3곳이 추가되었는데 그중 우리가 2등으로 선정되었단다.

11월 중순에 설립 계획서를 제출하고 협약을 체결한 다음, 이듬해 2월 사단법인을 설립하고 2005년 9월 26일 개국을 했다. 협약이 체결되고 난 후 〈함께일하는재단〉(당시 실업극복재단) 건물 2층 일부를 방송국 자리로 일찌감치 자리잡고 본격적인 준비를 시작했다.

자원 활동가 100여 명이 참여해 기본 교육을 이수한 후, 각각 팀으로 편성되어 프로그램 기획과 제작에 들어갔다. 방송 장비의 구성·설치는 좀 더 전문적인 자문이 필요했다. 지방 방송국을 개국한 경험이 많은 CBS 퇴직자 김문호 선생님이 실질적인 도움을 많이 주었다. 방송위에서는 안테나를 '사무실 건물의 옥상에 설치하라'고 했는데 이분은 '절대 안 된다, 가능한 한 높은 곳으로 가라' 했다. 지역에서 가장 높은 곳을 샅샅이 찾아다니며 담당자를 만나서 설득을 했다. 그때 마침 아는 사람이 태영아파트 자치위원이었다. 그분을 통해 자치위원장을 만나 설득을 한 끝에 드디어 해발 100m 지점에 안테나를 세울 수 있게 되었다. 다른 방송국이 20~30m 높이에 세운 것에 비하면 대단한 높이였다. 그래서 우리 방송국의 차량 수신 거리가 일산 방면으로는 10km나 되고 시내 방향으로도 7km 정도 된다고 한다. 다른 지역 방송국은 보통 5km 안팎에 불과한데 말이다.

1. 마포FM 편성표 엿보기

〈마포FM〉의 주요 프로그램은 대부분 장수 프로그램이다. 대표적인 프로인 「톡톡마포」, 「랄랄라 아줌마」, 「L양정점」, 「뮤직홍」은 모두 개국 때부터 이어져 왔고 「행복한 하루」와 「꽃다방」은 개국 1년 후에 시작된 프로다. 벌써 역사가 만 4~5년이 된 장수 방송들이다.

「톡톡마포」는 지역 방송의 특징을 잘 살리는 프로그램으로 마포 전역을 5개 권역으로 나누고 권역별로 해당 지역에 사는 주민들이 직접 취재하고 기획해 방송을 진행하는 방식이다. 주로 주부들이 기획부터 취재, 콘티, 진행까지 도맡는다. 통장님과 주민자치위원들도 참여하고 지역 주민들이 참여하니 반응이 아주 좋다.

「랄랄라 아줌마」는 제목 그대로 아줌마들의 살아가는 이야기를 하는 방송이다. 요일별로 진행하는 팀이 각기 달라서 매일매일 새로운 개성이 담겨 있는 방송이다. 지역사회의 30·40대 주부들이 아이들 키우는 일이며 남편들 이야기, 자신들의 아름다운 생을 위한 수다가 펼쳐진다.

2005년에 개국한 성미산마을의 소출력 라디오 방송국
100.7MHz 마포FM.
↑〈행복한하루〉에서 방송 중인 어르신들
⋯→마을축제 때 골목에 차린 출장 방송국
↑회원과 자원활동가로 이루어지는 참여 편성제

「뮤직홍」은 홍대 인디 뮤지션들의 음악과 그들의 사는 이야기를 나누는 인디 음악 전문 프로그램이다. 이 프로가 만들어진 특별한 사연이 있다.

2005년 9월 초인가 MBC TV 음악 프로그램에서 어떤 인디 밴드가 공연 중에 신체의 일부를 노출했다 하여 문제가 된 적이 있다. 당사자들의 방송 출연 금지는 물론이고, 홍대앞은 '퇴폐 향락 문화 동네' 이런 식으로 홍대 인디 문화 전체를 좋지 않은 시선으로 매도하는 분위기가 갑자기 만들어져서 젊은 뮤지션들이 무척 힘들어했다. 이때 홍대 터줏대감 조윤석 등이 제안해 인디 음악평론가 김작가와 함께 서둘러서 이틀 만에 '긴급점검 홍대앞 문화'라는 2시간짜리 특집 방송을 제작했다. 이 방송을 계기로 홍대앞 인디 밴드들에게 마포FM이 유용하다는 우호적 인식을 주었고 마침내 정식으로 프로그램을 기획해 편성하기에 이르렀다.

마포FM의 핵심 프로그램을 꼽으라면 단연 「행복한 하루」다. 개국 1년 후에 편성된 5년차 프로그램이다. 2006년 여름 〈마포노인복지관〉에 의뢰해 어르신 20여 분을 모집했다. 3개월 동안 교육을 마치니 8분이 남았다. 두 팀으로 편성해 그해 가을 바로 방송에 들어갔다. 노인들이 관심을 가질 만한 내용으로 건강과 문화, 지역의 여러 소식들을 다루는데 60대 후반에서 70대에 이르는 어르신들의 열정이 대단하다. 기기 조작만 상근자들이 지원하고, 기획·취재는 물론 대본 작성과 진행에 이르기까지 어르신들이 다 알아서 하신다. 지금은 네 팀으로 불어나 요일별로 팀이 구성되어 각자의 색깔을 만들어 낸다.

"하루를 그냥 누워 있으면, 하루를 누구에게 빼앗긴 것 같아."

최근 방송국 조직 개편에서 방송 자원활동가들의 조직 운영 참여를 대폭 늘린다는 취지로 프로그램별 팀장을 뽑았는데 다른 프로그램의 젊은 활동가들을 다 제치고 「행복한 하루」의 장성자 할머니가 선임되었다. 마포FM의 실버 파워가 대단하다. 그야말로 마포FM의 다크호스다.

지난 봄, 어르신 한 분이 소천하셨다. 2010년 4월 25일 새벽, 심근경색으로 갑작스레 돌아가신 것이다. 「행복한 하루」 프로그램의 창설 멤버이셨던 연제은 할아버님이시다. 방송을 참 열심히 하셨다. 언젠가 그분이 방송 끝난 후 사무실에서 하신 이야기가 더욱 가슴을 찡하게 울린다. "우린 살날이 얼마 없잖아, 한 시간이라도 허송하면 무지 아까워." 어르신 음성이 지금도 귀에 맴돈다. 문상을 다녀오지 못해 너무 죄송하고 서운하다. 고개 숙여 어르신의 명복을 빈다.

「L양장점」은 레즈비언 커뮤니티가 진행하는 방송이다. 〈영상미디어센터〉가 진행한 소수자 콘셉트의 라디오 프로젝트에 참가한 사람들이 자신들이 기획한 프로그램을 실행해 볼 곳을 찾다가 마포FM에 제안했고 방송국도 흔쾌히 받아들여 시작되었다. 이 방송은 성소수자들이 주로 연결되는 온라인 커뮤니티를 통해 더 많이 알려져 있다. 마포FM의 방송 콘텐츠가 소수자 커뮤니티의 중요한 소통의 허브가 되는 셈이다. 공동체 라디오의 방향과 의미를 잘 보여 주는 예라 하겠다.

2. 지역에 스며드는 돌봄두레

"세상에, 어르신 새신랑 되셨네."

"아이고 할아버지 진짜 새신랑이시네요. 신수가 훤하세요."

"그러게, 저 양반이 지금은 저래도 멋쟁이 소리 듣던 양반이야."

치매로 거동이 힘들어 목욕 한번 제대로 하기 어려운 할아버지시다. 돌봄두레 요양보호사들이 매주 정기적으로 방문해 목욕해 드리고 깔끔하게 면도도 해 드린다.

마포두레생협은 먹을거리 나눔을 넘어 일상생활에 필요한 다양한 물건과 용역, 즉 제2생활재를 나누는 일에 더욱 주력하기로 했다. 아울러 돌봄을 제2생활재 나눔의 가장 중요한 내용으로 삼았다. 그중에서도 노인 간병 서비스를 우선적으로 감당하기로 하는데 병으로 거동이 여의치 않은 노인들은 사회적으로도 뾰족한 대책이 없고, 당사자는 물론 그 가족이 가정에서 해결하기에는 너무 힘들기 때문이다.

노인 장기 요양 보험 제도는 고령자 수발의 문제를 개인과 가족들만의 책임으로 떠넘기지 않고 우리 사회가 함께 풀어야 할 문제로 인식했다는 점에서 '돌봄을 사회화'한 의미 있는 진전이다. 하지만 동시에 '복지의 시장화'라는 문제도 내포하고 있다. 시장화로 수급권자(고령자)의 선택권이 보장되고 민간에게도 사업에 참여할 자격이 주어져 두레생협이 참여할 수 있게 되었긴 하지만 지나친 영리 추구·부정 수급·과다 경쟁·돌봄 노동자의 착취와 그에 따른 서비스의 질 저하가 우려되는 것이다. 2009년 4월 재가 장기 요양 기관으로 인증을 받은 돌봄두레 〈어깨동무〉는 조합원을 상대로 한 노인 돌봄에 대한 수요 조사 결과가 부정적이었음에도 사업을 계속 추진한 것은 단지 새로운 기회를 잡기 위해서만은 아니었다. 조합원들이 안심하고 믿을 수 있는 돌봄 서비스를 정착시키고 그 대상 영역을 넓혀 지역 사회에 공헌하는 것이 바로 두레생협이 지향해야 할 '지역 생명 운동으로서의 비전'이라고 확신했기 때문이다.

문을 연지 두 달 후 두레원 둘이 탈퇴하면서 돌봄두레 어깨동무에 심각한 위기가 닥쳤다. 각오는 했지만 그래도 힘이 빠졌다. 하지만 '지금 접으면 다시는 못할 것 같다. 10년 후에는 대상자가 생기더라도 우리가 감당 못할 거다. 유연성 있게 명맥을 유지하자.'고 결론을 냈다. 마침 사무국과는 별도로 조합원 활동실이 신설되고 상근 활동가로 선임된 전직 간호사 비타민이 돌봄두레 운영을 맡은 덕분에 크게 흔들리지 않고 버틸 수 있었다.

뜀틀 넘어 희망으로

위기를 넘기자 희망이 보이기 시작했다. 생협 조합원들의 가장 기초적인 자치 조직인 마을 모임을 일일이 찾아가 돌봄두레의 존재와 활동을 알리고 생협 매장 앞에서 홍보물을 나누어 주고 즉석 상담을 벌였다. 물품을 배송할 때 홍보지를 함께 넣어 조합원 가정에 직접 전달하기도 했다.

"다양한 분들이 서비스를 받고 있어요. 비교적 경제적 형편이 괜찮은 분에서 생계조차 버거운 기초 수급자에 이르기까지 다양하지요."

"가난한 사람들이 더 일찍 아파요. 당연하지요. 아파도 관리가 안 되니까요. 먹고살기 힘드니 제 몸을 돌보지 못하는 거지요."

생협 조합원의 틀을 벗어나니 서비스 대상자들이 다양했다. 조합원의 가족이라면 마포 지역을 넘어서라도 서비스를 제공하기로 방침을 정하면서 돌봄두레 활동이 서서히 활기를 띠기 시작했다. 비조합원이 서비스를 신청하면 가입을 권유한다. 이렇게 노인 재가 요양과 재가 목욕 서비스를 나누면서 조합원들은 점차 먹을거리 나눔을 넘어 일상의 다양한 돌봄의 나눔에 관심을 갖게 되었다.

"우리가 노인 돌봄 활동을 조합원들에게 열심히 홍보하려는 것은 돌봄두레가 환자를 많이 유치해서 정상적인 수익을 내기 위한 게 아니에요. 우리 조합원들이 돌봄에 대해서 한 번 더 생각하게 하자는 거지요. 그게 차곡차곡 쌓일 때 지역 생명 운동이 바로 서는 거잖아요. 우리 돌봄두레는 지역 생명 운동의 길잡이가 될 거거든요. 하하."

"목욕 서비스 요청이 많아요. 머리도 잘라 드리고 손발톱도 깎아 드려요. 사실 제일 필요로 하는 서비스예요. 노인 목욕해 드리기가 쉽지 않거든요. 더욱이 치매로 용변을 가리지 못하시는 경우에는 가족이라도 힘들어요. 하루 이틀이라야지요. 그래서 돌봄두레는 목욕 서비스를 중요하게 여겨요. 일반 요양 기관에서는 급여가 낮고 일은 궂으니 꺼리기 쉽지만 환자 입장에서 꼭 필요한 서비스이니 잘해야 한다고 생각해요. 우리는 영리가 목적이 아니잖아요. 생협의 돌봄두레거든요. 사실 어른들의 용변을 치우는 게 아이들 용변하고는 달라요."

돌봄두레는 마을에서 함께 살아가는 이웃들이 협동해서 돌봄의 필요를 서로 해결하는 조직이다. 그래서 수요자도 공급자도 이웃 조합원들이다. 그러니 생면부지의 낯선 사람들이 공급자와 수요자로 만나는 것이 아니라 평소 생협을 통해 알고 지내던 이웃이 돌봄두레를 매개로 서로 '돌보고 돌봄을 받는' 관계를 중시한다.

주말에 다급해서 서비스 방문을 요청하는데, '오늘은 휴일이라 안 되고요, 월요일에 찾아뵐게요' 할 수는 없어서 다음 날이 주말이면 사무실은 안 나가더라도 착신으로 돌려놓고 퇴근한다고 한다.

노년층 식사 연구도 하고 거동이 불편해도 노인들이 자꾸 움직이고 운동하도록 부추기고 도와드린다. 어떤 날은 화장실과 욕실을 청소하는데 마땅한 게 락스밖에 없어 사용하려니 찜찜하더란다. 비누나 노인 전용 로션들도 친환경 생협 제품을 사용하고 싶은데 보호자 가정의 관행을 일단 존중할 수밖에 없으니 이 또한 서서히 개선해기 위한 노력이 필요하다.

관계를 바탕으로, 품앗이

작년 여름부터는 돌봄두레에서 한층 포괄적인 시도를 병행하기로 했다. 이른바 〈품앗이〉다. 품앗이란 서로에게 필요한 '품'을 이웃끼리 내놓고 서로 나누는 것이다. 이는 단순히 생활에 필요한 물자나 서비스를 나누는 것을 넘어서 서로 관계를 맺는 일이다.

"돌봄은 필요한 물건을 주고받는 것과는 달리 상대방과 이야기를 나누고 서로를 알아 가면서 친근한 관계가 형성되어 있을 때 잘 이루어지게 돼요."

돌봄두레는 품앗이라는 돌봄의 큰 틀 안에 있으면서 품앗이의 운용을 지원하고 촉진하고 동시에 품앗이로 감당되지 않는 빈 곳을 메우는 역할을 하게 된다. 앞으로 품앗이의 일상적인 품 나눔이 계속되면 틀림없이 산모 도우미, 가사 도우미, 영유아 도우미 등으로 나누는 품의 종류가 다양해질 것이다. 그러면 이러한 도우미의 서비스를 좀 더 체계적이고 전문화할 필요와 조건이 만들어지게 되고 그때 그들은 다시 돌봄두레로 전환, 확장돼 갈 것이다. 이렇게 품앗이와 어깨동무의 '쌍끌이'로 마을의 돌봄은 확산과 응축을 오가며 점점 자리를 잡아 갈 것이라 나는 굳게 믿는다.

3. 두루두루 되살리는 가게

"처음 보면 살 거 없어요. 와서 볼 때마다 하나씩 보이거든요. 단골들은 사지 않아도 매일 매장에 들러 한 번씩 둘러보고 가지요. 그러면서 안면도 트고 친해지는 거지요."

2007년 11월, 생협 매장이 기존 매장에서 바로 옆에 있는 넓은 공간으로 이사를 가게 되었다. 그때 계약 기간이 남은 공간을 활용해 보자는 뜻에서 〈되살림가게〉가 출발했다. 당시 마포두레생협은 조합원들을 위한 프로그램으로 '되살림학교'라는 5차시 강좌를 유치했다. 헌옷을 리폼하거나 라면 봉지를 이용해 장식품을 만드는 재활용 물건 만들기 강좌였는데 그 강좌를 수강하면서 자신의 숨은 재능을 발견한 엄마들 몇몇이 주축이 되어 자원봉사로 이 활동을 처음 시작했다.

"강좌에서 만들어진 물건과 주민들이 기증한 한복, 아이들 장난감 등을 모아서 시작했어요. 이게 팔릴까? 무척 걱정했지요. 그런데 사람들이 뭔가 하며 가게로 들어오더니 쓱쓱 쉽게 사 가는 거예요."

"오늘은 몇 개 팔았어?" 엄마들은 매일 서로 신기한 듯 매출을 확인하며 되살림가게를 꾸리기 시작했다.

"되살림가게에는 진짜 다양한 지역 주민들이 모여요. 분리수거하시는 할머니, 헌 옷 수거하는 아저씨, 환경미화원 아저씨, 그리고 최근에는 옷 수선을 하시는 할아버지가 수선 일거리를 연결해 달라고 오셨어요."

물건을 기증하거나 사러 오시는 분들 중에도 지역사회의 주민들이 많다고 한다. 경제적 형편도 다양하고 아이 어른 구분이 없고 할아버지, 할머니부터 중년, 그리고 젊은 엄마 아빠들까지 고루 드나들며 이용한다. 어쩌면 마을이 벌인 일 중에서 가장 지역사회와 연결이 많고 다양한 게 되살림가게가 아닌가 싶다. 되살림가게는 커뮤니티와 지역사회 사이의 길목인 것 같다. 그러니 가게만이 아니고 오가다 놀러 오는 곳, 놀러 와 물건도 바꾸고 관계도 맺는 곳이 바로 되살림가게인 것이다.

되살림가게에서 거래되는 품목 중에는 책이 단연 으뜸이다. 책만 사 가는 엄마 고객도 있단다. 아이들이 볼만한 책이 연령대별로 다양하게 구비되어 있고 새 책 책값에 비하면 공짜나 다름없다. 어른들이 볼만할 인문 사회 과학 책들도 꽤 있어서 그런 책만 골라 가는 50대 아저씨 단골도 있다고 한다. 그 다음으론 옷이 인기란다. 옷 역시 연령대 별로 다양하게 팔린다. 애들이 입을 만한 티셔츠가 인기이고 무엇보다 유아용 옷이 잘 순환된다.

"새 옷은 20번 이상 빨아야 방부제나 표백제 성분이 다 빠진다잖아요."

요즘 아토피로 고생하는 아이들이 많아지고 엄마들의 환경 의식이 높아지면서 입던 옷을 오히려 선호하는 경우가 늘고 있단다. 어린아이를 키우는 젊은 엄마들의 발길이 점점 잦아진다. 특히 출산을 앞둔 엄마들은 기저귀나 배냇저고리 등 아예 구색을 맞추어 사 가기도 한다. 유모차나 자동차 같은 완구들은 고가인데다 잠깐 쓰고 버릴 수도 없어서 중고 제품이 더욱 인기 품목이다. 그밖에 성인용 치마, 바지, 티셔츠를 비롯해서 원피스 등 정장 의류도 심심찮게 팔린다.

"이거 한번 입어 볼까? 집에서만이라도 한번 입어 봤으면 원이 없겠네."

"사서 입어 봐. 2000원밖에 안 하는데 함 질러 봐!"

등이 확 파여 한눈에 봐도 좀 야해 보이는 드레스를 몸에 댔다 말았다 하며 동네 아줌마 둘이 즐거워한다. 아이들 낳고 키우느라 체형이 변해서, 너무 과감한 디자인이라서 등등 엄두조차 내지 못하던 옷들에 도전하며 깔깔 웃는다. 되살림가게는 가끔 이렇게 엄마들의 '판타지' 공간이 되어 주기도 한다.

두루 재벌, 들어보셨나요?

되살림가게가 빠른 시간 안에 정상 궤도에 오른 데에는 〈두루〉가 큰 역할을 했다. 보통 재활용 가게에서는 쓰던 물품을 무상으로 기증받고 필요한 고객에게 싸게 파는 것이 일반적인데 되살림가게는 물품을 기증받을 때 두루라는 지역통화로 나름 분명한 보상을 한다.

마을에는 '두루 재벌'들이 심심찮게 있다. 되살림가게에 기증을 많이 해서 두루를 많이 받았는데 쓸 곳이 없어서 많이 가지고 있는 것이다. 최근 되살림가게는 성미산학교 미니샵과 협정을 맺어 두루가 통용되도록 했다. 2,000원하는 커피를 50% 두루 비율(1,000원 + 1,000두루)로 살 수 있게 된 것이다. 최근 성미산마을극장에서도 일부 기획 프로그램의 경우 입장료의 일부를 두루로 받기 시작했다. 다른 마을기업들과는 두루 통용을 위한 협약이 아직 이루어지지 않았다. 얼마 전에 시범 개통한 두레생협의 온라인 지역통화 시스템인 〈품앗이〉와도 아직 호환되지 않는다. 이는 되살림가게 혼자서 해결할 수 있는 문제는 아니고 마을 전체 차원에서 지역통화로서 두루의 활성화를 위한 제도적인 대안이 마련되어야 한다. 미니샵은 활동가들의 활동비 일부를 축적된 두루로 지급하는 방안을 검토하고 있다. 그래야 그 활동가들이 되살림가게에서 두루를 소비함으로써 두루가 한곳에 쌓여 고이지 않고 순환하게 되는 것이다.

돌토 오전에 되살림가게와 생협 매장 앞에서 열리는 아이들 장터가 열린다. 〈보자기장터〉가 생기자 아이들이 물건을 쉬 버리지 않게 되었다.

4. 보자기장터

초등학교 3, 4학년쯤 되었을까, 두세 놈이 쇼핑백을 들고 되살림가게 앞에 나타난다. 보자기를 펴더니 별로 주저하는 기색도 없이 바닥에 깐다. 백에서 물건들을 주섬주섬 꺼내어 보자기에 올려놓는 것이 제법 익숙하다. 딱지·구슬·만화책·인형·로봇·자동차 등 각종 장난감에다 필통, 옷까지 있다. 좌판 정면에 잘 보이도록 써 온 광고판이 세워지자 판 정리가 끝났나 보다. 의젓하게 좌판 뒤에 앉아 길거리를 지나가는 사람들을 바라본다. 좌판을 지나던 어른들이 '요놈 봐라' 하며 재밌다는 듯 흥정을 건다. 그러다 진짜 사 가기도 한다. 집에 있는 아이들에게 쓸 만한 책이나 문구류들을 주로 사 간다. 아이들 손님은 훨씬 진지하다. 구슬 수와 가격을 물어보고 얼마

226

나 싼지 타산을 해 본다. 로봇이 잘 작동되는지 꼼꼼히 따진다. 어떤 여자아이는 인형이 너무 더럽다며 불평을 한다. 빨면 된다고 설명을 해도 안 먹히자 곧 가격이 내린다.

놀토 오전에는 되살림가게와 생협 매장 앞에서 아이들 장터가 열린다. 되살림가게가 생긴 이후 아이들도 자기네 물건을 가지고 나와 팔고 싶다 해서 허락한 것이다.

〈보자기장터〉가 생기자 아이들이 물건을 쉬 버리지 않게 되었다. 보자기장터를 열어 필요한 사람에게 팔거나 되살림가게에 기증할 수 있다는 것을 아는 것이다. 물건 상태가 좋으면 돈을 많이 받을 수 있다는 것을 자연스레 알게 되었으니 얼마나 좋은 효과인가.

또다시
새길
내
기

"우리 지역에서 실질적인 경제 공동체를 이루기 위해 그 기틀을 마련하여 지속 가능한 삶을 꾸려 가고 싶습니다. 국가와 사회 그 누구도 우리 자신을 대신해서 미래를 보장해 주지 않습니다. 스스로 앞날을 설계하고 대비해야 합니다. 이는 혼자 힘만으로는 너무 벅찹니다. 여럿이 힘을 모을 때 희망이 있습니다." (대동계 설립 취지문 중에서)

1. 커뮤니티 금융 시스템, 대동계

〈대동계〉는 1년에 두어 번씩 꼭 멀리 나들이를 간다. 계원들이 아니 그 가족들이 더 좋아한다. 팍팍한 일상을 벗어나 멀리 여행을 간다니 누구나 당연히 좋아하겠지만 그게 다 공짜라니 더더욱 많이 참여한다. 대동계에서 가는 여행은 모든 경비가 무료다. 대동계에서 일절 다 대니 그저 몸만 나서면 된다. 회원들이 매달 적립하는 금액 중에서 무조건 1인당 2만 원씩 떼어 두는데 그 돈으로 여행 경비를 충당하는 것이다. 모두가 이미 낸 회비로 가는 것이니 공짜라고 할 수는 없다. 하지만 조삼모사라고 통장에서 자동으로 빠져나가는 적립금은 별 실감이 없고 공짜 여행은 당장 누리는 혜

228

택이니 완전 공짜 같은 기분이 드는 것이다. 가능하면 애들도 다 데리고 간다. 안 가면 결국 자기 손해(?)니까 말이다. 자꾸 만나고 얼굴을 보고 이야기하는 것 이상의 친목 도모가 있을까. 대동계가 처음부터 세운 원칙이다. 모든 계원이 다 같이 만나게 하기 위해서 이런 반강제적인 묘안을 짜낸 것이다. 결과는 성공이었다. 많이 갈 때는 100명도 넘는다. 전세 버스 3대는 빌려야 한다.

대동계의 두 번째 목적이라면 경제적인 상호 부조다. 즉, 애경사를 함께 나누는 거다. 기쁨은 나누면 두 배가 되고 슬픔은 나누면 절반이 된다고 하지 않던가. 계원의 가족이 상을 당했거나 결혼을 하거나 개업식을 하게 되면 계에서 소정의 부조금을 낸다. 특히 요 몇 년 사이 부모상이 꽤 많다. 초창기 멤버들 나이로 보아 그럴 때가 된 것이다.

마을에서 계원들이 한꺼번에 문상을 가면 상주들이나 문상 온 친척들이 수군대며 놀란다. 시골 마을도 아니고 대도시 서울 한복판 한동네에서 왔다며 사람들이 우르르 문상을 오다니 신기하고 놀라운 것이다. 당연히 어디서 왔냐고 묻는다. "성미산마을이요." 하니, "무슨 마을?" 잠시 여기가 시골 어디 마을인가 싶은 착각이 들 법도 하다. 상을 당한 계원이 다른 상주들과 친지들에게 자초지종을 설명하면 그제야 "서울에 그런 데가 다 있어?" 하니 그도 괜히 자랑스럽더란다. 대동계가 없어도 마을살이 함께하는 이웃이 당한 상에 문상을 가겠지만 알아서 챙기고 연락하며 함께 갈 사람을 찾으니 왠지 마음이 한결 가벼운 게 사실이다. 특히 빈소가 지방일 때 대동계가 나서서 챙기니 참 든든하고 좋다.

이제 가장 중요한 대동계의 목적이 남았다. 마을 금융 기관으로서 대동계가 '적립과 대부'를 통해 지역사회와 회원의 경제적 곤경을 지원하는 것이다. 특히 회원 개인뿐만 아니라 지역사회에서 필요한 도움을 지원한다는 점에 주목할 필요가 있다. 계원이 요청하면 대동계는 대부를 해 준다. 명

목상 대출 심사를 하지만 형식적이다. 계원이라면 이미 신뢰하는 마음이 전제된 것이고 그가 필요해서 대출을 요구한 것이라면 대출 여부를 결정할 사유로 심사할 필요는 없다는 것이다. 초기에는 심사를 했는데, 나중에는 불필요하다는 의견이 나와 폐지했다. 오히려 대출 심사가 대동계의 정신을 훼손한다는 지적이 나오기까지 했다.

대부 이자는 대부 금액에 따라 다르다. 계원이 그동안 적립한 금액의 한도 이내면(출자금 내 대부) 연 2% 이자가, 그 적립액을 초과하는 대부금(보통 대부)에는 연 6% 이자가 매겨진다. 보통 대부는 본인 적립금 3배까지이며, 3배를 초과할 때는 이자율이 좀 더 높다. 적립금은 계원 개인이 선택한다. 매월 3만 원, 5만 원, 7만 원, 10만 원 중에서 형편에 맞게 내면 된다.

대부 이자는 앞서 본 대로 경우에 따라 2~7%까지 차등적으로 매겨진다. 당초에는 이자가 이보다 높았다. 이자 수익을 잘 모아 대동계 상근 활동가 한 사람을 두어 사업을 활발하게 해 보려는 계획이 있었기 때문이다. 그러나 실제 이자 수익이 그 정도에는 미치지 못하자 계획을 포기하고 이자를 더 낮추어 계원에게 혜택이 더 가도록 한 것이다.

한편 대동계는 지역사회의 공공적인 필요에 지원을 한다. 하나는 단체 대부이고 다른 하나는 찬조다. 먼저 단체 대부는 마을에서 공공성을 띤 단체들이 요청하는 경우로 500만 원 한도에서 연 7% 이자로 대부한다. 찬조는 정월 보름에 진행되는 당산제·마을축제·가을운동회·성년식같이 마을에 중요한 일이 있을 때 지원하는 부조금이다.

2008년 여름, 작은나무가 점포 확장 리뉴얼에 소요되는 자금을 마련하기 위해 주민 출자자를 모집할 때 대동계가 기관의 이름으로 고액을 출자한 바 있다. 대체로 5만 원에서 10만 원의 소액 출자가 보통인데 대동계가 생협과 함께 500만 원씩 고액을 출자한 것이다. 이 두 기관의 고액 출자는 출자 목표를 달성하는 데에 결정적인 역할을 했다. 대동계 자신의 주된 사업 방식인 대부가 아니라 출자로서 마을 사업에 대한 투자 기여를 한 것이다. 당연 이자는 없다. 이른바 '순환 출자'다. 올해도 되살림가게의 매장 보증금이 부족할 때 역시 500만 원이라는 고액을 출자해서 점포를 무사히 계약할 수 있었다.

이는 마을에서 투자 자원을 조달하는 데 한 가지 중요한 가능성과 모델을 보여 주고 있다. 마을 내부에서 자원이 순환하는 사례다. 먼저 설립되어 다소간 여유가 생긴 선발 기관이 후발 기관의 설립을 지원한 경우가 생협이라면 대동계는 지역 내에 다양한 사업체가 만들어질 수 있도록 지원하고 그게 잘 운영될 수 있도록 돕는 것을 목표로 삼고 있다는 점이 그 차이일 뿐이다. 대동계는 그런 활동을 지원하는 것 자체가 여러 목적 중 하나다. 앞으로는 이렇게 지원받은 기관이 이후 새로이 설립되는 기관이나 활동을 지원하는 이른바 순환적 선물(善物)의 투자가 이루어지게 됨으로써 마침내 마을 공동체의 호혜·순환 경제 시스템을 차츰차츰 만들어 가는 길을 내는 것이다. 실제로 작은나무와 되살림가게는 성미산마을극장이 개관할 때 십시일반 모금에 동참해 시설비를 보탠 바 있다. 자본주의적 상품 교환이 반대급부 교환이라면 순환적 선물망은 공동체의 범위 안에서 연쇄적인 선물의 고리가 이어지는 것이고 결국 공동체의 호혜적 관계망이 한껏 작동되는 것이다.

물론 지역의 사업체나 기관에 고액을 출자할 때는 정관과 사업계획서를 꼼꼼히 살핀다. 정관은 해당 기관의 공공성을 심사하는 것이고 사업계획서는 해당 기관의 사업이 '지속 가능한지'를 공동으로 점검하는 의미가 있다. 또한 책임 있는 운영으로 그 출자금이 회수되어 또 다른 사업체에 출자할 수 있도록 하기 위함이다. 이러한 심사 과정은 한동네 살면서 좀 쑥스럽고 어색하다 싶을 수도 있지만 사업의 공공성과 계획성을 서로 점검하면서 공유하는 기회가 되어 모두 만족스러워한다. 자신들이 하고 있는 사업의 의미를 스스로 되새기게 되고 이를 마을에서 인정해 준다는 자부심을 갖게 되기 때문이다. 출자금은 명문으로 규정한 바는 없지만 약 3년을 기한으로 회수할 것을 권장한다. 그래야 자립의 의지를 분명히 하고 출자금 상환이라는 목표를 세우게 되기 때문이다. 물론 회수한 출자금은 다른 마을기업이나 기관의 사업에 다시 출자하게 될 것이다.

마을에 어린이집 영구 터전의 시도가 줄을 이으면서 목돈의 필요가 점점 많아지고 있다. 성미산학교를 비롯하여 성미산어린이집, 우리어린이집, 성미산마을극장이 그렇다. 이들 기관들은 초기 필요 자금을 제1, 제2 금융권에서 차입해 충당하고 있다. 그런데 그 이자가 만만치 않다. 다들 어려운 형편에 크게 마음먹고 시작한 일이라 이자 한 푼이 아쉽고 버거운 게 사실이다. 대동계의 역할이 갈수록 절실하다. 대동계는 이 사실을 잘 알고 있으며 자신의 일로 여기고 있다. 결국 마을에서 쓰고 있는 높은 금리의 대부금을 대체할 기금을 대동계가 확보하는 일이 제일 급하다. 여러 방안을 궁리하고 있단다. 그 방안이 뭐냐 물었더니 이런 대답이 나온다.

"곧 수가 나겠지."

대동계는 당장의 필요만이 아니라 조금 먼 미래의 필요를 대비한다. 함께 살아가는 마을을 위해서 지속적으로 필요한 것들을.

2. 우리 함께 살까? 공동주택 실험

2008년에 입주한 공동주택 1호에 이어 2009년 봄, 마을에서 공동주택 2호가 공사를 마치고 입주를 완료했다. 요 몇 년 사이 주택 값이 천정부지로 올랐다. 성미산마을도 예외가 아니라 한숨만 나올 지경이었다.

"우리 마을 만들기 좀 살살 하자. 집값 올라가면 마을 만들려다가 우리가 먼저 쫓겨나겠다."

아이들이 어려 어림잡아도 10년은 예서 더 살아야 할 몇몇 집들이 슬슬 자구책을 마련하기 시작했다.

"아빠는 나하고 성진형하고 창연형하고 누가 더 좋아?"

"엥? 당근 니가 더 좋지."

"왜? 다 같은 가족인데 왜 내가 더 좋아?"

"오잉…? #$*&@#!*$%#@"

공동주택 2호에 입주한 맥가이버의 아들 헌이가 제 아빠에게 문득 던진 질문이다. 다른 층에 사는 형아들이랑 형제처럼 어울려 살다 보니 다 같은 형제라는 생각이 든 모양이다. 함께 살아서 뭐가 젤로 좋으냐고 물으니 아이들이 친형제처럼 같이 잘 지내는 것이란다. 지들끼리 틈만 나면 층을 오르내리며 잘 어울린다. 학교 갈 때도 꼭 챙겨서 같이 간다. 무엇보다 엄마가 일이 있어 귀가가 늦어도 다른 층의 엄마가 돌보아 주겠거니 마음이 편하다. 아이들도 배고프면 다른 층으로 가서 밥 먹고 숙제 하고 그 집 애들과 논다.

이 집에는 모두 네 가구가 산다. 모두 날으는어린이집에서 만난 사이다. 몇 해 전 2005년에 날으는어린이집이 운영을 둘러싸고 의견 차이가 심각해서 다들 마음고생이 컸다. 결국은 서로 방침을 공유하는 부모들끼리 독립해 각각 어린이집을 설립함으로써 마무리를 지은 바 있다. 그것이 또바기어린이집과 성미산어린이집이다. 이 네 가구는 이때 의견을 같이한 사이로 나름 많은 사건(?)과 이야기를 공유하면서 마음이 통하고 이른바 '코드'가 맞았나 보다. 이때 누군가가 어디 공기 좋은 데 주말농장 만들고 오두막 지어서 같이 다니자고 했나 보다. 가볍게 나눈 그 말이 씨가 되어 아예 애들 키울 때까지 다같이 살아 보자고 의기투합하기에 이른다.

2007년 초 땅 물색에 나서고 그해 말 지금의 터를 보고는 시세치고는 그리 비싸지 않다 싶어 바로 계약해 버렸다. 그러고 나서 일사천리로 1년 남짓, 공사를 완료하고 입주를 했다.

공동주택 1호, 2호의 성공적인 입주에 힘입어 안정적인 주거를 위해 공동주택에 관심을 갖는 사람들이 생기는가 보다. 돈도 돈이지만 그 과정이 손에 잘 안 잡힌다. 내 손으로 직접 집을 짓는다고 생각하니 어디서부터 시작할지도 막연하고 전문적인 지식이나 경험이 없어 엄두가 나질 않는다. 공동주택을 시도한 두 사례에서는 공통적으로 첫째 자금 조달, 둘째 건축 과정에 대한 이해 부족으로 비용 관리를 제대로 하지 못한 점, 셋째 입주자들 간의 의사소통에서 어려움을 겪었다. 이미 남들이 경험한 것이어도 관심을 많이 가지고 있다 해도 감내해야 할 어려움은 매한가지다.

공동 주거의 형태 또한 다양하게 개발될 필요가 있다. 층별로 완전 독립된 공동주택(공동주택 1호, 2호와 같이, 건축 형태상으로는 일반 다가구 주택과 동일), 싱글들을 위한 원룸들로 이루어진 공동주택, 단일 주거 공간 안에서의 반(半)독립적인 공동 주거 형태 등 거주자의 다양한 요구와 형편에 맞춘 공동주택의 모델을 개발할 필요가 있다. 또한 새로운 부지에 신축하는 방식뿐 아니라 기존 주택을 개조하는 리모델링 방식을 함께 활용할 수 있어야 한다.

개인적 신뢰를 넘어 마을 차원의 공적 신뢰를 갖는 공동주택 전문 기획 회사가 슬슬 설립 준비를 하고 있다. 이른바 코하우징 컨설팅 업무를 전문화한 마을기업이 될 것 같다. 그 이름이 〈소행주〉다. '소통이 있어 행복한 주택'의 줄임말이란다. 소행주가 드디어 땅을 잡았다. 그런데 그 땅이 보통 땅이 아니다. 마을의 씨앗이 되었던 우리어린이집이 오랫동안 터전으로 사용하다가 최근에 이사 간 바로 그 터전이다. 역사적인 일이 아닐 수 없다. 당시 우리어린이집이 이사를 가면서 참 아쉬워 했던 터다. 위치도 마을의 한복판에 자리잡고 있다. 벌써 입주자가 나서서 거의 다 찬 모양이다. 도토리방과후가 들어올지도 모른다고 한다. 출판사도 들어온단다. 이 건물에 작은 박물관 같은 것이 하나 생겼으면 좋겠다. 공간이 없으면 담벼락 한쪽에라도 우리어린이집의 역사를, 우리 마을의 역사를 한눈에 들여다볼 수 있도록 무언가를 했으면 좋겠다.

내년에는 마을의 싱글들을 위한 원룸 주택을 지어 주었으면 좋겠다. 가족 중심의 마을에 젊은 싱글들이 들어오기 시작한다. 이들의 마을 정착 최대 장애는 주거 안정이다. 시세보다 좀 싸면서도 따로 또 같이, 독립적인 사생활과 커뮤니티 시설이 공존하는 그런 커뮤니티형 원룸이 생기면 좋겠다. 소행주의 2차 사업으로 제안한다. 소행주 파이팅이다!

3. 귀촌 프로젝트

성미산마을은 도시에서 일군 공동체의 성과라는 점에서 많은 이들이 칭찬하고 그 의미를 높게 봐주는 것 같다. 사실 도시에서 게딱지처럼 붙어살면서 아침 일찍부터 밤늦게까지 들고나며 한번 들어가면 나올 때까지 자기 가족들 외엔 만날 사람도 만날 일도 없는 일상이 도시의 삶이다. 그런 삭막한 도시 한복판에서 아이들을 함께 키우겠다고 모여 먹을거리를 나누고, 학교를 짓고, 카페를 만들어 수다를 떨고, 연극을 하네, 밴드를 하네, 밤마다 모여 수선 피우고, 마실 가서는 날밤 새는 줄 모르고, 애들은 애들대로 이집 저집 몰려다니면서 내남 형제가 따로 없고, 그러다가도 산 헐린다고 하면 어느샌가 다 모여 으샤으샤하고, 해마다 동네 사람들 다 불러 놓고 장터 같은 잔치 벌이고, 그것도 모자라 극장을 지어 매일 함께 놀 궁리를 하고… 끝도 없을 마을살이가 여전히, 그것도 15년이라는 짧지 않은 사연과 내력을 지니고 있으니 예삿일이 아닌 것만은 분명하다.

평창 터전에서, 또 하나의 성미산마을을 꿈꾸는 귀촌 프로젝트를 시작했다. 2년여 후보지 물색 끝에 드디어 찾아냈다.

하지만 도시는 어디까지나 도시다. 아무리 주민들이 대안을 찾아 시도하고 실험해도 여전히 해소되지 않는 갈증 같은 안타까움이, 해도 해도 안 될 것 같은 절벽 같은 절망이 있다. 다름 아닌 도시의 주거 환경, 아니 도시 그 자체다.

이젠 지친 육신을 좀 편안하고 안심할 만한 곳에 허락하고 싶다. 영문도 모른 채 도시 한복판에 떨어뜨려진 후, 먹고살기 위해서라며 아귀다툼하듯, 중심에서 떨어지지 않으려 매달리듯, 악착같이 사느라 고단한 줄조차 모르고 살아 준 육신과 영혼에 조금이나마 휴식과 안심을 주려 한다면 지나친 사치일까? 그래, 이젠 농촌이다. 그곳으로 돌아가야 할 것 같다. 그런데 그곳에서 나기는 한 것 같으나 어떻게 살았는지 기억이 없다. 각별히 비빌 만한 연고도 뿌리내릴 땅 한 평도 없다. 그래서 혼자서는 싫다!

마을에서 귀농 프로젝트가 발주되었다. 마을에서 산 지 꽤 된 1세대를 중심으로 한 10여 가구가 모였다. 남은 인생의 삶터를 농촌에 마련해 보고 싶은 사람들이다. 물론 아이들도 이제는 제법 커서 홀가분해지는 연령대다. 이들이 꿈꾸는 귀농은 최소한 20여 가구 정도는 되어야 한다고 여긴다. 그중 한두 가구는 유기농 농사를 전업으로 해서 나머지를 먹여 주면 좋겠다. 그리고 서너 가구는 교육 자원을 가져서, 성미산마을에서 방학마다 외갓집처럼 지내러 오는 아이들을 돌보고 산촌 유학 삼아 길게 지내고 싶은 아이들과 함께 지내고 마을 안에 들어선 성미산학교 분교 아이들의 수업과 각종 프로젝트를 담당하면 좋겠다. 성미산학교에 아이들이 늘어 공간이 비좁기도 하고 도시를 벗어난 생태적 교육 환경에 대한 갈증이 커서 마을 사람들이 일구는 농촌이 생기면 그곳에 분교를 마련하면 좋겠다.

또 다른 두어 가구는 유기 농작물을 가공해서 마포두레생협에 납품하듯 고정으로 대 주면 좋겠다. 그래도 몇몇은 도시에 생계 줄을 가진 이도 있을 터, 성미산마을에 마련된 게스트하우스에서 지내면서 주말마다 도농을 오가며 생생한 우체부 노릇을 해 주면 좋겠다. 어떤 이는 인터넷에 의지하는 것으로도 먹고살거나 하고 싶은 걸 할 수 있어 농촌에 있어도 큰 불편을 못 느끼며 살게 될 거다. 아이들을 분교에 보낸 성미산학교 부모들은 그 핑계 삼아 시골 마을에 놀러와 며칠씩 지내다 가고 그 사이 도농 간에 서로에게 있었던 이야기보따리 풀어내느라 며칠 후딱 가고 한다면 성미산마을에 사나, 농촌에 있는 제2의 성미산마을에 사나 별 차이 없이 살 수 있지 않을까? 이렇듯 더불어 살아가는 인연으로 도농을 오가며 산다면 참 좋지 않을까? 때론 서울 사는 연극배우들 모셔다 마을회관에서 공연도 하고 동네 사는 시골 아낙들과 아저씨들 모아 몇 달 연습해서 공연도 올리는 등등… 이것이 우리가 꿈꾸는 도농 연계 순환형 귀농이다. 농촌에 있어도 서울에 있는 듯하고 서울에 있어도 농촌에 있는 듯한 그런 관계 말이다.

위치는 거리와 기후, 생태 환경 등을 고려해 영서, 충북 지역 이북 정도, 부지는 20여 가구와 커뮤니티 시설을 지을 터에다 텃밭과 뒷산 노릇을 해

줄 야산 등을 합해 약 5천 평에서 1만 평 이내, 인근에 매입하거나 임대할
수 있는 폐교와 쉽게 교류할 수 있는 마을이 있는 곳을 찾기로 했다. 2년여
땅을 찾은 끝에 드디어 약 만 평 되는 부지를 얻었다. 비교적 싼 가격의 땅
을 만나 바로 계약을 했다. 평창이다. 20가구가 모였다. 그동안 함께 살던
이웃 절반, 이러저러한 알음알음으로 연결된 다른 마을 사람들 절반이다.
그 나물에 그 밥이 아니라며 다행스러워한다. 처음 인연을 맺게 된 가족들
은 함께 살아온 공력이 있는 사람들을 만나 안심이 된다며 좋아한다.

  1년여의 기간 동안 매달 한두 차례 모여 평창 가서 어떻게 먹고 살지 뭐하
며 살지를 이야기했다. 단순히 함께 모여 살 집을 짓는 것이 아니다. 인생
후반기를 설계하는 일이다. 그것도 함께 살 사람들과 함께 설계하는 것이
다. 각자 살아온 인생을 터놓는다. 지나온 인생에 대한 회한과 남은 인생에
대한 기대와 희망들이 쏟아져 나온다. 그런데 신기하게도 그 기대와 희망
들이 모두 비슷하다. 십 수년을 함께 살아온 이들이야 그렇다고 치고 처음
만나게 된 가족들도 어쩜 이리 비슷한가? 이 시대를 함께 살아온 것만으로
도, 도시를 떠나 시골로 가고 싶은 마음 그 하나만으로도 같은 꿈을 꾸고
같은 기대를 품게 되나 보다.

  그동안 성미산 자락에 모여 살아온 것은 어찌어찌 살다 보니 후천적으로
'형성된' 마을이라면 평창은 작정하고 '만드는' 마을이다. 여러 가지를 미리
미리 계획하고 전망해야 하고 마을을 만드는 데 필요한 요소들은 미리 한
번에 내놓고 준비를 해야 한다. 이른바 '마스터 플랜'이 필요한 일이다. 크
게 줄기 잡아, 주택 건축과 친환경적 에너지 계획, 단지 배치와 생태적 조
경 설계, 마을 커뮤니티 센터의 설계와 마을살이에 필요한 콘텐츠 기획, 이
렇게 세 분야로 역할을 나누어 자료와 정보를 조사하고 시안을 검토하기로
했다. 순조롭게 진행된다면 빠르면 내후년쯤에는 입주가 시작될 것 같다.
귀촌 모임 카페의 영문 이름이 재미있다.

'another sungmisan'

그래, 그렇다. 또 하나의 성미산마을이다. 도시에서 농촌에서 서로 별개의 마을이 아니라, 유기적으로 연결되어 소통하며 나누고 지내는 또 하나의 성미산마을이다. 거기서 나는 속 창자 바닥까지 보여 주고 드러낸 마을 사람들과 새로 만날 마을 사람들과 오래오래 살고 싶다. 물론 열심히 마을도 계속하며.

문득 시리다 싶은 그리움

젖은 날, 우산이 되어 준 이들

군대에서 유래했다는 우스갯소리가 하나 있다. "산을 깎아 테니스장을 만들었습니다, 이틀 만에 막사가 열 배로 늘었습니다, 저 언덕도 허물었습니다, 축구장과 골대도 만들었습니다, 얼마나 들었냐구요? 누가 다 한 일이냐구, 놀라지 마세요. 네, 그거 다 사람이 한 겁니다…!"

따지고 보면 썩 그리 유쾌하지 않은 유머지만, 그게 강제 노역이나 의무가 아니라 자발적인 동기로 그리했다면, 우리도 이제 와 그런 말 정도는 할 수 있으려나.

보십시오, 성미산마을, 모두 사람이 한 일입니다. 기계도 자본도 시장도 정치꾼도 아닌, 바로 우리들 보통의 인간들이, 나와 너, 그리고 우리 모두가, 했습니다.

1. 짱아, 내 맘 알지?

나는 짱아를 존경한다. 이상타 여길 테지만 그리 표현할 수밖에. 다른 적당한 말이 없다. 내 보기에 그는 언행이 일치한다. 그에 비하면 나는 말 따로 행동 따로다. 즉 뻥이 많다. 그는 철저하다. 쓰레기 버릴 때도 그렇고 음식 할 때도 그렇다. 요리를 하면 남은 음식을 모조리 재료로 삼는다. 음식물 쓰레기 버리는 것을 생명을 버리듯 생각하는 것 같다. 먹고 남은 찌개 국물, 해초무침을 먹고 남는 새콤달콤한 국물, 떡볶이 소스까지도 다 다시 이용한다. 그러고는 "맛이 어때?" 하고 묻는다. 맛있다고 하면 "'뭘로 만들었게?'" 한다. "글쎄." 하면 그때서야 요리 재료로 사용한 찌꺼기, 아니 남긴 음식 목록을 늘어 놓으며 "신기하지?" 자랑한다.

짱아는 원칙이 분명한 편이고 비타협적이다. 최근 5,6년 사이 동물보호 운동을 하면서 더욱 그렇게 되었다. 동물 운동을 하면서 변했다기보다는 그런 면모가 그제야 더 잘 드러난 것일 게다. 이제 동물 운동가 짱아는 정말 '래디컬'하다. 학생 운동, 노동 운동 할 때하고는 영 다르다. 그때는 참 '나이브'했는데… 아니, 그렇게 보였는데 말이다. 그때부터 짱아는 나와 같이 죽 길을 걷는 길동무다. 벌써 우리가 만난 지… 에휴, 이젠 기억도 잘 나지 않는 걸^^?

짱아는 이제 투사다. 동물들을 위한 투사. '불쌍한 사람들도 많은데…' 라고 말하는 사람들에게 짱아는 '동물들을 위하는 것이 결국은 사람들을 위하는 것'이라고 말한다. 맞는 말이다. 나도 짱아와 살며 어느덧 반려견들과 함께한 세월이 20년이다 보니 그 말이 잘 이해가 된다. 어깨너머 봐 왔지만, 정말 사람들 때문에 참혹한 고통을 받는 동물들이 너무 많다. 짱아는 사람들이 그들 동물과의 관계를 바로 잡아야 한다고 한다. 다름 아닌 윤리의 지평을 넓히는 일이다.

그러나 짱아가 〈동물보호시민단체 KARA〉에서 활동하며, 국내 최초의 동물 보호 전문지인 무크지 『숨』을 창간한 뒤로는 좀 말이 아니다. 밤낮을 가리지 않고 헌신적으로 몰입한다. 걱정스럽기도 하고 겁도 난다. 잠을 안 자고 일할 때가 많으니까. 동물 판에 일손은 부족한데, 완벽주의적 성격에 엄청난 공을 들이다 보니 그렇다. 그리 만든 『숨』은 정말 볼만한 책이다. 그는 "구절 하나, 지면 한 귀퉁이라도 허투루 쓰지 않고 최대의 효과와 가치를 담기 위해 노력하게 된다."고 고백한다. 그러다 보니 올 컬러로 편집되는 사진과 캡션 하나하나가 기사로서 손색이 없을 정도다. 기획·편집만이 아니라 홍보·영업·재정·후원·광고 유치 등을 다 조직해야 한다. 그런 사실을 누구보다 잘 아는 나지만 어떨 때는 불만이다, 야속하다. 내가 지한테 한 거에 비하면, 내가 그럴 처지는 아니라는 것을 알지만 그래도 그렇다.

2. 회의할 땐 언제나 열려라, 참깨!

그는 항상 단아하고 흐트러짐이 없는 몸가짐의 소유자다. 작은 몸집에서는 강단이 물씬 풍긴다. 꼭 필요한 말만 하는 사람이다. 부러 그러는 것은 아니다. 본디 빠르고 유창한 언변이 아니다. 하지만 듣고 보면 빼놓을 말이 없다. 그래서 그의 말은 하는 그대로 받아 적으면 바로 글이 된다. 그만큼 논리적인 말을 구사한다. 이러한 그의 특징은 회의에서 더욱 두드러진다. 논의가 확산되거나 초점이 흐려지면 그가 반드시 나선다. 특유의 단문 몇 문장으로 회의를 정돈한다. 그의 얘기를 듣고 나면 대개 머쓱해진다. 하지만 바로 토론의 흐름이 정돈된다. 이러한 그가 '차갑다, 쌀쌀맞다, 사무적이다'라고 느껴지기도 하는 모양이다. 그렇지만 난 그가 회의에 동석하면 마음이 편하다. 언제나 간결하고 심플한 회의를 경험할 수 있으니까.

그 사람, 참깨는 두 '머스마'의 엄마다. 그의 연하 남편은 마을 축제 '3인방' 중 하나다. 큰아이는 지금 군대에 가 있다. 아이가 너무 잘 지내 도리어 걱정이란다, 군대에서 말뚝 박으랄까 봐. 둘 다 우리어린이집과 도토리방과후에서 유년 시절을 보냈고, 성미산학교 설립 때 중학생, 초등학생으로 입학했다. 그 후 큰아이 상현이는 하자센터 노리단에 입단, 공연 예술가로 즐겁게 지내다가 군대에 갔다. 참깨는 마을에서 제일 큰아이를 기르면서 누구보다 먼저 아이들과의 갈등을 경험하고 고민한 노하우를 후배(?) 엄마 아빠들에게 나누어 주었다.

내가 참깨와 함께 일을 처음 해 본 것은 생협을 만들 때였다. 그는 항상 생글생글 잘 웃는다. 웃으면 눈동자는 잘 안 보이는데 눈매가 둥글게 오므라들며 퍽 다감해 보인다. 하지만 그가 무서운 사람이라는 것을 나는 똑똑히 알게 되었다. 성미산싸움을 할 때였다. 당시 생협이 성미산투쟁의 조직적 구심이었고 그는 생협의 유일한 상근 활동가였기 때문에 항시 중요한 투쟁의 현장을 지켰다. 상수도사업본부의 아무개 과장의 어처구니없는 답변에 누구도 예상치 못하게 느닷없이 나서며 몸을 꼿꼿이 세우고는 까랑까랑한 목소리로 따지는데, 그의 기세가 너무도 통쾌하고 뿌듯했지만 사실 좀 무서웠다. 난 그때 그가 그렇게 노기 띤 모습을 처음 봤다.

참깨는 올해로 생협 일을 10년째 하고 있다. 처음 설립 때부터 지금까지 상무이사로 활동한다. 그는 생협을 통해 마을살이를 하고 있다. 제도가 아니라 생활의 필요에 기초해서 세상을 변화시킨다는 점에 초점을 두고 한결같이 생협 활동에 몰입하고 있다.

3. 우린 아무도 '틀린' 사람이 없는 거야, 그렇지?

박짱, 웃는 모습이 넉넉하다. 참 '사람 좋은' 인상이다. 그냥 보기만 해도 선한 기운이 전해진다. 배가 불뚝이다. 영락없는 동네 아저씨다. 하지만 축구를 무척 잘한다. 그 몸에서 어떻게 그리 민첩한 동작이 나오는지 신기할 정도다. 동네 조기축구회 멤버이자 〈성미산FC〉 창설자다.

나는 그가 다른 사람의 의견에 반대하는 것을 별로 본 일이 없다. 생각이

다르면 그저 자기의 다른 의견을 얘기할 뿐이다. 즉 '니가 틀려'가 아니라, '난 이렇게 생각해' 하고 얘기한다. 그래서 그는 유연하다. 다른 의견이 나오면 대립각을 세워 논쟁을 하기보다는 그대로 수용한다.

얼마 전 일이다. 생협 총회에서 심각한 문제 제기가 있어서 '비전 특위'란 걸 만들어 전현직 생협 이사와 현재의 직원, 활동가, 그리고 조합원 대표들까지 무려 30여 명이나 되는 사람들이 모였다. 지난 10년을 돌아보고 앞으로 10년을 내다보는 논의를 하려는 것이었다. 첫 회의를 하는데, 의제를 정하던 중 한 위원이 질문을 한다. "…생협의 3주체라는 전제가 꼭 필요하냐…" 이는 총회에서도 논란이 된 핵심 쟁점이었는지라 잠시 살짝 긴장이 흐른다. 그러자 민수아빠, "그럼 3자를 뺄까요…?" 한다. 모두들 허탈한 듯 웃음이 푹, 터진다. 그는 뭐든 너무도 쉽게 만드는 재주가 있다.

마을은 논쟁보다는 다른 생각과 의견을 함께 가져가려고 하는 경향이 있다. 나는 그걸 '바구니 소통'이라고 부른다. 어떤 주제로 의견을 나누게 되면 일단 모두 다 얘기하라고 한다. 그리고는 비록 제시된 의견들이 서로 대립이 되더라도 제시된 의견이면 다 수용하려고 노력한다. 즉, 큰 바구니에 다 담는다. 그리고 바구니를 '탁' 엎어서 담은 의견을 이리저리 모양 좋게 배열하기 시작한다. 어쩌면 그의 수용적 태도는 이러한 우리 마을 토론 문화의 본보기이자 정수라 할 만하다. 하지만 그는 누구보다도 원칙주의자다. 특히 젊은 시절부터 생협 운동을 해 온 그는 철저한 원칙주의자다. 지역 중심의 활동과 조합원 참여의 원칙을 가장 중시하며, 이 점에 대해서는 항상 원칙을 고수한다. 그러니 아마 그를 상대적 절대주의자라 할 수 있을까.

그는 쉬운 언어를 구사한다. 화려한 수사나 어려운 개념어를 잘 사용하지 않는다. 그래서 그와 얘기하면 쉽다. 하지만 어떨 때는 싱겁기도 하다. 비교적 개념적이고 분석적인, 그래서 다소 현학적인 언어를 사용하는 나는 그와 얘기하면 참 신선하다. 상호엄마 참깨가 누나 같다면 민수아빠 박짱은 형 같다. 뭐든 다 받아 줄 것 같다. 절대 화를 낸 적이 없다. 그도 사람인데 왜 화가 없겠는가마는 얼굴을 붉히고 언성을 높이고 다그치는 걸 본 적이 없다. 그래서 그의 별명이 '박짱'이다. 마을의 짱이라는 뜻이다. 정직하고 후덕하고 편한 형, 그래서 사람들은 그를 박짱이라 부른다.

4. 살려 줘요, 부루터스?

그는 별명이 올리브다. 얼굴이 진짜 올리브처럼 작고 동글하다. 그가 올리브인 이유는 그의 남편을 보면 더 확실해진다. 물론 뽀빠이보다는 부루터스에 가까운 것 같기도 하지만.

올리브는 참 긍정적인 사람이다. 누구의 얘기도 잘 수용한다. 그런데 정작 본인은 자신의 단점이 자기 존중감의 부족이라고 진단한다. 글쎄, 잘 모르겠다. 어쨌든 그는 자신과 입장이나 생각이 달라도 최대한 수용하려고 노력한다. 심지어는 자신을 비난하는 사람에 대해서도 애써 그 사람의 입장에서 헤아려 보려고 노력하는 사람이다. 최소한 드러내 놓고 화를 내거나 비난하는 일은 함께 살면서 거의 없었던 것 같다. 그래서 어떨 때는 답답해 보이기도 한다. 내가 속으로 '올리브, 화도 좀 내지!' 할 정도다.

올리브는 우리어린이집을 설립하면서부터 마을살이를 시작한 사람이다. 성정이 부드럽고 소통의 태도가 긍정적이라 그런지 여러 사람의 마음과 생각을 모아야 하는 곳에 항시 그가 있다. 본인도 그 점을 그리 싫어하지 않는 눈치다. 누구보다 이야기를 잘 정리한다. 회의를 할 때면 발언자의 발언을 일일이 세세하게 확인하며 회의를 이끌어 간다. 그리고 아무리 어려운 상황에 처하거나 무거운 이야기가 나와도 항상 긍정적인 의미 부여를 한다. 어떻게 저렇게 침착할 수 있지? 나는 그런 그가 신기하다. 부럽기도 하다.

올리브는 역사학을 전공했다. 박사 학위 논문 주제가 일제 시대 금융 협동조합이었다던가? 지금은 연세대 국학연구원에서 장기 프로젝트를 수행하는 교수다. 그의 전공 탓인지, 원주며 홍성이며 열심히 다니며 마을의 내력과 마을살이에 대하여 연구를 하고 있다. 아, 그러고 보니 그는 이론과 실천을 겸비한 몇 안 되는 마을 전문가라 할 수 있다. 현재 마을에서 두레생협 이사장을 맡고 있다. 두레생협이 벌써 10년이 다 되었다. 지난 10년을 돌아보고 새로운 10년을 내다봐야 할 때다. 마침 올 초 생협 정기 총회에서 생협의 정체성과 활동 방향과 관련해 지난한 문제 제기가 있었던 터다. '두레 비전 특위'가 만들어졌다. 그의 장기가 다시 한 번 발휘될 기회다.

5. 이제 섭섭한 일은 그만!

별명이 섭서비란다. 별명이 참 유치하다 싶어 왜 섭서비냐 했더니, 이름이 김성섭인데 그래서 섭서비란다. 아이고 초등애들 별명이냐 했더니 진짜로 초등학교 때 애들이 붙여 준 이름이란다, 아~ 네~!

그는 바삐 걸을 때 발은 바쁜데 상체는 부러 안 움직이는 것처럼 어깨를 약간 웅크린 듯 뻣뻣하니 버티면서 걷는다. 좀 우스꽝스럽기도 하다. 그는 정말 말 그대로 마을 1세대 시니어다. 날으는어린이집과 풀잎새방과후에서 딸아이 해솔이를 키웠다. 날으는어린이집 창립 조합원이다. 날으는어린이집은 우리어린이집에 아이를 보내고 싶은데 자리가 안 나서 기다리던 부모들이 '앓느니 죽지' 하며 만든 우리나라 공동육아 어린이집 2호다. 어린이집도 방과후교실도 꼭 1년씩 늦게 만들어졌지만 모두 전국 2호다. 그런데 우리어린이집이나 도토리방과후와는 좀 소원한 감이 없진 않았다. 부모들 간에 별 왕래도 없었다. 그러다가 성미산이 위기에 처하면서 서로 왕래하기 시작했다. 이때 앞으로는 서로 친하게 지내자며 아빠들이 나섰다. 우리어린이집 아빠들이 날으는어린이집 터전으로 원정 가서 아빠들과 막걸리 마시고 놀고, 풀잎새 아빠들이 도토리방과후에 와서 술 한잔씩들 하고 말이다. 이때 이 모임을 앞장서 주선하던 이가 바로 섭서비.

　그는 마을일에선 참 '일복도 없는' 사람이다. 그도 그럴 것이 이러저러한 이유로 그만두게 되는 일 뒤치다꺼리를 늘 도맡아 했다. 〈마포연대〉가 그렇고, 재작년 〈차병원〉이 그렇다. 망하는 판에 뒤치다꺼리하려니 애쓴 공이 표 날 것도 없고 신도 안 나고 마음은 참 많이 쓰이는 일들이었다. 그래도 그가 아니면 누가 그 마무리를 했을까 싶다. 그래서 고맙고 또 미안하다. 그렇지만 그가 끈질기게 놓지 않고 가는 일이 있다. 성미산이다. 2001~2003년 성미산투쟁 시기는 물론이고 그 후에도 마포연대에서 성미산에 줄곧 관심을 기울였고 성미산에 제2의 위기가 닥치면서 성미산대책위원장을 맡고 나섰다. 지지부진하던 성미산 지키기를 선거 국면을 통해 돌파해야 한다고 판단한 그는 다시 2010 풀뿌리 지방 선거에 기대를 걸고 마을에서 금기시 되던 선거 참여를 다시 일으켜 보자며 불쏘시개 역할을 자임했다.

　그는 마을에서 궂은 일만 도맡아 온 것 같다. 궂은 일 하니 진짜 그렇다. 그는 부인과 오랫동안 〈보임〉이라는 디자인 회사를 운영하고 있다. 그래서 마을에서 포스터다 보고서다 소책자다 만들 일이 생기면 항상 해솔아빠 섭서비에게 SOS를 친다. 그는 '돈 안 되는' 이런 마을일을 15년 동안 군소리 없이 했다. 그래도 요사이는 주민 중에 디자인 재능이 있는 사람들이 제법 생겨서 그나마 일을 나눌 수 있게 되었지만 예전에는 그야말로 독차지였다. 우리 마을에서 우리어린이집 조합원 출신 주민과 날으는어린이집 조합원 출신 주민 간의 오랜 가교가 되어 주고 있는 섭서비, 앞으로는 섭섭할 일 없이 표 나고 광나는 일만 많이 생겼으면 좋겠다.

248

마을 1.5세대와 2세대

여기 또 빼놓을 수 없는 사람들이 있다. 갈숲·솔로먼·딱풀·해기·그대로·홍표사부·춤의문이 그들이다. 그들은 2세대, 혹은 1.5세대라 주로 불린다.

1세대는 마을 형성기에 모여 자신들의 필요와 욕구를 현실의 꿈으로 만들어 냈다. 반면 2세대는 1세대와 나이나 마을살이의 연륜, 활동에서는 크게 차이 나지 않으나 1세대가 뭐든 앞장서 책임지는 역할이었다면 이들은 조력자를 주로 자임한 세대라 할 수 있다. 조금 늦게 결합은 했지만 설립기 역사의 웬만한 수고와 갈등은 모두 경험한 세대다. 그래서 1세대와 1.5세대, 2세대 간에는 깊은 공감이 있는 것 같다. 마을의 초기 역사를 함께 또는 바로 이어서 일구었다는 것, 진한 공동의 기억을 공유하는 동지애 같은 것이 분명 서로에게 있다.

1. 허허실실 갈숲

갈숲은 작년부터 부쩍 마을일에 열심이다. 생업으로 하던 출판사도 거의 팽개친 형국이다. 현재 〈사람과마을〉* 운영위원장으로서 대외적으로 마을

* 〈사람과마을〉은 2007년 건설교통부의 '살고 싶은 마을 만들기' 공모 프로젝트를 실행하기

을 대표하는 일을 도맡고 있다. 그뿐 아니라 마을공동서재에다 마을아카이브 프로젝트를 맡고 있고, 마을소식지 「마을에서」 창간을 주도했다. 또 〈풀뿌리 네트워크〉를 꾸려 2010 지방 선거에 주민 후보를 내세워 지역 자치 활동에 기름을 부으려 애썼다.

갈숲을 보면 대번에 '허허실실(虛虛實實)'이라는 말이 떠오른다. 웬만하면 먼저 대차게 주장하지 않는다. '이게 필요하기는 한데 어째야 될까나~' 하며, 영감처럼 혼자 중얼거리듯 그러고 있다. 누구 다른 이가 답을 낼 때까지 말이다. 그러다가 '이렇게 할까요? 그럼, 걍 합시다!' 한다. 그럼 모두 싱겁게 웃으며 넘어간다. 이런 식이다. 갈숲이 없다면 마을의 크고 작은 일들이 어떻게 다 돌아갈까, 생각한다. 그가 있어 참 다행이다. 성미산학교를 설립할 때부터 지금까지 교사로서 학교를 지키는 현영이 바로 그의 아내다. 지금 5학년이며 제 애비를 쏙 빼닮은 아들이 하나 있다. 말하고 행동하는 게 둘이 진짜 닮았다.

2. 꼼꼼하고 칼 같은 딱풀

딱풀은 별명이 주는 인상처럼 일 처리가 꼼꼼하고 칼 같다. 그런데 사람 관계는 아주 폭이 넓다. 마당발이다. 마을의 웬만한 소문은 다 꿰고 있으며, 가장 먼저 알고 있다.

위해 설립된 사단법인이다. 처음엔 과연 중앙 정부의 기금을 받아 마을일을 하는 것이 타당할까에 대한 격론이 일었다. 그동안 마을 사업 대부분을 십시일반으로 해결했는데, 이 기회에 마을 현황과 과제가 무엇인지 찬찬히 살펴보자는 의견이 더 많아 추진, 선정되었다. 사람과 마을은 그동안 '각개 약진'해 온 마을 내 다양한 활동 현황과 과제를 살피고, 개별 활동이 서로 연결될 수 있도록 지원하며, 함께 문제를 해결해 갈 수 있도록 돕는 역할을 자임함과 동시에 지역성의 확보와 새로운 사업의 인큐베이팅 역할들을 떠맡고 있다.

그는 비관적인 시나리오에 매우 능하다. 내가 무슨 아이디어를 내면 이건 이래서 어렵고, 저건 저래서 곤란하고 하며 조목조목 문제점을 잘 따진다. 그에게 가면 되는 일이 없다. 그것도 이유와 근거가 분명하다. 듣다 보면 일리가 있다. 그러니 일 벌이기 좋아하는 나 같은 사람에게는 딱 질색인 타입이다. 천적이 따로 없다.

하지만 결국 남이 벌여 놓은 일 그런 이가 다 수습하지 않던가? 나도 처음 그에게 조목조목 지적받고는 살짝 기분 상하기도 했지만 지금은 무슨 아이디어가 생기면 미리 리스크를 알아볼 요량으로 그에게 제일 먼저 물어본다. 그러니 천적이 아니라 찰떡궁합인 셈이다. 필요한 일꾼이 있으면 그에게 상의하면 된다. 누가 무슨 일을 하고 싶어 하고, 누가 지금 시간 여유가 있고 등등 다 꿰고 있다.

3. 깍듯한 신사이자 토론의 달인, 솔로면

솔로면. 솔로몬이 아니라 분명 솔로면이다. 'solo라면'의 준말이라나? 그런데 그 본뜻이 if solo 인지, 솔로들을 위한 라면인지는 분명치 않다. 그는 신사 같다. 아니 신사다. 큰 키와 체격도 그렇지만 매너가 깍듯하다. 우리 어린이집에서 딸내미 다연이를 키우면서 마을살이의 산전수전을 대충 다 겪은 셈이다.

그는 무척 날카롭다. 마을일을 하다 보면 부딪치는 다양한 갈등과 쟁점들, 그 숱한 말과 입장들이 뒤얽힌 난맥상 속에서도, 제기하는 입장과 대립하는 쟁점의 경계를 마치 칼로 도려내듯이 예리하게 잘 가려낸다. 신기하다. 직업이 교수라 그런가? 그는 경영학과 교수다. 조직행동론이 전공이란다. 그의 아내 시작도 교육학과 교수다.

그래서 솔로몬은 마을에서 중요한 토론을 벌이거나 쟁점이 생기면 꼭 초대된다. 토론의 갈래를 잡고 토론이 나가야 할 길을 잘 쳐다보면서 토론이 성과있게 마무리되도록 해 준다. 토론의 결과는 또 얼마나 잘 정리하는지. 나중에 결과물을 받아 보면, '우리가 이렇게 폼 나게 얘기를 했단 말이야?' 하게 된다. 그는 또 나와 같은 대학 같은 과 후배라서(억울하게도 마을살이 한참 후에야 알게 되었지만), 내가 벌이는 일 뒷감당에 자주 코가 꿰인다. 말은 표 나게 안 하지만 늘 고맙게 여기고 있다.

4. 마을에 뿌리 내린 그대로와 해기

그대로와 해기에 대한 감회는 남다르다. 같은 2세대라 해도 앞서 이야기한 2세대들과는 성분(?)이 좀 다르다. 어쩌면 이들을 2세대라고 묶어서 분류하는 게 좀 무리가 있는지도 모르겠다. 이들은 순수한(?) 마을 주민이 아니기 때문이다. 그대로와 해기는 우리어린이집, 도토리방과후 교사들이었다. 교사로서 마을에 처음 접속했고 교사를 그만두고서도 결혼을 하고 아이를 낳으면서 마을에 뿌리를 내린 것이다. 공동육아 교사들 중에서는 참 드문 케이스다. 대체로 교사직을 그만두면 마을을 떠나는 것이 보통이기 때문이다. 그것이 성미산마을 역사에서 참 아쉬운 대목이어서 그대로와 해기의 '주민되기'는 더 각별하고 고맙다. 이들은 내 아들 재현이를 키워 주었다. 재현이가 어린이집에 그리고 방과후에 다닐 때 이들이 교사였다.

그대로는 머슴애 둘을 낳고 남편 멋대로와 잘 산다. 〈멋진지렁이〉 멤버로 마을의 생활 환경 운동에 열심이었고 지금은 마포구 구 청사에서 운영되는 육아센터 교사로 근무하고 있다. 이 육아센터는 파트타임제 육아 기관으로서 마을에서 구청에 제안하고 〈공동육아와공동체교육〉이 위탁 경영을 하는 것으로 그대로가 책임교사로 활동하게 된 것이다. 이는 그의 전공을 살린 것이며 무엇보다 마을의 공동육아 경험이 구청을 통해 제도화되어 지역사회로 확장된 사례의 중심에 그가 있는 것이다.

이제 초등학생이 된 단비를 해기가 막 낳았을 때 성미산싸움이 본격화되었다. 해기, 갓난아이 안고 다니며 산 지킨다고 참 애 많이 썼다. 지금은 생협에서 중견 활동가로 활약하고 있다. 재현이가 방과후에 다닐 때 해기가 담당 교사여서인지 해기는 다른 교사들 중에서도 유독 각별한 기분이 든다. 항상 밝게 웃으면서 아이들과 깔깔대며 마을을 돌아다니는 모습이 정지 화면처럼 내 기억 속에 콕 박혀 있다.

5. 우리들의 '엉아' 홍표사부

꿈터 택견의 대부, 홍표사부는 영원한 우리들의 '엉아'다. 무뚝뚝하고 덩치는 산(山)만 하다. 대체 사근사근하게 얘기할 줄을 모른다. 요샛말로 진짜 '까칠하다'. 게다가 매사 작은 일에도 잘 투덜거린다. 그래서 별명이 투덜이다. 그런데 이 별명 그대로 부르지는 않는다. 삐질까 봐서다. 더구나 우리 동네 아이들의 대부인지라 이런 불경스런 별명을 부른다는 것은 있을 수 없는 일이다. 아이들이 듣기라도 한다면 어쩔까 싶어 입 밖에도 내지 않는다.

그는 20대 중후반 총각일 때 마을에 왔다. 도토리방과후 큰 머슴애들, 차고 넘치는 에너지를 주체하지 못해 몸부림치다가 애꿎은 여자 교사들을 괴롭히던 놈들과 놀아 주게 하려고 초대했다. 그는 아이들에게 일주일에 한 번 마을에 와서 택견을 가르쳤다. 머슴애들이 신이 났다. 그도 그럴 것이 이 형 같은 아저씨는 택견은 물론이고 축구도 같이해 준다. 그동안 방과후에서 풀지 못한 갈증을 이 사람은 다 해소해 주는 거다. 사부님! 사부님!

영원한 우리들의 '엄아' 홍표사부가 택견 대련 중에 상대에게 발차기를 날리고 있다. 그는 꿈터 택견의 대부이자 동네 아이들의 대부다.

하면서 고분고분 잘도 따른다. 길을 가다가도 사부를 만나면, 급정지해서는 몸의 균형을 잡고 자세를 바로 해서 90도로 절을 한다. 그야말로 머리가 땅에 닿을 것 같다. 이른바 '배꼽절', 택견식 절이다. 이 광경을 보자면 참 우습기도 하고 신기하기도 하다.

마을 아이들은 대체로 형식적인 예의(?)가 좀 없다. 어려서부터 어린이집 교사들과 별명을 부르며 반말을 써 온 데다가 어른들과 격의 없이 지냈기 때문에 어른들을 별로 어려워하지 않는다. 오히려 강압적인 태도를 보이는 어른들을 이상히 여기고 심지어는 대들며 항의하기도 한다. 그래서 마을에 처음 온 어른은 이 아이들의 무례함(?)에 당황하기도 한다. 그런데 이 사부가 마을에 나타나고부터는 그 태도가 180도 돌변했으니 참 신기할 수밖에. 물론 사부에게만 그렇다.

6. 춤으로 만나는 문

꿈터의 홍표사부를 말하고 나니 또 빼놓을 수 없는 사람이 있다. 아니 공간과 사람이 하나로 묶인 이미지, 바로 〈춤의문〉의 문이다. 문은 2003년 주혁엄마 소개로 마을에 와서 어른들과 함께 소리 춤과 무용 치유 프로그램을 진행하다 자연스레 아이들을 데리고 표현 발레를 하게 되었다. 도토리방과후 교사도 1년여 했다. 그러면서 아이들과 춤으로 만나고 싶다는 생각이 들더란다. 표현 발레 말고 제대로 고전 발레를 하고 싶었던 거다. 도토리 교사를 그만두고 어린이 무용단을 만들기로 결심했는데 때마침 생협 매장 2층에 적당한 공간이 나왔다. 운영비가 다소 버거웠지만 덜컥 계약해버렸다. 아이들과 무용 전용 공간에서 매일 같이 춤출 수 있다는 꿈에 젖어서. 공간의 이름도 '춤의 문'이다.

"외형적인 동작 익히기보다는 감정 표현이 중요해요. 그게 되면 금방 늘거든요. 아이들도 즉흥 무용을 더 좋아해요. 자기표현을 즐기는 거죠."

수업은 발레 수업과 즉흥 무용, 두 가지로 구성된다. 공연할 때는 문이 직접 안무한 것을 연습한다.

"우리 애들은요 상상, 이미지 이런 거를 아주 빨리 받아들여요. 연습할 때도 '니 꺼 해라' 하면 아이들이 얼른 알아듣고는 표현해요. 표정부터 달라져요. 몸짓은 서툴지만 표정은 일반 학원 다니는 아이들보다 훨씬 좋은 거예요."

문은 춤의문 아이들이 꼭 모두 무용 전공자가 되어야 한다고 생각하지 않는단다. 그렇게 되지도 않겠거니와 그럴 필요도 없단다. 나중에 지금 춤의문 분위기를 간직한 아이들 한둘만 있어도 될 거라고 믿는다. 그래서 그는 춤을 그만두지 않는 한, 이 아이들과 계속 같이 가고 싶다고 한다.

"아이들하고 지내다 보면 내가 엄마가 된 것 같은 느낌이 들어요. 한 아이가 아파도 계속 마음이 쓰이고 아이가 조용히 다가와 자신의 신체 변화를 상의할 때, 참 묘한 기분이 들어요. 마치 내가 엄마라도 된 듯한 그런 느낌이요. 아이가 없어도 충분히 엄마의 기분을 만끽하지요. 사실은 결혼해서 아이 갖고 싶다는 생각을 죽 가지고 있었는데 요샌 그런 마음이 살짝 시들해졌어요. 호호."

문이 한 마흔서너 살이 될 때쯤 무용을 전공을 하게 된 아이 두어 명과 다른 길 찾기를 한 아이 여럿이 한자리에 모여서 성미산마을극장에 마을 어른들과 후배 아이들을 초대해 공연을 하는 상상을 나는 자주 한다. 생각만 해도 흐뭇하다.

이들, 아니 훨씬 더 많은 2세대들 또한 1세대 시니어들 못지않게 나의 마을살이를 받쳐 준 사람들이다. 나이는 몇 살 어려도 같은 또래인 것처럼 느껴진다(들으면 싫어할라나^^?). 아마 지지고 볶으며 함께한 세월이 많고 그 밀도가 남달라 그럴 것이다.

성미산 스타탄생

성미산마을은 사람들이 일군 곳이다. 사람이 재산이고 사람이 희망이다. 그런 마을에 이젠 '별별' 반짝거리는 스타들까지 마구 속출하고 있다. 그렇게 반짝이는 별들을 여기 아주 조금만 소개한다. 미처 소개하지 못한 무수한 별들의 이야기는 다음 기회가 분명 있을 것이라 믿는다. 그 소임을 이제 2·3세대와 각 마을 소모임, 동아리들 속에 무수히 잠재해 있는 작가들에게 맡기니 누구라고 콕 집어 말하지 않아도 바로 다음 책에 대한 기획을 모두들 어서 서둘러 주기 바란다, 으하하하핫.

1. 마을 연예인 다 모여라!

그가 항상 쓰고 다니는 야구 모자는 챙이 많이 구부러져 있다. 그 모자 사이로 삐져나온 긴 머리를 휘날리며, 기타 하나 등에 둘러멘 채 자전거를 타고 마을을 휙휙 돌아다닌다. 키도 크고 덩치도 건장한 편인데 얼굴만은 곱상하다. 이야기를 나눌라치면 두 눈에 웃음을 한껏 매달고 작은 소리로 사근사근 속삭이는 게 꼭 참한 여자만 같다. 그는 법학을 전공했다. 아니 졸업만 했다. 그러고는 교사가 되겠다고 교육대학원에 갔다. 대학원 졸업하더니 임용고시는 안 보고 대안학교를 찾다가 성미산학교로 왔다. 지금은 우리 마을의 가수다. 그동안 참 부모 속 많이 태웠겠다 싶다.

영원한 마을 청년, 실비

얼마 전 그의 부친상에 마을 사람들과 함께 문상을 갔다. 큰누님 같으신 어머님께 인사를 드리니 "성미산학교에 처음 연을 맺게 된 마을 분이에요." 하며 실비가 나를 소개한다. 그러자 "아이고 우리 애 좀 어떻게…" 하신다. 말씀은 걱정스럽게 하셨으나 실은 별 염려 안 하시는 눈치였다. 그래서, "예, 제가 책임질게요." 하며 웃음으로 답했다.

"우리 동네 실비 없으면 허전해요. 마을에 실비 팬이 얼마나 많은데요."

덧붙이자 큰누님 같던 실비의 어머니,

"그래?"

하면서 함박 웃으신다. 실비 웃음이 괜히 고운 게 아니었다.

마을을 대표하는 가수답게 실비는 못하는 게 없다. 노래는 물론이고, 피아노·하모니카·리코더·기타 등 별의별 신기한 악기를 다 다룬다. 기타도 특이하게 거문고처럼 눕혀서 친다. 그는 작은나무 수요음악회의 기획자다. 수요음악회의 단골 가객(歌客)이기도 하다. 키보드를 신들린 듯 연주하며 노래를 부를 때면 아이들보다 어른들이, 정확하게는 동네 엄마들이 더 난리다. 얼마 전까지만 해도 학교 선생이라 어려울 법도 한데, 클리프 리차드에 열광하던 그 시대 엄마들 같다(넘 과장인가^^?).

요사이 실비는 마을의 몇몇 엄마들과 〈세노채〉(세상을 노래로 채우세)라는 동아리를 만들어 생협 앞에서 연주와 함께 책을 늘어놓고 판다. 판매 수익금은 마을의 공동서재와 나라 안팎의 어려운 이들에게 성금으로 보낸다. 우리는 그를 마을가수라 부른다. 직업 가수가 아니라서가 아니라, 그냥 가수라고 하면 뭔가 싱겁고 딱 들어맞는 느낌이 살지 않기 때문이다. 실비가 앞으로도 영원한 청년, 우리들의 마을가수로 오래도록 함께 지냈으면 좋겠다.

매일 축제하는 아난도

두 얼굴을 가진 사람, 바로 아난도다. 팜므파탈(?) 같은 도시적이고 까칠한 이미지가 그인가 싶으면 깊은 산골 오두막에서 애 다섯쯤 낳고 사는 아낙 같은 해맑은 얼굴이 거기 또 있다. 얼굴만 그런 게 아니다. 찬바람이 쌩, 불 정도로 때로 쌀쌀맞다. 나한테만 그런가? 어쨌든 좀 까칠하다. 근데 마음은 굉장히 약하다. 발끈하다가도 금세 물러진다. 그는 3학년, 5학년 머슴애 둘의 엄마다. 아이들을 공동육아에서 키우려고 이사를 왔으니 벌써 마을살이 6년을 넘긴 중견(?) 주민이다. 두 아이는 모두 성미산학교에 다닌다.

작은나무의 운영위원으로 활동하며 〈맘품앗이〉라는 엄마들의 인문학 동아리를 만들어 스토리텔링과 글쓰기, 지역의 다문화 가족과 함께하기 등 다양한 마을 활동을 하고 있다. 그의 원래 직업은 영양사였다고 하는데 어쩐지 잘 믿겨지지 않는다. 공립 초등학교 영양사로 지낸 적이 있다고 하는데 그 모습이 상상이 되기도 하고 안 되기도 한다. 남편은 그 유명한 아마밴드의 메인 드러머, 영규아빠. 그의 직업은 외과의사다. 성미산학교 아이들의 건강 검진을 할 때면 열 일 제치고 나서 주어 퍽 고맙다.

마을극단 〈무말랭이〉를 처음 만든 이도 바로 아난도다. 나는 그와 처음으로 마을극단 이야기를 했고 "그거 참 재밌겠다. 해보자." 바로 의기투합했고 "버럭쏭을 끼우자, 시작도 관심이 있다더라." 해서 무말랭이가 만들어졌다. 그는 무말랭이 단원 중에서 단연 연기파에 손꼽힌다. 두 번 공연으로 이미 입증된 배우다. 다양한 극의 배역을 참 잘도 소화해 낸다. 애드리브도 좋고 관객과도 잘 호흡한다. 그래서 그는 마을의 스타, 주민배우다. 무엇보다 그는 열심이다. 그래서 또 힘들어한다. 다른 이들, 나를 포함한 남성 단원들이 그의 눈에 늘 시원찮다. 연극은 무엇보다 함께하는 호흡이 중요한데 혼자 헛발질하느라 힘을 빼니 당연할 거다. 그래서 공연이 끝나고 나면 그는 좀 푹 쉬어야 한다. 지금 그는 두 번째 창작극 공연을 성공리에 마치고 작년처럼 푹 쉬고 있다. 세 번째 공연 준비가 본격화되면 사람들 앞으로 다시 나올 거다. 그가 마을에서 계속 나이 먹도록 연기하는 모습을 보고 싶다. 나 역시 그게 꿈이지만. 그는 천상 배우다. 매일 축제하는 아난도다.

분위기 있는 드러머 다람쥐

다람쥐 예원엄마, 그는 마을의 핵심 동아리 〈아마밴드〉에서 드러머이자 보컬이다. 원래 직업은 배우. 남편도 배우다. 요즘 잘나가는 개성파 배우 고창석이 바로 남편이다. 큰 키에 날씬한 몸매가, 산적 같은 남편과는 무척 대조적이다. 참, 그의 하나밖에 없는 딸 예원이도 연극을 했다. 올 초, 무말랭이가 창작극으로 두 번째 정기 공연을 할 때 아역으로 출연했다. 역시 피는 못 속이는가 보다 했다. 성미산학교 3학년 예원이는 연습할 때는 물론이고 무대 위에서 어찌나 여유 있고 익숙한지 모두 감탄했다.

지난 2월 성미산마을극장 개관 1주년 기념으로 기획된 제1회 성미산 시민연극축제 전야제에서 아마밴드가 축하 공연을 했다. 공연 전반부에 그는 메인 드러머 영규아빠와 번갈아 가며 드럼을 연주했다. 밴드의 여러 연주자들 한가운데에서 여러 개의 드럼 세트를 거느리고, 좌로 우로 거침없이 빠르게 휘두르며 연주하는 드러머는 그 자체로도 멋있었지만, 여성 드러머라 더욱 눈길을 끌었다. 공연의 비주얼이 확 새로워졌다고나 할까? 공연 후반부로 넘어가자 그는 보컬로 나섰다. 그런데 솔로로 부를 때보다 백 코러스로 나섰을 때가 더욱 인상적이었다. 요즘 뜨는 신세대 노래라는

「GG」를 아마맨드의 최연소 단원인 20대 만효가 부를 때 그는 뒤에 조용히 다리를 포개고 앉아서 백 코러스를 했다. 별로 두드러지지 않는데도 젊은 만효의 보컬과 묘하게 어울리며 노래의 격조를 살리고 있었다. 더구나 다리를 포개고 눈길을 아래로 둔 채 조용히 리듬을 타는 그의 자태가 아주 인상적이었다. 아니 솔직히, 매력적이었다. 나만 그럴까 싶어 말을 안 하고 뒤풀이서 반응을 살피니 그는 이미 마을 40대 남자들의 감성을 조용히 뒤흔들어 놓았더라.

예원엄마는 요즘 얼마 전 새로 창업한 마을식당 〈성미산밥상〉에서 저녁 시간대에 참여, 열심히 자원봉사를 하고 있다. 이제 가느다란 팔에 근육이 생길 판이다. 드럼에 파워가 좀 더 실릴라나?

2. 이웃과 용병?

올해 무말랭이 두 번째 공연에 진짜 스타가 한 명 탄생했다. "저 사람 실제로도 저런 구석이 분명 있을 거야. 그러지 않고서야 어찌 저런 연기가 나오겠어?" 하하, 공연이 끝나고 마을의 이러저러한 뒤풀이에서 나온 얘기였다. 이 정도면 배우로서는 최상의 찬사가 아닐까? 그는 이번 공연에서 못된 50대 남편 역을 했다. 아내를 막 대하는 모습이나 말하는 싸가지가 아주 야비하고 못돼 먹은 배역이었다. 엄마 관객들이 내심 괘씸했나 보다. "근데 그 사람 누구야? 마을 사람이야? 못 보던 얼굴이네? 분장을 해서 그러나?"

안티팬을 거느린 풀벌레

그는 이웃 마을에서 무말랭이에 합류한 이웃 주민이다. 마을극단 무말랭이는 성미산마을 주민과 이웃 주민이 반반이다. 이웃 주민들이야 오고

마을극단 무말랭이의 두 번째 공연 〈어린신부〉에서 아난도와 열연 중인 풀벌레. 그는 이웃 마을에서 극단에 합류한 이웃 주민이다.

가기가 다소 불편한 게 사실이지만 그 나물에 그 밥이 아니어서 좋다. 한데 이 새로운 스타, 이웃 주민 직업은 대학 교수다. 성공회대 사회과학부 교수, 별명은 풀벌레. 그의 연기에서 풀벌레의 본성을 의심한 마을의 관객들이 풀벌레의 직업을 알게 되면 어떨까? 하하하, 어쨌든 단순히 '잘한다'를 넘어 '안티팬' 현상까지 이끌어 낸 풀벌레의 이번 공연은 그야말로 스타 탄생이 아닐 수 없다.

그는 마을에서 신선한 가교의 역할을 한다. 성공회대 NGO대학원 학생들을 마을에 이러저러한 계기로 연결한다. 이 대학원이라면야 우리나라 유수한 시민 활동가들이 다 모인다는 곳 아닌가? 그들이 우리 마을을 궁금해하고 찾아든다. 풀벌레를 앞세워서 말이다. 머지않은 장래에 뭔가 재미있는 일이 벌어지고 말 것 같은 예감이 든다. 10년이 넘는 내 마을살이 공력(?)으로 감히 말하건대 확실히 뭔가 떡하니 곧 벌어질 것이다, 으하하.

성미산학교호 선장 스콜라

풀벌레 이야길 하다 보니 마을 밖 전문가가 한 명 또 떠오른다. 너무 중요하고 당연해서 자칫 빼먹을 뻔한 박복선 스콜라다. 그는 『우리교육』 편집장이었다가 하자센터 부센터장, 이어 성미산학교 교장으로 연임 중이다.

그의 눈은 그냥 있어도 잘 보이지 않지만 웃으면 더 안 보인다. 떴는지 감았는지 거의 차이가 없다. 그는 그렇게 떴는지 감았는지 모르는 눈을 가늘게 뜨고서는 나에게 툭툭 농 삼아 잘 던지는 말이 있다. "에이, 난 용병이잖아…" 그런 말이 하나도 이상하거나 섭섭하게 들리지 않는다, 그냥 그 말을 들으면 팽팽한 긴장이 좍 풀어진다. 그는 참 편안한 사람이다.

나는 그에게 부채감 같은 것이 있다. 학교를 만든다고 근 3년을 이리 뛰고 저리 뛰다가 힘에 부쳐 나가떨어지고 나서 그가 상근 교장으로 부임해왔다. 2년여 동분서주하더니 학교가 얼추 꼴을 갖추고 어수선하던 분위기도 완연히 가라앉고 안정감을 찾아갔다. 먼발치에서 바라보는 나는 안도의 숨을 쉬었다. 미안하기도 하고 고맙기도 하고.

정착기 2년을 잘 넘긴 그는 안정을 넘어 도약기를 맞이하고 있는 성미산학교호의 선장으로 3년 임기를 다시 시작했다. 그동안 참 많이 힘들었을 거다. 마을 주민도 아니고 그의 말마따나 용병으로 마을에 와서 초창기 대안학교의 어려움을 혼자 다 겪으려니…! 에고, 안 봐도 고생길이 훤했을 것이다. 그래서 그가 '용병이잖아' 할 때, 웃고 말지만 마음으로는 짠하고 미안하다.

3. 발굴, 숨어 있던 스타 기질

분위기를 좀 바꾸겠다. 2007년 성미산길 도로 한복판, 때는 6월 초라 아

모두 사람이 한 겁니다   263

스팔트를 내리쬐는 땡볕이 한여름의 열기를 무색케 했다. 그 도로 한복판은 '차 없는 거리'로 조성된 성미산마을축제의 메인 무대였다. 그 무대 위에서 춤을 추던 한 여인이 순간 정지하여 주저앉더니 처연하게도 머리 위에서 떨어지는 물을 하염없이 맞고 있었다. 무대를 주시하던 관객들 모두 그 예상치 않은 괴이한(?) 분위기에 압도되어 숨도 안 쉬고 그 모습을 주시하고 있었다. 아이들은 그래도 아랑곳하지 않고 소란을 피울 만도 하건만 지들 눈에도 그 장면이 심상치 않았는지 '뭐지?' 하는 눈치로 한 발 다가서 무대를 살핀다. 그 문제적 장면의 주인공이 바로 매일 동네에서 마주치던 한 동네 아줌마이니 더욱 호기심이 발동하는 모양이다. 이렇게 '내 안의 몸부림'이라는 제목의 현대 무용 공연은 축제 무대에 그 강렬한 첫선을 보였다.

느리지만 무진장 바쁜 느리

"저 아줌마다!"

"맞아. 그래, 저 아줌마야! 그날 물 맞은 그 아줌마다야~!"

축제가 끝나고도 한동안 무대 위의 주인공을 알아보며 낄낄대는 동네 아이들 덕에 느리는 마을을 제대로 돌아다니기가 민망했단다. 그의 이름은 외자로 '우'다, 김우. 느리는 그의 별명. 평소에 행동도 느리고 말도 느려서 느리란다. 이렇게 느리는 성미산길 한낮 거리 무대에서 탄생한 스타 무용수다. 또한 느리는 마을에서 개성 있는 패션으로 더욱 유명한 스타다. 뭐라 할까? 그 패션 콘셉트를 '키즈 판타지'라고 얘기할 수 있을까? 맑은 대낮에도 노오란 장화를 신고 마을을 잘 걸어다닌다. 그가 걸치는 옷은 아동'틱' 하면서도 세련된, 아주 독특한 분위기를 풍긴다. 마치 이탈리아 아동 뮤지컬 배우들이 무대에서 사용하는 의상을 그대로 입고 다니는 것만 같다.

그는 별명만 느리지, 사실 마을에서 무진장 바쁜 사람이다. 매주 수요일이면 마포FM에서 아침 방송을 한다. 대본도 쓰고 게스트도 부르고 직접 진행을 한다. 매주 화요일에는 성미산마을극장에서 진행하는 진주 교방굿 거리춤을 배운다. 매주 목요일 저녁에선 영상 동아리 〈물뜨네〉(물수제비 뜨는 네모) 모임을 한다. 가끔 마을의 중요한 행사가 있으면 출동해서 촬영까지 한다. 또 마을안내 팀 〈길눈이〉 창단 멤버로 지금도 마을 안내자 역할을 한다. 최근에 되살림가게 운영위원장을 맡았단다. 맞아, 올해 성년식 기획도 맡았다고 하지? 이 정도는 눈에 띄는 정기적인 활동만 대충 거론한 거고 그 외에도 느리가 걸치는 데는 참 많다. 느리가 어떻게 저걸 다 해내는지 모두들 신기해한다. 요사이는 마을에서 좀 걱정을 하기도 하는 모양이다. '저러다 병 안 날까? 저러다 애들 건사는 제대로 하려나?' 그런데 정작 느리는 항상 생글거리며 특유의 또박또박 느린 말로 "너무 재밌어. 너무 신나는 일들이야." 하고 다닌다. 성미산마을의 스타 자격, 충분하지 않은가?

자체 발광 마을스타 수하아빠

이 남자는 무엇보다 출중한 미모(?)로 '자체 발광 마을스타'로 꼽힌다. 적당히 쌍거풀진 눈매가 서글서글하고 퍽 착해 보인다. 계란형의 얼굴, 그리고 선명한 이목구비가 설핏 지나치다가도 다시 돌아보게 한다. 우리어린이집에 두 딸을 보내는 아빠다. 그가 마을과 맺은 인연은 참 각별하다.

지금부터 16여 년 전 우리어린이집이 처음 설립되어 막 서툰 걸음마를 하고 있을 때 그는 대학생이었다. 대학생 자원 활동가로 우리어린이집에 와서 아이 돌보는 일을 했다. 그때 이미 이 젊은 총각은 '나중에 애 나으면 여기서 키워야지' 했던 걸까? 그 후 10여 년이 지나 결혼하고 아이 낳고 아이를 키우려고 마을에 깃들었던 거다. 참 소설 같은 인연이 아닐 수 없다. 이 사실을 뒤늦게 우연히 축제를 준비하는 회의 뒤풀이 자리에서 듣게 되었다. 마을살이를 한참 하고 난 몇 년 후에 말이다. 세상에나, 어찌나 반갑고 신통하던지.

수하아빠, 그는 평소에 말이 별로 없다. 매력적인 눈매로 가끔 씨익 웃어 주기만 한다. 완전히 스타 포스다. 그러다가도 일을 맡으면 참 깔끔하게 해 낸다. 그의 직업은 디자이너다. 마을에 사무실을 두고 편집 디자인, 인테리어 및 설치 디자인 등 다양한 분야에서 활동한다. 마을에서 필요한 디자인 일도 참 많이 떠맡는다. 대표적으로 작은나무 출자자의 벽이 그의 작품이다. 언제 봐도 정겹고 따뜻한 분위기의 벽이다. 또 성미산마을극장의 심벌도 그가 디자인했다.

그는 오토바이를 타고 마을을 돌아다닌다. 사무실이 동네이니 오토바이로 출퇴근을 하는 모양인데 가끔 오토바이에 아이를 태워 등하원을 시키기도 한다. 풋! 그런데 그 오토바이가 너무 우습다. 몸체가 쪼그만 게 그가 타고 앉으면 훤칠한 그가 푹 꺼진 듯해서 오토바이를 타고 있는 그 모습이 영 '엣지'가 안 난다. 그런데 그는 아랑곳 않고 그걸 잘도 타고 다닌다. 헬멧은 꼭 쓰는데 헬멧으로 얼굴을 눌러 놓고 주저앉은 듯한 모양새로 탓탓탓탓 동네를 누비고 다니는 그의 모습이 왜 그런지 영 안 어울린다. 좀 웃기기도 한다. 스타답지 않게시리.

참, 언젠가 극장 디자인 일 부탁하러 그의 사무실 문을 열었더니 그의 새로운 모습이 눈에 확 들어왔다. 미남이 트럼펫까지 불고 있는 게 아닌가? 최근에 불기 시작했단다. 아마밴드에서 트럼펫을 연주하는 그의 모습이 순간 비디오처럼 둥실 떠오른다. 눈을 지그시 감은 채 몸을 비틀거리듯 가누며 드럼의 비트와 주거니 받거니 어울리며 연주하는 모습, 동네 아줌마들이 넋을 잃고 거기 빠져드는 모습이 보인다…! '에휴~ 왜 일케 세상은 공평하지 않은 게야, 쩝…!'

이밖에도 사회의 달인, 소녀 김언경. 마을의 크고 작은 행사의 사회는 다 그 차지다. 최근에는 성미산대책위에서 언론 담당자로 맹활약이다. 마을의 중요 회계는 다 도맡아하는 회계의 달인 생협의 진달래 김미숙, 각종 기획서와 보고서의 달인 젤소(최근 별명이 삐삐롱스타킹으로 바뀌었다), 마을 게시판에 그의 글이 나타났다 하면 댓글이 주루룩 거의 개그우먼 수준의 온라인 스타 유상엄마 노자 배노현, 어려운 얘기 쿨하게 잘 풀어 소통의 달인인 작은나무 2대 운영위원장 연두 이남실, 작은나무 리뉴얼 프로젝트를 완벽히 수행한, 허술한 듯 당찬 허당 알라딘여사… 영화 「추격자」 이후 형사 반장 단골로 맡고 있는 진짜 충무로 배우 도깨비 정인기, 그야말로 성미산마을의 스타 열전은 천일야화, 아니 만일야화로도 부족할 판이다.

　지금까지 말한 이들은 모두 마흔 전후로 마을의 전형적인 중간 세대들이다. 명실상부하게 마을의 미래를 짊어질 동량들인 셈이다. 그래서 이들 마을 스타의 탄생은 의미가 제법 크다. 게다가 마을엔 앞서 말했듯 지면상 미처 다 말하지 못한 스타들이 정말 밤하늘의 별처럼 무수히 많다. 이거 원, 따로 별책으로 '스타 열전'이라도 써야 할 판이다.

청하무적
시설
조

마을의 진정한 스타 중에는 끼가 있거나 잘 생기지 않아도 스타인 사람들이 많다. 그중 빼놓을 수 없는 우리 마을 진짜 스타가 있다. 바로 '시설조들'이다. 들, 그러니까 복수의 사람들이다. 마을에서 시설조 소속이라거나, 시설조 출신이라고 하면 일단 '먹고 들어간다'.

1. 마법의 손, 하마의 손

공동육아 어린이집은 조합원이 직접 운영하기 때문에 매년 운영 팀을 구성한다. 이사장, 교육이사, 홍보이사, 회계이사… 그리고 시설이사가 있다. 유독 시설이사 밑에는 요원이 몇 명씩 있다. 이들을 가리켜 시설조라 부른다. 이들의 역할은 여름 장마로 터전에 비가 새면 바로 출동해서 구멍을 찾아 비가 새지 않게 한다. 하수도가 막히면 바로 뚫어 낸다. 겨울에 마루 창문이 잘 안 닫혀 바람이 새면 창틀 아귀를 맞추어 바람을 막아 낸다. 초겨울 월동 준비로 창문과 문틀에 방풍 비닐 공사를 하거나 장판을 새로 깔거나 터전에서 큰 공사를 할 때면 시설조가 나타난다. 작업 계획을 미리 세우고 조합원들인 여러 엄마 아빠들을 능력과 형편껏 배치해서 협동 작업을 완수해 낸다. 이들 시설조에게는 '미션 임파서블'이란 없다. 미션이 주어지면 어떻게든 완수한다. 하지만 이런 시설조의 명성이 그냥 얻어진 게 아니다. 물론 역사가 있다. 그 옛날 어린이집 초창기 시절부터 명성을 굳혀 온 신화적인 선배 시설조들이 있기에 가능하다.

그 원조 시설조가 바로 하마다. 생김새가 딱 봐도 하마다. 설명이 필요 없는 별명이다. 그의 이름은 손용태다. 우리어린이집 초창기부터 최근까지 교사를 한 무지개의 남편이고, 수연 성준 남매의 자상한 아빠다. 하마는 무슨 일이든지 닥치면 '이렇게 하면 되지 뭐', '별거 아니야', '금방 돼' 도대체 어려운 게 없다. 허풍이 아니다. 실제로 그가 손대서 안 되는 일이란 없다. 다른 아빠들도 그의 작업 계획과 역할 분담에 따라 하다 보면 어느덧 일이 끝나 있다.

마법과도 같은 하마의 손은 어린이집에서 멈추지 않는다. 마을의 크고 작은 집수리, 사무실 이전과 인테리어, 아이들에게 필요한 의자나 가구까지 그의 손이 미친다. 축제에서도 물론 빼놓을 수 없다. 매년 그 규모와 내용이 다채로워지면서 시설과 장치도 많아진다. 무대 설치를 위한 덧마루 제작에서부터 무대 조립, 다양한 내용의 전시판 제작, 영화 스크린 설치 등등 그냥 덤벼들어서는 일머리가 잡히지 않는 큰 공사들을 그가 나서 다 해치운다. 그래서 당연 축제 기획 삼총사 중 한 사람인 거다. 집안 사정으로 잠시 마을을 비우고 다른 마을에서 살고 있는 지금 하마는 마을극단 무말랭이의 상임 무대 제작을 맡고 있다.

2. 이리 뚝딱 저리 뚝딱 맥가이버

하마가 원조 시설조를 대표한다면, 후대 시설조를 대표하는 이가 있다. 헌이아빠 맥가이버다. 별명에서 이미 그의 포스가 그대로 담겨 있다. 오죽하면 별명이 맥가이버일까. 그는 날으는어린이집 조합원으로 마을살이를 시작했다. 그 시절부터 두각을 드러낸 그의 시설조 본능은 날으는어린이집이 두 개로 나뉘어 설립된 성미산어린이집 시절에 절정을 이룬다. 그때부터 마을과의 연결이 부쩍 잦아지고 마을 활동에 적극적으로 참여했기 때문인데 맥가이버는 그 무렵부터 마을의 크고 작은 일들을 다 떠맡았다. 하마의 뒤를 이은 2세대 시설조의 대표격이라고나 할까. 그가 작은나무 앞을 지나가면 작은나무 근무자는 아무렇지도 않게 그를 불러들여 민원을 호소한다. 그는 바쁘지만 금방 하면 된다고 가던 길을 멈추고는 제대로 갖추어져 있을 리 없는 공구들을 가지고 이러저리 뚝딱뚝딱, 척 하니 해결해 낸다. 맥가이버는 따로 공구가 없이도 잘도 하지 않던가. 진짜다. 진짜 맥가이버다. 그는 원래 다큐멘터리 작가다. 그의 아내도 그렇다. 「경계도시 2」 감독 홍형숙이 바로 그의 아내이고 그는 제작자다. 처음에 우리는 그가 다큐멘터리 작가인지도 몰랐다. 그저 신통하게 일 잘하는 데다가 붙임성까지 있는 마을 아빠로만 알았지, 그가 그 바닥에선 알아주는 유명한 작가일 줄이야.

하마와 맥가이버 말고도 마을에는 시설조의 신화를 온몸으로 증명하고 있는 열혈 시설조들이 참 많다. 참나무어린이집 출신 상범아빠도 그중 하나다. 이렇게 시설조의 신화와 명성이 대를 이어온 덕에 아직도 마을에서 시설조 출신이라면 해병대 출신보다도 더 쳐주는 것이다, 하하하. 마을에 네 곳이나 되는 공동육아 어린이집 어딘가에서 지금도 필시 3세대 시설조들이 무럭무럭 육성되고 있으리라. 든든하다. 온 마을이 그들 덕에 참 든든하다.

생각하지마, 느끼려고 하지말고 생각하지마!

회의주의자들의 소통법

사람들이 묻는다. 뭐 하나 정하려면 끝장토론인지 뭔지 그거 아직도 하나요? 아니 무슨 화백회의도 아니고 진짜 의사 결정을 만장일치로 해요? 무엇보다 어떻게 그 오랜 세월, 그 많은 사람들이 헤어지지도 않고 으쌰으쌰, 한 마을을 만들어 왔냐고, 그 비결이 뭐냐고 많이 묻는다. 사실은 많이 갈라섰고 숱하게 헤어졌고 심신이 다 아팠고 머리도 온통 지끈거렸다.

1. 회의주의자들의 소통법

사람들의 짐작대로 마을 사람들은 모두 '회의주의자'들이다. '회의'하느라 정말 삶의 '회의'에 풍덩 빠지는 일도 수두룩하다. 마을의 가장 일반적인 소통 형태는 각종 회의다. 기관 운영에 직접 참여하는 마을 사람들에게는 회의 비중과 빈도가 그만큼 클 수밖에 없다. 어린이집 조합원을 한 예로 들면 아이 연령대별 방 모임과 담당 교사 면담이 월별로 정례화되어 있고 각자 속한 위원회 및 소위원회 회의를 합하면 매월 서너 번 회의가 열린다. 여기에 청소 당번, 아마 당번 등을 합치면 부부가 나누어 참여해도 매월 서너 차례 각종 회의와 공동체 활동에 참여하게 된다. 오죽하면 서로를 가리키며 '회의주의자들'이라 놀릴까.

회의는 마을에서 소통을 이루어 가는 중요한 장치이고 마을의 소통 수준을 가늠하는 중요한 지표다. 크고 작은 일의 방향을 결정하고 역할을 나눌 때 각자 의견을 내고 다른 이의 의견을 들으며 차이를 조정해 결국은 의견의 일치를 보는 과정이기 때문이다. 초기에는 모두가 자기 의견을 드러내고 주장하는 일에 적극적이다가 점차 남의 말을 '듣는 일'에 더 비중을 두는 경향이 생겼다. 이는 회의의 의사 결정 방식과 관련이 있다. 다수결을 선호하지 않고 모두가 합의에 이를 때까지 토론하는 '끝장토론'의 전통이 바로 그것이다.

2. 끝장토론의 원조? — 다수결 말고, 전원이 합의할 때까지

다수결이란 다수라는 수적 우위로써 차이를 효율적으로 조정하는 방식으로 인정되지만 소수의 의견을 다수의 의견이라는 공식성으로 억압하고 동의하지 못하는 성원을 방치한 채 결정된 의사를 실행하는 제도다. 그렇지만 끝장토론의 문화는 비록 시간과 수고가 많이 들고 논의 과정에서 지치고 일 처리가 더뎌도 성원 모두가 존중되고, 의견의 다름(차이)이 인정되며 '다수'(의견)라는 힘을 앞세워 소수(의견)를 지배(배제)하는 권력적 작용을 원천적으로 어렵게 한다.

공동육아협동조합에서는 대체로 이 방법으로 필요한 모든 의사를 결정해 왔다. 부모는 기본적으로 제 아이의 시각에서 다른 아이를 본다. 물론 정도의 차이는 있지만 그렇다. 그리 탓할 일도 아니다. 그러니 사사건건 다른 의견을 조정하기가 쉽지 않다. 하지만 소수라는 이유로 결코 입장을 포기할 수 없는 것들이다. 자기 아이에게 적절하지 않은 결정이라면 어떤 부모라도 수용하기 어려운 것이다. 자연 모두가 납득하지 못하면 결정하기 어려운 것이다. 그러니 논의가 길어진다. 그렇다면 이래서야 사소한 것 하나 바로바로 결정하지 못하고, 어떻게 조합을 운영하고 함께 살 수 있나 싶다. 보통 해결 방식이 두 가지 있다.

하나는 양보와 절충이다. 쉽게 말해 '접는' 거다. 내가 동의할 수 없더라도 옳다고 여기는 사람이 있으면 밀어주는 것이다. 하려는 사람에 대한 존중과 배려. 완전히 공감할 수는 없어도 하려는 사람을 격려하고 고운 눈길로 보는 것이다. 그런데 토론하다 보면 대립하는 양자의 입장을 함께 충족시키는 제3의 대안이 나오게 된다. 처음에는 한쪽이 포기하지 않은 한 합의에 다다를 수 없을 것 같던 일도 논의를 하다 보면 둘 다 만족시키는 묘안이 만들어진다. 신기하다. 그동안 생각하지 못했던 다른 대안이 떠오르는 것이다. 이는 대립하는 두 입장 각각의 요구와 상황에 대한 이해가 서로 충분하게 될 때 비로소 마법처럼 생겨나는 일이다. 따라서 끝장토론은 합의가 이루어지지 않아 무작정 끌고 가는 대책 없는 토론이 아니다. 대립하는 입장과 의견의 이유와 상황을 모두가 '깊게' 공감해 가는 과정이다. 그 공감의 깊이가 어느 수준에 다다라야만 비로소 서로 '윈-윈' 할 수 있는 묘안이 나오기 때문이다. 그래서 그때까지 공감의 수준을 높여 가고 있는 것일 뿐이다.

이러한 끝장토론 문화는 직접 민주제의 장점을 미리 알고 이를 실현해 보자는 차원에서 시작된 건 결코 아니다. 어린이집이나 성미산학교에서 아이에 관한 문제는 어떤 부모라도 쉽게 양보할 수 없는 사안이었기에 다수결은 애초에 불가능했는지도 모른다. 소수 의견이라는 이유로 기각, 폐기되기에는 다루는 의제가 각자에게 너무도 중요한 사안이기 때문이다. 그래서 한 가지 의제를 두고 몇 날을 토론해도 그 결론을 보지 못하는 경우도 많았다.

그러니 회의를 주어진 시간 안에 끝내려면 '말하기보다는 들어야' 한다는 것을 경험적으로 터득할 수밖에 없게 된다. 사실 듣기는 소통의 기본이다. 요 몇 년 사이 유행처럼 회자되는 소통 문화, 비폭력 대화 프로그램의 핵심도 바로 '듣기' 아니던가. 이렇게 소통에서 듣기의 중요성에 대한 경험적 깨달음은 마을의 시초인 우리어린이집 설립 초기부터 지난하게 훈련해 온 마을 차원의 집단적 경험의 소산이라고 할 수 있다. 즉 마을의 대표적인 소통 문화라 할 수 있다.

3. 그래도 합의가 안 되면?

이렇게 지난한 끝장토론을 해도 답이 안 나오면 어떻게 하나? 각자 하거나, 모두가 하지 않는다. 어떠한 일에 반대가 있다면 그 반대자의 수가 많고 적음을 떠나 반대 의사가 명백할 경우 결국은 하지 않는 것으로 결론이 나게 된다. 이는 반대 의견에 대한 배려다. 그리고 반대를 무릅쓰고 굳이 관철시켜야 할 일이라 여기지 않는 거다. 아니면 말고다. 참 쿨하다. 무엇보다 설령 반대를 이기고 한들 그 일이 흔쾌하겠는가?

　각자가 옳다고 믿는 방법으로 각자 실행에 옮기는 예도 있다. 정답을 하나로 만드는 데 사생결단하지 않고 그 에너지를 각자의 방식을 실행하는 데 쏟는 것이다. 사실 무엇이 옳은지는 지나 봐야 판명이 나거나 A가 옳다고 믿었던 사람도 막상 A를 실행해 보면 그게 아님을 깨닫게 되는 경우가 살다 보면 비일비재하지 않던가? 또한 B를 주장했던 사람이 A가 이루어지는 모습을 보고 "어? 니가 말하던 A가 이거였어? 진작 얘기하지." 한다. 그래, 해 봐야 된다. 세상일을 말로 다 설명하지 못한다. 설명한다 해도 상대가 다 알아듣는 경우는 거의 없다. 물론 무작정 다 저질러라 하는 건 아니지만 논쟁에 너무 사생결단하지 않고, '일단 해본다'. 그리고 반대하더라도 그저 고운 눈길로 봐준다.

근데 이게 뭐 성미산마을 사람들이 뛰어나고 일찌감치 혜안이 발달해서 가 아니라 아이들 키우려 함께 복닥대며 살다 생긴 나름의 문화란 것이다. 서로 의가 상하고 '찢어지기' 싫어 자생적으로 만들고 서서히 발전시켜 온.

4. 소통 방식의 두 갈래길

마을 남자들은 이러한 마을의 소통 문화에서 아주 특별한 경험을 한다. 남 자들은 대개 여자들의 토론 분위기가 '장황하고 산만하며 일관성 없다'고 생각한다. 그래서 여자들의 토론을 쉽게 '수다'로 단정하고 결론 없는 듯한 회의 진행에 무척 답답해한다.

"도대체 결론이 뭡니까?"

여자들끼리 열띠게 토론하는 와중에 무슨 소리 하는지 모르겠다는 듯 불쑥 끼어들기 일쑤다. 여자들은 남자들의 눈에는 주제와 별로 관련이 없 어 보이는 이야기를 하는 것 같고 일관성 없이 이리저리 이야기하는 것으로 보이지만 논의하고 있는 주제에 관련한 다양한 사항들을 두루두루 검토하 고 있는 경우가 많다. 남성들의 '결론적 소통'과 대비해 '맥락적 소통'이라고 할까?

맥락적 소통

맥락적 소통을 해서 결론에 도달한 경우 그 소통 수준은 상당히 높다. 남자들 중심의 토론은 흔히 '명쾌하게' 결론이 잘 나는 듯하지만 돌아서고 나면 각자 자기 의견(방식) 대로 결론이 난 줄 엉뚱하게 알고 있는 경우가 많 다. 그렇다고 남성적 소통 방식의 특성이 항상 부정적인 것만은 아니다. 여성적 소통과 보완 효과를 내기 때문에 마을에서는 남성과 여성이 고루 섞인 경우, 토론의 내용도 풍성하고 그 공감과 소통의 수준도 높은 경우가 일반적이다. 그러니 일이 성공하는 것도 당연하다. 실제로 마을에서 일을 꾸릴 때 남자들끼리만 팀이 만들어지는 것을 경계하며 어떻게든 여성이 포함되도록 한다. 더구나 여성 중에 남성적 소통을 하는 사람이 있고, 남성 중에 여성적 소통을 하는 사람이 있으면 금상첨화, 환상적이다. 일도 재미있게 할 뿐 아니라, 당연한 결과이겠지만 그 성과 역시 좋다.

맥락적 소통의 위력은 위기에 빠졌을 때 더 잘 드러난다. 흔히 남성들은 일이 위기에 빠지거나 성과가 시원찮으면 쉽게 실패로 단정하고 획기적인 다른 대안이 있지 않은 한 작파해야 하는 줄 알고 대단히 '심각하게' 회의에 임한다. 즉, 모 아니면 도의 성향이 있는 것이다. 하지만 여성들은 사소한 것들을 잘 끄집어내고 결국 이 '사소한' 것이 문제를 돌파하는 결정적인 계기가 되는 경우가 많다. 회의 분위기도 훨씬 가볍고, 심지어 즐겁기까지 하다. 남성들은 이 가벼움과 즐거움을 덜 진지함, 산만함으로 평가하는 경향이 있지만 말이다.

뒤풀이 예찬론

문제를 공식화해서 인식하고 결론을 모으는 역할을 회의가 담당한다면 대안을 다각도로 살피고 창의적인 돌파구를 내며 문제의 해결사를 발굴하는 데는 단연 '뒤풀이'가 으뜸이다. 술 한두 잔 오가다 보면 회의 때 생각지 못한 중요한 아이디어들이 속출하고 회의에서는 하찮게 여겨졌던 의견이나 요소가 매우 중요한 핵심적 위치로 복권(?)되기도 한다. 특히 회의에서 의견을 아끼던 성원이 결정적인 의견을 개진하기 일쑤고 나아가 그 일의 해결사를 자임하는 용기를 내기도 한다. 그러니 '회의 때는 문제를 공유하고 뒤풀이에서 해결한다'는 뒤풀이 예찬론이 나올 법도 하다. 하지만 뒤풀이 담론은 술자리 대화라 그 끝이 정확히 관리되지 않고 확인되지 않는 경우도 있으니 공식 회의와 적절히 균형을 이루며 활용되어야 한다. 따라서 뒤풀이에서 해결 방도를 찾았다 해도 공식 회의에서 그 실행을 계획하고 점검해야 한다. 즉 '회의-뒤풀이-회의' 이른바 공식 소통과 비공식 소통, 단상(壇上)과 단하(壇下)의 공론이 적절하게 교대하며 균형을 이룰 때 소통이 제대로 된다고 할 수 있다.

5. 수다는 위대하다

비공식 소통, 단하의 공론으로 치자면 뒤풀이보다 '수다'가 대표적인 소통법일 것이다. 수다란 사적으로 친한 이들끼리 나누는 끼리끼리 소통, 이른바 '뒷담화'를 말한다. 마을에서도 수다 문화는 대단히 일반적이다. 마을에서 정보를 가장 많이 실어 나르는 소통 수단이 수다가 아닐까 싶다. 공식회의는 개인의 정서적인 배경이나 성향을 충분히 반영하기 어렵고 경우에 따라서는 억압적이기까지 하다. 뒤풀이 역시 회의의 단점을 보완해 주기는 하지만 비공식 소통으로서는 충분하지 못하다.

수다는 공식적 소통의 단점을 보완하고 그 공감의 수준을 증대시키는 데 중요한 역할을 한다. 그리고 공식 소통에서 억압되거나 소홀하게 취급되어 상한 마음을 해소시키고 순화시켜 결과적으로 성원들 간의 오해와 갈등의 소지를 제거함으로써 소통의 수준을 한층 올리는 중요한 기능을 수행한다.

더욱이 누군가 마을에 처음 접속하려 할 때 수다의 역할은 결정적이다. 사실 개인이 공동체에 접속한다는 것은 그리 간단한 일은 아니다. 물론 필요와 의사가 있어 접속하려는 것이겠지만 공동체란 이 꼴 저 꼴 다 봐야 되고 개인이 너무 노출되어 사생활이 다소 침해되는 것도 감수해야 하는 바

'안전장치'가 없으면 쉽게 들어서기 어렵다. '수다 관계'는 바로 그 안전장치 역할을 한다. 여기서 수다 관계란 보통 이미 알고 지내던 사이, 또는 마을의 존재를 알려 주거나 접속을 추천한 사이, 아니면 마을 접속 후 성원 중에 아이가 같은 학년이라든가 어린이집 같은 방이라든가 하는 이러저러한 계기로 친해지게 된 사이로, 수시로 필요할 때 격의 없이 마실 다니며 이야기를 나눌 수 있는 관계를 말한다.

결국 수다를 나눌 수 있는 사적으로 친밀한 관계는 접속의 결행을 추동하고 접속의 초기 과정을 보호하는 역할을 한다. 즉 이미 존재하는 공동체에 들어갈 때 수다 관계를 통해 이러저러한 공동체의 규칙이나 관행, 분위기에 관한 정보와 함께하는 사람들의 특성, 성격 등에 대한 사전 지식을 얻는다면 이는 진입 초기에 매우 절실한 정보들이다.

공동체에 진입할 때 사람들은 자신이 기존 공동체 성원들에게 어떻게 비칠까를 염려하는 것이 보통인데 이는 진입을 더욱 조심스럽게 만들고 심지어는 위축시키기까지 한다. 수다 관계는 첫인상이 부정적으로 느껴지지 않도록 신입 주민의 성격이나 특성, 특히 장점 등을 미리 알리고, 행여 이미 부정적인 인상을 주었다 하더라도 해명해 주고 긍정적으로 유도하는 '엄호'의 역할을 하는 것이다. 그런데 엄호 역할 자체도 중요하지만 엄호해 주는 사람이 있다는 사실만으로도 당사자가 심리적으로 안정된다는 점이 더 중요한 것 같다. 그렇다면 수다야말로 '마을살이 멘토링'이라 할 수 있지 않을까?

커뮤니티의 중요한 소통 기능을 담당하는 수다 관계가 때로 부정적인 역할을 할 때가 있다. 수다 관계의 당사자들이 그 관계의 사적 성격과 친밀감 때문에 소통의 합리성을 외면하고 사실과 진실 또는 사태의 합리성을 왜곡하는 경우가 종종 있기 때문이다. 수다 관계 당사자들이 함께 속한 커뮤니티에서 중요한 의사 결정을 위한 토론이 벌어졌을 때 관계의 친밀성 때문에 의견 개진을 포기하거나 '의리' 때문에 자신의 뜻과는 다른 멘토의 의견에 동조하게 되는 경우가 그것이다. 심지어는 수다 관계가 논의의 쟁점을 감정적으로 증폭시켜 원활한 소통 과정 자체를 악화시키고 파행으로 몰고 가는 동력으로 작용하기도 한다. 이는 굳이 마을살이가 아니더라도 살면서 '옳고 그름'이 기준이 아니라 '친소 관계'로 의견이 나뉘는 것을 종종 경험하게 되니 그리 대수라 할 수 없을지도 모른다.

하지만 마을에서 이런 파국적 소통을 한바탕 겪고 나면 공동체에 대한 환상을 지우게 되고 때에 따라서는 진저리를 치며 커뮤니티 밖으로 이사를 가기도 하니 가벼이 볼 일은 아니다.

그렇다고 수다 문화 자체를 불신하거나 거부할 일은 결코 아니다. 오히려 수다 문화 등의 사적 소통 문화를 성숙시키는 데, 그래서 소통의 문화를 성장시키는 데 시선을 두어야 할 것이다.

6. 마을회의의 역사

마을 전체 회의는 15년 동안 딱 세 번 있었다. 첫 번째는 2003년 1월 말 설을 코앞에 둔 아주 추운 날, 상수도사업본부가 몰래 기습 벌목을 하자 이에 놀란 주민들이 그날 저녁 꿈터에 모인 장시간 대책 회의다. 1년 넘게 끌어온 성미산투쟁이 겨울철에 접어들어 소강 국면을 맞이한 상황에서 서울시가 도발적으로 기습 벌목을 감행하여 이후 대책을 의논하기 위해 급하게 마련된 자리였다.

두 번째는 2006년 12월, 건설교통부의 '살고 싶은 마을 만들기' 공모 신청서에 대한 마을 주민의 의견을 모으는 자리였다. 마을 차원의 공모 신청을 앞두고, 그것도 공모가 승인되면 5억 원에 달하게 될지도 모르는 큰 규모의 사업을 결정하기 위해서였다. 하지만 공모 금액의 크기보다는 그동안 마을에서 걱정하던 뒤숭숭한 분위기(?)를 해결하기 위해 마을의 과제를 총괄적으로 정리해 본다는 취지로 성립한 회의였다.

마지막으로 2008년 12월 27일 마을 송년회 형식을 빌린 마을회의가 있었다. 홍익대의 성미산 부지 매입과 초중고 교사 이전을 둘러싼 성미산 생태 공원화 방안과, 2009년도 마을의 빅 프로젝트로 진행될 성미산마을극장에 대한 설명회와 재정 모금 방안이 그 주요 의제였다.

마을회의에서 다루어지는 의제는 마을 전체 차원의 중요한 사안이었고 대부분 담당자들의 충분한 숙고와 논의가 있은 후에 주민 전체의 의견을 구하는 자리다. 물론 첫 마을회의는 화급히 성립한 회의이지만 1년 넘게 끌어온 투쟁의 연속선에서 이루어졌다. 참여자는 보통 40~50명 안팎이며 각 기관 대표들의 참여를 권장하지만 의무는 아니고 주민이라면 모두 참여 가능한 '개인 참여'의 원칙을 따른다. 기관 대표를 통해 기관의 의견을 모으는 자리가 아니라 누구라도 해당 주제에 관심과 의견이 있고 결정 사항에서 주어지는 몫을 감당하려고만 하면 의사 결정에 참여할 수 있다.

이런 방식의 회의가 가지는 장점은 회의에 참석한 참여자들이 다양한 의견을 나눌 수 있다는 데 있다. 다양한 사람들이 다양한 색깔을 펼치는 마을회의에서 의견의 맥락과 뉘앙스를 공유하면서 생생한 집단적인 소통을 경험한다. 또한 대표의 권위가 배제되며 모두가 한 개인으로서 '계급장을 뗀' 수평적인 소통을 하게 된다.

연합체 성격의 중앙 조직의 일사불란함보다는 자율적인 자기 페이스와 네트워크를 중시하는 마을의 조직 문화에서 또한 날로 복잡 다양해지는 활동들 간에 소통이 요구되는 시점에서 마을회의는 새로운 소통 방식이 되지 않을까? 결론을 내려야 할 때도 있겠지만 결론 없이 충분히 소통하고 공감을 나누는 것만으로도 충분한 마을회의도 있을 수 있겠다.

7. 옳은 게 옳은 게 아니다

최근 생협 총회에서 갈등 상황이 벌어졌다. 한 신입 조합원의 후기, "웬만한 조직에서는 늘상 있는 갈등인데 여기에서는 너무 조심하고 심각해하는 것 같아요. 다들 속살처럼 너무 여리다고나 할까요?"

그런지도 모르겠다. 쿨, 하게 못 넘어간다. 심각하게 받아들이고 조심스럽게 대응한다. '이건 이렇고 저건 저렇다. 당신 틀렸다.' 이런 얘기를 쉽게 못한다. 돌려서 얘기한다. 부드럽게 한다. 맘 상하지 않도록 한다. 그게 더 맘 상하게 하는 경우가 많음에도 말이다. '알았어. 근데 난 동의 못해. 내가 하고 싶은 대로 할 거야.' 이러고 싶은데 말이 이렇게 안 나간다. "이런 점을 지적하시는 거지요. 그렇게도 생각할 수 있겠군요. 저는 이런 맘으로 한 거거든요. 함 생각해 볼 게요. 나중에 더 이야기해 봐요…" '뭥 미? 인정한다는 거야, 못하겠다는 거야?' 답답하다. 어떨 때는 '책도 안 잡히면서' 핵심을 피하는 것 같아 더 얄밉고 화가 난다.

편한 관계에서는 무슨 듣기 싫은 얘기를 하더라도 '쟤가 왜 저래? 어제 시엄마랑 한판 했나?' 뱉어 낸 말 그 자체보다는 그 말의 속뜻을 읽고 나아가 배경을 살피느라 관심을 기울이게 된다. 하지만 평소 싫은 사람은 무슨 얘기를 해도 싫다. 미운 놈이 바른 소리할 때 젤로 재수 없지 않던가? 좀 유치하다 싶지만 이게 인지상정이다.

'그래! 옳은 게 옳은 게 아니다.' 이제는 이게 나의 작은 깨달음이다. 마을살이 십 수년, 아니 성미산학교 3년 하면서 터득한 소박한 진리랄까. 즉 서로 수용적인 관계에 있을 때 비로소 진심이 진심으로 통하는 거다. 개떡같이 얘기해도 찰떡같이 알아듣게 되는 거다.

그렇다면 이른바 수용적 소통의 토대와 전제는 뭘까? '관계'다. 함께 살아가는 일상의 관계 맺기가 바로 수용적 소통의 전제이자 그 토대가 되는 것이다. 합리(合理)의 강박을 내려놓고 시비(是非)의 압박을 뒤로 하고 하루하루 살아가는 일상의 리듬으로 함께 수다 떨고, 함께 안타까워하고, 함께 즐거워하는 사이 어느새 만들어지는 그런 관계다. 그래, 사람들은 어쩌면 오히려 합리의 압박과 구속이 없어서 그것을 즐기는 것 아닐까? 요즘은 그렇게 생각하며 그렁저렁 살아가고 있다.

마을엔
신화가
있다

마을에선 무슨 일을 하다 난관에 부딪칠 때 농담처럼 하는 이야기가 있다. '마을에서 하는 일은 안 되는 일이 없다.' '어쨌든 된다.'

난관을 잘 극복하고 나서 돌아보면, '어떻게 그 위기를 넘겼지?' 신기한 생각이 들기도 한다. 비록 옛날 같은 마을 탄생 신화는 아니지만 십 수년 마을 역사에서 자연스레 형성된 주술과도 같은 믿음이니 이를 일러 '마을 신화'라 할 만하지 않을까?

불패 신화, 끝 모를 낙관주의, 정시 도착 신화. 어쩌면 이것은 한 신화의 세 가지 다른 표현에 불과할지도 모른다. 같은 이야기가 어떨 때는 불패 신화로, 어떨 때는 낙관주의로, 어떨 때는 정시 도착 신화로 느껴지는 것이다.

1. 불패 신화

불패 신화는 말 그대로 마을에서 무슨 일을 벌이든지 실패해 본 적이 없어서 앞으로 무슨 일을 해도 성공할 거라는 막연한 믿음이 있다는 이야기다. 사실 마을에서 시도해서 실패한 일이 거의 없다. 한 가지 있다면 10여 년 전, 마을 사람들이 공동주택을 지으려고 부지를 매입하려다가 최종 순간에 지주가 거부해 성사되지 못한 일이 있기는 하다. 그 후로 이 프로젝트는 수그러들었는데, 최근 공동주택 1·2호가 연속으로 입주를 완료했으니 그 또한 실패라 하기도 어렵다. 고전하다 결국 폐업한 차병원도 사실 기획은 뛰어났고 운영도 한동안 꽤 잘되었다. 그리고 언젠가 차병원이 의료생협과 함께 다시 부활할 거란 믿음 또한 있으니 그 역시 완전한 실패는 아니라 박박 우기고 싶다. 하하하.

2. 끝 모를 낙관주의

마을 사람들은 무슨 일을 하건 다 잘될 것이라는 낙관적인 태도를 보인다. 어려움이 예상되거나 어려움이 현실로 닥쳐도 결국 해결될 것이라는 여유 있는 태도 또는 믿음들이 있다. 그래서 일을 할 때 별로 조바심을 내지 않고 실패에 대한 염려나 두려움이 적어 결과적으로 부담감을 덜 갖게 된다. 심리적으로 안정된 상태에서 일을 하게 되니 성공 확률이 높아지는 것은 어쩌면 당연한 일이다.

　낙관주의는 일을 실행하는 과정에만 작용하는 것이 아니다. 새로운 일을 구상하고 계획을 수립할 때 일을 쉽게 생각하는 경향을 가리키는 말이기도 하다. 추진 과정에서 예상되는 다양한 어려움을 면밀하게 따져 보지 않고 성공 가능성만을 크게 부각해 일의 착수를 쉽게 결정하기도 한다. 그래서 때로는 '무모한' 낙관주의라고 말하기도 한다. 하지만 '끝 모를' 낙관주의 신화는 실패에 대한 강박이 그리 크지 않다는 점이 초점이다. 불패 신화에서 비롯되는 성공에 대한 자신감과는 별도로 '실패하면 좀 어때?' 하는 실패에 대한 태도가 이 신화의 핵심이다. 이는 실제로 실패할 수도 있다는 점을 인정하기 때문에 가능한 태도다. 실패하면 중도에 작파하면 될 일이고 다음에 다시 하면 된다는 태도다. 성패에 목숨 걸 일이 아니라는 것이다. 우리가 마을에서 하는 일 중에 '안 하면 안 되는 일'은 없기 때문이다. 결국 낙관주의란 성공에 대한 긍정적인 태도라기보다, 실패에 대한 긍정적인 태도다.

3. 정시 도착 신화

마을에서 하는 일이 난관에 봉착할 때마다 적시에 특정 사건이 발생하거나 특정 사람이 나타나 난관을 극복하고 일을 성취해 낸다는 믿음이 마을에 있다. 정시 도착하는 사람은 마을 안에서 나타나기도 하고, 마을 밖에서 나타나기도 한다. 이 믿음은 한두 번의 우연으로 생긴 믿음이 아니다. 돌이켜 보면 매번 어려울 때마다 그랬다는 점에서 생긴 공통의 믿음이다. 우연이라고 하기에는 너무 자주 벌어지는 일이며 그저 성공적인 결과를 두고 사후에 긍정적인 마음으로 회고하거나 합리화하는 것이라고 접어 버리기에도 뭔가 석연치 않다.

생협 활동가 해기는 이를 이렇게 해석했다.

"주민들이 생활 속의 욕구에서부터 시작해 자기 의견을 표현하고 마을일에 결합하기 때문에 스스로 움직이기를 준비하고 있는 셈이다. 또한 실제로 그렇게 스스로 마을일에 결합한다."

해기의 말은 즉 정시 도착 현상은 주민 자발성의 다른 표현이라는 것이다. 결국 '불패', '낙관주의', '정시도착'이라는 신화는 마을 주민들의 자발적인 에너지가 발현해 구체적인 일로 연결되는 모습을 설명하는 말이라 할 수 있겠다. 또한 대의와 목표를 좇아가기보다는 필요와 욕구에 의해 움직이고 조직의 일사불란함보다는 하고 싶은 사람들이 시작하고, 이를 '고운 눈길로 봐주는', 그러다가 도움이라도 청하면, 기꺼이 한손 얹어 주는, 그렇게 일하는 풍토의 특성에서 연유하는 것이라 해석하면 어떨까?

정시 도착 신화가 결국은 주민의 자발성을 나타내는 것이라면 여기 빠뜨려서는 안 될 요소가 하나 있다. 바로 '양'의 성장, '양'적 달성이다. 성미산 투쟁을 거치면서 마을은 마치 빅뱅을 한 듯이 여러 분야에서 엄청난 속도로 성장했다. 활동이 무척 다양해지고 활동가 수도 많이 늘었다. 이렇듯 마을의 활동과 에너지가 일정 수준에 이르면 신규 사업을 벌여도 여간해서 뒤뚱거리지 않고 잘 지속되어 성공적으로 안착하는 경향이 있다. 무슨 일을 제안하든 최소한 네댓 명은 나서게 되니 특별한 경우가 아니고서야 일의 착수가 쉽고 대체로 성공적으로 풀린다.

자발성의 전통과 기운이 양적으로 어느 수준까지 성장해 정시 도착 신화도 가능해진 것이 아닐까? 그동안 살면서 '질'이 중요하다고 믿었는데 요사이 '양'이 중요하다는 생각을 많이 한다. 양은 일정 수준에 도달하기까지 시간이 걸린다. 그래서 그 시간을 기다리고 지켜 내는 과정이 중요한데 생활의 리듬과 호흡을 타지 않고서는 조바심이 나서 견디기 어렵다. 흔히 활동가들이 겪는 어려움이 바로 이 대목이다.

4. 무임승차에 대한 관용

마을에는 또한 '무임승차'에 대한 관용의 전통이 있다. 공동체 관계에서 무임승차는 윤리적으로 용납되지 않는 것이 당연하고 심지어 지탄 대상이 되는 것이 보통이다. 그런데 성미산마을에서는 무임승차를 지탄의 대상으로까지 삼지는 않는다. 이는 마을의 양적 성장과도 관계가 있다. 어떤 주민이 마을일에 참여하거나 협조하지 않고 혜택만 누리려 하더라도 결국 언젠가는 그도 마을을 위해 기여할 것이라는 막연한 믿음과 여유가 있다. 막연하다는 의미는 그 주민을 두고 구체적인 판단을 해서가 아니고 누구라도 그렇다는 의미다. 이러한 관용과 기다림의 덕은 마을의 양적 성장이 주는 여유임에 분명하다. 마을에 자원이 풍부하니까 당장 모두가 뛰어들지 않아도 어느 정도 감당되기 때문이기도 하다. 결국 돌아가면서 일을 나누어 맡는 것이다. 마을에 디자이너 직업을 가진 사람만 해도… 한 댓 명 정도 될까? 오늘까지 꾸준히 축적해 온 협동의 경험, 그 성공적인 경험은 커뮤니티 주민들에게 공통된 믿음을 심어 주었다.

거창하게 신화라고 했지만 이는 모두 인간의 힘으로 만들어 낸 이야기다. 앞에서 말한 것처럼 돈도 조직도 정치력도 정부도 아닌, 사람 하나하나, 사람들이 함께한 일이다. 그것이 모여 우리 마을의 신화를 만들어 냈다. 그리고 그 신화는 나날이 '업데이트'되는, 살아 움직이는 일상의 신화다. 바로 '우리들 모두의 이야기'인 것이다.

마을살이,
위기와
기회

2003년 성미산투쟁을 승리로 이끈 이후 마을은 마치 빅뱅이라고 할 정
도로 많은 일들이 벌어졌다. 마치 봇물이 터지기라도 한 듯이 한꺼번에 다
양한 활동이 생겨났던 것이다. 지금 성미산마을의 내용을 이루는 일들의
80~90 퍼센트가 2003년에서 2006년 사이 약 3년간 거의 만들어졌다고
할 정도다. 그러자 예전엔 생각지도 못한 문제들이 서서히 드러나게 되었
다. 16년 마을살이하면서 위기는 수없이 있었지만, 2006년 언젠가부터
이 위기는 어느 때보다 심각한 모습으로 다가오기 시작했다.

1. 외롭다, 다원적 소통의 문화

성미산투쟁의 승리 이후 마을 활동 방식이 현격히 변했다. 활동이 다양하
다 보니 마을에서 열리는 회의나 행사도 많아지고 어디서 어떤 행사나 회의
가 있는지 다 알 수조차 없다. 행사 참여는 커녕, 각 단위의 최근의 중요 이
슈가 뭔지 챙기기도 어려운 실정이 되었다. 행사 일정을 맞추기도 어렵다.
그래서 마을의 여러 행사 날짜를 잘 살펴 잡지 않으면 흥행(?)에 심각한 문
제가 생기기도 한다. 더욱 심각한 것은 상호 소통의 어려움이 발생하는 것

이다. 예전에는 모두가 모여 의사 결정하고 함께 일을 나누어 치르고 또 함께 모여 평가하며 즐거워하는 '총동원' 체제에서 '각개 약진'하는 형국으로 변하다 보니 다소 외로운 게 사실이다.

각자 자기 일이나 활동 영역에서 바쁘다 보면, 다른 영역의 일을 살피지 못하게 된다. 그러다 보니 혼자 고군분투하는 것 같고, 때로 일이 잘 안 풀리기라도 하면 쉽게 의기소침해지기도 한다. 이런저런 사정을 소상히 알아주고 격려해 주는 이도 전 같지 않으니 더더욱 힘들게 느껴진다. 그러다 가끔 서운한 맘이 들고 참다 참다 누군가에게 '서운하다' 하소연이라도 하게 되면 '나도 그래' 아니면 '난 더 힘들어' 식의 반응이 날아오기 일쑤이니 그 푸념도 참고 만다.

이러한 분위기에서는 '다 힘들구나!' 라는 찌뿌드드한 모드로 마을을 보게 되고 마을에 뭔가 명확하지는 않으나 문제가 있는 것처럼 느끼게 된다. 또한 이러한 분위기는 마을 협동의 신화를 의심케 하기도 한다. 결국 다원화된 마을 활동 시대에 각개 약진하는 조직 활동 문화 속에서 '소통의 부재'가 문제로 드러난 것이다. 그렇다고 과거로 회귀할 수는 없는 일. 다극화·다원화 시대에 걸맞은 소통의 문화와 시스템이 필요했던 것이다.

2. 힘들다, 자원 조달의 어려움

마을일이 확장되거나 새롭게 만들어진다고 해서 그 일을 감당할 사람이 그만큼 늘어나지는 않는다. 활동가의 발굴 속도가 일의 증가 속도를 따르지 못하는 것이다. 그래서 이미 열심히 활동하던 활동가들이 '겹치기 출연'을 하게 되고 '마을하기 고단하다'는 한탄이 나오게 된다. 처음에 일을 기획할 때에는 여러 사람이 의견을 내고 참여해도 일단 일을 실행하는 단계에서는 활동가 중심으로 재편되어 진행되기 때문에 상대적으로 인적 자원의 부족감은 더욱 크게 다가오기 마련이다.

또 물적 자원 조달에서 오는 문제도 있다. 보통 커뮤니티 안에서 행사를 할 때면 경비를 별로 들이지 않고 소박하게 치르는 것이 상례다. 하지만 마을 활동이 지역사회로 점차 확장되고 지역사회 주민들의 참여가 늘면서부터는 양상이 달라진다. 예를 들어 예전 축제 때는 봉제 공장 하는 아빠가 광목을 죽죽 박아 스크린을 만들어 담벼락에 걸어 놓고 밤새 영화를 틀어 놓아도 즐거웠다. 하지만 요즘에는 100만 원 하는 스크린을 장비 대여업체에서 빌려서 영화제를 치른다. 축제 예산이 300만 원 남짓인데도 말이다. 이는 지역 주민들의 눈높이에 맞추기 위해서다. 지역 주민들은 함께하는 것이 좋아서라기보다 우선 영화제가 그럴듯해서 참여하다가 이웃과 함께하는 것도 즐겁다는 경험을 하게 되기 때문이다.

최근 마을에서는 커뮤니티 내부보다는 지역의 일반 주민들의 참여를 전제로 이루어지는 활동이 많아지기 때문에 물적 자원 조달의 문제는 일시적이 아니라 향후 계속 심화될 것으로 보인다. 이렇듯 인적 및 물적 자원 조달의 어려움은 활동가들에게 결정적인 제약으로 작용하게 되어 활동을 더 진전시키지 못하는 이유가 되기도 한다.

3. 어렵다, 비전과 대안에 대한 갈증

비전의 부재, 정책 대안에 대한 갈증은 흔히 이런 하소연으로 나타난다. "어려워요!" 통상 일을 하다 보면 활력이 넘치는 시작 단계를 넘어서 지루한 정착 단계를 거치게 된다. 이때 활동가들은 지지부진한 사업의 속도와 성과에 불안을 느끼고 나아가 그 원인을 자신의 무능에서 찾으면서 심각한 곤경에 스스로 빠져들게 된다.

또한 정체된 사업의 활로는 사업 그 자체보다는 다른 차원의 영역과 관점을 요구하는 경우가 많다. 예를 들면 마을 혹은 지역 차원의 전망에서 비로소 당해 사업의 활로가 발견되고 다른 영역의 사업과 연대를 할 때 비로소 해결의 실마리가 나타나기도 한다.

따라서 활동의 어려움을 호소하는 많은 경우 자신의 활동이 현재 놓여 있는 시점의 특성상 불가피하게 성과가 잘 보이지 않고 그래서 어려운 것이라는 인식을 하지 못해서인 경우가 많다. 아니면 문제 해결의 활로를 찾기 위한 지역 차원의 연대의 계기를 발견하지 못했거나 정책적 차원의 비전의 부재를 호소하는 수도 있다.

4. 사람과마을의 탄생

마을 내 다양한 활동들의 현황과 과제를 살피고 개별 활동들이 서로 연결될 수 있도록 지원하며 함께 문제를 해결해 갈 수 있도록 돕는 역할이 필요했다. 〈사단법인 사람과마을〉이 만들어진 이유다. 사람과마을은 '외롭다'로 표현된 소통의 문제, '힘들다'로 표현된 물적 인적 자원 조달의 문제, '어렵다'로 표현된 연대와 정책적 비전의 부재를 해결하는 것을 조직의 일차 과제로 삼았다.

마을의 모든 활동을 교육·문화·환경·경제·복지 다섯 분야로 나누고 해당 분야 활동가들로 구성된 분과 위원회에서 활동상의 애로를 스스럼없이 털어놓고 그 해결 방안을 공동으로 모색한다. 활동가들은 비슷한 영역의 다른 활동가들과 정기적으로 만나 소통의 갈증을 풀고 인적 자원의 정보를 교류하고 물적 자원을 동원하기 위한 각종 공모 사업 정보를 나누고 사안에 따라서 공동으로 공모 신청을 함으로써 실질적인 도움을 받게 된다. 이렇게 소통과 자원 조달의 협동적 경험이 쌓이다 보면 자연스레 활동상의 교류와 연대가 이루어지고 나아가 정책적 비전을 공유하기에 이른다.

여기서 사람과마을 실무자(분과이사 포함)들은 정책적 차원의 맥락에 집중하면서도 네트워킹과 조정 기능을 잘 발휘할 수 있어야 한다. 약화된 마을 내 소통을 다시 활성화하는 계기를 만드는 일로 사람과마을 프로젝트의 가장 중요한 목표다.

경계와 문턱

마을에 이미 살고 있으면서 커뮤니티에 관심이 생겨 진입 혹은 접속하려 할 때, 또는 마을의 특정 기관(활동)에 결합하기 위해 이사를 왔을 때 겪는 진입 장벽은 누구나 있을 것이다. 이미 진입 장벽이 있다고 느끼는 마당에 어느 경우가 더하고, 덜하다 말하는 것은 어패가 있겠으나 전자보다는 후자가 더 힘들지 않을까.

성미산학교에 아이를 입학시키거나 어린이집에 아이들을 보내기 위해 이사 오는 이들에게는 언론 등을 통해 성미산마을이 '도시 공동체'로서 대단한 마을이라는 긍정적인 선입견이 들어 있는 경우가 대부분이다. 잔뜩 기대를 안고 마을에 들어섰는데 '어라, 이게 아니네?' 싶을 때 배신감마저 느낀다고 한다. "마을에 이사 오면 성미산만의 독특한 의례와 친절하고도 품위 있는 마을살이에 대한 안내가 기다리고 있을 줄 알았는데, 누구 하나 반기기는커녕 알아보는 이조차 없어서 처음에는 놀라거나 화났다가 나중에는 속았다는 느낌이 들더"란다. 그래도 학교든 어린이집이든 소속되고 나서 이사한 사람은 그 기관에서 형성되는 관계가 있어 그나마 나은데 소속이 없는 상태에서 이사 온 경우에는 참으로 황당할 법도 하다. 하지만 마을살이를 조금씩 하다 보면 금방 잊히고 용서(?)가 되기 마련이다. 그리고 사실 마을이 무슨 시민 단체나 조직이 아니다 보니 누가 이사 온다 해서 특별히 의례를 치르고 자시고 할 게 없다. 오다가다 낯선 이가 보이면 '이사 왔나?' 아이들 데리고 다니는 걸 보니 '어린이집에 아이들 보내나 보네? 어느 어린이집일까?' 이 정도다. 이것을 진입 장벽이라 부르긴 글쎄… 좀…

1. 보이지 않는 장벽

사실 제일 어려운 것은 겉으로는 확연히 드러나지 않는 '은근한' 장벽이 마을 안에 있다는 것이다. 이는 전부터 마을에 살고 있던 경우나 이사를 마치고 본격적인 마을살이를 하게 된 이후에 느끼게 되는 것이니 어찌 보면 심각하다 할 수 있겠다. 한마디로 어디엔가, 뭔가에 끼어들기가 뭣한 구석이 있다는 것이다. 자기들끼리만 알아듣는 대화, 자기들끼리만 별명 지어 부르기 등등이 그런 예라고 한다.

실제로 마포두레생협 게시판에서 별명을 사용하는 것이 거부감 또는 위화감(?)을 준다며 별칭을 사용하는 것을 자제하자는 의견도 있었다. 사실 별명은 어린이집에서부터 비롯된 오랜 문화로서 마을 커뮤니티의 초기 그룹들에게 고유한, 자연스런 문화의 일부이며 상징적인 것이기도 하다. 실제로 마을 밖의 사람들은 이 마을의 어른들이 서로 별칭을 자연스레 부르는 장면을 보고 대단히 신기해하면서 대체로 긍정적으로 반응한다. 특히 아이들이 어른들을 별칭으로 부를 때 더욱 특이해한다.

그러나 이 지역에 살았지만 이러한 어린이집의 호칭 문화를 모르는 채 생협에 가입한 주민들은 이런 모습이 별스럽고 심지어 이들만의 특별한 표식인 것 같아 거리감이나 위화감 같은 것을 느낄 수 있다는 우려가 나온 것이다. 우려만이 아니라 실제로 그러한 불만을 이야기하는 조합원이 있었단다. 또한 좁은 생협 매장 안에서 무척 반가워하면서 인사하는 모습도 거슬

리더란다. 마치 이방인이 되어 뭐라 끼어들지도 못하고 뻘쭘하게 있다가 서둘러 빠져나오게 되는 그런 기분 등등.

마을의 어떤 기관에 소속되어 이사를 온 새내기 주민은 소속된 관계 속에서 커뮤니티의 따뜻한 사랑도 느끼고 마을살이의 이모저모를 배울 수 있지만 마을에 그저 살면서 접속하게 되는 주민은 달리 누군가 챙기지 않으면 단절감이 문제가 된다. 그렇다고 매장에서 반가운 사람 만나도 새내기들 있는지 확인하고 웃을 수는 없는 일이다. 결국은 마을에 정착하기까지 친절한 안내를 좀 더 체계적으로 할 수 있는 방안이 필요하다. 아울러 다양한 형태로 프로그램에 참여할 수 있는 계기를 만들고 새내기들이 쉽게 접근하고 가볍게 동참할 수 있는 프로그램 또한 개발해야 할 것이다. 그래서 생협에는 이미 마을 모임이 여럿 구성되어 있고 무엇보다 이 마을 모임의 활성화에 역점을 두고 있다.

2. 일 문화와 감수성 차이

지역사회 속에서 더불어 사는 마을 공동체를 확장해 가는 일은 사실 어려운 과정일 수밖에 없다. 성미산마을이 지역사회라는 공간보다는 뜻을 같이하는 사람들이 엮여 형성돼 왔다는 점에서 더 그렇다. 따라서 막상 지역 차원의 사업을 기획하고 함께 수행할라치면 일을 기획하고 집행하는 방식, 토론하고 합의하는 문화는 물론이고 세세한 실무적인 감수성에 이르기까지 상당한 차이가 있음을 발견하게 된다.

2008년 하반기 사람과마을이 성산동 주민자치위원회와 공동 기획 사업을 진행하면서 일하는 방식에서 여러모로 다른 관행을 확인한 적이 있다. 이런 차이는 서로 빈번하고 지속적으로 교류하면서 차근차근 함께 일을 해 보는 경험이 쌓여야 나아질 것이다. 그러려면 같은 삶의 공간에 주목하는 지역사회와 소통하고, 다양한 주민들과 접속·교류하는 방법을 좀 더 적극적으로 찾아내는 것이 필요하다.

함께하는 마을살이를 지역사회로 넓히려면 우선 소통 방식을 성찰해 봐야 한다. 마을 주민을 대상화하는 과도한 사명감, 계몽적인 활동 문화는 제일 먼저 경계해야 한다. 결국 소통의 실패는 '마을'을 지역사회에서 자족적인 섬으로 고립시키는 결과를 낳게 된다. 따라서 지역사회의 주민들과 다양한 소통 경로를 찾고 지역사회와 주민들의 다양한 경제적·사회적 조건을 충분히 고려하는 새로운 소통 방식을 고민해야 한다. 아울러 소통을 위한 방법과 시도들은 지역의 다양한 주민들의 욕구와 감수성에 좀 더 다가갈 수 있도록 세심하고도 세련되게 기획되어야 한다. 그럴 때 비로소 지역사회에서 일상생활 속의 대안 가치에 대한 공감이 넓어지고, 함께하는 참여 속에서 정서적인 교류가 더 깊게 이루어지도록 할 수 있는 것이다.

3. 문턱과 경계가 없으면 그게 공동체일까?

다른 사람들이 살아가는 방식과 뭔가 다르고 또한 서로 소통하는 독특한 문화가 있으니 이를 무슨무슨 공동체라 부르고 이야기하는 것 아닐까? 그러니 경계와 문턱 자체를 부인하기보다는 높지 않은 문턱, 넘나들기 쉬운 경계를 가지는 게 더 중요할 것이다.

높지 않은 문턱? 넘나들기 쉬운 경계? 전환기에 들어선 성미산마을의 가장 중요한 숙제가 바로 이것이 아닐까 싶다.

하고 싶은 사람이 다 한다?

언젠가 마을에서 10여 년을 살면서 아이를 키운 아빠가 툭 던진 말이다.

"마을에 들어오면 왠지 도덕적이 되고 마을을 생각하는 마음을 갖게 되며 그리 행동하게 된다. 특별히 누가 이래라 저래라 강요하는 것은 없는데 그렇게 된다. 그리고 그렇게 하지 않으면 괜스레 '미안한 마음'이 든다. 이런 것이 공동체의 억압일까?"

명시적으로 이래라 저래라 하지 않고 은근하게, 아니 스스로 그렇게 생각을 하도록 무언가가 작용한다면 그것도 억압일 수 있겠다. 그래서 '하고 싶은 사람이 한다'가 더욱 중요해지는 명제인지도 모른다.

하고 싶은 일을 한다 해서 그것이 자기 맘대로 무슨 일이든 해도 된다는 것은 아닐 터. 마을을 해하지 않고 마을을 위한다는 의미의 공공성을 실현하더라도 그것이 자신의 의견과 욕구, 형편과 조건 등에 따라 개인마다 그 의미가 다른 것은 당연할 것이다. 공공성이 개인의 다양한 조건을 거쳐 주장되고 실현될 때 은근하든 노골적이든 억압적인 작용은 최소화되지 않을까?

'하고 싶은 사람이 한다'는 명제는 일을 여럿이 도모하고 싶거나 참여자를 모으고 싶을 때 나아가 그 일을 확장하고 널리 확대하고 싶을 때 주효하다. 보통은 이럴 때 그 일이 가지는 의미와 가치를 정연하게 정리해 충분히 그리고 조리있게 설득해서 이해시키는 과정을 계획하고 실제로 그렇게 한다. 즉 '이래서 좋고 저래서 필요하고' 등등. 하지만 그보다는 하고 싶은 사람이 자기가 하고 싶은 일을 그냥 즐겁게 하는 것 자체가 훨씬 더 큰 설득력을 갖는 경우가 많다.

1. 스스로 즐거워야 설득된다

언젠가 시민 단체에서 활동하던 한 젊은이가 나를 찾아와 마을 주민들과 춤을 추고 싶다며 춤에 관심이 있는 사람이 누구냐, 춤을 출 만한 곳이 어디냐, 등 세세히 물었다. "생협 앞에 가면 오후 5~7시까지 동네 사람들로 무지 바글바글 대니까 거기 인도에서 10분씩 며칠만 춤을 춰 봐라." 했더니 그 젊은이가 깜짝 놀란다. 뻘쭘하게 어떻게 혼자 춤을 추냐고.

며칠 후 젊은이는 예쁘게 만든 전단지를 한 꾸러미 들고 마을에 나타나서는 오가는 사람들에게 열심히 나눠 주었다. 전단지를 보니 이것저것 세상에 좋은 이야기는 다 적혀 있었다. 그런데 동네 사람들이 잘 받지 않고, 심지어는 성의 없이 받아서는 바로 버리는 이도 있었나 보다. 그러자 이 젊은이 상처를 받았다, 그것도 아주 심하게. '아니 다른 마을도 아니고 성미산마을에서 주민들이랑 같이 춤추려고 내가 이렇게 마음을 냈는데 이럴 수가, 아니 이게 무슨 공동체야?' 실망을 하고 돌아갔다.

내가 이 젊은이에게 생협 앞에서 춤을 추라고 권하면서 상상한 상황은 대충 이런 거였다. 첫날 생협 앞에서 춤을 추면 사람들이 장 보고 가기 바쁘니까 "쟤 뭐래?" 하고는 그냥 지나칠 거다, 그 다음 날도 또 추고 있으면 "어? 어제 걔 아니야?" 하면서 "내일도 나올라나? 내일은 좀 일찍 나와 봐야지." 한다, 3일째에는 여전히 춤추고 있는 젊은이 앞에 서서 구경을 한다, 어느새 자기도 모르는 사이 (청년이 흔드는 춤의) 리듬을 타고 있다, 그 때 그 젊은이가 "아줌마 추실까요?" 손을 잡아당기면 이 엄마는 "아니, 아 니야!" 하면서도 같이 딸려 들어가 함께 춤을 춘다, 뭐 이런 상상을 한 거 다. 과장을 좀 하면 지하철에서 누군가가 다가와 "도에 대해서 관심 있으십 니까?" 이거 재미없다. 아니 부담스럽기조차 하다. 세상에 아무리 좋은 것 도 자꾸 권하고 설득하려 들면 사실 좀 '재수 없다'. 좋으면 자기가 그냥 하 면 된다.

세상에 무슨 일이든 스스로 하고 싶은 사람만큼 즐겁게 할 수는 없다. 하 는 사람이 스스로 즐거워하는 모습일 때 보는 사람들도 호기심이 생기고 더 공감한다. 너무 애써 설득하려 들지 말고 머리 굴려 계획하지 말고 그저 스 스로 즐거우면 그게 길이다. 그럼 어떻게 알았는지 다 알아서 찾아오고 궁금 해하고 관심을 보인다. 연기를 피우고 그 연기에 향이 나게 하는 것이다. 요 즘 같은 리얼타임 시대에 매력적인 시그널이 뜨면 귀신같이 알고 찾아든다. 그럼, 향 좋은 연기가 무엇일까? 스스로 즐겁고 흥에 겨운 모습 그 자체다.

회의나 모임에 참여하기로 한 사람이 안 온다고 힘 빠질 필요도 없다. 수 가 기대 이하라 할지라도 온 사람이 즐겁고 의미 있으면 된다. '안 오면 지가 손해', 이렇게 돼야 안 온 사람이 그 다음에 온다. 모인 사람이 안 온 사람 때문에 맥 빠지게 있다가 헤어지면 그날 온 사람도 그 다음엔 안 나오게 된 다. 안 나왔던 사람은 '거 봐. 내 그럴 줄 알았어.' 하며 내심 살짝 미안해하 던 마음도 접어 버리게 된다.

2. 올인하는 한 사람만

무슨 일이나 처음에 일을 설계할 때는 신이 난다. 모두가 함께 모여 꿈을 노래한다. 일이 다 된 것만 같다. 그러나 일단 일이 세팅되고 나면 넘치던 에너지는 사그라들고 상승하던 흐름이 일순 가라앉고 수평으로 흐른다. 고비가 오는 것이다. 이렇게 수평으로 늘어지듯 지지부진한 기운이 다시 상승하려면 시간이 필요하다. 그런데 그 일을 맡은 담당자에게는 착시 현상이 나타난다. 상승하다 수평으로 가면 마치 하향하는 듯한 착각이 드는 것이다. 더욱이 담당자는 착해서 대체로 자기 때문에, 자기가 무능해서 그런 줄 믿는다. 초기에 북적이던 분위기는 간 데 없고 동그마니 혼자 남은 것같아 외롭다고 느낀다. 그런데 이 고비를 어떻게 넘기느냐가 모든 일의 성공의 관건이다. 바로 이때부터 진짜 이 일을 하고 싶은 사람만이 그 고비를 넘긴다. 천하에 타고난 사명감과 능력이 있어도 하고 싶어 하는 사람, 즐기는 사람은 못 쫓아간다.

진짜 하고 싶은, 그래서 올인하는 '한 사람'이 있으면 절반 정도 올인하는 사람이 두셋 생긴다. 나는 올인은 못하지만 네가 하면 도와줄게 하는 사람이 생기는 것이다. 그 다음 30%만 올인할 사람 역시 서너 명 나온다. 벌써 대여섯 명이다. 대여섯 모이면 세상에 못할 일이 없다. 그런데 이 대여섯이 모두 올인하면 무슨 일이 생길까? 이거 일 잘될 거 같지만, 배가 산으로 가는 수가 많다. 그래서 한 사람만이라도 진짜 하고 싶은 사람이 있으면 그냥 하면 된다. 자기가 먼저 한길에 나가 춤을 춰야 한다.

3. 힘 빼면 나온다

사람들은 누울 자릴 보고 눕고 뻗을 자릴 보고 다릴 뻗는다. 아무리 흥겹고 열린 자리라 해도 뻘쭘할 것 같으면 절대 안 나선다. 우리나라 남자들 예비군복 입혀 놓으면 무슨 일이든 다 하지 않던가. 그렇다. 자발성이란 개인의 성격이나 태도라기보다는 관계와 상황의 문제인지도 모른다. 편한 분위기, 스스럼없는 관계에서는 자신도 모르게 움직인다는 것이다. 결국은 편안한 관계, 편안한 판을 깔아 놓는 게 중요하다.

창의성 역시 관계에서 나온다. 흔히 창의성 하면 지식과 경험의 밀도 있는 집적, 그 위에 고도의 정신적인 활동이 일어날 때 발생하는 줄 믿는다. 아니면 그냥 특별한 능력을 타고 나든가. 하지만 마을에서 이런저런 일을 하다 보면 진짜 쓸 만한 아이디어는 뒤풀이 술자리나 부담 없이 수다 떠는 데서 삐죽삐죽 튀어나온다. 오히려 회의나 아이디어 한번 짜 보자고 인상 쓰고 달려들면 머리만 아프고 안 풀리기 일쑤다. 왜일까?

창의적 아이디어는 당면한 문제에 거리를 두고 다른 차원으로 들여다볼 때, 비로소 그동안 생각지 못한 접근 방식이 열리는 것이다. 즉 다시 보기, 달리 보기가 될 때 창의가 생겨나는 것이다. 그러니 이러한 태도는 이완되지 않으면, 편한 자리가 아니면 절대 안 되는 것이다. 내가 무슨 소리를 해도 민망하지 않을 편한 관계, 무슨 뻘소리를 해도 뻘쭘하지 않을 스스럼없는 분위기, 과제와 사명이 앞서기보다는 개인 개인의 욕망과 취향이 자유롭게 용인되는 무겁지 않은 분위기, 그런 분위기, 자연스럽고 편안한 관계가 바로 창의의 산실 아닐까?

마을 권력의
문제

마을도 한 사회이고 여러 사람이 함께 살다 보면 영향력 강한 사람이 있게 마련이고 그 영향력이 계속 커지는 경우가 있다. 마을에서 영향력이라 함은 일머리와 꼬리를 잘 내다볼 줄 알고 필요한 자원을 발굴하고 동원하며 함께하는 사람들과 무리 없이, 무난하게 잘 소통하고 협동적 관계를 유지하는 능력일 것이다. 이는 훌륭한 리더십의 덕목이다. 이런 관계 능력에다 마을 '설립' 신화가 따라붙고 긍정적 평판까지 함께 지녔다면 그 영향력의 크기와 파급력은 더 말할 나위도 없을 것이다. 하지만 매사가 그 소수의 영향력에 따라 결정되고 그 영향력이 항시 전면에 드러나 다른 이들의 수고와 역할이 왜소하게 보인다면 이를 늘 좋은 시선으로만 보기는 어렵다. 더욱이 이러한 영향력이 '쏠림 현상'을 동반해 특정 사람에게 정보와 관계 자본이 가속적으로 축적되고, 따라서 그에 대한 의존도가 갈수록 심화되는 지경까지 이르면 이제 이 권력적 현상은 '권력'의 문제로 인식된다.

1. 권력적 현상과 마을 세대론

마을에서 권력, 권력적 현상의 징후는 세대와 관련해서도 나타난다. 이는

304

마을에서 영향력의 파장이 '마을살이'의 연륜, 초기 설립기의 성공 신화에 따른 평판과 밀접하게 닿아 있기 때문이다. 편의상 1·2·3으로 세대를 구분해 이야기해 보겠다.

1세대는 '마을 설립자 세대'다. 1994년 우리어린이집, 이듬해 날으는어린이집을 설립하고, 2000년 마포두레생협을 창립하고, 이어서 2001년에서 2003년에 이르는 2년여에 걸친 끈질긴 투쟁을 통해 마침내 성미산을 지켜 낸 그러한 불패의 성공 신화를 가진 아니 그 신화의 주인공인 세대들이다. 연령으로는 40대 중후반이 보통이다.

2세대는 1세대와 연령이나 마을살이의 연륜, 활동의 적극성 등의 면에서 크게 차이가 나지는 않는 40대 중반이다. 다만 1세대가 앞장서서 책임지는 역할이었다면, 이들은 조력자로서 함께해 온 세대라고 할 수 있다. 설립기 역사의 웬만한 수고와 갈등은 모두 경험한 세대다.

3세대는 성미산투쟁기 이후에 마을에 접속한 세대로서 대체로 성미산마을에 대한 명성(?)을 이리저리 전해 듣고 어린이집이 정착되어 안정적으로 운영되고 성미산학교가 막 설립될 무렵부터 이주한 사람들이다. 연령은 대체로 30대 중후반에서 40대 초반이며 자녀들이 어린이집 또는 초등학생인 경우가 일반적이다.

1세대는 마을의 태동기에 모여 자신들의 필요와 욕구를 현실로 만들어 냈고 2세대들은 1세대가 이끄는 대로 열심히 조력하며 설립 과정의 역사를 거치면서도 그들의 그늘에 가려 그리 두드러진 이미지를 남기지 못했다. 하지만 1·2세대 간에는 일종의 끈끈한 유대와 공감이 있다. 마을의 초기 역사를 함께 또는 바로 이어서 일구었다는 공통의 기억을 공유하는 동류의식 같은 것이다. 이러한 의식은 3세대들이 마을에 입주하면서 그들의 생태가 마을에서 집단적 특성으로 드러나면서 반사적으로 형성되었거나 발견되었다고 할 수도 있다.

1·2세대가 공감하는 '3세대의 마을 생태상 특성'은 첫째, 그들은 좋은 것을 찾아 마을로 왔다는 것이다. 대안적 육아 기관인 공동육아 어린이집, 대안학교인 성미산학교 등이 이주를 결행하게 된 직접적 동기다. 이 마을에서 벌어지고 있는 여러 실험의 의미가 무엇인지 알고 이 실험에 동조한다는 점이다. 둘째, 그들은 공유하고 싶은 것들을 '소비'하고 싶어 이주했다. 1·2세대와 확연히 구별되는 특성이다. 1·2세대에게 마을은 그들이 원하는 것을 함께 만들었던 곳이라면, 3세대는 원하는 것을 발견하고 소비하는 장소다. '설립자 세대'와 구별해 '이용자 세대'랄까. 1세대 눈에는 이런 특성이 3세대들에게 보편적으로 발견되니 세대 차이로 느끼기도 한다.

3세대 눈에는 1세대가 이 마을을 다 이룬 듯 자신감이 넘치는 것 같고, 후배들을 보고 '니들은 몰라' '그땐 그랬어' 하며 단정적으로 결론지으려 할 때는 사실 재수 없을 것 같기도 하다. 이런 차이는 때론 갈등으로 치닫기도 하고 개인 특성으로 접고 넘어가기도 한다. 어쩌면 이것이 세대 차인지 개인 차인지 분명치 않으니 뚜렷한 해법도 없고 당분간 두고 보는 수밖에 없을지도 모른다.

10여 년 전 생협을 창립하는 데 동참한 나는 매일 일찍 퇴근해서 배달 일을 자임했다. 또 성미산 문제가 생겼을 때는 회사를 소홀히 할 정도로 몰입했고 성미산학교를 만드는 데도 팔을 걷고 나섰다. 스스로 하고 싶어 나선 일들이 여럿의 협동으로 성취되는 것을 보고 무한한 보람을 느꼈으며 거기서 늘 새로운 동기를 부여받았다. 마을의 역사가 곧 나의 역사이고 그래서 나는 마을의 주인공이다. 나는 마을 속에 있지만 오히려 마을이 나와 함께하는 것 같은 느낌이라고 하면 지나친 궤변일까? 나는 3세대에게 자신의 욕구와 만나는 지점에서 마을일을 만들고 적극적으로 참여해 다른 세대와 협동적으로 공동 성취의 경험을 하라고 권하고 싶다.

3. 대의제 말고, 순번제

마을에서 운영 중인 각종 기관 중에서 가장 대표적인 단위는 단연 어린이집, 방과후교실 등 '공동육아협동조합'이다. 마을 탄생의 기초가 된 것도 공동육아이고 지금도 다섯 곳이나 운영되고 있어 마을 커뮤니티의 토대를 이루고 있다 해도 과하지 않다. 이곳에서 협동조합 대표 등 운영진을 뽑을 때는 순번제를 따른다. 고대 공동체 사회에서 지도자를 뽑을 때 사용한 '제비뽑기' 제도와 유사하다.

맞벌이 부부들이 생활에 쫓겨 조합 이사를 맡는 것이 부담스러워 피하다 보니 골고루 의무를 부담 지우기 위한 고육책일 수도 있다. 하지만 순번제는 잘하는 사람이 선출되어 '잘하기'가 기대되고 '잘하려는 의도'를 갖게 하는 것을 애초에 막아 준다. 능력의 유무를 떠나 모두가 대표직을 맡는다는 것은 누가 맡든지 그 사람이 할 수 있는 만큼만 하면 되는 것이다. 부족하면 다른 이들이 보충하면 될 일이다. 대의제로 선출된 대표가 잘하기를 요구받고 스스로도 잘하려는 의도가 지나쳐서 과도한 역할을 하다 보면 본의 아니게 여러 사람들의 다양성과 이견들을 과제 수행이라는 공적 명분을 앞세워 일사불란하게 통일시키려고 무리하게 설득하려 들 수가 있다.

하지만 돌아가면서 맡는 대표의 역할은 대표 개인의 형편과 개성을 존중하게 되고 부족한 점은 다른 성원들이 협동적으로 보완하게 하므로 대표 개인의 과도한 사명감과 일사불란한 집행이 가능하지 않게 된다. 순번제는 구성원 모두가 한 목표 아래 단합하게 하는 효과가 있다. 즉, 어린이집에서 대표를 돌아가며 뽑을 때 그 사람이 굉장히 잘할 거라 기대하고 선출하지는 않는다. 오히려 저 사람 뽑을 때 뭐가 힘들지 미리 알고 뽑는다.

"저 아무개 엄마는 일은 잘하는데 분명 말이 많을 거야." "저 아빠가 맡으면 일은 진행이 잘 안될 텐데 분명 싸움하는 일은 없을 거야… 근데 만날 이야기만 하다 말걸?"

　이렇게 무엇이 부족한지 그래서 내가 무엇을 도와야 할지를 알고 뽑는 대표, 이것이 마을에서 권력이 싹트는 것을 애초에 방지하는 방식이다.

마을살이와 사회적 기업

요 몇 년 사이 사회적기업이나 커뮤니티 비즈니스라는 말이 무슨 유행처럼 회자되고 있다. 사실 마을에서는 이러한 용어들이 사용되기 훨씬 전부터 '마을기업'이라는 말을 사용했다.

1. 사회적 필요와 협동적 해결

처음에 마을일이 다 그렇듯 마을기업들이 처음부터 기업의 형상을 했거나 기업을 의도하고 시작되지는 않았다. 시작은 정말 몇몇 주민들이 아주 소박하게 동아리처럼 시작했다. 그러다 일이 안정되고 이용자가 늘어나면서 자연스레 운영을 좀 더 책임 있고 규모 있게 할 필요가 생겼다. 그제야 전담 활동가를 두게 되고 활동가에게 약간의 활동비를 지급하게 되고 안정적인 재정 대책과 수익성을 따지게 되면서 서서히 '기업'의 꼴로 변모해 왔다. 활동 주체들의 모습도 '동아리 모둠'에서 '담당자와 운영위원회' 시스템으로 전환된다.

　지금 마을에서는 이곳저곳에서 각개 약진하며 진행된 다양한 '동아리' 수준의 활동들이 '마을기업'의 형태로 전환되거나 전환을 꾀하고 있다. 물론 새로운 활동은 여전히 동아리 모습으로 출발한다. 그래서 활동이 규모 있고 안정적으로 진행되어 갈 뿐 아니라 마을 내부에 그치던 활동이 손쉽게 지역사회로 열리고 있다. 반면 소소한 즐거움으로 시작된 활동이 부담스런 일이 되기도 하고 전에 예상치 못했던 새로운 갈등과 과제가 던져지기도 한다.

육아·교육·먹을거리·생활필수품·놀이·소통 등 어느 것 하나 도시의 빠듯한 살림살이에 절실하지 않은 것이 없다. 절실한 생활의 필요를 느껴 시장에 가 보니 마땅한 해결이 없다. 있어도 지나치게 비싸서 엄두가 안 난다. 국가를 쳐다보니 아예 관심이 없거나 준비가 제대로 안된 채다. 어떻게 하나? '시장과 국가가 해 주지 않으면 내가 마을 사람들과 함께한다.' 이것이 바로 성미산마을의 역사다. 성미산 마을기업은 예외 없이 생활의 필요를 해결하기 위해 생겨났다.

절실한 필요를 느낀 사람들이 직접 해결하는 거다. 혼자서는 엄두가 나질 않지만 여럿이라면 가능하다. 공동의 필요를 느낀 여럿이 협동하면 뭐든 된다. 한 번의 성공적인 협동은 또 다른 협동으로 이어진다. 그런데 이 협동이 오히려 번거로울 때도 많다. '차라리 혼자 하고 말지' 할 때가 많을 정도로. 원활한 소통 경험은 협동의 성능을 높이고 성공률을 높인다.

2. '수익성'의 허구와 '제로 손익'

사회적기업에서 수익성은 중요한 주제다. 특히 사회적기업을 중앙 정부에서 주도하는 경우 수익성은 매우 중요한 의제가 된다. 복지가 '밑 빠진 독'이 되어서는 안 된다는 취지에서 그럴 것이니 이해하지 못할 바 아니다. 하지만 현실에서는 취지와는 다른 부작용을 낳는다. 즉 본말이 뒤짚히는 경우가 생긴다. 수익성을 지나치게 염려해 일반 기업처럼 과도하게 '물질적이고도 단기적'인 수익에 집착하게 되는 것이 그것이다. 정책 입안자는 밑 빠진 독을 우려했지만 정책 수요자는 정작 수익성 자체에만 몰입하여 사회적기업의 본래 취지와 임무가 뒷전으로 미뤄지는 것이다.

사실 사회적기업은 본디 시장 논리에 그대로 맡겨 두면 견디지 못하지만 사회적으로는 꼭 필요한 기업들 아닌가? 사회적기업을 통하여 본래 사회에 꼭 필요한 서비스를 생산하고 적절히 배분하려는 제도 아니던가? 즉 수익성의 곤란이 충분히 예상되나 비시장적인 틀을 통해 장기적인 안목으로 그 수요자들을 지원하기 위한 제도가 바로 사회적기업의 당초 설립 의도가 아닌가 말이다.

성미산의 마을기업들은 거의 '제로 손익'이다. 잉여가 거의 없다. 사실상 '똔똔'도 벅차다. 아니 '똔똔'이 목표인 경우가 대부분이다. 두레생협처럼 연 매출이 25억이 넘는 대규모 마을기업도 손익이 제로다. 잉여가 나올 틈이 없다. 워낙 매출 이익이 낮기도 하지만 수익이 나와도 마을의 다양한 공익 활동에 사용하다 보니 남을 틈이 없다. 신규 마을기업에 기관 출자를 하거나 마을축제에 기부금을 내거나 아니면 조합원들의 자발적인 활동과 교육 활동 등에 자원을 투입하기 때문이다. 설령 잉여가 남는다 해도 꼭 반가워할 일만은 아니다. 개별 조합원이 관심 가질 정도로 남는다면 불필요한 갈등의 씨앗이 될지도 모르는 일이다.

4. 고용과 관계, 그래서 또 마을기업

사회적기업에서 또 하나의 중요한 이슈가 '고용'이다. '고용 없는 성장'의 시대에 중요하고 찬찬히 살필 대목이다. 몇 년 전에 어르신들을 대상으로 구

연동화 실습을 하고 인근 어린이집이나 유치원에 파견 활동을 하도록 돕는 프로그램이 있었다. 은퇴한 노인들에게 일자리를 드리고 손자손녀들과의 만남으로 의미 있는 세대 간 활동을 유도한다는 프로그램이었다. 하지만 정작 어린이집에서는 이 교육받은 어르신들을 초대하지 않는 일이 발생한 것이다. 이유는 이 노인들이 낯설 뿐 아니라 심지어 꺼림칙해하는 부모들도 있었다는 것이다. 한편 성미산마을의 어떤 공동육아 어린이집에서 있었던 일이다. 손자를 어린이집에 보내는 할아버지가 아이를 데리러 들르곤 하셨는데 그날따라 좀 일찍 들르셨단다. 그래서 일과 끝나기를 기다리는데 손자와 친구들이 할아버지에게 다가오길래 심심풀이로 옛이야기를 들려주셨다. 워낙 이야기가 구수했는지 주변 아이들까지 할아버지에게 다 몰려들었다. 그때 어린이집 교사가 할아버지께 간곡하게 드리는 말, "다음 주에도 오셔서 아이들에게 옛날 이야기를 들려주시면 안 될까요?"

오늘날 노동에서 관계가 대체 뭐 그리 필요할까. 자본주의 사회에서, 그것도 고도로 자동화된 자본주의 생산 체제에서 그 노동자가 '누구인지, 나와 어떠한 관계가 있는지' 여부는 전혀 의미가 없다. 익명의 생산자가 만들어 내는 제품을 아무런 의심 없이 사용하는 데 다들 익숙해져 버렸다. 그런 걸 따지는 것 자체가 한가한 짓이고 아예 불가능한 경우가 대부분이다.

하지만 돌봄 노동은 경우가 다르다. 돌봄을 제공하는 사람이 누구인가가 중요한다. 그 자체 즉, 노동의 주체 당사자가 바로 서비스의 질을 좌우한다. 심지어는 그것이 돌봄 노동이 발생하고 말고 자체를 결정한다. 노동 제공자가 낯설고 미심쩍으면 이용할 생각을 아예 안 한다.

평소에 안면이 있고 서로 사는 모습을 익히 알고 있으며 하시라도 연락을 하려면 닿을 수 있고 다른 3자를 통해 언제라도 연결될 수 있는 관계는 쉽게 연결도 가능하고 만족도 또한 높은 법이다. 먹을거리도 마찬가지다. 요사이 유기농 등 깨끗한 먹을거리에 대한 관심이 높아지면서 누가 생산을 담당하는가는 대단히 중요한 조건이 되었다. 수입 농산물이 넘쳐나는 이 때 생산자가 공개되는 식품은 그 자체로 신뢰를 준다. 더욱이 마포두레생협은 철마다 아이들을 데리고 생산지에 찾아가 농민들과 하루 이틀 이상을 함께 지내다 온다. 가서 유기농 생산 공정을 점검하고 확인하는 것이 아니라 그저 생산자 농민을 만나 이야기 나누고 같이 밥 먹고 그 동네에서 놀다 오는 것이다. 그것만으로 생산자와 소비자 사이에 관계가 만들어지고 신뢰가 쌓인다. 신뢰가 곧 상품인 것이다.

그래서 다시 마을이다. 언제라도 길에서 시장에서 학교에서 만나는 이웃이 만들어 파는 아이스크림, 춤 잘 추고 노래 좋아하는 민수엄마가 만들어 주는 동네부엌 반찬, 성미산어린이집 부모들이 나서 만든 성미산밥상의 밥… 우리는 그것을 그냥 믿는다. 동네부엌의 생산자가 작은나무의 소비자이고, 작은나무의 생산자가 생협의 소비자이고, 생협의 운영자가 성미산밥상의 소비자이고… 마을에서 서로가 서로를 소비하고 서로가 서로에게 뭔가를 공급한다. 마을에서 '내부자 거래'가 복잡하게 서로 얽혀서 이루어진다. 서로가 서로를 책임지는 것이다.

그래서 마을기업의 성장 지표는 내부자 거래의 밀도라 할 수 있다. 마치 들풀들이 땅 위에서는 제각각 자라는 것처럼 보이지만 한 치 아래 땅속을 보면 그 뿌리들이 서로 구별이 안될 정도로 복잡하게 얽혀 있는 것과 마찬가지다. 들풀이 가지는 생명력의 비결인 거다. 마을기업도 마찬가지다. 하나가 뛰어나서 독자적으로 성장하는 것이 아니라 다양한 마을기업들이 함께 들풀처럼 서로 얽히면서 성장하는 것이다.

마을기업, 사회적기업 역시 시장 논리를 비껴 보는 시선이 필요하다. 수익성을 시장 논리와는 다른 틀로 읽어 보고 노동과 고용 역시 익명의 시장 논리에서 벗어나 지역과 관계의 시선으로 다시 들여다볼 때, 그 본래의 의미가 더 선명하게 배어 올라올 것이다.

에필로그

이제는 마을이다.
애들 함께 키우며 같이 밥해 먹고
동네밥상 개업한다고 출자금 한 구좌 보태고
성미산에 나무 심고 동네 사람들 서명 받고
마을축제 한다고 프로그램 맡아 며칠 밤새고
극장에서 연극한다고 애들 달고 공연 보러가고
엊그제 가입한 영상 동아리 연습하러 나서고

지지고 볶고
삐치고 위로하고
다투고 하소연하고
그저 우리는 살아가는 거다, 함께.

그럭저럭 살면서, 필요한 거 아쉬운 거 같이 걱정하고
궁리가 생기면 함께 도모하고
하다 안 되면, 술 한 잔 먹고, 말고
이렇게 함께 살아간다.

울다 웃고, 웃다 울고

화내다 위로하고, 위로하다 화내고

흉보다 걱정하고, 걱정하다 흉보고

투덜대다 칭찬하고, 칭찬하다 투덜대고

……

……

이렇게 지지고 볶으며 산다.

그래서 마을살이다. 하하

1. 그 옛날 마을에서는

그 옛날, 도시가 생기고 블랙홀처럼 삶과 돈과 모든 것을 일거에 빨아들이기 전, 그 옛날 마을에서는… 장정들은 논에 물 대러 품앗이로 함께 들에 나가고, 아낙들은 새참 바구니 머리에 이고 엉덩이 흔들며 들을 가로지르고, 노인들은 동네 어귀 정자나무 앞 평상에 모여 앉아 '담배 세 개피' 내기 장기 두다 '한 수만', '일수불퇴'를 외치며 다투고, 그 앞에서 동네 조무래기들은 조잘대며 놀고. 머리 꽃 단, 이제 다 커 버린 아이가 촐랑대며 온 마을을 휘젓고 다니고. 어느새 우물가에 모여든 아낙들, 동네의 온갖 소문이 뻥 튀겨져 교환되고, '아 글쎄, 그 여편네가 말이야…' 각종 악플은 다 주렁주렁 거기 매달린다. 등 굽은 소나무가 선산 지킨다고 했던가, 똑똑한 놈 도시 간다고 다 고향 뜨고 모자라 남은 듯 의기소침해진 떠꺼머리 총각, 홀어미 모시며 동네 궂은 일 도맡는다. 그렇게… 모두 함께 살았다. 서로 서로 의지하며 살았다. 스러지듯 힘없는 육신에 목소리만 카랑카랑한 노인도, 머리에 꽃 단 이도, 좀 모자란 떠꺼머리 총각도 마을에서는 모두 제몫을 하고 살았다. 함께 돌보며 함께 위로하며 살았다. 마을에서.

2. 주민 수만큼이나 다양한 마을

언제가 활동가 한 사람이 성미산마을, 우리 마을을 정의해 보잔다. 어디서 어디까지가 마을이고 누구누구가 마을 사람인가? 토론해서 답이 나올까 싶었지만, 역시 답은 안 나온다. 어린이집 조합원 출신들이 마을 사람인가? 어린이집은 안 다녔지만 성미산학교에 아이를 보낸 부모는 어떤가? 아니 어린이집이나 성미산학교에 몸 담지 않은 그냥 생협 조합원도 마을 사람이지 않는가? 공간 범위는? 성산동이 성미산마을? 그럼 연남동, 망원동은?

　마을 주민 각자가 생각하고 떠올리는 마을은 제각각 모두 다를 것이다. 통일적이고 이미 전제된 무엇인가가 우리를 "주민 여러분" 하며 '일괄 호명하는' 그래서 내가 그것에 적응하고 맞추어야 하는 그런 마을은 '우리 마을'이 아니다. 우리에게 마을은 미리 주어진 것이 아니다. 내가 접속하고 관계 맺는 그곳이 바로 '내 마을' 공간이고, 거기서 내가 만나는 사람이 바로 '내 마을' 주민이다. 또한 접속할 때의 느낌과 반응이 곧, 내가 마을에 대해 갖고 있는 이미지일 것이다. 그러니 마을은 어떤 통일적이고 고정된 상이 있을 수 없는지도 모른다. 그렇다면 결국 주민의 수만큼이나 다양한 마을의 상이 섞여 있을 뿐인 것은 아닐까?

　자신들이 접속할 당시의 마을이 그들의 마을이며, 어떻게 어떤 계기로 마을에 접속했는가가 그들이 지니게 되는 마을의 상을 결정하게 된다. 마을 주민이 다양하면 그만큼 '다양한 마을'이 존재한다는 것이다. 다양한 마을이 한데 뒤엉겨 사는 것이다. 각자 자신의 마을을 이야기하고, 다른

이의 마을 이야기를 들으며 말이다. 그래서 '따로 또 같이'가 일상의 모습인 마을, 그것이 성미산마을 아닐까?

마을 이야기는 말 그대로 '말'로 할 수도 있고 '글'로 할 수도 있을 것이다. 게시판에 다는 댓글과 사진 몇 장으로, 누구는 노래로, 몸짓으로 춤으로, 마을에서 풀어내는 수다로, 생맥주 몇 잔에 취해 쏟아 내는 과거의 서운했거나 기뻤던 기억들로, 그러다 재미가 붙으면 심야(아니, 새벽) 노래방의 깜짝 놀랄 광기로 풀어내는 우리의 기억과 욕망이 곧 마을의 실체가 아닐까? 우리 각자 나름의 방식으로, 나름의 내용으로 이야기하는 것들의 합이 비로소 '우리 마을'이다. 그러면서도 내가 나로 존재하고 나로서도 충분히 안전하고 편안한 마을, 함께하면 뭔가 일이 벌어질 것 같아 가벼운 흥분이 스멀거리는 마을, 그래서 함께하고 싶은 마음이 들고, 결국 함께하면 즐거운 마을이 '우리 마을'이다.

3. 이제는 마을살이, 마을하자!

자, 이제 마을하자! 동네 게시판에 댓글 매달며, 사진 몇 장 올리는 수고로 마을하자! 아이들 먼 나들이 보내고 '자유 부인'된 아줌마들 집단 일탈로 마을하자! 몇 년 된, 아이 어릴 적 '날적이' 꺼내 보며 살며시 마을하자! 마을 운동회 경품에 사생결단(?)하며 마을하자! 성미산 리그 축구 경기에 나선 어설프지만 열심인 애들 아빠, 애들하고 목 터져라 응원하며 마을하자! 한겨울 양말도 안 신고 동네 싸돌아다니는 조무래기들을 나무라는 한마디로 마을하자! 훌쩍 큰, 마을의 큰아이들에게 술 한잔 권하며 마을하자! 동네 맘 맞는 친구들과 책을 함께 읽으며 마을하자! 지나가는 동네 꼬맹이의 인사를 받으며 내민 손짓으로 마을하자! 긴가민가 이웃 아줌마의 인사에 잘 알고 있다는 듯이 던지는 반가운 답례로 마을하자! 애들 일찍 재우고 동네 마실 나와 맥주 한잔하며 마을하자! 춤의문에 문 두드리는 용기로 마을하자! 살사 리듬에 제법 경쾌하게 '흔들려 주는' 내 몸에 기뻐하며 마을하자! 어린이집 게시판, 옛날 글들 뒤져 읽고는 입가에 미소 지으며 마을하자! 가끔 게시판에서 댓글 논쟁 벌이며 마을하자! 아침 햇살 눈이 부신 작은나무 창가에 앉아 '쓴 커피' 마시며, 손 꼭 붙들고 재잘대며 나들이 가는 아이들 보고 '이게 여유구나' 하며 마을하자! 안 타는 자전거, 작은 옷 물려줄 동네 동생들 떠올리며 마을하자! 수많은 마을회의에 헐레벌떡 쫓아다니는 나를 위로하며 마을하자! 게시판에 달린 낯선 이름(별명)이 누구냐고 물어보며 마을하자! 동네부엌에 혼자 와 동그랑땡 몇 개 올려놓고 밥 먹겠다는 머슴애들, '택도 없다' 김치, 나물 얹어 주며 마을하자! 동네 아이들에게 '알바' 거리 만들어 주며 마을하자! 하루쯤 이웃집에 아이들 맡겨 놓고 옆지기와 우아하게 영화관 가서 마을하자! 동네 어슬렁대는 놈들 '어디 가냐?' 물어보며 마을하자! 들머리식당 윤재아빠가 차려 주는 대로 먹으면서 마을하자! 이런 거 말고 따로 마을하는 방법 궁리하며 마을하자! 이런 거 다 여유 있는 집이나 하는 거지 푸념하며 마을하자! 그럼, 이 중에 몇 가지라도 꼭 하기로 결심하며 마을하자!

마을은 삶이 벌어지는 곳

유이_ 또 마을살이가 힘들어지고 있는 것 같아 마음이 무겁습니다. 그래도 마을이라는 것이 삶이 담겨지는 곳이라 기쁠 때가 있으면 힘들 때가 있고 바로 성미산마을은 그런 느낌을 고스란히 안고 가서 사람 사는 동네라는 생각을 더욱 하게 되는군요.

연남동 공동육아 우리어린이집 개원을 앞두고 『함께 크는 우리 아이』를 만들던 무덥던 1994년 여름이 기억납니다. 십 수년이 훌~쩍 흘러, 성년을 맞는다는 공동육아 아이들을 또하나의 문화에서 만났습니다. 마음 씀씀이가 넉넉하고 자기 주도적으로 살아가는 아이들을 보며 마치 제가 그 아이들을 키우기라도 한 듯 뿌듯하더라고요. 수년 전부터 '마을'을 키워 낸, 그리고 '마을'이 키워 낸 어른 아이들의 이야기를 책으로 담고 싶었습니다. 공동육아 10주년 기념 자료집을 손질해 단행본 『함께 크는 삶의 시작, 공동육아』를 내면서, 또 조한혜정 칼럼집 『다시, 마을이다』를 내면서, 『가족에서 학교로, 학교에서 마을로』를 내면서 그런 생각을 키웠지요. 마침 짱가와 접속해 그 생각을 실행에 옮길 수 있게 되었습니다. 처음 기획할 때 마을 이야기라서 인터넷 카페를 개설해 놓고 활동적인 마을 주민들에게 짱가 원고에 가필과 수정 작업을 해 달라고 요청하기도 했죠.

엄지_ 처음 그 소식을 듣고 짱가가 또 일을 벌이는구나, 했죠. 누군가 해야 할 일인데, 짱가가 성미산마을을 주제로 석사 논문을 썼고 또 그것을 바탕으로 책을 쓰기 시작한다는 거예요. 늘 그렇듯이 짱가가 잡았으니 끝이 나긴 하겠거니 했는데 이렇게 좌담을 하기에 이르렀네요.

유이_ 짱가가 지난해 3개월여간 만사 전폐하고 심혈을 기울여 애쓴 덕에 2천 매가 넘는 방대한 마을 기록지가 나왔습니다. 그 과정은 다음 카페를 자주 들락거리신 분은 아실 겁니다. 지난 여름 그 원고에 대한 1차 모니터링을 하면서 386세대 남자라는 저자의 정체성을 분명히 드러내면 좋겠다는 의견이 있었어요. 그래서 마을 외부에 있는 마을 '만들기' 마을 '하기'에 관심 있

는 사람들에게 도움이 되는 방향으로, 읽기에 부담스럽지 않은 분량으로 기획을 전면 수정하
게 되었습니다. 수정된 원고에 대한 2차 모니터링을 했는데 마을 책이라기보다 짱가 개인의
이야기가 아닌가, 마을하면서 얽힌 여러 어려움들, 지지고 볶은 고단한 과정이 자세히 들어 있
지 않아 마을 바깥사람들에게 판타지를 심어 줄 수 있다, 386세대의 영웅담, 성공담으로 읽
힐 우려가 있다는 의견도 있었습니다. 그래서 마을 이야기를 쓴다는 것의 의미와 한계를 짚어
보는 자리를 이렇게 마련했습니다. 많은 우려에도 불구하고 낙관적인 사람들이 서로 부대끼
며 꼬물꼬물 15년을 살아온 것이 성미산마을의 역사 아닐까요? 그래서 오늘도 새로운 일이
벌어지고 언제 무슨 일이 벌어져도 그런대로 잘 마무리해 내는 힘을 가진 마을이 성미산마을
인 듯싶고요.

성미산마을, 그냥 가다 보니 마을이 되었더라

열이오빠_1993년부턴가 공동육아 우리어린이집을 만든다고 또하나의문화 사무실에 모여서
준비하던 시절이 생각나네요. 원래, 역사란 게 그렇게 이루어지는 것이겠지만 아시다시피 '성
미산마을'은 처음부터 의도된 것이 아니었습니다. '도시 공동체'이니 '도시 속의 마을', '성미
산마을'은 결과로 만들어진 이름이지 처음부터 누군가가 기획한 것이 아니죠. 그냥 '함께 옛
날 우리가 살았던 시골 동네처럼 살아보자'고 외연을 넓히다 보니, 그 결과가 여기까지 온 것
입니다.

조한혜정(이하 조한)_어릴 때 살던 마을처럼 살아 보자 한 것이 여기까지 온 것이군요. 각자 동상
이몽이 심해서 갈등도 많았지만 배우면서 뭔가를 만들어 가는 지난한 과정이 한편으론 참 즐
겁고 황홀하기도 했을 것 같아요. 특히 한국 사회처럼 초고속 근대화 과정에서 마을을 없애고
지역을 없애면서 '국가 발전'이라는 추상적인 목적을 향해 돌진한 경우, 마을 만들기 작업은
결코 호락호락한 작업이 아닐 텐데 말이지요. 다음 세대를 위한 사랑이 모여서 시작한 것이라
그나마 이렇게 꾸준히 왔다는 생각을 종종 했어요. 요즘처럼 기댈 곳이 없고 아이들 각자가 새
로운 일거리를 창조해 내야 할 시대에, 또한 '고통 분담'을 이야기해야 할 시점이라 더욱 이 책
작업은 의미 있는 일인 듯합니다.

열이오빠_여기까지 온 동력을 생각해 보면. 공동육아에서 출발했지만, 항상 우리들의 화두는
'우리끼리'가 아닌 '지역에서' 뿌리내리자, 였어요. 실천적으로는 짱가가 말한 것처럼 '소통'-
회의주의자였고요. 너는 틀렸다, 너는 안 돼 하는 뺄셈이 아니라 덧셈의 철학도 있네요. 무임

승차도 인정하는… 또 한 가지 빠뜨릴 수 없는 것은 모두들 힘들게 함께 아이들을 키우며 살았던 정서가 고스란히 스며들고 이어지면서 가능했던 것 같습니다.

치유와 성찰의 장

조한_성미산 마을은 하나의 신화가 되었지요. 첫 번째 책은 그 신화를 깨건 새로 만들건 하는 작업이 될 수밖에 없는데, 그래서 마을 주민들(중에 시간 나는 사람들, 그것을 제대로 역사화하고 의미화하는 데 애정 가진 사람들)의 집단 창작품이어야 한다고 생각했어요. 다들 이야기를 보태서 이 책이 공동의 기억을 재구성한 집단 창작이며, 마을의 블레싱을 받으면서 나가는 마을 이야기임이 느껴질 수 있으면 해요.

책은 남들에게 감동을 주기 전에 쓰는 당사자들에게 치유이자 성찰의 시간이어야 한다고 생각하고요, 이 책이 나감으로 현재도 치열하게 진행 중인 성미산마을의 여러 움직임들, 또 성미산학교의 발전에 크게 도움이 되고 힘이 되어야 한다고 봐요. '동네부엌' 책이 아름답게 나왔으니 마을 이야기가 시리즈로 이어지는 것도 좋은 방법일 듯합니다.

수진아빠_짱가 원고를 두어 번 숙독했습니다. 짱가가 얼마나 고생했을지 공감이 되고, 첫 권에 더 많은 마을적인 이야기가 담기면 좋겠다는 조한 선생님의 바람도 수긍이 갑니다. 또 한편으로는 미안하기도 합니다. 책은 "당사자들에게 치유이자 성찰이어야 한다."는 조한 선생님 생각에 동감합니다. 그러나 "이 책이 나감으로 성미산의 여러 움직임들, 학교 발전에 크게 도움이 되고 힘이 되어야 한다고 봐요."라는 말씀은 선뜻 동의하기 힘듭니다.

어떤 책 한 권이 과연 그렇게까지 할 수 있을지요? 그러려면 얼마나 많은 땀과 수고, 자기 성찰, 상호 비판, 만남, 시간이 더 필요할지를 생각하면 좀 아득해져서요. 하하. 발전의 기회는 책이 아닌 다른 형태의 이야기장에서 해도 되지 않을까 싶습니다.

재작년에 성미산학교 5주년 기념책자(자료집)를 내자는 의견이 있었습니다. 역사는 어떤 식으로든 정리해야 한다는 취지였지요. 성미산학교 설립위원장으로 1년간 일한 저는 역사를 정리할 자신이 없었습니다. 성미산학교에 참여한 수많은 학부모들이 성미산학교를 개운치 않게 떠나갔어요. 아이들이 성장하여 행복하게 떠난 부모도 있지만 저의 기억에는 훨씬 더 많은 사람들이 학교와 성미산마을을 원망하며 떠났습니다. 무엇이 잘못되었을까? 교육이라는 것이 원래 그런 것인지? 남성성, 여성성, 차이의 인식과 소통을 제대로 하지 못해서 그랬는지? 386의 '무모함' 또는 깊이 없음인지? 제 스스로가 정확하게 성찰할 수 없었기 때문에 역사를 자료집으로 낼 엄두가 나지 않았습니다. 아무리 성찰한다고 한들 이미 떠난 사람들의 그 심정을 어떻게 제가 정확하게 드러낼 수 있겠습니까? 좀 더 나이가 먹고 지혜가 생겨야만 마음이 흔들리지 않고 적어 낼 수 있지 않을까 하고 정리했습니다.

오소리_마을 바깥에선 성미산마을을 좀 배타적인 '교회' 비슷한 것으로 인식하는 이도 있어요. 공동육아라는 아이 양육에서 출발했기 때문에 아이가 없거나 핵가족을 기준으로 봤을 때 소수자에 속하는 이들이 마을에서 관계를 맺고 적응하기가 어려운 점이 있는 것도 사실이라고 봐요. 그래서 마을을 떠나간 사람도 상처를 받은 사람도 있을 거고요.

수진아빠_이번 책은 짱가의 목소리로 정리를 해서 나가고, 시간을 두고 적절한 때에 이야기판을 한 번 크게 펼쳐 보면 어떨지요? 자랑만 하는 것이 아니라 우리 마을의 그림자를 과감하게 드러내는. 오래 산 사람뿐만 아니라 이제 막 시작해 약간은 소외된 사람들도 자기들의 이야기를 가져오고 좀 긴 기간을 두고 허심탄회하게 진하게 깊게 이야기하고 떠난 이들도 다시 돌아와 이야기를 하면서 오해도 풀고 하는 그런 자리 말입니다. 자기 이야기를 준비하고 타인의 의견을 들으면서 저절로 자기 성찰을 하고, 성미산마을의 역사를 멀리, 또 깊게 한번 돌아보면 어떨지요?

조한_책은 하나의 텍스트이고 그것이 나가면서 토론이 이어지면 성공이지요. 김재홍 선생님은 마음고생을 많이 하셨지만 그래도 수진이 키우면서 나름의 생각을 펼칠 수 있는 장을 가지셨던 것 같고요, 그래서 당시는 섭섭했지만 돌이켜 보면 달리 보이는 것도 적지 않을 거라 생각해요. 얼마 전에도 제가 잠시 교장을 했던 때의 학부모한테서 "예전에는 제가 참 어려서 고집을 피운 것 같은데 이제 다 이해가 됩니다. 고맙습니다."라는 메일을 받았어요. 그간 힘들어하면서 떠난 걸로 보이는 이들이 간간이 메일 보내는데 다시 그때를 새롭게 성찰을 하는 것 같습니다. 저는 수진아빠가 겪은 장애아의 교육 문제 관련 이야기가 실은 성미산마을, 또는 성미산학교 이야기의 핵심이어야 한다는 생각을 하고 있거든요. 결코 가벼울 수는 없지만 그런 글들이 곁들여져야 훌륭한 책으로 완성이 되겠지요.

수진아빠_마을에서 수진이를 함께 키우면서 고마운 점이나 장애아의 교육 문제 등에 관해서라면 쓸 수 있을 것 같습니다. 조만간 정리를 해야 하겠지요. 해야 할 의무도 있고요.

마을? 개미집?

열이오빠_알고 있는 길을 갔으면 그것은 '일'이지 '즐거움'은 아니었을 것입니다. 그런 면에서 많은 갈등, 지지고 볶고 하는 과정을 소상하게 적지 않아서 다소 장밋빛처럼 보이는 것은 누군가가 이 책을 보고 이런 시도를 할 때 도움이 될 것 같습니다. 역설적인가요? 제 생각에는 우리가 겪었던 갈등을 이렇게 풀었다고 적을 필요는 없다고 생각합니다. 그 누군가에게 이 사례가 정확히 적용되어 해결되는 문제가 아닐 수도 있고요. 그런 갈등을 나름대로 풀어내는 힘이, 그런 과정이 그 마을 구성원에게 쌓일 내공이 될 것이니까요.

달님_짱가의 글이 아, 마을 이야기 쓸 수 있구나 하는 계기를 만들어 준 느낌이에요. 말이 마을이지 사실 개미집이에요. 여기저기서 움직이는데 그런 움직임을 잡아 쓰기 쉽지 않아요. 문화인류학자 몇 명 들어와서 심층적으로 기록해 주어야 가능할 일입니다. 마을의 단위마다 제 역사가 있으니까요. 생협, 성미산학교, 작은나무 등 각각의 역사가 책 한 권 분량일 거예요. 그걸 다 한 사람이 담으려다 보니까 충분히 다 담지 못하면서 어설프게 드러낼 수밖에 없는 것 같아요. 마을을 알리는 첫 책이라 모든 걸 망라했더라면 좋았겠다 싶은 아쉬움이 있어요. 강제가 아니라 자발적으로 실행된 마을일처럼, 앞서 시작한 사람이 지치면 후발대가 투입되어 이끌어 가고 그런 것처럼 원고 작업을 해도 되지 않을까요.

열이오빠_하나하나 쓰려면 엄청날 거예요. 정말 해 보고 싶은 사람이 있다면 꼭지 하나 정도 들고 이 자리에 왔어야 한다고 봐요. 지지고 볶는 내용이 없다는 비판이 있는데 왜 없겠어요, 엄청 많지. 현재도 있고. 그러나 넣으려다 보면 쉽지 않아요.

에이미_개인적으로는 짱가의 글이 객관적인 재미를 주는 것 같아서 그것이 중심이 되고 주변의 인물들 또한 개인적인 삶이 어떻게 변화 발전되어 왔는지 몇 가지 에피소드를 곁들이고 그 변화 속에서의 생각과 삶의 형태가 공동체적으로는 어떤 의미와 결과를 가져왔는지가 들어가면 좋았겠다고 생각합니다. 동네부엌 이야기를 책으로 엮으면서 아쉬웠던 것은 에피소드를 많이 담지 못했다는 거예요. 주요 독자가 요리에 관심이 있는 일반인이라는 콘셉트 때문에 쉽게 편하게 접하는 요리책으로 엮게 되었던 것이지요.

유이_저는 이번 책을 진행하면서 이 책 쓰고 출판에 이르는 과정 자체가 마을살이의 일부를 고스란히 보여 주고 있다고 생각해요. 짱가가 정리한 마을 이야기, 이것도 부분적 진실이라고 봐요. 마을 외부자도 그 한계가 있고 내부자 역시 자기 시선에서 볼 수밖에 없을 테니 나의 정체를 확실히 밝히는 것이 독자에게 한계와 의미를 가늠하게 하는 기준이라고 생각했어요. 저마다 할 이야기를 꺼내 놓는 터닝 포인트가 이 책의 발간이라고 보거든요. 저마다 부분적 진실을 말할 수밖에는 없는데 그것들이 모이다 보면 마을이라는 거대한 모자이크가 완성되겠죠. 여전히 틈을 보이면서요.

마을살이의 터닝 포인트

열이오빠_저는 생협이 마을 만들기의 터닝 포인트라고 봐요. 성미산학교도 그렇고. 처음 생협 시작 때는 매장을 낼 수 있을까 싶을 정도로 작은 규모였는데 지역을 아우를 정도로 점점 확대 되었어요. 성미산 살리기 부분, 재밌게 읽었어요. 그러나 다른 사람들이 읽었을 땐 지루하지 않을까 하는 생각도 드네요. 성미산 살리기가 다른 환경 운동과 다른 점은 물리적으로 공사를 시작하지 않게끔 막을 수 있었다는 데에 있어요.

성미산마을은 비전 세우고 쫓아간 게 아니라, 일상의 필요에 따라 마을일 하면서 능력들이 성장한 사례죠. 공동체 안에서 사람들이 안전감, 능력 신장을 맛보는 것이 공동체의 중요한 동력인 거 같아요. 성미산 활동하면서 마포스 밴드 등 문화 활동 죽 하다가 우리도 축제할 수 있겠네, 이래서 극장까지 이어진 거고. 외부 손님 끌기 위한 관 주도 마을축제가 아니라 마을 내부에서 시작된 축제죠.

마포FM도 그래요. 원래는 꿈도 못 꿨던 일이죠. 축제 하고 마을 알려지면서 사람들이 모이 고 그 사람들이 가진 기술을 풀어 놓을 장만 만들어 줬을 뿐인데 공동체 라디오 방송국이 가 능해졌어요.

달님_생협이 마을의 터닝 포인트라 했는데 나는 공동육아가 마을의 기초라고 봐요(열이오빠, 동감). 대학 다닐 때 학교 수업이 아니라 엠티 같은 데서 자기 생각들을 반추하고 다른 의견을 듣고 합의를 이끌어 내는 경험을 했지요. 사회 나와서 그래 본 적이 없는데 공동육아 공간은 토론이 가능한 유일한 성찰 공간이었어요.

열이오빠_공동육아에서 경험한 삶의 방식을 지역으로 넓히려면 육아 비용 등을 낮춰야 하는 데 쉽지 않았어요. 정부에 지원비 얻어 내려고 밤새 기획서도 써 내고 한 기억이 나네요. 지역 에 뿌리를 내려야 한다는 시각을 놓지 않았는데 그 터닝 포인트가 생협이에요. 또 책에도 나오 지만 문방구 가서 얼굴에 철판 깔고 오락기 치워 달라고 부탁하러 간 것도 그런 맥락이에요. 내 새끼만 중하면 내 새끼만 오락기 근처에 못 가게 하면 되는 거잖아요.

달님_사실 주축 멤버는 대안학교보다 제도권 학교 문화를 변화시키는 데에 관심이 많았어요.
열이오빠_성미산학교의 출발은 우리 어린이집 아이들이 초등학교에 들어가기 시작하면서, 방 과 후의 프로그램이 필요하게 되어 도토리방과후를 만들었지요. 당시 아이들은 학교에서 받 은 '스트레스의 해소' 차원에서 방과 후에 많은 갈등을 일으키기 시작했습니다. '돌봄'이 필요 했던 것이지요. 아이들의 초등학교를 바꿔 보자고 학교운영위원회를 접수했지요(6개 학년 중

5개 학년). 한 5년 활동했네요. 그 결과 행정적인 부조리는 많이 줄였지만, 아이들의 교실까지는 영향을 줄 수가 없었지요. 학운위 활동으로는 교실에서의 교육 콘텐츠에 영향을 줄 수 없다는 사실을 5년 뒤에 알았던 것이지요. 해서, 우리가 직접 학교를 만들어 보자고 했던 것입니다. 무모하게도…

또 카셰어링 전에, 차병원이 있었지만 우리 회원들을 상대로 정품 쓰고 수리하는 데에는 한계가 있어서 운영을 중단하는 아픔도 있었고요.

갈등 대면하기, 그리고 내공

짱가_우리어린이집에서 애들 문제 때문에 어른들이 크게 다툰 일이 있어요. 지금 중1, 초6 또래일 아이들이 다닐 때였죠 아마. 그래도 어찌 잘 넘어서 갔어요. 날으는어린이집은 결국 또바기와 성미산으로 분가하는 걸로 결말이 났지요. 지금 나뉘어서 잘 지내고 있지만요. 이 두 어린이집의 경우와는 달리 성미산학교의 갈등은 마을에서 공동육아로 아이들 키운 부모들과, 목동이나 마을 외부에서 살면서 마을살이 개념과 실감은 별로 없고 아이 교육에 대한 좀 다른 욕구를 가진 학부모 사이의 갈등이라고 볼 수도 있어요. 그래서 성미산학교의 갈등은 마을 갈등으로 보기엔 좀 특수하다 생각했어요. 그런데 생협을 보면 지역사회의 주민들이 대거 조합원으로 들어오면서 규모도 커지고 사업이 확장돼요. 그러면서 노동의 문제, 보수의 문제도 등장하게 돼요. 결국 어떤 공동체든지 '외부성'의 문제가 핵심이라는 생각이 들어요. 안에서 마음 맞는 사람들 간의 유대를 강조하다 보면 고립될 위험이 있고, 그렇다고 바깥에 치우치면 정체성 혼란이 오죠. 수진아빠의 심포지엄 해 보자는 이야기 들으면서 이런 얘기 해 봤으면 했어요.

열이오빠_갈등 당사자들에겐 각자 나름 타당한 이유가 있어요. 우리는 옳고, 상대는 그른 게 아니라.

짱가_그러나 현재 내 내공으로는 거리 두기가 잘 안 돼요.

엄지_비판하기 어려운 지점이 있어요. 안에서 쓰려니까 성공담, 아님 실패담이 돼 버리는 거죠. 갈등의 주제가 아니라 푸는 방식의 문제에 초점이 두어져야 해요. 누가 옳고 그르고의 문제가 아니라 욕구의 문제고 어떻게 푸느냐의 문제죠. 합리적인 방법으로 해결하느냐 다양한 자기 식의 방법으로 풀어가려 하느냐. 성미산마을도 모범적으로 사는 것 같지만 굉장히 심한 케이스도 있잖아요. 중요한 건 갈등을 어떻게 풀었느냐에 있다고 봐요.

열이오빠_공동육아를 하면서 우리는 갈등을 푸는 훈련이 돼 있었는데 상대적으로 나중 세대들은 달라요. 제가 교육공동체 대표를 맡고 있는 이우학교에서도 같은 경험을 해요. 학교에 뭐 고장 날 때마다 매번 수리하러 가거든요. 한번은 수리를 하고 있는데, 학부모로 보이는 이가 내게 자기 집에 고장 난 게 있는데 얼마면 고쳐 주겠느냐고 얘기하더라고요. 학부모가 자진해서 학교 시설을 수리하러 왔을 거란 생각을 못하는 거죠. 또 1·2기 학부모들은 모임이 끝나면 누가 시키지 않아도 설거지 같은 거 알아서 하는데 다음 기수는 접시 놓고 가 버려요. 자원활동하는 학부모를 고용한 사람들 대하듯 하는 학부모도 있고. 우리는 당연시해 온 게 다른 사람들은 훈련이 안 돼서 갈등이 생기는 거죠.

엄지_그렇다고 옛날 걸 고집하고 있으면 안 되죠. 시간은 흐르는 거예요. 살아온 배경이 다른데, 우리가 '정상'인 것처럼 생각하면 상대는 이질감 느끼고 배타성을 느낀다고요. 그걸 받아들여야 되고, 같이 살다 보면 서로 배울 거예요. 학교 다섯 번쯤 오면 한 번쯤은 그릇 씻고 가겠죠. 살다 보면 아 동네가 이렇게 돌아가는구나, 아 내가 뭘 해야 하나, 뭘 할 수 있나 그러면서 알게 되는 것 아닌가요?

달님_같은 공동육아를 경험해도 세대 간 차이가 있어요. 우리 세대에 비해 아랫세대는 훨씬 즐기는 게 많아요. 자기도 가꾸면서 문화생활도 즐기면서 필요하면 성미산싸움도 하면서. 나는 초등 1학년 아이들 둔 사람까지는 소통하며 사는데 어린이집 사람들하고는 소통할 일이 별로 없어요. 각각의 방식이 만들어 내는 것들이 다르죠. 성미상밥상은 성미산밥상 팀끼리. 작은나무는 작은나무 팀끼리 모여요. 각각의 부분들이 어떻게 소통하고 있는지 잘 몰라요.

성미산 요즈음

짱가_성미산에 2차 위기가 왔어요. 이번에는 홍익대와 8년 만에 싸움이 다시 시작된 거지요. 하루하루가 버겁고 힘이 들어요. 8년 전과는 또 다른 어려움이 있어요. 일단 상대가 정부가 아니라 사인(私人)이에요. 학교 법인이긴 하지만요. 그들 나름 정당한 법익이 있다고 주장하는 거지요. 그리고 당사자가 홍대와 주민이다 보니 정부의 역할과 책임이 제3자처럼 되는 거예요. 문제를 푸는 방법이 복잡해지는 겁니다. 또한 이들은 매일 하루에도 여러 차례씩 주민들의 감시를 피해 몰래 산을 올라 나무를 베는 거예요. '열 사람이 지켜도 한 도적을 못 막는다.'는 속담이 맞아요. 그 넓은 산에 댓 명이 지키고 있어요. 힘이 들어요. 말이 댓 사람이지 이걸 석 달씩 하려면 그 순번이 순식간에 돌아오는 거예요. 비가 내려 한 치 앞도 분간이 안되던

12시쯤, 벌목 인부 3명이 술을 좀 먹고 산에 올라 나무를 베었어요. 지키던 주민이 말리니까 엔진톱을 휘둘러 발목 아킬레스건 부분에 상해를 입혔어요. 위험천만한 일이 매일 언제 벌어질 줄 모르게 생기는 상황이에요. 그런데 참 신기한 것은 이런 힘겨운 싸움을 버겁게 하면서도 참여하는 사람들은 밝아요. 눈앞에서 잘려 넘어가는 나무를 보고 흐느끼고 통곡을 하면서도요. 이번 성미산싸움을 계기로 마을에서 수평적 교류가 확 터지는 느낌이에요. 그동안 마을이 커져서 서로 데면데면하던 사람들이 살갑게 다가오는 거지요. 8년 전 우리가 그랬듯이 30대 후반 40대 초반 주민들이 전면에 나서게 되었어요. 처음에는 선배들도 있고 해서인지 좀 조심하듯 주저하는 것 같더니만, 어느덧 너무 열심히 그리고 아주 잘도 해요. 마을이 한번 크게 뒤섞이고 버무려지는 것 같아요. 성미산 2차 위기를 잘 넘기고 나면 또 마을에 어떤 에너지가 생길지 무척 궁금해요.

열이오빠_8년 전에 성미산싸움 지켜보는 분들이 우리 빨갱인 줄 알았다잖아요.

엄지_세대 간의 움직임도 재미있네요. 마을의 변화와 현재의 모습. 우리 너무 초창기에 매달리는 거 아니에요?

달님_책이란 발간된 시점에서 과거가 되어 버려요.

열이오빠_뒤에 온 사람들이 일을 벌이는 방식은 다를 수밖에 없어요. 월드컵 예를 들어 보면 차범근 감독은, 자기는 십 몇 년 축구하면서 한 번도 경기가 재밌던 적이 없었다고 해요. 최고가 되어야지 하는 압박감에서 오는 스트레스 때문에 한 번도 즐긴 적이 없었는데 아들 차두리는 삶 속에 축구가 있다는 거예요. 영국 가는 것도 영어를 잘하고 싶어서라죠?

짱가_그래도 우리 재미있게 하지 않았나요?

엄지_징하죠. 어떻게 해야 설득할 수 있을까 그러면서도 밤마다 우리 이거 재밌지 않냐 하며 했어요.

오소리_지금 원고는 이장님이 마을 안내하는 것 같은 느낌이 들어요. 마을극장이나, 성미산학교 같은 짱가가 처음부터 함께했던 일들은 잘 썼을 텐데, 다른 마을일들은 하나하나가 역사이기 때문에 인터뷰해서 담아내는 데에는 피상성이 따를 수밖에 없고 그래서 역동성이 부족하게 느껴져요.

엄지_너무 많은 욕심을 부리는 거예요. 1세대는 1세대의 이야기를 쓸 수밖에 없어요. 모든 걸다 담을 수는 없어요. 「다큐 3일」 보면서, 정말 맘에 안 들었어요. 대체 뭘 보고 찍었나. 피상적일 수밖에 없는 글이지만, 지금 있는 것만으로도 크게 문제가 없다고 생각해요. 10년 전부터 10년 동안 살아온 이야기니까. 또 뒷사람이 다르게 쓸 수도 있는 것이죠. 성찰이 안 담겼다고 생각 안 해요. 얼마나 많은 성찰을 했을까. 쓰다 보면 잘 안돼요.

달님_공동육아 중에 부천 산어린이집 책이 있어요. 조합원 가운데 역사학자가 있는데 그분이 붙어 쓴 책이죠. 날적이 다 복사해 놓고, 그분하고 코뿔소(교사)하고 공동 작업으로 그 책을 냈는데, 산어린이집 오는 사람들은 그 책을 읽고 와요. 읽은 사람들도 평가가 좋고요. 잘했다가 아니라 그냥 있는 대로 보여 주는 거죠. 마을 이야기의 한 사례가 아닐까 해요.

엄지_어린이집은 포커스와 대상이 구체적인데 마을엔 온갖 게 다 있으니까 그대로 적용하기 힘들어요.

시원_모니터링에서 386의 영웅담, 성공담으로 읽힐 우려에 대한 의견도 나왔는데, 실은 너무도 유혈 낭자한 분투기가 곳곳에 스며 있어서 딱히 그런 생각이 들지는 않았어요. 혹여 그렇게 읽힌다면 뭐 또 어떤가? 지난 시절, 한때 자신을 성실히 불사른 기록에 너무 지나치게 죄의식을 가질 일은 아니라고 봐요.

달님_자서전은 사실 잘했다는 것밖에 안 나오는데, 실패한 사례도 넣었으면 좋겠어요. 성미산학교 갈등도 풀었던 게 아니라 덮은 것이죠. 마을을 떠난 사람도 읽으면서 고개를 끄덕일 수 있는 책이면 좋겠어요. 가장 깊숙이 참여한 시절과 장소가 각자 있을 거예요. 그렇기 때문에 현재를 담아내기 힘든 부분이 있어요. 문제는 갈등의 내용이라기보다 갈등을 푸는 방식일 것 같고, 세대에 따른 차이를 인정하는 것이 중요하다고 봐요.

유이_짱가가 개인적으로 강연 요청을 많이 받는데 마을 전체를 보여 줄 필요가 있다고 실은 더 열심히 책을 썼던 것이지요. 신문이나 방송 등 언론에서 보이는 것보다 조금 더 속내를 들여다 볼 수 있는 책이 되었으면 했어요. 지면은 한계가 있으니, 이게 빠졌다 저런 게 빠졌다 하는 이야기가 나올 수밖에 없는 상황이 되었어요.

달님_미니샵에 공방 얘기가 없더라고요. 이거 우리 중요한 홍보 수단인데(웃음).

짱가_실명 거론하면서 마을 사람 다 담고 싶었는데 편집 과정에서 덜어낼 수밖에 없었어요. 인터뷰는 주로 1년 전에 한 거예요. 작은나무만 해도 그새 근무자가 다 바뀌었죠. 이번을 계기로 100쪽 정도짜리 '작은 책 시리즈'가 시작되면 좋겠어요. 미니샵 이야기, 도토리방과후 이야기 등등이 나오고, 이번에 출간되는 제 책 팔아서 인세 나오면 작은 책 만들기 씨앗자금으로 쓰고요. 여러분이 이 책에 좀 더 상세히 담아야 한다고 지적해 주신 성미산학교 이야기는, 제 자신 아직도 거리 두기가 되지 않아 어렵지만 힘내서 다시 정리해 볼 게요. 공방 이야기는 짧게라도 꼭 넣을 거고요.

에이미_생협의 상호엄마나 힘찬엄마, 학운위 활동의 열이오빠, 성미산 차병원의 출발과 마감을 하면서 지금은 문화로놀이짱과 귀촌을 함께 준비하는 진상돈 이사님, 제2의 어린이집 날으는어린이집의 창단과 성미산투쟁의 선봉에 있는 섭서비의 개인적인 삶이 성미산마을살이를 통해서는 어떠했는지, 아이들의 택견을 가르치며 총각 때 시작해서 아이 둘의 아빠가 된, 삼촌 같은 홍표사부는 마을살이가 어떤지… 몇몇 개인들의 마을살이 글이 나오면 어떨까요?

유이_ 올해 성인식 때 한슬이가 한 말이 인상에 남아요. "우리는 온실 속의 잡초다." 마을로 이주해 온 사람이 아니라 아예 마을에서 자란 세대가 앞으로 마을과 어떻게 관계를 맺을지 궁금해요. 지난 모니터링에서 과거가 아니라 현재 모습부터 보여 주었으면 좋겠다는 의견이 있었죠. 그런 의미에서 책 도입부를 성인식부터 시작했고요. 작년에 성인식을 한 강산이 의견도 궁금해요.

강산_ 1·2장은 수월하게 읽히는데 뒷부분은 잘 모르겠어요. 너무 1세대의 시각으로 바라보는 것 아닌지. 지금 마을에서 움직이는 건 2·3세대들인데 그 목소리가 나와야 하는 거 아닌가 해요. 무게를 약간 달리하고 문체도 좀 달라지면 좋지 않을까… 1·2차 모니터링 때 그런 의견 냈는데 너무 우리 마을 잘했다는 뉘앙스로 간 거 아닌가. 갈등, 풀리지 않은, 건드리기 어려운 부분이지만 그런 부분까지 같이 가져갔으면 좋겠어요. 작은 책도 되게 좋은 거 같아요. 아예 이 책과 분리해서 마을 2세대, 3세대 중에 활동하시는 분이 맡는 것도 좋지 않을까요? 다 쓰긴 어렵더라도 기획에 참여하면서.

유이_ 짱가 책에 이어 마을 분들이 각자 '나의 마을살이'를 쓰시면 어떨까요? 수진아빠 쓰신다고 손을 드셨고, 에이미나 강산이 추천한 분들, 그리고 마을에서 나고 자란 2세들의 이야기도 들어가면 좋겠어요. 성인식에서 마을 주민이 되기로 선택했으니까요. 강산, 쓸 거죠?

강산_ 한번 써 볼게요. 성인식에 참여한 친구들한테도 글을 쓸 수 있는지 알아볼게요. 8월 성미산생태캠프 때 글 쓸 만한 사람들이 모이는 자리를 한번 갖도록 하는 것은 어떨까요? 연락은 제가 맡겠습니다.

짱가_ 『성미산마을살이2』도 금방 나올 것 같군요. 제 글이 마을 사람들이 쓰는 2권으로 이어지게 되어 정말 뿌듯합니다. 작은 책 쓰는 훈련도 겸할 수 있겠네요.

(모두) 짱가, 그동안 정말 고생 많았어요, 원고 쓴다고…

짱가, 겸연쩍은 특유의 웃음으로 마침.

성미산마을의 역사

1994
공동육아협동조합
제1호
우리어린이집
개원
09.03

1996
우리어린이집
부설
도토리방과후
개원
03

1999

08.15
날으는어린이집
개원

01
풀잎새방과후
날으는어린이집에서
분리 독립
개원

2002

제2회
성미산
마을축제
05

마을학교
우리마을
꿈터
개원
08

마포지역
협동조합협의회
제1회 조합원공동교육
-도시에서
생활공동체 전망 찾기,
우리 마을이 지나온 길
09

마포지역
협동조합협의회
협동조합간
가을운동회

09.28
참나무어린이집
개원

2003

성미산개발
저지를 위한
대책위원회
구성
01

성미산
정상에서
천막농성
시작
01.30

01.29
서울시
상수도
사업본부
성미산
기습 벌목

생협
발족
02

제1회
성미산
마을축제
05

2000

2001

03
도토리방과후
우리어린이집에서
분리 독립
개원

07
마포두레생협
발기인
회의

07
성미산을
지키는
주민연대모임
구성

마포구청 일방적이고
편파적인 여론 조사 감행
조사 대상 주민 92.6%가
'성미산은 보존 가치가 있다' 응답

용역 깡패
동원한
서울시의
성미산
공사강행
주민 힘으로
저지
03.13

제3회
성미산
마을축제
05

서울시 의회
환경수자원위원회
업무 보고 자리에서
상수도사업본부장
성산배수지 공사
유보 결정, 사실상의
공사 포기 선언
10.10

성미산
차병원
개업
11

05.17
성산배수지
사업 타당성
여부와
환경 훼손 문제에
대한 공청회

09
생협
성산동매장
개점

동네부엌
초기매장
운영

11.08
성미산
지키기
승리
축하잔치

2004

성미산학교
개교
09

10
유기농
아이스크림가게
〈그늘나무〉
개점

2005

생협
생태마을만들기
소모임
〈멋진지렁이〉 조직
생태마을만들기
프로젝트 계속
녹색사회연구소
후원
01

04.09
〈마포희망나눔
지원단〉
발족

날으는어린이
해산
06

2008

성미산
주민대책위
구성
01

〈한땀두레〉
〈비누두레〉
시작
02

마을안내 팀
〈길눈이〉
활동 시작

04.29
제1차 마을극장
심포지엄
'극장이 마을에
보내는
첫 번째 편지'

공동체라디오
〈마포FM〉
개국
09

2007

〈성미산
자동차두레〉
시작

그늘나무 사장
기자재 일체
마을에 기부,
성미산학교 교사들
〈작은나무〉로
명칭 변경 후
운영
03

사람과마을
건교부
'살고 싶은
도시 만들기'
시범 마을 사업
선정

되살림 가게
운영
11.12

12
방학 교육 문화
프로그램
〈성미산마을배움터〉
시작

동네부엌
현 위치로
이전

09
생협
되살림
강좌
진행

마을극단
〈무말랭이〉
결성

12.27
〈사람과마을〉
여성가족부
법인 인가

마을극장
건립 기금
마련 콘서트
05.17

성미산
스토리텔링
프로젝트
〈맘품앗이〉
모임 시작
09

06
제8회
성미산
마을축제

작은나무
마을 주민의
출자로
마을카페로
리뉴얼

10
〈환경정의〉
〈함께하는시민행동〉
〈한국여성민우회〉
〈녹색교통〉
NGO사옥
〈나루〉준공

〈동네사진관〉
모임 시작

2009

성미산 전체의
생태공원화를
위한
마을회의
개최
02

생협 조합원
활동사무국
신설
03

생협
제3매장
신내점
개장
08

02.06~03.29
성미산
마을극장
개관
페스티벌

05
제1회
성미산마을
성인식

마포FM
방송통신위원회
공동체라디오
정규사업자
선정

〈세상을
노래로
채우기〉
활동 시작

2010

마포의료생협
준비위원회
결성
01

생활정치
실현을 위한
'마포풀뿌리
좋은정치
네트워크'
발족
02

2010
지방선거
구의원
주민 후보
선출
03

〈성미산밥상〉
개점

생협,
비전특별위원회
구성
04

02.19~28
성미산마을극장
개관 1주년 기념
제1회
성미산
시민연극축제
개최

04.12
2005년부터
풍물을 치던
동네 주민들이
〈성미산풍물패〉
결성

풀잎새방과후
해소

성미산
귀촌 모임
활동 시작

생협
품앗이사이트
'선물' 구축

10

12
전문가와
함께하는
성미산 전체
생태공원화
토론회

참여와 자치를
위한 마포연대
해산

성미산대책위
성미산 중턱을
허무는 공사 막고
공사장 내
천막농성
시작

06.08

〈성미산
지키기
비상행동〉
백일 문화제

09.03

성서초등학교
학부모들
서울시교육청 앞
매일 시위

05

05.24
촛불
문화제
시작

05.26
성미산대책위
성미산지키기
천막농성
시작

06.05
제2회
성미산마을
성인식

08.07~08
성미산
생태캠프

성미산마을살이●1

우린 마을에서 논다

초판 1쇄_2010년 10월 1일
초판 3쇄_2019년 11월 19일
지은이_유창복
펴낸이_유승희
책임편집_이숙인
표지일러스트_양희경
사진_동네사진관·마포FM·사람과마을·성미산주민대책위원회
펴낸곳_도서출판 또하나의문화
주소_서울 마포구 와우산로 174-5 대재빌라 302호
전화_(02)324-7486 팩스_(02)323-2934
누리집_www.tomoon.com
전자우편_tomoon@tomoon.com
등록번호_제9-129호(1987.12.29)

ISBN 978-89-85635-87-5 03810

※ 이 도서의 국립중앙도서관 출판시도서목록(CIP)은 e-CIP 홈페이지(http://www.nl.go.kr/ecip)에서 이용하실 수 있습니다.(CIP제어번호: CIP2010003420)